SOFIE CRAMER und SVEN ULRICH

Ein Tag und eine Nacht

Roman

Rowohlt Taschenbuch Verlag

Originalausgabe
Veröffentlicht im Rowohlt Taschenbuch Verlag,
Reinbek bei Hamburg, Mai 2015
Copyright © 2015 by Rowohlt Verlag GmbH,
Reinbek bei Hamburg
Umschlaggestaltung any.way, Cathrin Günther
Abbildung FABRIZIO BENSCH/Reuters/Corbis;
© Apelöga/Bildbyrån/Maskot/Corbis; thinkstockphotos.de
Satz aus der DTL Dorian, PageOne,
bei Dörlemann Satz, Lemförde
Druck und Bindung CPI books GmbH,
Leck, Germany
ISBN 978 3 499 26866 3

Prolog

Berlin, Winter 2001

Till?»

«Hm?»

«Versprichst du mir was?»

Till drehte seinen Kopf, um Oda anzusehen. Sie saß dick eingemummelt neben ihm auf einem kleinen Mauervorsprung vor dem Kaffeehaus Rosenstein im Pankower Bürgerpark. Es war ein kalter Januarabend, und der Ostwind blies an diesem Wochenende besonders stark. Trotzdem waren sie beide froh, der trägen Hochzeitsgesellschaft ihrer Kommilitonen entkommen zu sein. Wenn es auch nur für ein paar Minuten war.

«Wenn wir –»

«A *Thousand Miles!*»

«Bitte?»

Nun drehte auch Oda ihren Kopf und sah, wie Till sie angrinste.

«Der Song, der gerade spielt: A *Thousand Miles* von Vanessa Carlton.»

Leicht verärgert runzelte Oda ihre Stirn. «Ich wollte eigentlich –»

«Wie kann man auf seiner eigenen Party nur so oberflächlichen Mist spielen? *I would walk a thousand miles just to be with youuuuu*», äffte er den Tonfall der Sängerin nach. «Das haben

Marlies und Lorenz nun davon, wenn sie Jesper Meyer als DJ auf ihrer Hochzeit an die Turntabels lassen.»

Normalerweise hätte Oda an dieser Stelle gelacht, dachte Till, zumal sie Jesper nicht besonders mochte.

«Falls du es noch nicht bemerkt haben solltest, das ist romantisch», sagte sie stattdessen trotzig und vergrub sich noch tiefer in ihrem Schal. «Außerdem habe ich mit dir geredet.»

Das Licht einer Laterne zauberte einen hellen Kranz um ihr Haar. Er leuchtete so hell, dass Till ihre Augen kaum ausmachen konnte. Dabei hatte sie die schmutzig blausten Augen, die es überhaupt gab.

«Es ist nicht romantisch, es ist plump!»

«Große Kunst ist immer einfach. Und es heißt nicht plump, sondern direkt», antwortete sie wie aus der Pistole geschossen. Natürlich hatte sie recht, aber das würde Till ihr nicht sagen. Genauso wenig, wie er ihr sagen würde, wie hübsch sie war.

«Du klingst wie eine eingebildete Kunststudentin.»

«Ex-Kunststudentin! Im Gegensatz zu dir habe ich nämlich vor einem Monat meinen Abschluss –»

«Ja, ja, ja, bla, bla, bla», unterbrach er sie und nahm einen Schluck Rotwein. Schweigend sah er anschließend seinem eisigen Atem zu, wie er aufstieg und wieder verschwand. So flüchtig wie die Chance, eine super Frau zu küssen, dachte Till. Da hörte er, wie Oda begann, den schwachsinnigen Refrain leise mitzusingen. Nach einer Weile stimmte Till mit ein: «... *and now I wonder, if I could fall into the sky. Do you think, that time would pass me by. Cause you know I would walk a thousend miles. If I could just see you ... If I can just hold you ... tonight.»*

«Du hast recht.» Oda lachte laut auf. «Der Song ist fürchterlich!» Sie lachte so lange, bis sie nicht mehr wusste, worüber eigentlich. Irgendwie hatte sie den Faden verloren. Verdammt! Dabei hatte sie doch etwas Wichtiges sagen wollen.

«Was soll ich dir denn versprechen?» Till leerte sein Glas und stellte es neben sich auf die Mauer.

Genau! Das war es. Rittlings setzte sich Oda auf die kleine Mauer, und um sicherzugehen, dass Till ihr diesmal zuhörte und sie ernst nahm, griff sie nach seiner Hand und drückte sie fest. Kerzengerade saß er vor ihr, wie es so seine Art war. Till war etwas erschrocken, wünschte sich aber insgeheim, dass sie beide keine Handschuhe anhätten.

«Also, wenn wir mal heiraten sollten ...»

Sein Herz schlug so laut, dass er meinte, Oda müsste es hören. «Du willst mich heiraten?»

«Dich doch nicht, du Blödian!»

«Oh!» Und nach einer kurzen Pause fügte er möglichst lässig hinzu: «Äh ... Wen willst du denn heiraten?»

«Niemanden!»

«Verstehe ich nicht. Bist du betrunken?»

«Überhaupt nicht. Nur zwei Glas Sekt und eine Cola Rum.»

«Die zwei Wodka zählen nicht?»

«Ach ja ... Also gut, ein bisschen betrunken vielleicht. Aber das ist jetzt egal.»

«Also: Wenn wir mal heiraten? Was dann?»

«Ich meine ja nur. Manchmal nimmt das Leben eine dämliche Wendung, und im nächsten Augenblick hat man zu irgendjemandem ‹Ja, warum nicht› gesagt. Und ist verlobt!»

«Dann sag nicht ‹Ja, warum nicht›!»

Sie rollte mit den Augen. «Im Ernst. Ich will nicht so enden wie Lorenz und Marlies. In einem geschmacklosen weißen Kleid mit Hunderten Gästen, von denen ich die Hälfte nicht kenne und die andere Hälfte nicht leiden kann. Und danach folgen nur noch Langeweile, schreiende Bälger und irgendwann die Rente.»

Energisch zog sie ihre rosa-weiß gestreiften Wollhandschuhe aus, die sie zusammen auf dem Weihnachtsmarkt der Kunstakademie gekauft hatten, und hauchte in ihre kalten Hände. Dabei spitzte sie ihre Lippen, und Till musste sich zwingen, seinen Blick abzuwenden.

«Und was soll ich dir jetzt genau versprechen?»

«Na ja, also … Wenn du jemals Gefahr läufst, ein spießiger Ehemann zu werden, musst du mich anrufen, und ich werde dann einen Tag und eine Nacht für dich da sein und mit dir darüber reden.»

«Und mir die scheiß Idee ausreden oder meine Trauzeugin spielen, oder was?»

Oda nickte ernst. «Und umgekehrt natürlich.»

Im Hintergrund lief jetzt Pink, *Get the Party startet*, was Till endgültig an Jespers Geschmack zweifeln ließ.

«Versprechen wir uns das?»

Oda roch nach Wein und Zigaretten und nach diesem Parfüm, nach dessen Namen Till sie nie gefragt hatte, weil es ihm peinlich war.

«Versprochen», sagte er und spürte im nächsten Augenblick, wie Oda sein Gesicht in ihre kalten Hände nahm und ihre Lippen auf seinen Mund presste. Er war so erstaunt, dass er wie festgewachsen sitzen blieb. Wie weich und warm ihre Lippen waren. Und dann war der Moment auch schon vorbei.

Oda machte sich von ihm los und lachte. «So in etwa muss sich das anfühlen, wenn du auch nach 25 Jahren immer noch denselben Partner küssen musst.»

«Mmh, wenn sich das so anfühlt, ist eine Ehe vielleicht doch keine so schlechte Idee», wagte Till einen Vorstoß.

Doch Oda erhob sich gut gelaunt und entgegnete: «Na los! Wir müssen da wieder rein und Jesper abfüllen. Sonst kommen wir noch auf dumme Gedanken.»

«Aber klar», antwortete Till und setzte sein breitestes Grinsen auf, um seine Enttäuschung zu überspielen.

Oda

Du hast es geschafft! Du hast es wirklich geschafft!», triumphierte Rick, als er die Eingangstür seiner Galerie abschloss.

Oda lächelte etwas verlegen. Ihr Blick blieb auf dem Plakat mit ihrem Porträt hängen, das beinahe die gesamte Fläche der gläsernen Tür einnahm. Es war seltsam, dachte sie, sich selbst dabei zuzusehen, wie aus einer von Selbstzweifeln geplagten Schülerin eine aufstrebende Fotografin wurde, die sich ihre Aufträge inzwischen aussuchen konnte und zu deren Ausstellungseröffnung viele gekommen waren, die Rang und Namen in der Hamburger Szene besaßen.

Oda und Rick machten sich auf den Weg in den gefragten Stadtteil Ottensen, wo ihr gemeinsames Loft lag. Rick legte seinen Arm um Odas Schultern, was sie sich gern gefallen ließ. Unzählige Bilder des gelungenen Abends rauschten ihr durch den Kopf. Am meisten aber hatte sie der stolze Blick ihrer Eltern erfüllt, der das erste Mal in ihrem Leben zu sagen schien, dass sie doch etwas richtig gemacht hatte. Auch wenn ihnen ein Enkelkind womöglich lieber gewesen wäre. Vielleicht hatten sie sich aber auch einfach schon damit abgefunden, dass sich Oda lieber mit Stativ und einer analogen Hasselblad als mit Babybrei und Spucktüchern beschäftigte. Und daran würde sich vermutlich auch nichts mehr ändern.

Oda war 36 Jahre alt, die letzten fünf davon mit Rick zusammen. Schon als Kind hatte sie nichts mit Puppen, Kleidern oder Ponys anfangen können. Stattdessen war sie lieber allein durch Wiesen und Wälder der Nordheide gestreunt, immer auf der Suche nach den schönsten Aussichtsplätzen. Und seitdem sie in einer speckigen Tasche auf dem Dachboden ihres Großvaters eine alte Leica gefunden hatte, betrachtete sie die Welt eigentlich nur noch durch die Linse einer Kamera. Irgendwo hoch oben in einer Baumkrone musste sie den Entschluss gefasst haben, eine richtig gute Fotografin zu werden. Jedenfalls konnte sie sich nicht erinnern, jemals etwas anderes gewollt zu haben.

«Und was kommt als Nächstes?», fragte Rick, nachdem sie eine ganze Zeit lang schweigend nebeneinander hergegangen waren. Er hielt vor einem Schaufenster mit überteuerter Damenmode, die auf riesigen, quadratischen Werbeaufnahmen von Models mit viel Haut und wenig Farbe präsentiert wurde, und grinste verschmitzt.

«Was meinst du?» Fragend sah Oda ihn an.

Ricks Augen hatten den gleichen warmen Braunton wie seine kinnlangen Haare, die er meist unter einem Baseballcap mit dem Logo seines Lieblingsteams aus Philadelphia versteckt hielt.

«Ich meine, jetzt bist du da, wo du hinwolltest: im Rampenlicht. Und das vollkommen zu Recht, meine Schöne!»

Oda kräuselte die Stirn. Sie fühlte sich zwar geschmeichelt, aber gleichzeitig seltsam unwohl. Denn der Wunsch nach Ruhm war es nie gewesen, der sie angetrieben hatte, gegen den ausdrücklichen Willen ihrer Eltern das Kunststudium durchzuziehen. Sicher, sie hatte am Ende einen guten Abschluss gemacht, war über ein Praktikum in New York an erste Jobs gekommen, die ihr nach und nach zu einem guten Ruf verhalfen, und tatsächlich konnte sie sich nunmehr eine international anerkannte Fotografin nennen. Aber im Rampenlicht?

«Also, ich weiß nicht …»

Zu Odas Überraschung hob Rick sie plötzlich lachend in die Höhe und vergrub sein Gesicht in ihrem langen, bunten Schal. Als er sie dann langsam wieder sinken ließ und sich ihre Blicke trafen, machte er auf einmal ein ernstes Gesicht. «Meinst du nicht, wir sollten es tun?»

Oda verstand immer noch nicht, hatte aber so eine Ahnung, dass dies keiner von Ricks typischen Sprüchen war, um humorvoll seine Lust auf Sex zu äußern.

«Du könntest aus mir einen rechtschaffenen Mann machen. Ich meine, jetzt, da ich ein gesichertes Einkommen habe», schob er noch hinterher und fiel mit theatralischer Geste vor ihr auf die Knie.

Sofort musste Oda herzhaft lachen.

«Du hast zu viele Filme gesehen!», entgegnete sie und bot Rick die Hand, damit er sich mit dem ebenfalls gespielten Seufzen eines immerhin schon 45 Jahre alten Mannes wieder aufrichten konnte. «Außerdem lebst du vom Geld deiner Familie und nicht von den paar verkauften Bildern deiner Freundin.»

«Aber Süße, ich werde dich doch jetzt ganz groß rausbringen!», sagte Rick mit einem Grinsen und stand auf.

«Reich wird man nur mit so was.» Oda deutete auf die Bilder im Schaufenster.

«Das kannst du besser», sagte er. Fast meinte Oda, Stolz in seiner Stimme zu hören.

«Für die Kampagne hat der Werbefotograf bestimmt ein fünfstelliges Honorar abgesahnt.» Skeptisch betrachtete Oda die dünnen Frauen, mit ihren ausdruckslosen Gesichtern und den langen, glattgeföhnten Haaren.

«Du hast es aber gar nicht nötig, dein kreatives Potenzial für rein kommerzielle Zwecke ausbeuten zu lassen. Und wenn, dann nur für meine.» Rick drehte Odas Kopf zu sich und küsste sie in einer Weise, die ihre Knie weich werden ließ. Der Prosecco, den sie heute wegen der Aufregung auf nüchternen Magen getrunken oder vielmehr wie ein Erfrischungsgetränk in sich reingeschüttet hatte, tat ein Übriges. Wenn sie diesen Tag tatsächlich noch mit Sex krönen würden, käme er definitiv auf die Top Ten der besten Tage ihres Lebens, dachte Oda und hakte sich glücklich bei Rick unter. Er hatte recht. Sie hatte es tatsächlich geschafft und ihren Kindheitstraum wahr gemacht.

Till

Till fuhr den kleinen Lieferwagen von der Schönhauser- in die Kastanienallee. Er wusste nicht genau, warum, aber er war endlich mal wieder gut gelaunt.

In der Gegend vom Prenzlauer Berg war er seit Jahren nicht mehr gewesen, und jetzt stellte er überrascht fest, wie aufgeräumt und belebt die Straßen wirkten. Hausnummer 11 besaß tatsächlich eine Toreinfahrt, die er nach Anweisung der Sekretärin seines Auftraggebers benutzen sollte. Es würde also schnell gehen. Mein Glückstag, dachte er lächelnd. Bevor er abbog, musste er jedoch erst mal eine Gruppe hipp angezogener Berlintouristen vorbeilassen, die allesamt aussahen, als seien sie auf dem Weg zum nächstbesten Frühstückslokal. Schließlich rollte er durch die enge Toreinfahrt, die so schmal war, dass er fast das Klingelschild der innen liegenden Haustür geschrammt hätte. Den ersten Hof hatte er geschafft, nun musste er noch durch eine zweite, ebenfalls sehr enge Durchfahrt. In diesem zweiten Hinterhof lag in ein paar ehemaligen Garagen die Werbeagentur, für die Till einen Schreibtisch liefern sollte.

Er hielt vor den schmalen Parzellen, die alle modern und schick renoviert waren. Till war immer wieder überrascht, wie unglaublich paradiesisch einige Berliner Hinterhöfe aussahen. Die ehemaligen Tore waren hier durch große Scheiben ersetzt worden, Weinranken wuchsen aus edlen Holztöpfen bis aufs Dach, und zum Entspannen standen Holzbänke vor dem langen

Gebäude. Auf einer der Fensterscheiben war in großen Lettern der Name der Werbeagentur zu lesen: «Meyer & Wächter».

Till zog den Zündschlüssel aus dem Mercedes Sprinter und ließ die Schönheit des Hofes noch einen Moment auf sich wirken. Er liebte es, in der Stadt zu wohnen und immer wieder auf so kleine Oasen zu stoßen. Yeah!

Es war erst neun Uhr morgens, aber die Hitze kündigte sich schon an. Es würde wohl einer dieser Tage werden, an die man sich später mit großem Aha und Wisst-ihr-noch-dieser-wahnsinnig-heiße-Tag-im-Sommer-2014? erinnern würde. Till nahm einen Schluck aus seiner Wasserflasche und stieg aus. Um diese Uhrzeit schliefen die Kreativen natürlich noch. Er hoffte, dass wenigstens die Sekretärin pünktlich sein würde.

Als er auf den Eingang zu schlenderte, blieb sein Blick an einer Skulptur hängen. Normalerweise machte er seit dem Verlassen der Kunsthochschule einen großen Bogen um jedes Kunstwerk. Aber dieses zog ihn magisch an, hatte ihn quasi von der Seite angefallen, und nun konnte er nicht anders: Er starrte die Skulptur an. Es war das Abbild einer Frau, lebensgroß aus einem länglichen Betonquader gehauen. Das Gesicht wurde durch eine wilde Haarmähne verdeckt, die sie wie ein Popstar trug. Nur der Mund und ein Stück der Nase waren zu sehen. Der rechte Arm der wohl eher jungen Frau baumelte dicht neben dem Körper, wobei man die Hand nicht sah: Sie verschwand im unbehauenen Quader. Das hatte der Künstler gut hinbekommen. Ein kühner Gag. Mit der anderen Hand bedeckte die Frau ihre Brüste. Nicht schamhaft, sondern kokett. Kein Meisterwerk, so viel stand fest. Vielleicht hatte sich einer der Chefs der Werbeagentur daran versucht. Meyer oder Wächter. Tills alter Prof an der Kunstakademie hätte die Skulptur jedenfalls gehasst. Kaminski hatte allerdings fast alles gehasst, was seine Studenten anfertigten. Trotz der handwerklichen Durchschnittlichkeit der Skulptur löste ihr Anblick in Till etwas aus, nur was, das konnte er nicht sagen. Unweigerlich streckte er seine Hand aus, um die Schulter der Frau zu berühren.

«Till?»

Er fuhr herum. Er hatte den Mann nicht kommen hören, der mit einem Coffee-to-go nun direkt vor ihm stand und breit grinste. Es konnte nur ein Werber sein. Der Klamottenstil pendelte zwischen lässig und teuer. Eine alte Jeans, Lederschuhe, eine große, graue Brille auf der winzigen Nase, Glatze und ein beinahe unverschämt selbstbewusster Blick.

«Ja?», sagte Till mit fragendem Blick. Woher wusste der Typ seinen Namen? Kannte man sich von irgendwoher?

«Erkennst mich nicht, was?»

«Doch, äh … kleinen Moment.»

Nein, er kannte ihn nicht. Eine peinliche Situation. Ein ehemaliger Kunde der Firma? Ein Freund eines Freundes? Andererseits: Viele Leute gab es da nicht. Till hatte keinen großen Freundeskreis und ging eigentlich auch kaum aus.

«Im Moment komm ich gerade doch nicht drauf», sagte Till vage.

Das hinderte den Mann jedoch nicht daran, einen Schritt näher zu kommen und Till zu umarmen. Vor Schreck versteifte sich Till und stand regungslos da, als wäre er selbst eine Skulptur. Er kam sich dämlich vor.

«Mensch, Till. Ich bin es: Jesper!» Er löste die Umarmung und sah Till erwartungsvoll an.

«Jesper», wiederholte Till und nickte mit einem Gesicht, als sei nun alles klar.

Jesper Meyer – dicke Eier … Die Worte zogen in Tills Gehirn Schleifen, arbeiteten sich durch ältere, längst vergessene Schichten hindurch, bis schließlich – pling! – das Bild des langhaarigen Kunststudenten vor ihm auftauchte. Dieser Mann sollte der

15

Jesper aus der Kunstakademie sein? Der auf Marlies' und Lorenz' Hochzeit so schreckliche Musik aufgelegt hatte?

«Oh Mann. Natürlich, Jesper!» Zu Tills eigenem Erstaunen klang er ehrlich erfreut. «Wo sind deine Haare geblieben, Jes?»

Leicht verlegen strich sich Jesper über die Glatze. «You can't have both: hair and brain.»

Sie grinsten sich an. Jetzt kam die Erinnerung wieder. Jesper hatte sich tatsächlich ziemlich verändert.

«Du bist damals einfach verschwunden, Till. Keiner hat danach je mehr von dir gehört!»

Tills Lächeln verschwand so schnell, wie es gekommen war, sein Mund wurde trocken. So trocken, dass er husten musste. Er beugte sich vor und stützte die Hände auf den Oberschenkeln ab.

«Hey, was ist los? Geht's dir nicht gut, Mann?» Besorgt klopfte Jesper ihm auf den Rücken.

«Alles … wunderbar», log Till und wünschte, er hätte seine Wasserflasche aus dem Wagen mitgenommen. «Vielleicht … das Wetter», fügte er krächzend hinzu.

«Warte, ich hole dir was zu trinken.»

«Nicht nötig.» Aber Jesper war schon im Inneren des Gebäudes verschwunden.

Till atmete einmal tief ein und aus. Als er sich wieder aufrichtete, fiel sein Blick erneut auf die Skulptur. Jetzt wusste er auch, warum ihn das Kunstwerk so magisch angezogen hatte. Er kannte das Model. Natürlich! Es war Oda! Verdammt! Er hätte sie gleich erkennen müssen. Hastig folgte er Jesper in die Räume der Werbeagentur.

Wenig später saßen sie zusammen auf einem gemütlichen Besuchersofa in Jespers Büro und starrten durch die Scheibe nach draußen. Direkt auf die Skulptur.

«Ich …», begann Till und wusste im nächsten Moment auch

schon nicht mehr, was er sagen sollte. «Tut mir leid, Jesper, dass ich dir Umstände mache. Weiß auch nicht, was los ist.»

«Hey, kein Problem. Ich bin froh, dass wir uns mal wieder über den Weg gelaufen sind.»

«Ich auch», hörte Till sich sagen, und er war nicht sicher, ob er es ernst meinte.

Schweigend starrten sie auf die steinerne Frau.

«Weißt du noch, wie Oda damals für uns Model gestanden hat?»

Till nickte matt. Natürlich wusste er es noch!

«Habt ihr noch Kontakt? Die Unzertrennlichen?»

Schnell nahm Till einen Schluck aus dem Wasserglas, das Jesper ihm hingestellt hatte.

«Äh … Ich bin ein bisschen in Eile, muss heute noch echt viel ausliefern. Macht es dir was aus, wenn wir jetzt den Schreibtisch reintragen?», murmelte er, während er Jespers Blick auswich und stattdessen auf den Fußboden starrte und nervös mit dem Fuß tappte. Mist! Was war bloß los mit ihm? Er wünschte, er wäre weit weg.

«Kein Problem», sagte Jesper zu seiner Erleichterung und folgte Till zum Lieferwagen, in dem nur ein einziges Möbel stand. Jespers neuer Schreibtisch. Es war ein Einzelstück.

«Handgefertigt vom besten Schreiner der Stadt», erklärte Till, während sie den Tisch gemeinsam auf einen Rollwagen hievten und ihn über den Hof ins Büro schoben. «Ein echtes Schmuckstück, eine Anschaffung fürs Leben.»

Vorsichtig platzierten sie das teure Unikat in Jespers Büro. Jesper verlor kein Wort über den Tisch, der ihn mehr als 20 000 Euro gekostet hatte. Stattdessen, so ahnte Till, wollte Jesper lieber wissen, warum er damals so plötzlich verschwunden war. Was in den letzten 13 Jahren geschehen war. Aber Till wollte nichts erzählen.

Übereifrig holte er noch eine spezielle Möbelpolitur aus dem Sprinter und instruierte Jesper, wie oft der Tisch zu pflegen sei, obwohl er bemerkte, dass dieser gar nicht zuhörte. Schließlich streckte er seine Hand aus.

«Hat mich gefreut, dich mal wiedergesehen zu haben», sagte er steif.

Jesper sah ihn ernst an. «So kommst du mir aber nicht davon, Mann.»

Till spürte einen Druck im Magen. «Ich muss jetzt echt los. Die Arbeit ruft.»

«Seit wann arbeitest du denn mit Holz? Stellst du auch irgendwo aus?»

Till schüttelte den Kopf. «Ich arbeite jetzt als Geschäftsführer von Möbel Paulus.» Er deutete auf den Lieferwagen mit dem schwarzen, einfach gehaltenen Firmenschriftzug. «Seit … Also, jedenfalls schon eine Ewigkeit.»

Er erntete einen erstaunten Blick. «Weißt du eigentlich noch, wie Kaminski dich immer genannt hat? Die Zukunft der Bildhauerei.»

Till lachte auf. «Quatsch!»

«Stimmt aber, Mann!» Jesper ging auf ihn zu und legte seine schmale Hand auf Tills Schulter. «Ich habe dich damals gehasst, weil du so beschissen viel Talent hattest. Und dann bist du einfach verschwunden. Seit Jahren forsche ich jedes Kunstmagazin nach deinem Namen durch. Wir wussten alle nicht –»

«Ich muss jetzt weiter. Wirklich.» Till nahm Jespers Hand von seiner Schulter und drückte sie. «Wir können ja mal was trinken gehen. Einen Kaffee vielleicht. Ich rufe dich an. Okay?»

Dann ging er festen Schrittes aus dem Büro und durch den Hof zu seinem Wagen. Er stieg ein, setzte sich und schloss die Tür. Jetzt nur noch den Zündschlüssel umdrehen, dann nichts wie weg. Von wegen mal was trinken gehen! Er würde nie wieder auch nur in die Nähe der Kastanienallee kommen. Hastig wendete Till den Sprinter und fuhr so schnell es ging durch die enge Einfahrt, als gelte es, einem alten, fürchterlichen Fluch zu entkommen.

Oda

Wie sehr habe ich all das vermisst!, dachte Oda, als sie mehrere Stufen gleichzeitig hinaufnahm und von oben ihren Blick entlang der Hafenpromenade wandern ließ. Dann sah sie auf ihr Handy und registrierte zufrieden, dass sie sich auf ihrer Joggingstrecke bis zur Kehrwiederspitze und zurück um sechs Minuten verbessert hatte.

Schon in der Schulzeit war Oda gern mit ihren Eltern in den Hamburger Hafen gefahren, um bei einem Sonntagsspaziergang an der Elbe die großen Schiffe zu beobachten. Damals hatte Oda ihnen voller Fernweh nachgesehen und sich in die Metropolen der ganzen weiten Welt gewünscht. Sie hatte nicht ahnen können, dass es sie eines Tages nach New York verschlagen würde. Und tatsächlich gehörten ihre knapp zwei Jahre im Big Apple zu den spannendsten und am meisten prägendsten ihres Lebens. Doch hier, in Norddeutschland, fühlte sie sich einfach zu Hause. Was für ein Glück, dass Rick sich bereit erklärt hatte, sie in ihre Heimat zu begleiten. Und das, obwohl er als Schweizer schneebedeckte Berge liebte und ihm alle Türen zur New Yorker Kunstszene offen standen. Nicht zuletzt wegen seiner Mutter, die sogar einen US-amerikanischen Pass besaß. Doch er würde auch hier in Hamburg seinen Weg als Galerist machen, da war sich Oda sicher. Wenn er sich dabei nur nicht zu sehr auf Odas Karriere versteifte! So gut war sie doch gar nicht. Aber jeder Versuch, sich von seiner Unterstützung loszusagen, war gescheitert.

Dafür liebte Rick sie zu sehr. Auch wurde er nie müde zu betonen, wie sehr er in sie vernarrt war. Natürlich genoss sie seine Bewunderung. Manchmal allerdings beschlich sie die leise Angst, Rick würde sie nur lieben, weil eine erfolgreiche Künstlerin so gut in das Wunschbild passte, das er von seiner Familie hatte. Schon öfter hatte Oda ihm im Streit an den Kopf geknallt, dass es ihm gar nicht um sie ging, sondern bloß um die Welt, in der sie sich bewegten. Und dann wieder fühlte sie sich ganz eins mit ihm, etwa wenn sie gemeinsam eine Ausstellung besuchten und beim Anblick eines Bildes das Gleiche empfanden. Sie mussten auch nicht viele Worte darüber verlieren. Dafür liebte sie Rick. Er war sehr spontan und begeisterungsfähig, wenn es darum ging, irgendetwas Unkonventionelles auf die Beine zu stellen. Allerdings verflogen manche Ideen auch genauso schnell wieder, wie sie gekommen waren. So wie der überfallartige Heiratsantrag, den er ihr nach der Vernissage gemacht hatte und über den sie später kein Wort mehr verloren hatten. Aber diese Sprunghaftigkeit störte sie nicht wirklich. Im Gegenteil, sie war schon auf Ricks nächste verrückte Aktion gespannt.

Während sie ihre Muskeln mit Blick auf Dock 10 der Schiffswerft Blohm + Voss zu dehnen begann, musste sie an ihren ersten gemeinsamen Sommer in New York denken. Sie hatten sich auf einer Party in Soho kennengelernt, und Rick begleitete Oda so oft es ging auf ihrer Suche nach originellen Fotomotiven. Bei einem Spaziergang durch Brooklyn hatte Rick plötzlich eine neongelbe Sprühflasche aus seiner Jeansjacke gezogen und in riesigen Buchstaben «Oda, my endless love» an die Rückseite einer fensterlosen Fabrikhalle geschrieben. Das Graffiti war durchaus eindrucksvoll und auch Monate später noch zu bewundern gewesen. Erst als sie der Stadt gemeinsam Lebewohl sagten und noch ein letztes Mal ihre wichtigsten Orte besuchten, bemerkten sie, dass Ricks Werk von anderen Sprayern übermalt worden war. Von seiner Liebesbotschaft blieb ihnen nur ein Schnappschuss auf Ricks Handy, weil Oda es – Ironie des Schicksals – vor lauter Arbeit nicht geschafft hatte, mit ihrer Kamera nach Brooklyn zu fahren und das vergängliche Zeichen ihrer durchaus lebendigen Liebe angemessen einzufangen.

Dabei hätte sich ein Ausdruck in Übergröße sicher gut gemacht im offenen Wohnzimmer ihres Lofts.

Oda setzte ihre Laufstrecke fort. Als sie an einer roten Ampel stoppte, spürte sie, wie sehr ihre Wangen vom Laufen in der prallen Julisonne glühten.

Wie immer freute sie sich, in ihre Traumwohnung zurückzukehren. Rick machte gerne Scherze darüber, dass der Besitzer des Hauses sich beim Aufsetzen des Mietvertrages mit einer Kommastelle vertan haben musste. Es war ein Schnäppchenpreis, jedenfalls im Vergleich zu den horrenden Quadratmeterpreisen, die er aus New York und der Schweiz gewohnt war. Aber Oda war sich sicher, dass ihre Eltern Herzrhythmusstörungen bekommen würden, wenn sie wüssten, wie hoch die Miete war.

«Du solltest wirklich nicht so viel Geld verbrennen, sondern dir ein anständiges Reihenhäuschen von deinem Ersparten kaufen!», wurde ihr Vater nie müde, sie zu ermahnen. Und angesichts der niedrigen Zinsen bei Immobilienkrediten hatte er vielleicht sogar recht. Doch das kam für Oda nicht in Frage. Am liebsten hätten es ihre Eltern ohnehin gesehen, dass sie nach ihren «wilden Jahren», wie sie Odas Zeit an der Berliner Kunstakademie nannten, zu ihnen zurück in die Heide zog und ein rot geklinkertes Einfamilienhaus mit Gartenzaun und Geranien vor den Fenstern kaufte. Ob sie sich Rick als Vater ihrer Enkelkinder wünschten, wagte Oda zu bezweifeln. Zwar hatten sie sich nie getraut, Odas Freund offen zu kritisieren. Doch gelang es ihnen nicht wirklich, ihre mangelnde Sympathie zu verbergen. Fast ein halbes Jahr lebten Rick und sie nun schon in Hamburg, und ihre

Eltern hatten es noch nicht einmal für nötig befunden, ihm das Du anzubieten. Sie verstanden einfach nicht, womit Rick eigentlich sein Geld verdiente. Und dass er zwar ein extrovertierter Mensch war, aber dennoch nie seine eigene Leistung zur Schau trug. Weitab der Scheinwerfer brachte er Menschen aus der gesamten Kunst- und Kulturszene miteinander ins Gespräch. Und nicht zuletzt durch seine Juryarbeit in Genf hatte er schon mehrfach ein gutes Gespür für große Talente bewiesen, die ohne Stipendium niemals ihre wahre Größe hätten entfalten können. Aber für Kunst hatten ihre engstirnigen Eltern noch nie etwas übrig gehabt. In ihrer Welt ging es um die Rentenansprüche des Vaters oder den Jahresurlaub auf Rügen.

Oda seufzte. Wie hatten sie die Zweifel an ihrem Können damals aufgefressen! All die Schuldgefühle, sich auf Kosten ihrer Eltern ein Lotterleben als Künstlerin finanzieren zu lassen. Aber jetzt war alles gut, und Oda konnte es kaum erwarten, sich in ihr nächstes Projekt zu stürzen. Einen Auftrag, den sie Ricks Onkel Urs zu verdanken hatte. Als Unternehmer und Mäzen leistete er sich mit Ricks Galerie ein «kostspieliges Hobby», wie er es nannte. Außerdem konnte er vor seinen Geschäftsfreunden damit angeben, stets die neuesten Trends und Newcomer des modernen Kunstgewerbes zu kennen. Oda sollte nun eine Fotoreportage anlässlich des 150-jährigen Bestehens der Privatbank eines befreundeten Unternehmens machen. Zwar hatte Rick die Nase über diesen Auftrag gerümpft, weil er Oda daran hindern würde, ihrer eigentlichen Leidenschaft, der Porträtfotokunst, nachzugehen. Doch der lukrative Auftrag kam ihr gelegen. Mit Eröffnung der Ausstellung letzte Woche hatte sie ihre Serie über das Altern in unterschiedlichen Kulturen abgeschlossen, und erfahrungsgemäß brauchte es ein paar Wochen, bis sich ein neues Projekt ergab.

Oda freute sich auf die Reise in die Schweiz. Sie würde ein

paar Tage in der wunderschön gelegenen Villa von Ricks Mutter am Zürichsee verbringen. Vielleicht würde sie ausnahmsweise den Wagen statt des Fliegers nehmen. Denn dann brauchte sie sich mit ihrer Ausrüstung nicht zu beschränken und würde spontan aus diversen Objektiven und Lichtquellen wählen können.

Oda setzte zum Endspurt an und lief bis vor die Stufen der kleinen Bäckerei, die am Anfang ihrer Straße lag. Die Verkäuferinnen kannten sie und sprachen sie mit Frau Schumann an, seit sie zu ihrer Einweihungsparty verschiedene Brote auf Ricks Namen vorbestellt hatte. Heute würde sie für ein spätes Frühstück zwei Körnerstangen und zwei Franzbrötchen mitnehmen, die sie in New York so vermisst hatte.

Gut gelaunt klingelte Oda an der Tür Sturm, um Rick aus dem Bett zu locken, und lief anschließend die Treppe hinauf. Es war schon zwölf Uhr durch. Zeit für ihren Freund, aufzustehen. Auch wenn Rick die Öffnungszeiten der Galerie seinen Schlafgewohnheiten angepasst hatte und erst am frühen Nachmittag mit der Arbeit begann, konnte er sich für ein gemeinsames Frühstück ruhig Zeit nehmen, fand Oda und freute sich schon auf sein verschlafenes Gesicht. Doch als sie oben ankam, erschrak sie. Rick empfing sie bereits an der Tür. Er war angezogen und schien hellwach zu sein.

Mit ungewohnt ernsthaftem Gesichtsausdruck sagte er: «Die Praxis hat angerufen. Die Untersuchungsergebnisse sind da. Du sollst Dr. Feldmann umgehend zurückrufen.»

Oda hielt den Atem an. Ihre Beine zitterten. Verzweifelt suchte sie in Ricks Augen nach einem Hoffnungsschimmer, einem Zeichen, dass alles halb so schlimm war. Doch er legte sanft seine Hände um ihre Taille und drückte sie dann so fest an sich, wie er nur konnte.

Till

Nach dem zufälligen Treffen mit Jesper ging es Till mies, keine Spur mehr von seiner morgendlichen guten Laune. Er hatte das Gelände verlassen, sich bei seinem Chef für den restlichen Arbeitstag spontan abgemeldet und war dann mit dem Firmenwagen nach Hause gefahren. Dort saß er in seinem Arbeitszimmer und starrte durch die Fensterscheibe nach draußen. Er war unfähig, sich zu bewegen. Was war nur los mit ihm, verdammt? Wie Blitze schossen ihm die Erinnerungen an damals durch den Kopf. Aus allen möglichen Windungen seines Gehirns krochen die Bilder hervor. Bilder, die er längst vergraben und vergessen glaubte. Die Werkstätten der Kunstakademie, die Kommilitonen, die wilden Partys, aber auch die stillen Stunden im Atelier, in denen er wochenlang an Skulpturen schuftete, nur um sie später wieder zu zerstören. Nicht gut genug, banal, einfältig. Wie oft hatte er gedacht, er besäße kein Talent, und wie oft hatte Oda ihn wieder aufgerichtet?

Oda!

Wie lange war das alles wirklich her? Der Tag von Lorenz' und Marlies' Hochzeit? Die Kälte im Bürgerpark? Der Kuss? Odas weiche Lippen? Immer wieder endete seine Erinnerung bei diesem Kuss.

Als Till sich endlich aus dem Gedankenkarussell losreißen konnte, ging er ins Bad und sah auf der Digital-Uhr seiner elektrischen Zahnbürste, dass es schon Abend war. Unglaublich!

Hatte er die ganze Zeit aus dem Fenster gestarrt? Sechs Stunden lang? Wurde er jetzt irre? Während er sich die Hände wusch, fragte er sich, ob eine elektrische Zahnbürste spießig war. Ob Oda eine hatte? War sie noch in New York? Warum hatte ihn das all die Jahre nicht interessiert, und warum lähmte ihn schlagartig die Vergangenheit? Und am wichtigsten: Hatte es ihn wirklich nicht interessiert, oder hatte er es nur verdrängt?

In der Küche schmierte er sich ein Brot und verspürte plötzlich Durst auf kalten Tee. Früher in seinem Atelier hatte immer eine große Kanne mit kaltem Pfefferminztee gestanden. Wie ferngesteuert füllte er den Wasserkocher und schaltete ihn ein. Damals hatte er das Wasser im Topf kochen müssen. Er hatte kein Geld für profane Dinge wie Wasserkocher oder elektrische Zahnbürsten gehabt. Kein eigenes Auto und auch keine schicke Uhr, dachte Till beim Betrachten seiner halbautomatischen Armbanduhr der Marke Sinn, die er sich seit Jahren gewünscht und schließlich selbst gekauft hatte. Mit einem Mal schämte er sich beinahe. Hatte er sich heute nicht über Jespers Wandlung vom langhaarigen Kunststudenten zum coolen Hipster lustig gemacht? Und er? Was war aus ihm geworden?

Der Wasserkocher ging mit einem Klack aus, und Till wurde im gleichen Moment bewusst, dass er keinen Pfefferminztee im Haus hatte. Mist. Er hatte eindeutig einen gebrauchten Tag erwischt. Aber davon wollte er sich nicht kleinkriegen lassen. Schnurstracks ging er in den Flur, öffnete die Tür zum Keller und stieg hinab. In der Abstellkammer fiel sein Blick auf ein paar alte Kisten, und ihm kam ein Gedanke. Er öffnete die mit der Aufschrift «Kunst 2000» und holte zielsicher einen Schuhkarton mit alten Fotos heraus. Darin lagen mehrere mit Gummiband ordentlich zusammengehaltene Bündel. Ohne zu zögern, griff er den richtigen Stapel und fand sofort das Bild, das er gesucht hatte. Es zeigte Oda im großen Atelier der Kunstakademie, wie sie halb nackt für ihre Kommilitonen posierte. In genau der Pose, die Jespers Skulptur zeigte. Professor Kaminski hatte damals gewollt, dass alle seine Studenten ein Kunstwerk nach dem gleichen Vorbild schufen. Um ihre Ansätze zu vergleichen! Oda hatte sich bereit erklärt, zu posieren.

Till erinnerte sich, wie irritiert er war, sie halb nackt vor sich zu sehen. Wie sein Herz gerast hatte und wie albern er das gleichzeitig gefunden hatte, wo man doch als Künstler mit Nacktheit ungezwungen umzugehen hatte. Oda hingegen schien ganz locker mit der Situation umzugehen. Es schien ihr nichts auszumachen, angestarrt zu werden. Sie hatte ihm zugezwinkert, danach war er erst recht nicht mehr in der Lage gewesen, eine Skulptur nach ihrem Vorbild zu erschaffen.

Till konnte seine Augen nicht von dem Foto nehmen. Oda! Er erinnerte sich an die Bewegung, mit der sie ihre Haare aus der Stirn strich, und er dachte an Pinks *Let's get the Party started*. 2001 war die Hochzeit gewesen, und kurz danach war Oda verschwunden. 13 Jahre hatte er sie nicht gesehen. 13 Jahre!

Mit dem Foto in der Hand verließ Till den Keller und ging zurück in sein Arbeitszimmer. Diesmal konnte ihn der Ausblick aus dem Fenster nicht ablenken. Er schaltete den Computer ein und suchte auf YouTube das Video zu dem Pink-Lied. Musik hat etwas Magisches, dachte er, der richtige Song kann dich direkt in die Vergangenheit katapultieren. Und so war es auch. Kaum hatte er die ersten Takte gehört, spürte Till, wie sich damals alles angefühlt hatte. Die Kälte, der Mauervorsprung, die Handschuhe … Der Kuss.

Dann gab er Odas Namen bei Google ein.

Oda Florentin. Ein Facebook-Eintrag war das Erste, was er fand, und nach kurzem Zögern drückte er den entsprechenden Link.

Ihr Profilbild zeigte den Hinterkopf einer Frau mit langen

Haaren. Im Hintergrund sah man Bäume in kräftigem Lila. Typisch Oda, dachte Till sofort und musste unwillkürlich lächeln. Infos über sie gab es nur, wenn man mit ihr befreundet war. Till starrte auf den Bildschirm und die Worte: Freundschaftsanfrage senden.

Oda

Obwohl es draußen noch nicht einmal dunkel war, lag Oda mit ihrem iPad auf dem Bett und starrte an die Decke. Sie fühlte sich leer und hilflos. So viel war passiert in den vergangenen zehn Tagen. Seit dem Gespräch mit Dr. Feldmann. Nicht einmal weinen konnte sie. Denn dann, so fürchtete Oda, würde sich diese diffuse Angst Bahn brechen und nie wieder aufhören. Doch was hieß eigentlich «nie wieder»?, fragte sie sich zynisch. Nie wieder, bis zu ihrem Lebensende, das nun vielleicht viel früher kommen würde, als sie es sich in den schlimmsten Phantasien je hätte ausmalen können? Wie viel Zeit blieb ihr noch? Zwei Monate, zwei Jahre, zwei Jahrzehnte? Dr. Feldmann hatte ihr darauf keine Antwort geben können. Oder nicht geben wollen. Er wolle erst weitere Untersuchungen abwarten, hatte er gesagt. Aber er hatte gut reden. Es war ihre Brust, und Oda hatte ein schlechtes Gefühl. Es war wohl das Beste, wenn sie so bald wie möglich eine Liste machen würde mit Punkten, hinter die sie in ihrem Leben noch ein Häkchen setzen wollte. Vielleicht sollte sie auch mal einen Friedwald besichtigen? Oder war sie jetzt hysterisch?

Sie hatte Krebs. Zumindest deutete alles darauf hin: Der besorgte Tonfall ihres Gynäkologen, die unsicheren Blicke der Arzthelferinnen, der betroffene Gesichtsausdruck des Radiologen – alle um sie herum bemühten sich um Höflichkeit, Hilfsbereitschaft und Anteilnahme und katapultierten sie damit auf die andere Seite des Lebens, die düstere, wo Angst, Hoffnungslosigkeit und Trauer herrschten. Plötzlich sollte sie die eine von zehn Frauen sein, denen ein solches Schicksal beschieden war? Niemals hätte Oda gedacht, sich mit dem Thema Brustkrebs überhaupt auseinandersetzen zu müssen. Es kam ihr vor wie … wie ein Stück Hundescheiße, in das sie getreten war und das sich nun nicht mehr abschütteln ließ. Diesen Vergleich fand Rick geschmacklos, was Oda zwar irgendwie verstehen konnte, aber er musste doch mittlerweile am besten wissen, dass hinter ihrer manchmal harten Schale – vor allem hart zu sich selbst – ein sensibler Kern steckte. Schließlich betonte Rick ständig, dass er alles an ihr liebte, erst recht ihren schwarzen Humor. Stattdessen versuchte er sie zu beruhigen: Ohne Gewebeprobe könnten die Ärzte doch gar nicht sicher sein, dass der Tumor in ihrer linken Brust wirklich bösartig sei. Aber Oda konnte nicht anders. Sie ging immer vom Schlimmsten aus, um für den Fall der Fälle gewappnet zu sein.

Seit sie zur Voruntersuchung im Krankenhaus gewesen war, hatte sie nicht mehr gearbeitet. Stattdessen verkroch sie sich wie jetzt mit ihrem iPad ins Bett, um zu recherchieren. Um herauszufinden, was es hieß, dass der Chefarzt des Brustzentrums, Professor Nolte, darauf drängte, den Tumor unter Vollnarkose gleich komplett zu entfernen, statt bloß eine Biopsie vorzunehmen.

Sie richtete ihre müden Augen auf den Bildschirm, las erneut Zeile für Zeile und konnte doch die Artikel und Forenbeiträge nicht mehr aufnehmen. Im Kopf schien kein Platz mehr zu sein für all die Informationen, von denen sie ohnehin nur die Beklemmendsten als glaubwürdig erachtete. In dem Blog einer Frau, die innerhalb von wenigen Wochen an dieser elenden Krankheit gestorben war, las Oda in den Nachrufen, wie wichtig den Angehörigen gewesen ist, sich verbschiedet haben zu können. Doch wenn sie selbst die Wahl hätte, würde sie lieber ohne Vorwissen und quasi mit einem Schlag überraschend sterben, als Tag für Tag dem Tod ein Stückchen näher zu kommen. Und schlimmer noch: das Mitleid der anderen ertragen zu müssen.

Odas Lippen bebten. Sie hatte Angst, furchtbare Angst. Sie versuchte, die aufsteigenden Tränen zu unterdrücken, und schaute in den Abendhimmel. Nur verschwommen konnte sie die Konturen der Elbphilharmonie und die der Baukräne in der Hafencity ausmachen. Wie sie diesen Blick liebte! Noch vor wenigen Wochen war sie an beinahe jedem sonnigen Morgen, wenn das Licht noch schwach und die Luft klar war, mit dem Fahrrad an die Elbe gefahren, um dem Stadtteil beim Wachsen zuzusehen. Vor all den Touristenströmen und Geschäftsleuten ging sie auf Entdeckungsreise und suchte vor allem die Gegensätze – eine alte Barkasse auf dem Fleet zwischen hochmodernen Häuserschluchten, einen zerbeulten Mülleimer neben einem Nobelschlitten oder einen von Wind und Wetter gezeichneten Seebär mit grauem Bart und Kapitänsmütze auf dem Skateboard eines Teenagers, die auf den Magellan-Terrassen ihre Kunststücke zum Besten gaben.

Für einen kurzen Moment war Oda abgetaucht in die Welt ihrer Kunst. Dann ließ sie das Klopfen an der Schlafzimmertür hochschrecken.

«Hi, Sweety!», flüsterte Rick und trat vorsichtig näher.

Eilig richtete Oda sich auf und schob ihr iPad unters Kissen, damit ihr Freund nicht die Seiten sah, auf denen sie gelesen hatte. Sonst würde er sich nur wieder darüber beschweren, wie sehr sie sich in die ganze Sache hineinsteigerte. Aber sie konnte ihm nichts vormachen.

«Guckst du dir wieder diese Horrorseiten an?», fragte er und reichte ihr ein Glas frischgepressten O-Saft.

Oda nahm es ihm dankend ab und setzte ein Lächeln auf, um

ihm den Wind aus den Segeln zu nehmen. «Ich hab nur meine Mails gecheckt!», erklärte sie.

Mit einem milde strafenden Blick gab er ihr zu verstehen, dass er kein Wort glaubte. «Wollen wir was essen gehen?» Er setzte sich zu ihr auf die Bettkante.

«Ich hab schon gegessen.»

«Seit wann gelten Chips als Abendessen?», fragte Rick und deutete auf die leere Packung Pringles, die auf ihrem Nachttisch lag.

Oda zuckte mit den Schultern.

«Und willst du noch ein paar Flips zum Nachtisch?», neckte Rick sie und lachte. Und das tat gut, fand Oda. Sie legte ihren Kopf in seinen Schoß und schloss für einen Moment die Augen. Erst jetzt realisierte sie, wie müde sie war.

«Ich glaube, ich bleibe gleich liegen. Nur Zähneputzen und dann schlafen. Wir können ja morgen ausgehen, ja?»

Rick nickte und gab ihr liebevoll einen Kuss auf die Stirn. «Schlaf gut. Oder versuch's zumindest, ja?» Leise schloss er die Tür hinter sich.

Wenn das so einfach wäre, dachte Oda. Sie hatte Angst vor einer weiteren schlaflosen Nacht und überlegte kurz, ob sie sich noch ein paar Fotos auf ihrem iPad ansehen sollte. Doch sie entschied sich dagegen und wollte gerade die Programme runterfahren, als sie bemerkte, dass sie eine neue Facebook-Nachricht hatte. Eigentlich stand ihr nicht der Sinn danach, sich heute noch mit irgendwem auszutauschen. Aber neugierig war sie schon, weil sich durch ihre Ausstellung der ein oder andere interessante Kontakt aufgetan hatte.

Oda klickte sich zur Nachricht durch und erstarrte. Sie war von Till. Till Jansen, ihrem alten Freund aus Studienzeiten!

Mit klopfendem Herzen begann sie zu lesen:

Verehrte Oda,

lila Bäume und ein Kopf nur aus Haaren, das kannst eigentlich nur du sein. Bist du es? Und wenn ja, kannst du dich noch an unsere gemeinsame Zeit erinnern? Oder schaust du immer noch nur nach vorne?

Till

Till

Schon seit Tagen ging das so: Eine Stunde vor dem Wecker wachte Till auf und konnte nicht mehr weiterschlafen. Wenn der Alarm dann schließlich schrillte, wusste Till nicht, welcher Wochentag war und ob er in die Firma musste oder nicht. Es war, als stecke er in einer Zeitschleife, aus der es kein Entkommen gab.

Wann hatte diese Unruhe eigentlich begonnen? Seit der Begegnung mit Jesper? Jedenfalls war alles noch schlimmer geworden, nachdem er Oda die Freundschaftsanfrage gestellt hatte. Mittlerweile war ihm die Aktion peinlich, besonders weil sie sich noch nicht gemeldet hatte. Löschen wollte er die Anfrage aber auch nicht. Wäre das nicht noch demütigender? Oder sollte er …? Verdammt! Es war, als ob er Styropor im Kopf hatte. Der einfachste Gedanke entpuppte sich als riesige Anstrengung. Till fühlte sich schwindelig, und er hatte unsägliche Kopfschmerzen. Und da es keinerlei Anzeichen gab, dass sein Zustand sich bald bessern würde, hatte er sich krankgemeldet.

Vier Tage war das jetzt her, bevor er sich endlich aufraffte, einen kleinen Gang zum Bäcker zu machen. Denn er verspürte eine bisher unbekannte Lust auf Croissants. Wann er sie das letzte Mal gegessen hatte, wusste Till nicht. Aber er erinnerte sich plötzlich, dass sie auf der Kunstakademie jeden Morgen Croissants gegessen hatte.

Mit der Tüte in der Hand trottete er durch Schmargendorf.

Draußen war es heiß. Schwachsinn, dachte er, bei diesem Wetter im Bett zu liegen. Depressiv geradezu.

Er setzte seine Sonnenbrille auf, spazierte durch die Nachbarschaft und dachte, was er jeden Tag dachte: dass ihm dieser Teil von Berlin, in dem er seit zehn Jahren lebte, viel zu spießig war: Schmargendorf! Schon der Name klang bieder. Die Straßen waren leer, Kinder Mangelware. Dafür gab es viele ältere Leute und kleine, unaufgeregte Häuschen wie seins.

Till biss in sein Croissant und schlenderte weiter in Richtung Ku'damm. Er lief und lief ohne Plan und ohne Ziel. Schließlich kam er an den teuren Boutiquen des Ku'damms vorbei, ging weiter Richtung Tiergarten und fand sich plötzlich in Berlin-Mitte wieder. Nach ungefähr zwölf Kilometern stand er – wie von Geisterhand gesteuert – wieder vor der Kastanienallee 11. Dort, wo er eigentlich nie wieder hinwollte. Er zückte sein Handy.

«Hi, Jesper. Wie sieht's aus? Lust auf einen spontanen Kaffee?»

Zehn Minuten später schlenderten sie nebenan in den *Prater*, wo man im Sommer herrlich auf Bänken sitzen und Bier trinken konnte. Die Stimmung zwischen ihnen war gut, und Till fühlte sich wieder etwas wohler in seiner Haut. Sogar seine Kopfschmerzen waren verschwunden.

«Coole Sonnenbrille», sagte er zu Jesper, als sie sich in den Schatten einer Kastanie setzten.

«Tauschen wir? Mir gefällt dein Modell.» Jesper hielt ihm seine Brille hin. «Gut, dass ich heute Kontaktlinsen trage …»

«Seit wann brauchst du eine Brille?»

Statt einer Antwort winkte Jesper nur ab.

«Erst keine Haare und jetzt noch Augenschwund?»

Till wusste auch nicht, aus welcher Ritze sein Humor gekrochen war, aber er fühlte sich richtig gut. Das Gespräch mit Jesper gefiel ihm, und die Zeit verging wie im Flug.

35

Zwei Stunden redeten sie über dieses und jenes, wobei Jespers Telefon anfänglich alle drei Minuten klingelte. Aber irgendwann schaltete er sein Handy einfach aus. «Wir haben letzte Woche einen Pitch gewonnen, und nun spielen alle verrückt», erklärte er. «Dabei kann man sich doch jetzt erst mal gemütlich zurücklehnen.» Er prostete Till mit seiner Kaffeetasse zu. «Rauchst du eigentlich noch Pfeife?»

Noch so eine längst verschüttete Erinnerung aus seiner Vergangenheit.

«Oh Gott, das habe ich total verdrängt», rief Till.

«Du hast unseren Pfeifen-Club vergessen? Bist du wahnsinnig?» Für ein paar Monate hatten sie sich regelmäßig getroffen, um Pfeife zu rauchen. Das erschien ihnen damals unendlich mondän und feinsinnig, und alle nahmen es unheimlich ernst. Alleine deshalb, weil damals sonst niemand mehr Pfeife rauchte. Schon bald tauchten die ersten Pfeifen auf den Kunstwerken der Studenten auf. Oda hatte sich über diese Modeerscheinung fürchterlich lustig gemacht. Für sie war Pfeiferauchen eine Alt-Herren-Sache.

Weder Jesper noch Till hatten seitdem geraucht, wie sie sich jetzt lachend eingestanden.

«Was macht denn deine zweite Karriere als DJ?», fragte Till spöttisch.

«Ach, die Zeit reicht nicht mal mehr zum Gitarrespielen.»

«Du kannst Gitarre spielen?»

«Seit der Grundschule!», erwiderte Jesper nicht ohne Stolz.

Zu seiner Überraschung erfuhr Till, dass Jesper großer Jazz-Fan war, seit er als Kind Chat Baker live bei einem Konzert in der Hamburger Fabrik erlebt hatte.

«Warum habe ich das nicht schon damals gewusst?»

«Dreimal darfst du raten, woran das wohl lag!»

Till sah ihn fragend an. Ihm fiel kein Grund ein.

«Du bist von Tag eins an der Kunstakademie jede Minute mit Oda zusammen gewesen. Deswegen!»

Till schüttelte den Kopf. «Quatsch! In den Pfeifen-Club zum Beispiel hätten sie keine zehn Pferde bekommen», sagte er matt. Irgendwie klang das Argument selbst in seinen Ohren vage.

«Hm …» Jesper räusperte sich. «Ich will dich ja nicht nerven, aber …» Er machte eine Kunstpause und rührte dabei verlegen in seiner leeren Kaffeetasse.

«Ja?»

«Ich meine, es wird schon seinen Grund haben, warum du ein paar Tage nach Odas Abflug ebenfalls verschwunden bist, aber …»

«Aber, aber … Kannst du auch was anderes sagen?», erwiderte Till schnell und viel zu barsch. Und weil ihm sein Ton sofort leidtat, fügte er milder hinzu: «Ich habe Oda seitdem weder gesehen noch gesprochen.»

«Wow!»

«Ja. Wow!»

«Und die Kunst? Was machst du? Woran arbeitest du?»

Jetzt war es Till, der verlegen mit seiner Kaffeetasse spielte. «Gar nichts mache ich», sagte er schließlich mit gepresster Stimme und stellte die Tasse etwas zu fest zurück auf den Tisch. «Und du? Hast du noch Kontakt zu jemandem? Zu Marlies oder Lorenz?»

Jesper sah ihn stirnrunzelnd an, sodass Till schon dachte, er würde sich an die beiden vielleicht nicht erinnern.

«Hey, du hast bei ihrer Hochzeit die Musik aufgelegt!», fügte er erklärend hinzu. «Ziemlich mies übrigens für einen Jazz-Fan.»

«Willst du mich verarschen, Till?» Jesper grinste über beide Wangen, etwas schien ihn königlich zu amüsieren.

«Nee, warum?»

«Wächter.»

37

Till verstand kein Wort. «Wächter, was?»

«Meyer & Wächter. Unsere Firma heißt Meyer & Wächter.»

«Was hat das damit zu tun?»

Jesper lachte. «Mensch, Till, du hast wirklich keine Ahnung, was? Jesper Meyer & Marlies Wächter. Ich bin mit Marlies verheiratet, seit acht Jahren. Drei Kinder: fünf und drei Jahre alt, und eins hat Marlies aus ihrer Beziehung mit Lorenz in die Ehe gebracht. Johnny ist jetzt schon zwölf.»

Till starrte ihn an. «Johnny?»

«Johnny ist Lorenz' und Marlies' Sohn. Er wohnt jetzt aber bei uns.» Irgendwie stolz fügte Jesper hinzu: «Wir verstehen uns gut. Moderne Patchworkfamilie eben. Auch mit Lorenz läuft es okay. Er arbeitet als selbständiger Layouter für mehrere Zeitschriften. Er ist gut im Geschäft und inzwischen zum zweiten Mal geschieden», ergänzte er mit einem schiefen Grinsen.

«Sodom und Gomorra also.» Till wusste nicht genau, warum er meinte, das sagen zu müssen.

«Genau: Sodom und Gomorra.»

Beide lächelten, als plötzlich ein junger Mann zu ihnen an den Tisch trat. Wie sich herausstellte, ein Praktikant von Meyer & Wächter. Jesper wurde gebraucht.

«Ich muss los.»

Wie auf Knopfdruck standen beide auf. Zum Abschied umarmten sie sich umständlich über den Tisch hinweg, dann war Jesper verschwunden. Till blieb noch eine Weile in dem Biergarten sitzen, bis er feststellte, dass er noch immer Jespers Sonnenbrille trug. Und dass das Styropor in seinem Kopf verschwunden war.

Oda

«Ich weiß wirklich nicht, was das Ganze soll!»
Argwöhnisch lugte Oda ihrem Freund über die Schulter. Rick war damit beschäftigt, Raclette-Käse für das Abendessen mit ihren Eltern zuzuschneiden. Obwohl Oda ganz und gar nicht der Sinn nach Gesellschaft stand und schon gar nicht nach Smalltalk mit ihrer Mutter und ihrem Vater, wollte sie Rick bei den Vorbereitungen helfen. Schließlich war er hier der Chef in der Küche und hatte weit mehr Freude am Kochen als sie. Er war es auch, der das leuchtende Rot der Wände ausgesucht hatte.

«Ich finde es wichtig, deine Eltern etwas besser kennenzulernen», entgegnete Rick mit einer Ernsthaftigkeit, die Oda gar nicht von ihm kannte.

«Meinst du das ironisch?», fragte sie und holte die Teller aus dem Schrank. Sie war zwar nicht gut im Kochen, aber eine erstklassige Tischdeckerin.

«Ich?» Rick drängelte sich an ihr vorbei, um an die Weingläser zu kommen, und gab ihr einen flüchtigen Kuss auf den Nacken. «Ich bin niemals ironisch!»

Oda musste schmunzeln, was jedoch nichts an ihrer Grundstimmung änderte. Am liebsten würde sie sich ins Bett verkriechen und erst wieder aufstehen, wenn der ganze Spuk vorbei war. Sie seufzte tief.

«Ach, komm, Süße. Das wird nett. Ein bisschen Ablenkung wird dir guttun!»

Oda hielt kurz die Luft an und überlegte, ob sie protestieren sollte, entschied sich aber dagegen und widmete sich dem Besteck und dem restlichen Geschirr.

Erst nach einer ganzen Weile, in der sie beide geschwiegen hatten, trat sie an die Küchenzeile, umarmte Rick von hinten und lehnte ihren Kopf an sein breites, einladendes Kreuz. «Ich weiß nicht einmal, worüber ich mit ihnen reden soll.»

Rick drehte sich zu ihr um und umrahmte liebevoll ihr Gesicht mit beiden Händen. «Es sind deine Eltern! Meinst du nicht, dass sie von deinem Tumor wissen sollten?!»

«Nein, das meine ich nicht!», entgegnete Oda unmissverständlich und wich einen Schritt zurück.

Sie konnte schlicht nicht nachvollziehen, warum Rick sich so schwer damit tat, ihre Entscheidung zu akzeptieren. Sie wollte ihre Mutter und ihren Vater einfach nicht unnötig beunruhigen. Erst wollte sie die OP in der kommenden Woche abwarten. Aber dass Rick so darauf drängte, die beiden zu informieren, obwohl er sich bislang so betont optimistisch gezeigt hatte, gab Oda zu denken. Rechnete er also auch insgeheim mit dem Schlimmsten?

«Sie werden es schon früh genug erfahren, wenn ich sterben muss», ergänzte Oda trotzig und holte vier rote Kerzen aus einer Schublade. Immer häufiger schlug die lähmende Angst der letzten Tage in Wut um. Oda war streitsüchtig und suchte ein Ventil für ihre Anspannung. Demonstrativ schob sie die Stühle geräuschvoll über die Küchenfliesen, obwohl Rick das hasste.

Er atmete schwer durch und ging erneut auf Oda zu. Aber weil sie ahnte, dass er sie mit seinem Dackelblick mitleidig ansehen würde, vermied sie es, aufzusehen. Stattdessen faltete sie die edlen Stoffservietten, die Ricks Mutter ihnen zum Einzug geschenkt hatte. Sie waren knallrot mit weißen Punkten und passten perfekt zum Rot ihrer Küche und den Kerzen.

Geschickt verwandelte Oda die Servietten zu kleinen Türmen und drapierte sie auf dem weißen Designer-Geschirr. Der Anblick ließ sie innehalten.

«Findest du mich eigentlich spießig?», fragte sie.

Rick betrachtete ihre Servietten-Ungetüme auf dem durchgestylten Tisch und sagte, ohne zu zögern: «Ein bisschen vielleicht.»

«Auf so eine Frage möchte eine Künstlerin keine ehrliche Antwort!» Mit gespielter Entrüstung bewarf Oda ihn mit einem der Türme, der daraufhin zu Boden fiel. Gleichzeitig bückten sie sich danach, wobei sie mit den Köpfen zusammenstießen.

«Aua!»

Ihre Blicke trafen sich, danach ihre Münder. Rick küsste Oda mit einer Leidenschaft, die sie schon länger nicht mehr gespürt hatte. Erst als es an der Haustür klingelte, ließen sie wieder voneinander ab.

Oda seufzte. «Und wenn wir einfach nicht aufmachen?», fragte sie missmutig, aber Rick war bereits auf dem Weg zur Tür.

Gut eine Stunde später, als Hans und Renate Florentin sich nach dem üppigen Raclette-Essen zufrieden auf ihren Stühlen zurücklehnten und dabei zusahen, wie Rick den mitgebrachten Heidegeist in Schnapsgläser füllte, hielt Oda es nicht mehr aus.

«Meint ihr nicht, ihr solltet ihm endlich das ‹Du› anbieten?», platzte es aus ihr heraus.

Plötzlich wurde es still. Zuvor hatte Odas Mutter sich beinahe pausenlos darüber ausgelassen, wie unzufrieden sie über die neuen Nachbarn in ihrer Straße war. Sie mähten ihren Rasen nicht oft genug und überließen den Vorgarten sich selbst, wo doch die bisherigen Eigentümer, Prof. Bellmann und Gattin, immer vorbildlich im und am Haus gearbeitet und sich perfekt in die Dorfgemeinschaft eingefügt hätten. Ab und an hatte Oda ihrem Freund einen vielsagenden Blick zugeworfen. Doch Rick hatte ihr, unbemerkt von den Gästen, durch beruhigende Gesten bedeutet, keinen Konflikt heraufzubeschwören.

Doch jetzt konnte auch er nichts mehr für sie tun. Oda war mal wieder vorgeprescht. Als Rick jedoch sah, wie das Ehepaar Florentin sich hilflose Blicke zuwarf, erklärte er: «Alles hat seine Zeit, Oda. Jetzt trinken wir erst mal den Heideschnaps deiner Eltern.»

«Danke, Rick, Sie sind ein sehr aufmerksamer Gastgeber», sagte Renate kleinlaut, als er ihr das Glas mit dem Absacker reichte.

Oda wartete noch einen Augenblick, dann schnaubte sie: «Ihr tut es einfach nicht, oder?» Enttäuscht stand sie auf, um die Dessertschalen einzusammeln.

«Aber doch, ja, natürlich», stotterte Odas Mutter. «Es ist nur ...» Ihr Blick richtete sich hilfesuchend an ihren Mann.

Auch Odas Vater war die Situation ganz offensichtlich sehr unangenehm. Er räusperte sich. «Nun, das musst du deinen Eltern schon selbst überlassen, mein Kind. Wir kennen Herrn Schumann ja noch nicht besonders lange und –»

«Ich freue mich jedenfalls, dass Sie meiner Einladung gefolgt sind», warf Rick schnell ein und half Oda dann, das Geschirr wegzutragen.

«Musste das sein?», zischte er, als sie vor dem Tresen standen, der die Küche vom Essbereich trennte.

Oda rollte mit den Augen. «Ich kann dieses gestelzte Geplänkel heute einfach nicht ertragen», flüsterte sie. «An allem haben sie etwas zu kritisieren. Keiner kann es ihnen recht machen.» Mit halbem Ohr hörte sie, wie ihre Eltern tuschelten.

Rick stellte die halb leergegessene Käseplatte und ein paar Schüsselchen mit Gemüseresten ab und öffnete die Spülmaschine. Gemeinsam begannen sie, alles einzusortieren.

«Willst du nicht doch was sagen?», fragte Rick. Er sprach ganz dicht an ihrem Ohr. «Dann verstehen sie vielleicht, warum du so geladen bist.»

Oda konnte kaum glauben, dass er schon wieder damit anfing. «Die merken eh nicht, wenn etwas nicht mit mir stimmt. Die merken nur, wenn man die Mülltonnen am falschen Tag rausstellt oder der Rasen lange nicht gedüngt wurde.»

Jetzt ärgerte sie sich nicht nur über ihre Eltern, sondern auch noch über ihren Freund, der offenbar nicht kapiert hatte, wie ernst es ihr war, die Sache für sich zu behalten. Im selben Moment rutschte Oda ein Teller aus der Hand. Mit einem lauten Scheppern landete er auf dem Boden, die Scherben verteilten sich überall auf den dunklen Fliesen.

«Verdammter Mist!» Oda donnerte gleich noch eine Gabel hinterher.

Irritiert sahen ihre Eltern zu ihnen herüber und hielten die Luft an.

Oda schloss ihre Augen und wünschte sich an einen einsamen Ort. Bloß weg von hier!

«Nehmen Sie es ihr nicht übel!», hörte sie Rick sagen. Dann spürte sie seine Hand auf ihrem Arm. «Sie macht gerade eine schwere Zeit durch. Die Ärzte haben bei ihr einen Knoten in der Brust festgestellt.»

Oda erstarrte. Er hatte es getan. Er hatte sie verraten.

Fassungslos öffnete sie die Augen und sah Rick verletzt an. Dann eilte sie ohne ein weiteres Wort den Flur entlang ins Schlafzimmer, schloss hinter sich die Tür und ließ sich aufs Bett sinken. Obwohl es stockdunkel war, begrub sie ihr Gesicht unter der Bettdecke. Sie wollte nichts mehr sehen und auch nichts mehr hören.

Till

Der Zug fährt durch eine Landschaft, die ihn an früher erinnert. Allerdings weiß er nicht, welches Früher. Er sitzt mit einer Frau im hintersten Abteil. Sie trinken Kaffee aus Pappbechern, und er will etwas sagen, damit sie sich zu ihm dreht, denn er kann ihr Gesicht nicht erkennen. Trotzdem weiß er, dass er mit ihr verheiratet ist. Gerade als ihm etwas einfällt, kreischen die Bremsen des Zuges. Er wird nach vorne geschleudert, und sein Kaffee verteilt sich über den Sitz vor ihm. Die braune Brühe läuft auch an seiner Brust hinunter, sein ganzer Körper ist plötzlich nass. Endlich dreht sich seine Frau um, aber das Einzige, was er sieht, ist ihre riesige Sonnenbrille. Sie sagt etwas auf Schwedisch, es klingt vorwurfsvoll. Er gerät in Panik.

«Ich kann doch nichts dafür!», sagt er, woraufhin seine Frau beleidigt aufsteht und das Abteil verlässt.

«Wo gehst du hin?», will er sie fragen, aber da ihm das schwedische Wort für «gehen» nicht einfällt, bleibt er stumm.

Der Zug hat an einem Bahnhof gehalten. Er drückt sein Gesicht am Fenster platt und sieht, dass seine Frau auf den Bahnsteig tritt. Das Ortsschild verrät, dass sie in Siri sind. Der Name sagt ihm etwas.

Plötzlich schließen sich die Türen, und der Zug fährt an. Er will seiner Frau ein Zeichen geben, aber er kann die Arme nicht heben. Es geht einfach nicht.

Mit einem Ruck wachte Till auf. Einen kurzen Moment wusste er nicht, wo er war, dann wurde ihm klar, dass er zu Hause in seinem

Bett lag. Er war tatsächlich nass, aber nicht von Kaffee, sondern vom Schweiß. Draußen war es dunkel, aber immer noch schwül. Zu schwül, um zu schlafen. Aber zurück zu dem Traum wollte er ohnehin nicht.

Theatralisch seufzte er in die Stille hinein und stand auf. Mit nackten Füßen tapste er durch das leere Haus in sein Arbeitszimmer, nahm einen Bleistift und schrieb den Traum auf. Danach verspürte er Appetit auf einen Kaffee. Aber ob Koffein das Richtige wäre?

Die Quarz-Uhr auf seinem Schreibtisch mit den leuchtend roten Ziffern zeigte, dass es 23:41 Uhr war. Eine Uhrzeit, um die er sonst meist sowieso noch wach war. Er ließ den Kaffee sein und öffnete stattdessen seinen Computer. Sofort schien ihm die Seite mit den Google-Infos über Oda hell ins Gesicht. Er klickte sie weg. Gegen seinen festen Vorsatz ging er zum x-ten Mal in den letzten Tagen auf seine Facebook-Seite. Keine neue Nachricht. Er seufzte erneut und wanderte mit der Maus über die Seite. Verdammt, dachte er. Er würde die Freundschaftsanfrage doch löschen. Dann sah er, dass Oda online war, und ohne darüber nachzudenken, schrieb er ihr eine Nachricht:

Till Jansen   16.07.2014 23:42
Kannst du auch nicht schlafen?

Er zögerte eine Sekunde, dann drückte er auf Return und wartete. Wenn sie jetzt nicht antwortete, würde er wenigstens sicher sein können, dass sie nichts von ihm wollte. Danach könnte er auch die Freundschaftsanfrage löschen.

Während er dasaß, kribbelte es in seinen Händen. Automatisch öffnete Till die Schublade des Schreibtisches und griff nach seinem Schnitzwerkzeug. Er befühlte es, als wäre es ein Handschmeichler. Im nächsten Augenblick sah er die Meldung auf seinem Bildschirm: *Oda schreibt.* Dann erhielt er schon ihre Antwort:

Oda Flo 16.07.2014 23:43
Woher weißt du …?

Sie hatte geantwortet. Lächelnd legte Till das Schnitzwerkzeug weg.

Till Jansen 16.07.2014 23:45
Warum wohl? Männliches Einfühlungsvermögen eben.

Das Ganze hatte keine 10 Sekunden gedauert. Und kurz darauf wieder: pling. Die nächste Nachricht war da:

Oda Flo 16.07.2014 23:48
Einfühlungsvermögen? Till Jansen? Warst du damals nicht derjenige, der am lautesten gelacht hat, als Jesper mit einem Edding die Brille verpasst bekommen hat?!

Bingo! Das hatte Till total vergessen. Jesper, der sturzbetrunken zwischen lauter Flaschen auf dem Boden der Hochschulwerkstatt lag, und Oda, die sich übermütig über ihn beugte. Till musste grinsen.

Till Jansen 16.07.2014 23:50
Aber nur, weil du die Brille so kläglich gemalt hast. Von wegen begabte Kunststudentin … Aber das hast du wohl verdrängt.

Auf einen Schlag war alles wieder da. Das gedämpfte Geräusch der Party, die zur gleichen Zeit im Hochschulgebäude ablief, das Lachen der Studenten und Odas Grinsen, nachdem sie Jesper die

Brille aufs Gesicht gemalt hatte. Instinktiv griff Till nach Jespers Sonnenbrille, die neben der Tastatur auf dem Schreibtisch lag, und für einen Moment hatte er das Gefühl, als würde er immer noch träumen. Ein weiteres Pling machte ihm klar, dass es nicht so war.

Oda Flo   16.07.2014 23:53
Warum musstest du mich auch mit Gimlet abfüllen? Und zwar mit billigem Gin. Autsch! Seitdem habe ich das Zeug nie wieder angerührt.

Gimlet. Gin mit stilechtem *Rose's Lime Juice*. Es war der einzige Cocktail, den niemand damals mochte, und genau darum hatten sie ihn an der Kunsthochschule alle getrunken. Idiotisch.

Till Jansen   16.07.2014 23:56
Wahrscheinlich hast du keinen Gimlet mehr getrunken, weil du dir seitdem Champagner leisten kannst. In diesem Sinne: Gratuliere zu deiner Ausstellung!

Er konnte es nicht fassen, dass er dasaß und Oda schrieb. Einfach so, als wäre sie nie weggewesen. Ein reizvoller Gedanke, dass die Jahre dazwischen einfach nicht stattgefunden hatten. Dass sie lediglich ein böser Traum gewesen waren.

Oda Flo   17.07.2014 00:01
Oh, danke! Und du? In Berlin hängen geblieben?

Immer noch so vorlaut wie früher.

Till Jansen   17.07.2014 00:04
Die einen nennen es hängen bleiben, die anderen: «in die Tiefe gehen».

Return und weg damit. Während Till wartete, spielte er wieder mit seinem Werkzeug. Die Augen nahm er trotzdem nicht vom Bildschirm. Nicht eine Sekunde.

Oda Flo 17.07.2014 00:06
Was treibst du denn? Hast du dir einen Künstlernamen zugelegt, oder warum ist mir nie wieder eine Skulptur vom Meister persönlich untergekommen?

Er zögerte. Das Wort Meister störte ihn. Die Anspielung auf seine nicht vorhandene Künstlerkarriere ebenfalls.

Till Jansen 17.07.2014 00:07
Seit du mich verlassen hast, warte ich auf Eingebung.

Beinahe hastig drückte er die Nachricht weg. Er wollte nicht über sich reden.

Oda Flo 17.07.2014 00:11
Als ob dich bei deinem Talent erst die Muse küssen müsste ... Aber was ist schon Erfolg? Am Ende des Tages zählt wohl was anderes. Und nach außen hin glänzt die Kunst ja oft mehr, als der steinige Weg dorthin vermuten ließe.

Huch, wieso plötzlich so philosophisch?

Till Jansen 17.07.2014 00:11
Läufst du ihn noch, oder hast du ihn schon hinter dir?

Immer schon hatten sie sich gegenseitig eins auf den Deckel gegeben, wenn der andere zu rührselig wurde. Auch wenn meistens er es gewesen war, der von Oda wegen seiner Melancholie aufgezogen wurde. Erstmals seit sie mit dem Chat begonnen hatten, sah Till vom Bildschirm auf. Es waren erst ein paar Minuten vergangen.

Oda Flo   17.07.2014 00:15
Gute Frage ... um ehrlich zu sein, weiß ich es nicht. Ich habe momentan das Gefühl, ich bin vor Jahren losgesprintet, ohne zu wissen, warum und wohin. Und du? Bist du angekommen?

Nanu. Las er da Selbstzweifel zwischen den Zeilen? Oder war das einer von Odas Scherzen, die er nicht verstand?

Till versuchte sich Odas freches Grinsen zu der letzten Nachricht vorzustellen. Er sah ihren breiten Mund und die vollen Lippen vor sich. Aber es passte nicht so ganz, und im gleichen Moment wurde ihm klar, dass eben doch ein paar Jahre zwischen ihrem letzten Treffen und heute vergangen waren.

Till Jansen   17.07.2014 00:20
Angekommen? Schwierige Frage. Zu schwierig vielleicht für Mitternacht.

Mit einem Mal war das Styropor in seinem Kopf wieder da. War er angekommen? Oder gar nicht erst losgegangen? Er wusste es nicht.

Was mache ich hier eigentlich?, fragt er sich. Was sollte das? In der Vergangenheit herumwühlen und in dieser ganzen Gefühlssoße schwimmen. Alles kam ihm plötzlich schwer und behäbig vor.

Um das Thema von ihm wegzulenken, schob er schnell noch eine Nachricht hinterher.

Till Jansen   17.07.2014 00:21
Bist du denn in Hamburg angekommen?

Es dauerte ungewöhnlich lang, bis eine Antwort kam.

Oda Flo   17.07.2014 00:29
Irgendwie ist es zu spät für solche Fragen. Oder zu früh. Im
Moment weiß ich absolut nicht, wo ich stehe und was ich noch
vor mir habe.

Wieder konnte er nicht glauben, dass Oda diese selbstkriti-
schen Zeilen schrieb. Oda, die früher lieber gestorben wäre, als
für tiefgründig gehalten zu werden. Erlaubte sich da jemand
einen Scherz mit ihm? Hatte Jesper sich in ihren Account einge-
loggt?

Till Jansen   17.07.2014 00:31
Hört sich überraschend düster an, Lady Oda. Hast du Geheimnisse vor mir und der Welt?

Jetzt war sich Till beinahe sicher, dass er verarscht wurde. Er
stellte sich vor, wie Oda und Jesper zusammen am Computer
saßen und sich totlachten über den sentimentalen Till.

Dann war ihm so, als hörte er im Haus Geräusche. Erschrocken stand er auf und stellte sich lauschend in den Türrahmen.
«Hallo?», rief er unsicher und kam sich im gleichen Augenblick
furchtbar dämlich vor. Ein Einbrecher würde wohl kaum antworten, oder?

Als er an den Bildschirm zurückkehrte, wartete schon eine
neue Nachricht auf ihn.

Oda Flo   17.07.2014 00:32

Geheimnisse? Vor dir? Tausende! Aber im Ernst: Erwachsen werden heißt wohl, dankbar zu sein für jeden Tag, an dem man gesund ist.

Till las alles noch einmal durch und schüttelte innerlich den Kopf. Sein Blick ging nervös zwischen dem Bildschirm und der Tür hin und her. Wären Oda, Jesper, Marlies und Lorenz in diesem Moment die Treppe zu seinem Arbeitszimmer hochgekommen, er hätte sich nicht gewundert.

Till Jansen   17.07.2014 00:34

Reden wir tatsächlich schon über Krankheiten?! Was ist mit dem guten alten Smalltalk-Thema: Wetter?

Er hämmerte auf die Return-Taste. Woher kam diese plötzliche Wut? Schon in dem Moment, in dem er die Nachricht abgeschickt hatte, war sie ihm peinlich. Was, wenn es Oda wirklich nicht gutging?

Kurzerhand fügte er eine Art P. S. hinzu:

Till Jansen   17.07.2014 00:35

Ich weiß gerade nicht, ob ich dich richtig verstehe oder du Spaß machst. Ich hoffe jedenfalls, es geht dir gut. Richtig gut. Und wenn nicht, dann … tja, was dann? Keine Ahnung, außer dass es mich sehr traurig machen würde in dieser Nacht.

Kaum hatte er sich zurückgelehnt, kam schon die Antwort.

Oda Flo   17.07.2014 00:36

Mein Gott, schon so spät? Ich muss Schluss machen. Chatten wir mal wieder?

Ups, was war das? Oda auf Rückzug? Schnell legte Till die Finger auf die Tastatur. Er musste etwas schreiben, um sie bei der Stange zu halten.

Till Jansen   17.07.2014 00:37
Ja, klar. Wann passt es denn?

Kaum hatte Till Return gedrückt, biss er sich auf die Lippe.

Oda Flo   17.07.2014 00:38
Gute Nacht. Oder besser: Guten Morgen!

Im nächsten Augenblick war Oda offline.

Typisch, dachte Till und starrte noch eine Weile auf den Computer. Er hatte einen schlechten Geschmack im Mund. Ihm war, als hätte Oda irgendwie ... um Hilfe gerufen. Oder täuschte er sich da? Wollte er einfach nur, dass sie ihn brauchte?

Nach ein paar Minuten fuhr Till den Computer herunter. Er fühlte sich, als wäre er von dem Zug aus seinem Traum nun auch noch überrollt worden.

Oda

O da lag im Bett und konnte immer noch nicht schlafen. Der Chat mit Till hatte sie emotional aufgewühlt. Was für eine beglückende Ablenkung, als seine Nachricht aufgepoppt war! Schlagartig waren für einen Moment alle trüben Gedanken wie weggeblasen gewesen. Till! Ihr guter, alter Freund Till! Sie hatte sich riesig gefreut, auch wenn es ein bisschen unheimlich war, dass er genau in dem Moment buchstäblich auf der Bildfläche auftauchte, als sie am Tiefpunkt dieses ohnehin schrecklichen Tages angekommen war.

Eigentlich hatte Oda nach dem Essen mit ihren Eltern den Laptop gar nicht mehr hochfahren wollen. Doch sie konnte es einfach nicht lassen und war wieder auf den einschlägigen Seiten über Krebserkrankungen unterwegs gewesen. Noch einmal wollte sie sich durch Statistiken und Forenbeiträge vergewissern, dass die Heilungschancen heutzutage wirklich bei 90 Prozent lagen und eine Diagnose nicht obligatorisch bedeutete, gleich alle Haare zu verlieren. Oder gar ihre Brüste. Doch das waren alles nur Zahlen und Worte gewesen, die sie im Herzen nicht wirklich beruhigen konnten. Im Gegenteil. Die Lektüre hatte sie aufgewühlt. Und dann war ihr die überraschende Nachricht von Till ins Auge gesprungen.

Auch wenn sie sich seit dem gemeinsamen Studium nicht mehr gesehen hatten und der Kontakt zwischen Berlin und New York nach etwa zwei Jahren gänzlich abgebrochen war, war die alte Vertrautheit sofort wieder da gewesen. Ob Till inzwischen einen Bierbauch und eine Glatze hatte?, fragte Oda sich mit einem leichten Lächeln auf den Lippen. Wie unbeschwert die Berliner Studienzeit doch gewesen war! Damals war kein Tag vergangen, an dem sie Till nicht getroffen, mit ihm in der Vorlesung oder im Café gesessen und über Gott und die Welt philosophiert hatte. Krankheiten, Krebs, Tod waren damals jedenfalls kein Thema gewesen. Völlig unbeschwert hatten sie in den Tag hineingelebt. Sich keine Sorgen um ihre Zukunft gemacht. Es tat gut, sich an die Oda von damals zu erinnern. Und sie fragte sich, was von ihrer unbeschwerten Lebensfreude, ihrem Hunger auf Abenteuer und ihrer Lust an der Provokation eigentlich geblieben war. Hatte sie diese Gedanken auch schon vor ihrem letzten Arztbesuch gehabt?

Sie war jetzt schon näher an der 40 als an der 30. Till musste seinen runden Geburtstag längst hinter sich haben … Sofort hatte Oda Bilder vor Augen, wie seine Party in einem der angesagten Berliner Läden wohl abgelaufen sein könnte. Sicher war er in der Szene noch immer gut vernetzt und hatte sich von Groupies und DJs feiern lassen. Zwar war Till nie der Typ gewesen, der sich gerne in den Mittelpunkt stellte. Aber gerade seine zurückhaltende Art verlieh ihm diese Herzenswärme, die ihn so beliebt machte. Er war der typische Frauen-Versteher gewesen, den sämtliche ihrer Kommilitoninnen gerne um Rat fragten, den sie aber nie verführen wollten. Dabei war Till nicht unattraktiv gewesen, abgesehen von seinem Bart vielleicht, dachte Oda amüsiert. Auch sie hatte in ihm immer eher einen großen Bruder gesehen und zu jener Zeit ohnehin kein Interesse an Affären oder gar festen Beziehungen gehabt. Sie wollte von Berlin aus die ganze Welt erobern. Schon während des Grundstudiums hatte sie sich entschieden, ins Ausland zu gehen, was ihre Eltern stets mit einer Mischung aus Sorge und Unverständnis kommentierten.

Ein Geräusch ließ Oda aufschrecken. Als Rick sich auf seiner Seite plötzlich umdrehte, schien das ganze Bett zu wackeln. Sie seufzte tief. Ihr Kopf dröhnte, und obwohl die Müdigkeit sie wie ein bleierner Mantel umhüllte, fand sie noch immer keinen Schlaf. Die Gesichter von damals mischten sich mit denen der vernebelten Gegenwart und befeuerten das Gedankenkarussell.

Erst als sie Tills vertraute Stimme wieder im Ohr hatte, schlummerte Oda langsam ein.

Till

«Wie geht's dir, Till?»
«Gut, danke.»

«Und was hindert dich dann daran, zur Arbeit zu kommen?»

Tja, was sollte er seinem Chef darauf antworten? Es war bereits mittags. Der Tag nach Tills Chat mit Oda. Die Sonne knallte von draußen mit ihrer guten Laune gegen die weißen Gardinen in seinem Arbeitszimmer und verbreitete ein helles, freundliches Licht.

Till hatte nur drei Stunden geschlafen, dann war er plötzlich aufgewacht und sofort hellwach. Sein erster Gedanke galt Oda. Es war so typisch für sie gewesen, das Gespräch einfach abzubrechen und auf die Frage, ob und wann sie wieder miteinander chatten würden, keine Antwort zu geben. Er wusste weder, ob sie sich über seine Kontaktanfrage gefreut hatte, noch, wie es ihr wirklich ging. Und auch nicht, ob sie überhaupt wieder mit ihm kommunizieren wollte. Alles war offen. Verdammt! Sie hatte ihn schon wieder am Haken. Aber zu seiner Überraschung machte ihm das heute weniger aus als befürchtet. Mit Schwung war er aufgestanden, hatte sich an seinen Schreibtisch gesetzt und erstmals seit Jahren angefangen zu zeichnen. Als ein paar Stunden später das Telefon klingelte, saß er immer noch dort. Vor ihm auf dem Papier war eine Figur entstanden. Der Mann trug ein schlichtes Hemd und eine Bundfaltenhose, er schien auf etwas zu warten.

56

«Till?!»

Es war Paul Lambrecht, sein Chef. Und er hatte seinen Namen förmlich durch die Leitung geschrien.

Vor Schreck zuckte Till zusammen, sodass ein unschöner Bleistiftstrich seine Zeichnung durchschnitt. «Bitte?»

«Hörst du mir überhaupt zu? Was hat der Arzt gesagt? Mensch, du fehlst hier jetzt schon seit mehr als einer Woche!»

Seine Krankschreibung! Das hatte Till total vergessen. Er hatte Paul versprochen, zum Arzt zu gehen. Eigentlich war es als Angestellter ohnehin seine Pflicht, aber da Paul zur Familie gehörte und im Lauf der Jahre so eine Art Vaterersatz für Till geworden war, hatte er den Arztbesuch einfach verdrängt.

«Ja, ich ...äh, ist wohl was Psychisches», stotterte Till in den Hörer.

«Was Psychisches? Wie darf ich das verstehen? Bist du über Nacht verrückt geworden?»

«Blödsinn! Ich ...»

«Komm mir nicht mit diesem albernen Burn-out-Syndrom, mein Lieber! Dafür hast du bei mir viel zu wenig Stress. Und du weißt auch, dass ich dieses Rumgeeiere nicht mag.»

Das wusste Till tatsächlich nur allzu gut. Schließlich hatten sie inzwischen viel Zeit miteinander verbracht. Till wusste fast alles von Paul, und umgekehrt war es genauso.

Er seufzte. «Ich weiß.»

«Dann komm zum Punkt.»

«Tja, ich ...», begann er lustlos, bevor Paul ihn schon wieder unterbrach.

«*Ich* könnte ein verdammtes Burn-out-Syndrom bekommen, weil ich die ganze Verantwortung in dem Laden hier trage. Weil ich mich jeden verflixten Tag schützend vor mein Personal stelle. Und jetzt kommst du mir mit einem Burn-out. Das ist doch nur so eine verdammte Modeerscheinung und keine Krankheit!»

«Kein Mensch redet von einem Burn-out-Syndrom.»

«Nicht? Na gut. Was hast du dann?»

Till konnte Paul gut leiden, aber manchmal ging es ihm auf den Zeiger, dass er einfach nicht von Dingen abließ. Er wollte immer die Wahrheit hören und ließ nicht locker, bis er glaubte, sie bekommen zu haben. Till seufzte erneut. Wie war er nur auf die idiotische Idee gekommen, etwas ‹Psychisches› vorzuschieben?

«Du brauchst gar nicht so theatralisch zu seufzen», schoss es durch den Hörer.

«Tut mir leid. Können wir später darüber reden?»

«Du eierst rum, verdammt noch mal!» Wieder die falsche Antwort. Am anderen Ende der Leitung wurde tief Luft eingesogen. «Wie oft habe ich dir schon gesagt, dass ich das nicht ausstehen kann. Sag, was los ist, dann gehen wir damit um! Aber nicht diese Lass-uns-morgen-reden-Kacke. So kannst du mit Siri reden. Nicht mit mir.»

In dem Augenblick fielen Till wieder sein Traum ein und das Schild auf dem Bahnhof. Siri!

«Verdammt noch mal, Till, was ist eigentlich los?»

«Ach, Scheiße, ich war gar nicht beim Arzt.»

Stille am anderen Ende des Hörers. Jetzt war es endlich raus.

«Paul?»

«Ja. Ich bin noch dran.»

«Tut mir leid, dass ich dich angelogen habe. Ich brauchte einfach mal eine Pause.»

Es tat gut, die Worte zu sagen: eine Pause.

«Eine Pause wovon?»

«Ich …»

«Du bist mein Geschäftsführer, verdammt. Du solltest den Laden hier mal übernehmen, wenn ich abdanke. Also, was soll ich meinen Leuten sagen? Till kommt heute nicht, er macht mal Pause?»

«Es tut mir leid.»

«Hör auf, dich ständig zu entschuldigen!»

Vor seinem inneren Auge sah Till seinen Chef in dessen Büro am anderen Ende der Stadt auf und ab laufen. Mit seiner zerfurchten Stirn, dem kantigen Schädel und dem raspelkurzen Haar wirkte er wie ein Ringer. Oder ein Wikinger. In der Jeans und dem Norwegerpulli, den er auch bei 40 Grad im Schatten noch trug. Paul, der ehemalige Rugby-Spieler, der ehrliche Arbeit und ehrliche Menschen liebte und der seine Angestellten behandelte wie seine eigenen Kinder. Voller Respekt und mit großer Zuneigung. Er hatte ihn bei sich arbeiten lassen, als Till dringend einen Job brauchte. Und jetzt eierte Till rum.

«Okay, du brauchst eine Pause», erklärte Paul. «Na gut. Kannst du trotzdem was für mich erledigen?»

«Äh … ja?»

«Morgen muss dringend noch eine Lieferung nach Hamburg. Schreibtisch plus Büroschrank. Kombination Elmar. Neuer Kunde, viel Geld. Da solltest du hin und ein bisschen mit ihm fachsimpeln. So was kannst du gut. Ist das okay für dich, oder übernimmst du dich damit?»

Es war das Mindeste, was Till machen konnte. Was er machen musste.

«Till? Hast du zugehört?»

«Es geht nicht!»

Diesmal war die Pause am anderen Ende der Leitung länger. Till biss sich auf die Lippen. Er konnte selbst nicht glauben, dass er nein gesagt hatte.

«Du willst doch nicht etwa … kündigen, oder?», kam es schließlich zögerlich aus dem Telefon.

«Nein», hörte Till sich sagen, aber es klang in seinen Ohren eher wie ein Ja.

«Du weißt, dass du mich sowieso nicht anlügen kannst.»

Er räusperte sich. «Ich will nicht kündigen!»

«Scheiße, verdammt. Wenn du nicht fährst, muss ich fahren, und dann ist gar keiner mehr hier, auf den ich mich verlassen kann. Außerdem weißt du, wie ich solche Sachen hasse.» Nach einer Weile fügte Paul noch hinzu: «Wir müssen reden, Till. Ich mache mir ernsthaft Sorgen. Wann sehen wir uns?»

«Ich rufe dich morgen um zehn im Büro an, ja?»

«Was hältst du davon, wenn du persönlich kommst?»

«Mir wäre telefonieren lieber.»

«Mein Gott!», stöhnte Paul. «Also gut: zehn Uhr. Pünktlich!» Damit legte er auf. Lange Verabschiedungen waren nicht seine Sache.

Eine Weile hielt Till den Hörer noch in der Hand, so als wolle er sichergehen, dass Paul nicht doch noch etwas sagen würde. Er wusste, er würde irgendwann in den nächsten Tagen wieder ins Büro gehen müssen. Aber heute noch nicht. Erst musste er sich einem Teil seiner Vergangenheit stellen.

Oda

«Muss das sein?», fragte Oda müde, als Rick sie mit Dackelblick ansah. «Erst überredest du mich, in die übervolle Innenstadt zu gehen, und dann lässt du mich hier einfach stehen?!»

Oda verzog ihre Mundwinkel. Das war mal wieder typisch für Rick, dachte sie. Sobald sich eine Gelegenheit bot, kam sein ansonsten gutgetarntes Ego zum Vorschein. Er hatte sie mit einem Spaziergang um die Alster und einem Essen beim Thailänder in der Hafencity gelockt. Doch nun schien ihm der Kauf eines Paar Sneakers offenbar wichtiger, als sie von dem für heute angekündigten Anruf des Krankenhauses abzulenken.

«Ich beil mich auch, Sweety, versprochen!»

Oda seufzte ergeben. «Also gut, ich warte da drinnen auf dich», sagte sie und deutete auf den Eingang einer Starbucks-Filiale auf der gegenüberliegenden Straßenseite. Wenn sie nicht die Sandaletten mit den halbhohen Absätzen tragen würde, wäre sie vielleicht mitgegangen, statt sich etwas verloren in ein Café zu flüchten. Schließlich war die Idee einer gemeinsamen Ablenkung tatsächlich der einzige Grund gewesen, warum sie sich von Rick zu diesem spontanen Ausflug hatte hinreißen lassen. Und nun würde sie sich doch die Zeit allein bei einem Latte macchiato vertreiben, während ihr Freund ans andere Ende der Innenstadt laufen wollte, um Turnschuhe zu kaufen, die er bereits in drei anderen Farben besaß.

Aber es tat auch gut, tröstete sich Oda beim Bestellen am

Tresen, wieder ein wenig an New York erinnert zu werden. Zwar gab es hier nicht exakt das gleiche Angebot wie in ihrem Stammladen an der 39. Straße in Manhattan. Doch das Ambiente und der Duft erinnerten sie sofort an die Zeit am anderen Ende der Welt, die manchmal so unendlich weit weg schien. Oda erinnerte sich noch sehr gut an die verschüchterte kleine Frau, die sich nur langsam Block für Block in dieser Megametropole vorgetastet hatte. In den ersten Wochen hätte sie sich am liebsten unsichtbar gemacht und bloß den lieben langen Tag in einer Ecke Schutz hinter ihrer Kamera gesucht, um unentdeckt die vielen interessanten Gesichter zu fotografieren, die grenzenloses Selbstbewusstsein auszustrahlen schienen. Diese coolen Outfits, trendigen Frisuren und die perfekten Körper hatten Oda so sehr eingeschüchtert, dass sie sich im Gegensatz zu ihrer Berliner Zeit nur noch unauffällig kleidete. Doch als ihr erster Sommer in New York zu Ende ging, hatte sie ein Aha-Erlebnis, das wie ein Befreiungsschlag wirkte. Damals war sie von zwei Touristen auf der Brooklyn-Bridge angesprochen worden, ob sie nicht ein Foto von ihnen machen könnte. Die beiden Mädels hatten sie auf Englisch gefragt, und obwohl Oda meinte, einen deutschen Akzent herauszuhören, beließ sie die beiden in dem Glauben, sie sei Amerikanerin. Nach der Aufnahme hörte sie im Weggehen, wie eine der beiden meinte, die New Yorkerinnen wären so herzlich und trotzdem so beneidenswert cool. Spontan hatte Oda daraufhin das Objektiv ihrer eigenen Kamera nicht mehr länger auf die Streben der Brücke gerichtet, sondern es umgedreht, um sich selbst mit dem East River im Hintergrund abzulichten. Dieses Selfie trug sie fortan in ihrem Portemonnaie immer bei sich, weil sie darauf so selbstsicher und unbeschwert aussah. Später hatte sie einen Schnappschuss von Rick dazugelegt.

Auch ihre morgendlichen Besuche bei Starbucks wurden bald zu einem schönen Ritual, das ihr immer mehr Sicherheit verlieh.

Als Oda sich jetzt auf einen Sessel in der Ecke sinken ließ und ihren *Iced Caramel Macchiato* auf dem runden Holztischchen abstellte, kramte sie die beiden New-York-Fotos hervor und betrachtete sie eingehend. Das hatte sie lange nicht mehr getan. Damals trug sie ihr hellbraunes, langes Haar meist noch unter irgendeiner Mütze versteckt. Doch nach jenem Schnappschuss war sie wieder mutiger geworden und hatte bis zu ihrer Rückkehr nach Deutschland beinahe jeden Trend mitgemacht und sämtliche Farben und Frisuren ausprobiert. Bis Rick ihre Experimente leid wurde und regelmäßig betonte, dass er sie mit langen Haaren in ihrer Naturfarbe am schönsten fand.

Genüsslich trank Oda einen ersten Schluck von ihrem Eiskaffee und nahm das Foto von Rick zur Hand. Es zeigte ihn im Profil mit einem für ihn recht ungewöhnlich nachdenklichen Blick. Damals waren sie im Central Park unterwegs gewesen und hatten auf einer Parkbank eine Pause eingelegt, um dem *Indian Summer* dabei zuzusehen, wie er sich durch das herbstliche Blätterdach eines riesigen Ahorns Raum brach. Auch das war so ein Schlüsselmoment gewesen. Nie zuvor hatte sie sich mit Rick so verbunden gefühlt. Es brauchte auch nicht vieler Worte, um sich das erste Mal ganz offen darüber zu verständigen, wie zufrieden beide mit ihrem gemeinsamen Leben waren. Mal hier, mal dort, ohne Trauschein und ohne Kinder und trotzdem mit einer erfüllenden Aufgabe. Der Schnappschuss von Rick erinnerte sie an den Zauber dieses Tages, an dem sie mit sich und der Welt im friedlichen Einklang gewesen war. Oda wünschte sich, dieses Gefühl wieder heraufbeschwören zu können. Denn seit sie den Knoten in ihrer Brust entdeckt hatte, fragte sie sich, ob ihr Lebensentwurf noch immer stimmig war. Und wenn sie ganz ehrlich zu sich war, nagte diese Frage bereits länger an ihr.

Schon als Teenager hatte Oda sich entschlossen, auf keinen Fall so zu enden wie ihre Mutter, die ihr ganzes Seelenheil von anderen abhängig machte und entsprechend kontrollsüchtig war. Renate Florentin hatte ihr Leben allein auf das Wohlergehen ihres Kindes, ihres Mannes und ihrer Nachbarn ausgerichtet. Oda hingegen wollte niemanden für ihr Glück verantwortlich machen, höchstens sich selbst.

In letzter Zeit beschlichen sie allerdings immer wieder leise Zweifel daran, wohin die Reise eigentlich gehen sollte. Waren das nun erste Züge der berühmten Krise in der Mitte des Lebens? Oder war es einfach die Normalität ihres Beziehungsalltags? Zugegeben, die Ausstellungseröffnung ihrer Bilder in Ricks Galerie – damit hatten sie sich einen gemeinsamen Wunschtraum erfüllt. Doch vielleicht war genau das das Problem. Wovon sollten sie jetzt träumen? Jetzt, da der nächste Schritt immer schon bereits gemacht war und sie nicht länger in eine unbekannte Zukunft hineinlebten. Sie hatten Brooklyn erobert, eine Abenteuerreise durch Asien gemacht und waren schließlich nach Europa zurückgekehrt in ein schickes Loft in einem hippen Stadtteil ...

Oda seufzte tief und beobachtete zwei junge Frauen, die sich tuschelnd über die Displays ihrer Smartphones beugten und herumalberten. Genau das fehlte ihr im Moment am allermeisten: eine gute Freundin, ein Seelenverwandter, mit dem sie sich austauschen, mit dem sie Spaß haben konnte, ohne ständig kluge Ratschläge zu bekommen, wie sie ihre Probleme am effektivsten lösen könnte.

«Bis zur OP solltest du einfach vom besten Fall ausgehen», war einer dieser Standardsätze, die sie mehr als einmal von Rick zu hören bekommen hatte. Genauso gut hätte er von ihrer Mutter kommen können. Oda hatte ihren Eltern ein paar Tage nach dem verkorksten Raclette-Abend am Telefon von dem Verdacht der Ärzte erzählt. Ihr Vater schien vor Betroffenheit erstarrt, ihre Mutter dagegen flüchtete sich nur in mutmachende Floskeln.

Vermutlich waren beide aber einfach nur überfordert mit der Situation. Genau wie Rick. Jedenfalls vermisste Oda einen Freund an ihrer Seite.

Jemanden wie Till.

Das Klingeln ihres Handys schreckte Oda auf. Lautstark ertönte die Titelmusik vom *Tatort*, einem Relikt aus New Yorker Zeiten, in denen sie die Kultsendung vermisst hatte. Das Telefon war so laut eingestellt, weil das Krankenhaus anrufen wollte, um ihren OP-Termin in der nächsten Woche zu bestätigen. Umso hastiger suchte Oda nach ihrem iPhone und war erleichtert, als sie auf dem Display Ricks Namen las.

«Und? Hast du dein siebenundneunzigstes Paar Sneaker gekauft?», witzelte sie, als sie den Anruf entgegennahm.

«Jepp!», antwortete Rick ungewöhnlich knapp.

Oda stutzte, da kein weiteres Wort von ihm kam. «Alles in Ordnung?», fragte sie. «Du klingst so komisch.»

«Ich hab doch gar nichts gesagt», entgegnete er prompt.

«Ja, eben!»

Nun mussten sie beide lachen. Dann ließ Oda sich von Rick überzeugen, in seine Richtung zu kommen, obwohl sie inzwischen ziemlich hungrig war und eigentlich lieber direkt beim Thailänder einkehren wollte.

«Ich komme zu dir, aber dann gehen wir schnell was essen, ja? Sonst bekomme ich wirklich schlechte Laune.»

«Das will ich auf keinen Fall riskieren», witzelte Rick und schlug vor, sich in Bahnhofsnähe zu treffen.

Gerade als Oda ins Freie getreten war und nach ein paar Schritten ihre Sonnenbrille hervorgeholt hatte, ertönte ihr Handy erneut. In Erwartung des Anrufs aus dem Krankenhaus war sie entsprechend nervös, und es dauerte einen Moment, ehe sie das Telefon endlich zu fassen bekam. Doch das Display verriet, dass es wieder Rick war.

«Was ist?», fragte Oda verwundert.

«Bist du schon unterwegs?», fragte er.

«Ja!» Oda schüttelte irritiert den Kopf. Irgendetwas stimmte nicht.

«Bist du schon am Ballindamm?» Rick klang wie ein aufgeregter Schuljunge.

«Ja», antwortete Oda. Tatsächlich hatte sie die Hälfte der Strecke bereits hinter sich. «Wieso fragst du?»

«Bist du etwa auch schon an der Kunsthalle vorbei?»

Seine Stimme klang irgendwie seltsam, fand Oda und wurde langsam mürrisch. Sie hatte heute wirklich keine Lust auf Museum, geschweige denn, sich an der Nase herumführen zu lassen.

«Rick, was soll das? Wir können gern irgendwann in die Ausstellung von Leeds gehen, aber ich habe dir doch gesagt, dass ich heute keine –»

«Sweety, ich ...»

Ein Bus fuhr so dicht an Oda vorbei, dass sie nicht hören konnte, mit welchen Worten Rick sie unterbrach. Sicher unternahm er erneut einen Versuch, sie davon zu überzeugen, spontan die Werke von Art P. Leeds anzugucken, obwohl diese sicher noch mehrere Wochen in der Galerie der Gegenwart zu bewundern sein würden.

«Bist du schon am Bahnhof?», wollte Rick nun wissen.

«Ich verstehe nur Bahnhof ...» Oda, allmählich ungehalten. Sie wollte eigentlich nur noch in irgendein Brötchen beißen und sich zu Hause mit einem Buch verkriechen.

«Wenn du Richtung Bahnhof abbiegst, guck doch mal rüber!»

Irritiert blieb Oda stehen. Trotz ihrer Sonnenbrille konnte sie kaum etwas erkennen in dem gleißenden Licht der Mittagshitze. Doch dann konnte sie einen Mann auf der gegenüberliegenden Straßenseite ausmachen. Es war Rick. Er winkte ihr zu.

Gerade als sie das Telefon einstecken wollte, hielt sie überrascht inne. Hinter ihm, direkt auf dem schrägen Fundament der Galerie, hing ein weißes Plakat in der Größe eines LKW. Darauf war in riesigen, roten Buchstaben zu lesen:

Oda, my endless love, marry me!

Till

Nach dem Gespräch mit seinem Chef ging Till zum zweiten Mal innerhalb von ein paar Tagen in den Keller. Diesmal lief er gezielt hinunter und wusste genau, was er suchte. Es war ein alter Block mit Zeichnungen aus der Zeit der Kunsthochschule. Bevor er alles hingeschmissen hatte.

Nach kurzem Blättern fand er die Seite. Gebannt starrte er auf die Zeichnung einer Figur, die in gerader Haltung auf einem Stuhl saß, und mit einem Mal fühlte Till sich in die Vergangenheit zurückversetzt: Im Winter 2001, vier Tage nach der Hochzeit von Lorenz und Marlies, hatte er die ganze Nacht im Atelier der Kunstakademie gesessen und gezeichnet. Die Hände der Figur lagen akkurat auf den Oberschenkeln, auch die Füße standen parallel zueinander. Der Rücken war durchgedrückt, der Blick starr in die Ferne gerichtet. Seit er Oda kannte, hatte sie sich ständig über seine gerade, fast steife Haltung amüsiert. «Hey, mach dich mal locker!», war das Erste, was sie zu ihm gesagt hatte, als sie sich kennenlernten. Tatsächlich hatte er zuerst ihre Stimme gehört, eine Stimme mit dieser typischen Mischung aus Belustigung und Ernst.

«Ich bin locker!», hatte er steif erwidert, noch bevor er sich umdrehte und die Frau zur Stimme entdeckte.

Ihr Lachen war ansteckend gewesen, er hatte es sofort gemocht. Nie würde er ihren Anblick an diesem ersten Tag vergessen. Sie trug ihre Haare damals in einem kurzen Bubi-Schnitt und rauchte filterlose Zigaretten. Meist hatte sie ein Streifen-T-Shirt an, eine schwarze Chino-Hose und Flip-Flops. Alle anderen Kunststudenten legten Wert auf ein auffälliges Styling. Aber Oda war einfach nur da! Und mit ihrer Art hauchte sie jedem Raum Leben ein. Till war verliebt, sprachlos, überwältigt und natürlich: stocksteif. Oda wirkte auf ihn wie eine Film-Ikone der 60er Jahre. Neben ihr fühlte er sich extrem durchschnittlich und irgendwie hölzern. Mit seinen Bundfaltenhosen, dem weißen Hemd und dem langweiligen Haarschnitt. Beinahe schämte er sich für seine Normalität. Vielleicht waren seine Kunstwerke anfangs auch genau deshalb das komplette Gegenteil: wild und bunt und völlig schräg. Bis er vor 13 Jahren diese langweilige, unscheinbare Figur zeichnete, die auf einem Hocker saß und gedankenverloren vor sich hin starrte. Und erst heute, lange nach jenem Winter 2001, in dem Oda plötzlich verschwand, wurde Till klar, dass er damals sich selbst gezeichnet hatte. Die Figur auf dem Zeichenblock trug eine schlichte Bundfaltenhose, ein einfaches, nichtssagendes Hemd und einen langweiligen Haarschnitt. Vollkommen passiv saß sie da. Und trotzdem war eine seltsame Faszination von der Figur ausgegangen, von ihrem abwartenden Blick, der so leer schien und doch voller Sehnsucht war. Kaum hatte Till die Zeichnung damals beendet, war er ins Hochschulatelier gegangen, hatte zielsicher ein großes Stück Balsaholz genommen und die Figur zum Leben erweckt. Wie im Fieber hatte er gearbeitet. Um 5 Uhr am nächsten Morgen, zehn Stunden nach dem ersten Strich auf dem Zeichenblock, war die Skulptur fertig gewesen. Wegen ihrer sitzenden Haltung musste er anschließend noch einen Holzblock finden, auf die er die ungefähr 30 Zentimeter hohe Figur setzen konnte. Dann war das Kunstwerk fertig.

Niemals würde Till das Gefühl vergessen, als er das Werk aus ein paar Schritten Entfernung betrachtete. Es war magisch. Nach drei Jahren Studium hatte er das erste Mal den Eindruck, etwas Wichtiges geschaffen zu haben. Etwas, das ihn wirklich berührte. Dieser Mann aus Holz, der scheinbar ausdruckslos ins Leere starrte, berührte ihn. Es war, als hätte jemand eine heiße Stahlspitze in sein Innerstes getaucht. Sein Herz schlug rasend schnell.

«Das ist alles, worum es in der Kunst geht», hatte Kaminski seinen Studenten wieder und wieder eingetrichtert. «Eure Kunstwerke müssen euch selbst berühren! Wenn ihr das schafft, seid ihr auf dem richtigen Weg. Dann kann euch nichts mehr passieren.»

Und genau jenes Hochgefühl empfand Till noch immer, als Oda an diesem Morgen in den Raum getreten war. Es schien ihm wie ein Omen, dass sie die Erste war, die sein Werk sah. Doch ohne nach rechts oder links zu gucken, kam Oda direkt auf ihn zu. Er war vor Aufregung aufgesprungen, wollte ihr erzählen, was er fühlte, und spürte im selben Augenblick endlich auch erstmals den Mut, ihr zu sagen, was er für sie empfand. Ihr flüchtiger Kuss vier Tage zuvor auf der Hochzeit von Marlies und Lorenz hatte ihn verändert. Hatte ihn vom Studenten zum Künstler und vom Jungen zum Liebenden gemacht. Er war so euphorisch wie nie zuvor. Und wie nie mehr danach. Denn bevor er den Mund öffnen konnte, erklärte Oda auch schon: «Ich fliege morgen früh nach New York. Der Flug geht um 7:10 Uhr.»

Er hielt in der Bewegung inne und starrte sie nur an, unfähig, etwas zu sagen.

Fragend zog sie ihre Augenbrauen in die Höhe. «Sagst du was dazu, oder soll ich mich umdrehen und wieder gehen?»

«Nach New York?» Er verstand überhaupt nichts mehr. «Warum das denn? Und für wie lange?»

«Ich habe eine Assistenz bei Joe Will angeboten bekommen, und das will ich auf jeden Fall machen. Ich meine, es ist Joe Will! Der Joe Will ...»

«Ich weiß, wer das ist», brummte Till. «Porno-Joe.»

«Quatsch!» Oda schnaubte verächtlich. «Joe Will ist einer der hippsten Fotografen der Kunstszene. Spezialisiert auf Porträts von Prominenten und –»

«Und viel nackte Haut.»

«Man nennt es pornographischen Blickwinkel.» Oda verschränkte die Arme und sah ihn herausfordernd an. «Für wie lange ich bei ihm bleibe, weiß ich noch nicht. Vielleicht erst mal sechs oder zwölf Monate.»

Zwölf Monate? Till schluckte schwer. «Na ... gratuliere.»

«Du freust dich gar nicht für mich.»

«Doch, klar, freue ich mich.»

Nachdem sie sich eine Weile schweigend gegenübergestanden hatten, meinte Oda irgendwann, sie müsse los, um zu packen. Sie wolle alles auflösen und wüsste gar nicht, wie sie das alles in so kurzer Zeit schaffen sollte. Er hatte bei jedem ihrer Sätze genickt, dann war sie gegangen. Er würde sie am nächsten Tag zum Flughafen bringen.

Als sie das Atelier verlassen hatte, war Till erstmals klar geworden, dass Oda nichts für ihn empfand. Gar nichts. Er war ein Niemand für sie. Jemand, den man zurücklassen konnte wie ein altes Möbelstück. Planlos begann er, die Werkzeuge wegzuräumen. Der Anblick seiner Skulptur machte ihn traurig. Sie kam ihm plötzlich furchtbar banal vor. Wütend pfefferte Till das Balsaholz in den riesigen Abfallcontainer in der Nähe der Tür, schnappte sich seinen Zeichenblock und verließ das Atelier. Es war das letzte Mal, dass er eine Skulptur angefertigt hatte. Kurze Zeit später brach er sein Studium ab.

Seit damals hatte Till sich die Zeichnung nicht mehr angeschaut. Ich habe sie erfolgreich verdrängt, dachte er, während er die Kellertreppe hochstieg. Er ging ins Arbeitszimmer und verglich die Zeichnung von damals mit der, die er nach dem Chat mit

Oda angefertigt hatte. Die Figuren sahen sich auffällig ähnlich. Der gleiche ausdruckslose Blick, die gleiche Hose, das gleiche Hemd. Nur dass seine Figur diesmal stand.

Ob er es noch konnte? Einen Quader Balsaholz so zu bearbeiten, dass die feinen Gesichtszüge einer Figur ihre Gefühlswelt widerspiegeln?

Er wusste es nicht. Kraftlos ließ er sich in seinen Schreibtischstuhl fallen. Versehentlich musste er dabei die Computer-Maus angeschubst haben, denn der Bildschirm sprang an, und Till sah, dass er eine Nachricht von Oda hatte.

Oda Flo   10.07.2014 18:30
Hallo, alter Freund, steht unser Deal eigentlich noch?

Till hasste die Anrede «Alter Freund». Und er wusste, dass Oda es wusste. Er seufzte. Wollte sie ihn ärgern? Oder hatte sie es einfach vergessen, weil sie ihm eh nie richtig zugehört hatte?

Er spürte die Wut wieder in sich aufsteigen, die er damals gespürt hatte, als er seine Skulptur zerstörte.

Till Jansen   10.07.2014 22:42
Deal? Ich kann mich an keinen Deal erinnern. Oder meinst du etwa das lose Versprechen aus einer kalten Nacht, uns gegenseitig vor einer möglichen Heirat zu bewahren?

Er drückte auf «Senden». Wie immer klang er steif und uncool, aber dieses Mal war es ihm egal. Natürlich konnte er sich erinnern, aber das musste er ihr ja nicht auf die Nase binden. Wie oft hatte er das Gespräch an jenem Abend im Geist wiederholt. Hatte sich vorgestellt, wie er ihren Kuss erwiderte.

Vielleicht wäre dann alles anders verlaufen.

Oda Flo 10.07.2014 22:50

Wollte gerade den Rechner zuklappen … Natürlich war das ein Deal. Wir waren bei … Ach du Schreck! Wie hießen die Spießer von damals noch? Na, jedenfalls haben wir so rumgesponnen und uns geschworen, niemals spießig zu werden. Wie du wohl inzwischen dazu stehst, alter Freund? ☺

Die «Spießer von damals» sind heute wesentlich lockerer drauf als ich, dachte Till zähneknirschend und fragte sich, was Oda wohl von Jesper halten würde, wenn sie ihn jetzt treffen könnte … Aber er war froh, dass sie in der Mail irgendwie beschwingter klang als beim letzten Chat. So beschwingt und leicht wie damals. Gleichzeitig ärgerte sich Till, dass Oda offensichtlich die Namen ihrer Kommilitonen vergessen hatte. Bedeutete das, sie konnte sich auch an ihren Kuss nicht erinnern?

Till Jansen 10.07.2014 22:53

Sie hießen Lorenz und Marlies! Warum interessiert es dich, ob unser Deal noch steht?

Oda Flo 10.07.2014 22:59

Weil inzwischen auch ich mich mit dem Gedanken trage, mir die kleinsten Handschellen der Welt anzulegen, ehe ich die 40 überschreite und mein Marktwert um 100 % sinkt. (Wir hätten damals im Kleingedruckten festhalten sollen, dass ich als Frau mit kürzerer Halbwertzeit Sonderrechte genieße.)

Oda will heiraten?! Till war überrascht, wie sehr ihn die Nachricht schockierte. Vor seinen Augen tauchte ein oberflächlicher Schönling auf, ein Typ, der das Geld seiner Eltern ausgab und keinerlei eigene Fähigkeit besaß. Einer, der hohle Sprüche absonderte und sich bei wichtigen Leuten einschleimte, während er unwichtige Menschen wie Abschaum behandelte. In seinem Kopf fuhren die Gedanken Karussell. Immer wieder tauchten in Leuchtschrift die Worte auf: Oda wird heiraten! Der Gedanke brachte Till dermaßen in Wallung, dass er Kopfschmerzen bekam. Er musste irgendwas antworten. Irgendwas.

Till Jansen 10.07.2014 23:02
Handschellen? Sonderrechte? Ich habe schon früher nur die Hälfte von dem verstanden, was du gesagt hast. Ist dir nie aufgefallen, dass ich deshalb in deiner Gegenwart so häufig nur stumm dastand und dümmlich gegrinst habe? ☺

Als sein Eintrag abgeschickt war, wurde Till bewusst, dass er einen Smiley verschickt hatte. Er hasste diese Dinger und hatte noch nie einen verschickt! Oda schaffte es mal wieder unbewusst, dass er Dinge tat, die er nicht tun wollte.

Oda Flo 10.07.2014 23:11
Was bist du bloß für ein Freund, der nur so tut, als würde er mich verstehen?! Na ja, manchmal verstehe ich mich ja selbst nicht. Ob heiraten überhaupt so eine gute Idee ist? Ist man mit Trauschein wirklich glücklicher? Oder ohne? Sag du es mir! Du bist doch das beste Beispiel für einen echten Lebenskünstler.

Lebenskünstler? Wenn Oda wüsste …! Till beugte sich über den Computer und schrieb, ohne groß nachzudenken:

Till Jansen 10.07.2014 23:19
Wer ist der spießige Kerl denn, der dich heiraten will? Vielleicht hilft es dir, wenn du mir ein bisschen über ihn schreibst?

Er hatte wirklich eine masochistische Ader …

Oda Flo   10.07.2014 23:23
Mein Verlobter (wie das schon klingt!) heißt Rick und ist ganz und gar nicht spießig. Er führt eine Galerie in Hamburg und hat meine erste größere Ausstellung auf die Beine gestellt. Du würdest ihn mögen.

Ganz bestimmt nicht, dachte Till und wollte schon zurückschreiben, als eine weitere Nachricht von Oda aufpoppte.

Oda Flo   10.07.2014 23:24
Jedenfalls wirst du es nicht schaffen, mir die Heirat mit ihm auszureden.

Nicht? Jetzt war Tills Ehrgeiz geweckt. Sie hatte ihn viel zu lange unterschätzt.

Till Jansen   10.07.2014 23:25
Und warum schreibst du mir dann und erinnerst an unseren Deal?

Diesmal ließ sie sich mit ihrer Antwort Zeit.

Oda Flo   10.07.2014 23:28
Wollen wir einen neuen Deal vereinbaren? Wenn du es nicht schaffst, mir das Heiraten auszureden, wirst du wenigstens mein Trauzeuge? Irgendwie würde mich das beruhigen, einen Freigeist an meiner Seite zu wissen.

Was sollte das denn mit dem Freigeist? Irgendwas in ihrer Art zu schreiben ließ Till aufhorchen. Sie klang irgendwie erwachsener, ernster. Wollte sie tatsächlich wissen, was er über das Thema Heiraten dachte?

Till Jansen   10.07.2014   23:30
Die Herausforderung nehme ich an. Aber dann ziehen wir es auch richtig durch. So wie damals geplant: Ich habe 24 Stunden Zeit, dich vor den Handschellen zu bewahren. Morgen habe ich einen Termin in Hamburg. Ich werde über Nacht bleiben. Wir verbringen also einen Tag und eine Nacht zusammen, liebe Oda. Bist du bereit? Oder ist dir das zu spontan?

Er schickte die Mail ab und war selbst überrascht über seinen forschen Ton. Beim nochmaligen Durchlesen fand er ihn sogar so forsch, dass er beinahe hoffte, Oda würde absagen. Was hatte er sich nur dabei gedacht? Der Ausblick, ihr am nächsten Tag tatsächlich gegenüberzustehen, trieb ihm den Schweiß auf die Stirn. Er wusste ja nicht mal, ob Paul die Lieferung nicht schon selbst in die Hansestadt gebracht hatte. Sollte er ihn noch schnell anrufen? Till wollte gerade zum Hörer greifen, da meldete sich Oda schon wieder. Hastig flog er über ihre Zeilen.

Oda Flo   10.07.2014   23:35
Schreibt da wirklich Till Jansen? So forsch kenne ich dich ja gar nicht! Ist das die späte Stunde? Oder was ist aus dem Typen geworden, der angeblich immer nur stumm dastand und dümmlich grinste? Morgen kann ich jedenfalls nicht. Und das ist nicht mal eine Ausrede. Ich hab einen ambulanten OP-Termin. Aber übermorgen ginge. Da könntest du sogar mittags einen exklusiven Besuch in die Galerie abstatten, inklusiver persönlicher Führung.

Das war so typisch für Oda: Nie konnte sie auf einen Vorschlag einfach so eingehen. Immer musste sie noch etwas ändern. Aber anstatt sich zu ärgern, schlug Tills Herz vor Aufregung. Übermorgen! Er konnte es nicht fassen.

Till Jansen   10.07.2014 23:36
Das passt sogar noch besser. Dann habe ich mehr Zeit, mir meine Strategie zurechtzulegen ... Wir sehen uns also übermorgen, in der Galerie, für 24 Stunden! Nach 13 Jahren!

Ohne den Text noch einmal zu lesen, schickte er ihn schnell ab.

Oda Flo   10.07.2014 23:38
Du meinst es wirklich ernst, oder? Krass! So viel Spontaneität und Zielstrebigkeit hätte ich dir gar nicht zugetraut. Also, dann: Wo du mich findest, weißt du. Für alle Fälle: 0177/893 94 45. Werde ab mittags da sein und mir bis dahin ausmalen, wie du wohl aussiehst ...

Till Jansen   10.07.2014 23:40
Du musstest schon immer das letzte Wort haben.

Oda Flo   10.07.2014 23:41
Gute Nacht!

Till klappte den Computer zu. Ein dickes Grinsen im Gesicht.

Oda

Welch eine Ruhe!, dachte Oda, als sie mit einem Lächeln aufwachte. Ihr Kopf war so angenehm vernebelt, dass sie versuchte, noch einmal hinabzugleiten in den traumlosen Schlaf, der so erholsam gewesen war. So still und friedlich.

«Frau Florentin?»

Als sie zu blinzeln begann, konnte Oda nicht mit Sicherheit sagen, ob sie tatsächlich noch einmal eingeschlafen war. Tief in ihrem Inneren spürte sie eine unstillbare Sehnsucht nach diesem schlaftrunkenen Zustand, der sie bis eben wie eine warme Decke umhüllt hatte.

«Frau Florentin?», wiederholte eine sanfte Frauenstimme.

Oda wandte sich in ihre Richtung und versuchte nun vollends die Augen zu öffnen. Doch ihre Lider waren zu schwer. Sie bekam eine Gänsehaut.

«Sie sind im Aufwachraum. Ist Ihnen kalt?»

Oda nickte.

«Es ist ganz normal, dass Sie frieren. Gleich wird's besser.»

Tatsächlich breitete sich kurz darauf eine wohlige Wärme vom Fußende nach oben aus. Oda öffnete die Augen und wollte sich bei der netten Frau bedanken. Sie hatte dunkle Haare und stand unweit ihres Bettes. Doch ihre eigenen Worte klangen seltsam hohl, und ehe sie sich erinnern konnte, worüber sie gesprochen hatten, ruckelte es plötzlich. Odas Bett wurde in einen Fahrstuhl geschoben, dann einen langen Gang entlang, bis sie in dem Zimmer ankamen, in dem sie heute Morgen einquartiert worden war. Allmählich kam die Erinnerung zurück. Sie war im Krankenhaus. Unter Vollnarkose hatte man ihr den Tumor entfernt.

Als Oda wieder ganz allein war, ließ sie ihren Blick über die nackten Wände bis zum Fenster wandern. Regentropfen trommelten gegen die Scheibe. Riesige, düstere Wolken jagten am Himmel vorüber und brachten nach der Hitze die langersehnte Abkühlung.

Oda spürte in sich hinein, ob sie Schmerzen hatte. Aber da war nichts. Vorsichtig lupfte sie die Bettdecke, um nachzusehen, ob noch alles da war, was zu ihr gehörte. Mit Erleichterung konnte sie bereits durch das hässliche Krankenhaushemdchen erkennen, dass die Konturen ihrer Brüste sich noch genauso abzeichneten wie sonst auch. Und das, obwohl ihr der Oberarzt erklärt hatte, er würde einen fast zwei Zentimeter großen Tumor entfernen müssen. Das war geschätzt ein Drittel ihrer ohnehin kleinen Körbchengröße. Im Vorfeld hatte sie Witze über zwei verschieden große Brüste gemacht. Aber Rick wollte davon nichts hören, und er schien mit ihrem Zynismus diesmal nichts anfangen zu können. Dabei war es gerade ihr Humor gewesen, weswegen er sich auf der Einweihungsparty einer gemeinsamen New Yorker Freundin in sie verliebt hatte. Und jetzt würden sie heiraten. Trotz oder wegen ihres bisweilen schwarzen Humors.

Oda konnte es noch immer nicht fassen, dass sie Rick tatsächlich ein Ja über die Straße zugerufen hatte. Ob das riesige Plakat mit dem Heiratsantrag noch immer an der Kunsthalle hing?

In der Schublade des Nachttisches suchte Oda nach ihrem Handy, um sich noch einmal den Schnappschuss anzusehen, den sie von dem Antrag gemacht hatte. Doch das Handy war nicht da. Oda spürte, wie Adrenalin durch ihren Körper schoss. Dann fiel es ihr wieder ein. Die Schwester, die sie heute Morgen mit der OP-Wäsche und einer Scheißegal-Tablette versorgt hatte, hatte angeboten, ihre Wertsachen wegzuschließen. Mist! Wie gerne hätte sie Rick jetzt angerufen, nur, um kurz seine beruhigende Stimme zu hören. Dabei war sie selber schuld, dass er jetzt nicht bei ihr war. Statt auf sein mehrfach wiederholtes Angebot einzugehen, sie ins Krankenhaus zu begleiten, hatte sie ihn gebeten, wie geplant nach Zürich zu fliegen. Ricks Onkel feierte ausgerechnet an diesem Wochenende seinen 65. Geburtstag. In den letzten Tagen war Oda tatsächlich froh gewesen, dass Rick sie nicht ständig fragen konnte, wie groß ihre Angst vor der OP war. Irgendwie hatte sie mehr und mehr das Bedürfnis verspürt, öfter mal für sich zu sein und nicht ständig erklären zu müssen, wie es in ihr aussah. Rick besaß einfach dieses beispiellose Talent, jedes Thema rational derart zu sezieren, dass für wahre Gefühle am Ende gar kein Platz mehr blieb.

Statt ihm in den Tagen vor der OP also aus dem Weg gehen zu müssen, hatte sie Rick ermuntert, allein an der Feier seines Patenonkels teilzunehmen. Sie hatte ihn gestern Abend zum Flughafen gebracht und mit aller Kraft zu vermeiden versucht, diesem Abschied mehr Bedeutung beizumessen, als er tatsächlich hatte.

Oda schloss ihre müden Augen. Ihr war schwer ums Herz. Sie verstand sich in letzter Zeit selbst manchmal nicht mehr. Vielleicht fehlte ihnen in Hamburg die alte Verbundenheit, die Rick und sie in den USA und später während ihrer Weltreise gefühlt hatten. Natürlich war Oda froh, Rick nach so vielen Jahren noch an ihrer Seite zu wissen. Und sie hatte auch eigentlich nicht lange überlegen müssen, seinen Antrag anzunehmen. Also, höchstens ganz kurz … Aber woher sollte man auch wissen, ob man es mit einem Menschen aushielt, bis dass der Tod einen scheidet?

Oda fragte sich, ob es wirklich klug gewesen war, Till zu kontaktieren. Andererseits war sie sehr gespannt auf ihn. Und die Aussicht, ihn morgen zu treffen, gab ihr die nötige Kraft, die Augen wieder zu öffnen und aus dem Krankenbett aufzustehen.

Till

Seine Bewegungen kamen ihm vor wie in Zeitlupe, so als wäre er in einen Behälter mit Leim gefallen. Aber es war vor allem der Kopf, der ihm zu schaffen machte. Er dröhnte und klingelte. Nach einer Weile richtete sich Till stöhnend auf und stützte sich auf seinen rechten Arm. Mehrfach blinzelte er, um sich einen Überblick zu verschaffen. Seine erste Feststellung: Er wusste nicht, wie er ins Bett gekommen war. Die zweite: Er hatte einen handfesten Kater.

Auf dem Nachttisch stand ein leeres Glas. Richtig, der Gimlet! Nach dem Chat mit Oda hatte er im hintersten Winkel des Vorratsschranks eine verstaubte Flasche *Rose's Lime Juice* gefunden. Der Gin im Eisfach war von einer dicken Eiskruste umgeben. Till hatte mit einem seiner Schnitzwerkzeuge die Flasche vom Eis befreit und sich einen Gimlet gemixt. Den ersten von zahlreichen weiteren.

Er war das Trinken definitiv nicht mehr gewohnt, stellte Till fest, als er sich schwankend aus dem Bett erhob. Dann hörte er das Klingeln, das ihn geweckt haben musste.

Das Telefon lag gleich neben dem leeren Glas und vibrierte. Till versuchte es mit seiner linken Hand zum Schweigen zu bringen, aber sein Arm gehorchte ihm nicht. Er verfehlte den Hörer und fegte ihn dabei so ungeschickt vom Nachtschränkchen, dass er mit lautem Krachen zu Boden fiel und unter das Bett rutschte. Immerhin hörte das Klingeln schlagartig auf.

Kraftlos ließ Till sich zurück aufs Bett fallen. Er wollte einfach nur den ganzen Tag schlafen.

«Hallo, Till. Bist du da?»

Mit einem Ruck setzte er sich wieder auf und starrte erschrocken zur Tür. Aber dort war niemand.

«Till, verdammt! Ich weiß, dass du da bist.» Die Stimme kam vom Fußboden. Es war Paul.

Panisch blickte Till auf die Digitaluhr seines Weckers. 10:18 Uhr!

«Scheiße!», fluchte er. Er hatte Paul um 10 Uhr anrufen wollen.

So schnell er konnte schwang sich Till aus den Federn und entdeckte unter der Mitte des Betts, für seinen Arm unerreichbar, zwischen Staubmäusen, zerknüllten Taschentüchern und einer Packung Lutschbonbons das Telefon.

«Kleinen Moment, Paul! Ich habe dich gleich.» Er hörte sich an wie ein erkälteter Papagei.

«Es ist nach 10 Uhr, Till. Wir waren zum Telefonieren verabredet und –»

«Moment!», rief Till und musste kurz gegen sein Schwindelgefühl ankämpfen. Dann angelte er den Hörer mit Hilfe eines Bügels unter dem Bett hervor. «Hi!», flötete er atemlos. «Tut mir leid, ich war grad unter der Dusche.»

«Du hörst dich an wie ein Meerschweinchen, auf das jemand draufgetreten hat.»

Till räusperte sich, was in einem Hustenanfall endete. Sein Kopf drohte zu zerplatzen. Verdammter Alkohol.

«Tut mir leid!», krächzte er.

«Hast du getrunken?»

Till seufzte. Sein rechter Arm war voller Staubmäuse, er fühlte sich schuldig im Sinne der Anklage. «Ein bisschen.»

«Sag mal, deine Krise ... Bekommst du die bis Montag in den Griff?»

«Was ist denn Montag?»

Pause. Und dann umso energischer: «Hör mal, Freundchen. Mich kannst du gerne versetzen, aber Siri nicht.»

Till schluckte. «Nein, äh … natürlich nicht. Also, bis Montag ist alles klar. Kein Problem.»

«Hört sich aber nicht so klar an.»

«Doch, doch.»

Er konnte hören, wie Paul eine Hand über den Hörer legte und etwas zu jemandem sagte, vielleicht zu seiner Sekretärin. Till konnte es nicht verstehen. Er hatte unbändiges Verlangen nach einer Flasche Wasser.

«Till?»

«Ja?»

«Ich bin in einer Stunde bei dir.»

Plötzlich pumpte Adrenalin durch Tills Körper. «Was, warum?»

«Ich habe das Gefühl, wir müssen mal von Mann zu Mann reden, deswegen.»

«Nein, warte! Ich … Ich kriege das alles hin. Es geht mir schon viel besser. Außerdem komme ich nachher vorbei, um die Sachen nach Hamburg zu fahren. Kein Problem, ich schaffe das alles.»

«Die Lieferung habe ich schon erledigt.»

«Scheiße», brummelte Till und hieb mit der Faust aufs weiche Bett.

«Hey, hast du jemanden bei dir?»

«Was? Nein! Ich … äh … habe mit mir selbst geredet. Aber du kannst trotzdem nicht kommen, ich bin … verabredet», sagte er, was immerhin keine Lüge war.

«Ja, und zwar mit mir.»

Es klickte in der Leitung.

«Nein, nicht! Paul, hör mir zu! Es … Paul?»

Irgendwie hatte er keinen guten Draht zu Leuten, die ihre Gespräche gern schnell unterbrachen, dachte Till. Er legte den Hörer zur Seite und fiel für einen Moment in ein Zeitloch, wo die Luft klar und sein Kopf schmerzfrei war. Er dachte an seine Verabredung mit Oda für den nächsten Tag. Das Treffen machte ihm weiche Knie, aber er wusste, er wollte sie sehen. Auch ohne Lieferung. Aber er wusste genauso gut, dass Paul versuchen würde, es ihm auszureden. Er würde Fragen stellen. Die richtigen Fragen. Und es würde nicht lange dauern, bis Till ihm alles erzählt hatte. Dafür kannten sie sich einfach zu gut, sie waren eine Familie. Aber was sollte er tun?

In seinem schmerzenden Kopf ratterte es. Er musste sich überlegen, was ihm wichtiger war: seine Familie oder das Treffen mit Oda.

Eine Stunde später stieg Till mit einem Coffee-to-go, einer Flasche Wasser und einer Tüte vom Bäcker sowie einer hastig gepackten Tasche in den ICE nach Hamburg. Er hatte nicht lange zu überlegen brauchen. Er wusste, dass er einfach zu Oda fahren *musste.*

Für Paul hatte er einen Zettel an die Tür geheftet, auf dem nur ein knappes «Tut mir leid» stand. Mehr war ihm nicht eingefallen, obwohl er fast zehn Minuten seiner wertvollen Zeit damit verbracht hatte, zu überlegen, was er schreiben sollte. Aber wie sollte er erklären, was in ihm vorging? Er wusste es ja selbst nicht.

Immerhin war ihm klar, dass er in seinem Zustand die Strecke besser nicht mit dem Auto zurücklegen sollte. Im Zug nach Hamburg schlief Till sofort ein. Er hatte weder den Kaffee getrunken noch seine Brötchen angerührt und wachte erst wieder auf, als der ICE in den Hauptbahnhof einrollte. Auf dem Bahnsteig wurde ihm klar, dass er keinerlei Plan hatte. Er war noch nie einfach irgendwohin gefahren, ohne vorher wenigstens ein Zimmer zu buchen.

Was soll's, dachte er, marschierte aus dem Bahnhofsgebäude

84

und atmete die angenehm kühle Regenluft ein. Er würde Oda wiedersehen, er würde ein Abenteuer erleben.

Till steuerte das erste Taxi in der Reihe an und stieg entgegen seiner Gewohnheit vorne neben dem Fahrer ein.

«Moin!» sagte er und ließ sich auf den bequemen Sitz fallen. Der Taxifahrer sagte nichts. Er war südländischer Herkunft, trug einen Schnauzbart, eine ausgewaschene Jeans und ein rot-gelb gestreiftes Hemd.

«Können Sie mir ein Hotel empfehlen?»

«Was suchen Sie denn?»

«Gute Frage …»

«Wo soll's denn liegen?»

«Keine Ahnung.»

Hinter dem Taxi hupte ein Kollege. Der Mann verzog keine Miene. «Was soll's kosten?»

Till räusperte sich. «Ich bin mit einer Frau verabredet.»

«Aha.» In der Miene des Mannes zuckte unvermittelt ein Lächeln auf.

«Nicht, was Sie denken!», sagte Till schnell.

«Was denke ich denn?», fragte der Mann.

Etwas verlegen starrte Till aus dem Fenster und betrachtete ein paar Möwen, die sich um ein Stück Brot zankten. «Es soll möglichst nahe am Wasser liegen», überlegte Till. «Es sollte was hermachen, aber kein Protzhotel sein. Irgendwas … So eine Art Design-Hotel.»

«Däsein-Hotel?» Der Mann startete den Wagen. «Aha!», sagte er und gab Gas, sodass Till gegen den Sitz gedrückt wurde. Hastig schnallte er sich an.

Keine Viertelstunde später betrat Till die Lobby im «East». Es entsprach zwar nicht ganz seiner Vorstellung eines Design-Hotels, und er fühlte sich mit seiner Jeans, dem weißen, zerknitterten T-Shirt, den Flip-Flops und der alten Reisetasche auch etwas

85

fehl am Platz. Aber der Name des Hotels gefiel ihm, und es lag am Hafen, gleich neben der Reeperbahn, was wohl dem Umstand geschuldet war, dass Till mit «einer Frau verabredet war».

Ob Oda sich damals auch so fremd vorgekommen war, als sie in New York gelandet war? Die ersten Tage in einer neuen Stadt?

Die junge Frau hinter dem Tresen lächelte, als Till mit bemüht fester Stimme erklärte: «Hi! Ich bin spontan nach Hamburg gefahren und hätte nun gerne ein Zimmer. Für zwei Nächte. Morgen bin ich hier nämlich verabredet. Für einen Tag und eine Nacht. Und übermorgen ... also, da reise ist dann erst wieder ab.» Er wäre gerne cool rübergekommen, merkte aber selbst, dass er dafür viel zu viel und viel zu schnell redete.

Die junge Frau lächelte ihn freundlich an. Sie nannte ein paar Zimmernamen und Ausstattungsmerkmale, und Till gab vor, intensiv zuzuhören. Er nickte an Stellen, die er für richtig hielt, und nahm schließlich eine «Large Aqua Suite» für 400 Euro. Pro Nacht. Er tat, als sei er solche Preise gewohnt, und bestand darauf, sein nicht gerade üppiges Gepäck alleine aufs Zimmer zu tragen.

Die Suite war angenehm modern eingerichtet und verfügte über ein offenes Bad und ein Wasserbett.

Er stellte seine Tasche ab, legte sich aufs Bett und schaukelte ein bisschen darauf herum. Er hatte noch nie in einem Wasserbett gelegen, geschweige denn in einem so teuren Zimmer übernachtet. Fast fühlte er sich ein bisschen wie der erfolgreiche Künstler, der er früher unbedingt hatte werden wollen. Was Oda wohl denken würde, wenn sie herausfand, dass nichts aus ihm geworden war?

Eine Weile ließ Till sich auf dem Wasserbett schaukeln. Dann sah er auf seine Uhr. Es war gerade mal 15 Uhr. Till kannte Hamburg nicht gut. Sollte er sich noch eine Ausstellung ansehen? Oder der Galerie, in der Odas Werke hingen, einen Besuch abstatten? Aber die Aussicht, ihrem Freund, nein: Verlobten!, zu begegnen, missfiel ihm. Ob Oda vielleicht spontan zu ihm an den Hafen …? Nein, sie würden sich wie vereinbart morgen treffen. Seine geradlinige Art schien ihr imponiert zu haben. Den Pluspunkt wollte er nicht verspielen.

Till kramte sein Handy hervor und tippte dennoch eine Nachricht an Oda.

Bin im East abgestiegen. Komme morgen um 10 in die Galerie! Till

Normalerweise hätte er gefragt, wann und wo sie sich treffen sollten, und jede Entscheidung Oda überlassen. Aber nicht an diesem Tag.

Er lächelte und ließ das Handy neben sich aufs Bett gleiten. Diesmal würde er die Sache geschickter angehen.

Oda

Unruhig sah Oda auf ihre Uhr. Es war schon zwanzig vor zehn, und der Regen machte ihr einen Strich durch die Rechnung. In der kleinen Küche, am Ende von Ricks Galerie, hatte sich eine Wasserpfütze auf dem Fliesenboden gebildet. Es war bereits das dritte Mal in diesem Sommer, nämlich immer dann, wenn sich nach längerer Trockenheit ein Starkregen über Hamburg ergoss. Offenbar war der Balkon, der oberhalb der Küche im ersten Stock lag, nicht wasserdicht. Und das, obwohl der Hausverwalter stets das Gegenteil behauptete.

Ehe Oda zu einem Handtuch und einem Eimer griff, holte sie ihr Handy aus der Tasche ihres Regenmantels hervor, um mit der Kamerafunktion die Wasserlache und die feuchte Decke zu dokumentieren.

Ob die restliche Zeit ausreichen würde, um schnell noch zum Bäcker zu flitzen und ein paar Croissants zu holen? Früher hatte sie doch immer welche mit in die Kunsthochschule gebracht. Komisch, dass sie sich jetzt daran erinnerte.

Eilig schrieb sie eine SMS an Till:

Kommst du eigentlich ausnahmsweise pünktlich?

Mit einem Lächeln drückte Oda auf «Senden». Wie oft hatte sie damals auf Till warten müssen! Gefühlt hatte sie die Hälfte ihres Studiums damit verbracht, in Cafés, vor Kinosälen oder eben am

Unigebäude zu warten, bis Herr Jansen nach der obligatorischen Akademiker-Viertelstunde endlich am verabredeten Ort auftauchte. Aber noch nie war sie vor einem Treffen mit ihm derart gespannt gewesen. Gerne hätte Oda ihm auch ein richtiges kleines Frühstück serviert, aber die OP hatte alles andere um sie herum vergessen lassen. Auch wenn sie es nur ungern zugab, sie hatte richtig Schiss vor dem Krankenhaus gehabt. Kein Wunder, dass sie in den letzten Tagen so empfindlich gewesen war! Rick und auch ihren Eltern hatte sie das Leben vermutlich unnötig schwer gemacht.

Umso leichter fühlte sie sich an diesem Morgen. Überraschenderweise hatte sie auch weder Schmerzen, noch spürte sie eine der möglichen Nebenwirkungen der Vollnarkose. Zwar würde sie auf die endgültige Diagnose der Ärzte noch ein paar Tage warten müssen. Aber die Aussicht, ihren alten Freund Till wiederzusehen, war genau die richtige Ablenkung von der Trübsal der letzten Tage.

Ob sie ihm in ihrem Kleid gefiel? Heute Morgen hatte sie sich einfach nicht für ein Outfit entscheiden können. Am Ende wurde es das hochgeschlossene Kleid mit den farbigen Punkten. Wegen der noch arg empfindlichen Narbe an der Brust war sie außerdem mit allem deutlich langsamer gewesen als gedacht und dementsprechend verspätet zu Hause aufgebrochen.

Das Handy kündigte den Eingang einer SMS an.

Wie immer: c.t. Sorry!

Oda atmete erleichtert aus und beschloss, schnell noch zur Konditorei auf der anderen Straßenseite zu flitzen.

Während sie in ihren Regenmantel schlüpfte, fragte sie sich, ob sie Till gegenüber eigentlich Schuldgefühle hatte. Doch sie fand so schnell keine Antwort darauf, weil sie gar nicht sagen konnte, wer von ihnen beiden eigentlich dafür verantwortlich war, dass der Kontakt abgerissen war. Ob sie das verlorene Jahrzehnt aufholen konnten? War es denkbar, wieder an ihre Freundschaft anzuknüpfen?

Odas Vorfreude auf das Wiedersehen steigerte sich allmählich in nervöse Aufregung. Statt nur zwei Croissants bestellte sie gleich sechs und noch zwei Franzbrötchen dazu. Dann marschierte sie zurück zur Galerie.

Ob Till sie wohl erkannt hätte, wenn sie sich an einem öffentlichen Ort verabredet hätten? Gerade wollte Oda noch einmal ihr Spiegelbild kontrollieren, als es auch schon an der Eingangstür klopfte. Jetzt gab es kein Zurück mehr. Mit Herzklopfen eilte sie von der Küche durch die eigentlichen Galerieräume zum Eingang. Schon auf ein paar Meter Entfernung konnte sie durch die Glastür erkennen, dass Till eine Brötchentüte schwenkte und breit grinste.

Till

Sie sieht noch besser aus als früher. Das war der erste Gedanken der Till kam, als er Oda durch die Glastür der Galerie erblickte.

Hinter ihr öffnete sich ein großer, hell erleuchteter Raum mit großformatigen Schwarz-Weiß-Porträts an den unverputzten Wänden. Auch in einem hinteren Raum waren Bilder zu erahnen.

Odas Anblick kam Till selbst wie eine Fotografie vor. Und er hatte plötzlich Angst vor dem, was passieren könnte. Warum sich nicht einfach umdrehen und die Vergangenheit vergangen sein lassen?, dachte er. Aber Oda kam bereits auf ihn zu und lächelte ihr warmes Oda-Lächeln.

Wenn sie wegen des Wiedersehens unsicher war, merkte Till es ihr nicht an. Sie trug ein gepunktetes Kleid, das ihren Ausschnitt verdeckte, aber dafür ihre hübschen Beine zur Geltung brachte. Die zierlichen Füße steckten in Sandalen mit leichtem Absatz. Sie öffnete die Tür, und sofort schwebte ihm ein wunderbarer Duft entgegen.

«Lange nicht gesehen, Fremder», sagte Oda.

Sie hatte schon immer eine gewinnende Ausstrahlung gehabt, doch in diesem Moment war Till wie erstarrt. Er wusste, dass er etwas sagen sollte, aber er war nicht fähig dazu. Nicht mal ein Grinsen gelang ihm. Stattdessen schwenkte er die Brötchentüte in der Hand, die er gerade noch beim Bäcker auf der gegenüberliegenden Straßenseite besorgt hatte, und erklärte: «Ich habe Croissants mitgebracht.»

Zu seiner Erleichterung nahm Oda ihm den nächsten Schritt ab, indem sie ihn einfach umarmte.

«Wie schön! Ich kann es gar nicht glauben», flüsterte sie leise in sein Ohr, als wären sie Verbündete, Freunde, Kameraden. So als wären sie nie getrennt worden.

«Du benutzt noch immer das gleiche Parfüm», hörte Till sich schließlich sagen, ohne sie loszulassen.

«Chanel, No. 19», sagte sie lachend und machte sich frei. Sie hielt ihn an den Unterarmen fest und sah ihn strahlend an.

Till war gerührt von so viel offensichtlicher Wiedersehensfreude und wollte unbedingt etwas Nettes sagen.

«Du siehst noch besser aus als auf der Webseite.» Till hoffte, er würde sich nicht wie ein notgeiler Hengst anhören.

«Und du konntest noch nie besonders gut lügen», entgegnete sie lachend. «Das Foto ist bearbeitet. Darauf sehe ich zehn Jahre jünger aus.»

«In Wirklichkeit siehst du wie die Oda von vor 13 Jahren aus!»

«Du hättest mich also auch auf der Straße wiedererkannt?»

«Natürlich. Ich hätte dich an deinem Gang erkannt.»

«Was ist mit meinem Gang?» Irritiert sah sie ihn an. Dann verstand sie, dass er sie nur aufziehen wollte. «Komm endlich rein, du Witzbold!»

Er lachte und folgte Oda in die Räume der Galerie. Allmählich löste sich seine Anspannung.

Ein Foto, das neben dem Durchgang zum angrenzenden Zimmer hing, fesselte seine Aufmerksamkeit. Es war etwa 50 × 50 cm groß und zeigte eine ältere Dame, die in einem Stuhl mit außergewöhnlich hoher Lehne saß. Mindestens einen halben Meter ragte die Lehne hinter ihr in die Höhe. Trotzdem strahlte die Frau eine enorme Autorität aus. Sie hielt eine Zigarette in ihrer linken

Hand, der Ellenbogen war in ihre rechte Hand gestützt, wodurch die Arme einen rechten Winkel bildeten. Durch den dichten Nebel des Zigarettenrauchs sah die Frau den Betrachter mit leicht geneigtem Kopf abschätzend an. Neben ihrem Lehnstuhl stand auf einem Tischchen eine afrikanisch anmutende Holzfigur. Im Hintergrund hingen verschiedene Gemälde. Es wirkte so, als wäre das Foto im Haus der Dame aufgenommen worden.

«Wer ist das?», fragte Till.

Oda drehte sich um und folgte seinen Augen. «Das? Das ist Linda Black, eine Malerin. Sie hat in New York im selben Haus gewohnt wie ich. Eine tolle Frau.»

Till nickte, das Bild hatte etwas Magisches. Er ließ seinen Blick auch noch über die anderen Porträts schweifen. Sie waren alle etwa 50 × 50 cm groß und mit einem weißen Passepartout versehen.

Keiner von beiden sagte etwas. Till war, als betrachte er Odas Leben in diesen Fotos. Als könne er die Jahre aufholen, die sie ohne ihn gelebt hatte, indem er ihre Arbeiten ansah. Die Porträts waren sorgfältig komponierte, fast graphische Kunstwerke, die dennoch etwas unglaublich Intimes hatten.

Nachdem Till sich einmal um die eigene Achse gedreht hatte und sein Blick erneut auf Oda fiel, kam es ihm vor, als sei mindestens eine Stunde vergangen. Sosehr hatten ihn die Bilder in ihren Bann gezogen.

«Ich hätte nicht gedacht, dass du einmal diese Art von Fotos machen würdest», sagte er, und es klang ernster, als es gemeint war.

«Was hast du denn geglaubt?» Mit hochgezogener Augenbraue stand sie vor ihm. Spöttisch und erwartungsvoll zugleich.

«Chaotischer. Farbiger. Lebhafter.»

«Sie gefallen dir nicht.»

Zu seiner Überraschung sah er, wie Oda schluckte. Sah ihre

Augen, ihren Mund, die aufeinandergepressten Lippen. Und kam mit ihrer Enttäuschung nicht klar. Es war alles zu viel für ihn. Als bräche das Leben in diesem Moment über ihm zusammen wie eine riesige Welle.

Statt einer Antwort auf ihre Frage trat er auf sie zu und umarmte sie. Es war ein spontaner Impuls gewesen. Er vergrub sein Gesicht in ihrem Hals und war überrascht, wie zerbrechlich sich ihr Körper anfühlte. Da erst fiel ihm ein, dass sie etwas von einer OP erzählt hatte.

«Was ist denn?», fragte Oda verdattert und machte sich sanft los. «So schlimm sind die Fotos hoffentlich nicht.»

Wie immer, wenn es ihr zu emotional wurde, versuchte Oda es mit einem Witz, aber Till blieb ernst.

«Ich … Deine Fotos sind toll», sagte er steif. «Große Kunst.»

Ihr Ausdruck bekam etwas Wehmütiges. Till meinte sogar eine gewisse Bitterkeit um ihre Augen herum ausmachen zu können, die er vorher dort nicht gesehen hatte.

Sie seufzte. «Wo warst du bloß mein halbes Leben lang?»

Sie umarmten sich erneut und hielten sich ganz fest. Ohne sich zu bewegen, minutenlang.

Till dachte, dass es von außen aussehen musste, als stünde zwischen den Fotografien die lebensechte Skulptur eines Paares. Nur: Wie würde diese Skulptur heißen? Die Trennung? Das Wiedersehen? Ein Neuanfang? Das Ende? So hatten sie sich früher jedenfalls nie gehalten.

Oda

Oda atmete tief durch, als sie endlich das Elbufer erreichten. Irgendwie war ihr wohler zumute, seit sie Till dazu ermuntert hatte, einen Spaziergang zu machen. Zum einen war Rick hier am Wasser weniger präsent als in der Galerie. Zum anderen hatte es nach der Umarmung zwischen ihnen immer wieder diese Stille gegeben. Nicht unangenehm, aber durchaus ungewohnt. Früher konnten sie stundenlang und ohne Unterbrechung über die kleinen und großen Fragen des Lebens debattieren. Aber heute, nach so langer Zeit, überwog die Unsicherheit. Trotzdem blitzte zwischen ihnen auch die alte, wohltuende Vertrautheit auf. Es war verwirrend.

Oda hatte Tills lebhafte Mimik und seine Gesten nach Veränderungen abgesucht, hatte seine leicht angegrauten Schläfen und die deutlich tieferen Lachfalten um seine lustigen, grünen Augen betrachtet. Seine Hände und seine Stimme allerdings waren unverändert und vermochten irgendwie den Zauber der Vergangenheit hervorzulocken.

Als der Regen aufhörte, hatte sie vorgeschlagen, einen Spaziergang zu machen. Denn obwohl es eigentlich keinen Grund dafür gab, war es Oda zunehmend unangenehm geworden, Till ausgerechnet in Ricks heiligen Hallen zu treffen. In knappen Sätzen hatte sie ihrem alten Freund erklärt, dass Rick übers Wochenende verreist war und es mit den Öffnungszeiten seiner Galerie sowieso nicht so genau nahm. Dann und wann ging zwar auch mal ein Werk aus seinen Ausstellungen über die Ladentheke an einen Käufer. Doch seinen eigentlichen Kunsthandel betrieb Rick übers Internet. Oda hatte das Thema allerdings nicht weiter ausgebreitet, als sie realisierte, dass Till mit keinem Wort darauf einging und ihr gar nicht richtig zuzuhören schien. Dann waren sie aufgebrochen.

«Du liebst das alles hier, oder, Oda?», fragte Till und stützte sich am Geländer der Hafenpromenade ab.

Oda lachte.

«Nach 13 Jahren noch immer die gleichen Witze ...»

Till verstand nicht und sah sie mit fragendem Gesicht an.

«Na, das mit dem dämlichen Oder-Oda?-Spielchen!»

«Ach, das ...», sagte er belustigt und blickte wieder aufs Wasser, das leise Wellen schlug und im grellen Licht der Mittagssonne glitzerte. «Du hältst mich wohl für jemanden, der sich gern an Sentimentalitäten klammert?» Er holte aus, um im hohen Bogen nach unten zu spucken.

Oda erinnerte sich an die lauen Grillabende am Ufer des Wannsees, wo sie sich im Weitspucken gemessen hatten. Doch das Elbufer war hier viel zu hoch, um sehen zu können, wer von ihnen gewonnen hatte.

«Hamburg eignet sich nicht zum Weitspucken», erklärte Till nüchtern.

«Aber es ist das Tor zur weiten Welt!», sagte Oda feierlich und hakte sich bei Till unter, um ihn westwärts Richtung Elbstrand zu bewegen.

«Eben, Hamburg ist nur das Tor, aber nicht die Welt!», konterte Till.

Offenbar kam er jetzt in Fahrt, wie Oda mit einem gewissen Wohlwollen zur Kenntnis nahm. Was hatten sie sich damals verbal beharkt! Allmählich hatte sie das Gefühl, dass Till seine anfängliche Unsicherheit etwas ablegen konnte, hier, wo sie unter

96

Leuten waren und Jogger, Hundebesitzer und Touristen an ihnen vorbeizogen.

«Aber ich fühle mich trotzdem wohl hier. Ich brauche den ganzen hippen Berliner Szene-Schnick-Schnack nicht mehr», sagte Oda nachdenklich, als sie ein paar Schritte gegangen waren.

Till schwieg.

«Und du?», fragte Oda. «Fühlst du dich in Berlin immer noch wohl?»

«In der hippen Szene-Schnick-Schnack-Stadt, meinst du?»

Er lachte, aber Oda gab ihm mit einem Nicken zu verstehen, dass sie durchaus eine ernsthafte Antwort auf ihre Frage erwartete.

Nach kurzem Zögern sagte Till schließlich: «Ich weiß nicht. Wann fühlt man sich wohl? Wenn alle Rahmenbedingungen stimmen vielleicht.»

«Ja, und? Stimmen deine Rahmenbedingungen?»

Oda versuchte, nicht ungeduldig zu klingen. Aber sie hatten nun schon seit drei Stunden um den heißen Brei herumgeredet und noch kein Wort über ihre Beziehungen verloren. Dabei wusste sie nicht mal, ob Till überhaupt liiert war.

«Ich weiß nicht.» Till zuckte mit den Schultern. «Wir wollen jetzt aber nicht über mein Haus, mein Boot, mein Auto reden, oder, Oda?», versuchte sich Till erneut mit einem Witz aus der Affäre zu ziehen. Und als er merkte, dass sie stehen blieb und nicht vorhatte, ihn damit durchkommen zu lassen, fügte er noch hinzu: «Eigentlich geht es doch um dich und deine Heirat.»

Oda bemühte sich, ihr Unbehagen zu verbergen. Eben noch hatte sie ihrem alten Freund Vorwürfe machen wollen, weil er sich so bedeckt hielt. Aber sie selbst war keinen Deut besser. Sie hatte einfach keine Lust, über Rick oder ihre bevorstehende Hochzeit zu reden. Jedenfalls nicht in diesem Moment.

Sie wollte Till gerade weiterziehen, als sie eine weitere Frage außer Gefecht setzte: «Außerdem interessiert mich, was das für eine OP war. Ist es was Ernstes? Ich meine, ich merke doch, dass deine Bewegungen vorsichtiger sind. Und dass du bei der Umarmung eben kurz zusammengezuckt bist. Oder war es die ungewohnte Nähe?» Als Till merkte, dass sie beharrlich schwieg, fuhr er fort: «Weiß dein Freund eigentlich, dass wir uns treffen? Oder –»

«Ich hatte einen kleinen Tumor», platzte es nach kurzem Luftholen aus Oda heraus. «In der Brust.»

«Scheiße!», entgegnete Till knapp und starrte auf ihren Busen, bis er realisierte, wie peinlich das war.

«Es ist noch alles da, wenn du es genau wissen willst.»

«Entschuldige, nein, ich … Ich wollte nicht starren», beeilte sich Till zu sagen.

Sie winkte ab, um zu signalisieren, dass die Sache nicht der Rede wert war, und ergänzte so beiläufig wie möglich: «Der Knoten wurde gestern entfernt. Die Stelle schmerzt noch ein wenig, aber es geht.»

Unsicher zog Oda ihre Schultern hoch. Sie bereitete sich innerlich auf einen Schwall Mitleidsbekundungen vor und hoffte, er würde schnell vorüber sein.

Doch es passierte nichts. Statt irgendetwas zu sagen, ging Till einfach weiter.

Irritiert trottete Oda hinter ihm her. «Das ist alles?», hörte sie sich ungläubig fragen.

«Wie: *Das ist alles*?»

«Ich meine … Mehr willst du dazu nicht sagen?»

Sein Schritt wurde schneller. «Nach all den Jahren treffe ich dich wieder und verliere dich gleich darauf an den Krebs?»

«Quatsch!», entgegnete sie patzig.

«Versuchst du jetzt mich oder dich zu beruhigen?», fragte Till. Sein Tonfall klang erschreckend ernst.

98

Oda senkte den Blick und schluckte. Sie hatte nicht damit gerechnet, dass sie überhaupt über dieses Thema reden würden.

«Das Ergebnis kriege ich erst in ein paar Tagen.»

«Scheiße!», sagte Till.

«Scheiße?», fragte Oda.

«Ja, scheiße. Es *ist* doch scheiße! Scheiße, weil du jetzt sicher schon seit Wochen mit der Ungewissheit klarkommen musst. Und scheiße, weil du im schlimmsten Fall früher stirbst als ich.» Er blieb stehen und drehte sich zu ihr um. «Das ist die größte Scheiße, die ich je gehört habe. Scheiße, scheiße, scheiße. Oder wie würdest du das nennen?»

Till sah Oda dermaßen aufgebracht an, dass sie nicht anders konnte, als plötzlich zu schmunzeln. Das wiederum schien Till so sehr zu irritieren, dass er wütend einen Schritt auf Oda zu machte und sie mit einer ruppigen Bewegung an sich riss.

«Aua!» Oda hielt sich die Brust. «Scheiße!»

Till nickte. «Sag ich doch.»

Dann mussten beide laut lachen.

Till

Einträchtig saßen sie nebeneinander am Elbstrand. Ihre nackten Füße waren im Sand verbuddelt. Zwischen ihnen lagen eine Flasche Rotwein, die der Italiener in der kleinen Pizzeria am Hafen freundlicherweise für sie entkorkt hatte, und eine große Pizza, die sie direkt aus der Faltschachtel aßen. Es war später Nachmittag, langsam wurde die Schwüle des Tages erträglich.

Mit durchgedrücktem Rücken saß Till im Sand. Er hatte keine Ahnung, wie die Zeit so schnell vergangen war. Seit sie begonnen hatten, über Odas OP und ihre Ängste zu reden, schienen die Stunden gerast zu sein. Gleichzeitig kam ihm alles um sie herum ganz ruhig vor. Als säßen sie unter einer Glocke und könnten die Geräusche der Außenwelt ausblenden.

«Die Pizza ist okay», sagte Oda mit vollem Mund und wischte ihre öligen Finger im Sand ab.

«Der Wein eher nicht.»

«Egal.» Oda setzte den Rotwein an ihre vollen Lippen und nahm zwei kräftige Schlucke. Ein Tropfen rann ihr erst den Mund, dann den Hals hinunter. Till sah, wie ihre Halsmuskeln sich bewegten. Er war versucht, den Rotwein abzuwischen.

«Wollt ihr trotzdem heiraten?», fragte er stattdessen.

Oda sah ihn fragend an.

«Ich meine, wegen der … Also, wegen … Na, du weißt schon.» Er deutete auf ihre Brust und kam sich total bescheuert vor. Aber irgendwie fand er es seltsam, dass sie noch gar nicht über Odas

Heiratspläne gesprochen hatten. Immerhin war das doch der eigentliche Grund ihres Treffens gewesen, oder?

«Hast du mir eigentlich schon den Namen deines Verlobten verraten?», fragte Till, weil Oda weiterschwieg. Und dann fügte er noch schnell hinzu: «Sagt man heute eigentlich noch Verlobter?»

Oda stellte die Flasche wieder neben sich in den Sand und wischte sich mit einer langsamen Bewegung über Mund und Hals. Es sah aus, als würde sie gleich rülpsen, es kam aber nichts. Stattdessen blickte sie stur geradeaus aufs Wasser, wo gerade ein Segelschiff vorüberglitt.

Wartete sie auf etwas? Till war verunsichert. Warum sagte sie nichts? Hatte er etwas Falsches gesagt?

Irgendwann hielt er das Schweigen nicht mehr aus. «Ich habe neulich einen Artikel über Improvisationstechniken von Schauspielern gelesen», erklärte er.

«Ach ja?» Es klang nicht wirklich interessiert.

«Ich kann es nicht so gut ausdrücken wie der Autor, aber im Grunde ging es darum, dass … Also, wenn etwas nicht ausgesprochen wird, was einem der Mitspieler am Herzen liegt, dass dann …»

«Was?»

«Na ja, dass dann das Gespräch oder die weiteren Dialoge lediglich an der Oberfläche weitergehen. Es wird alles hohl, ohne Tiefe.»

Mit gespieltem Interesse zog Oda ihre Augenbrauen hoch. «Nicht uninteressant, Herr Professor Jansen. Wirklich, famoser Beitrag.»

Till nickte und sah sie auffordernd an.

«Was?», fragte sie.

«Wie: *Was?*»

«Warum erzählst du mir das?»

«Weil es mir gerade so vorkommt, als gäbe es da etwas Unausgesprochenes zwischen uns.»

Oda rollte mit den Augen.

«Ich meine … Warum redest du nicht über dieses ominöse Ding?»

«Welches Ding?», fragte sie empört.

«Na, über deine Hochzeit! Das Thema, dem du die ganze Zeit ausweichst.»

Oda sah ihn überrascht an. «Du nennst meine Hochzeit ein Ding?»

Er zuckte mit den Achseln.

«Und du glaubst, *ich* würde dem Thema ausweichen?»

«Das … tust du die ganze Zeit …»

«Wann zum Beispiel?»

Er sah sie stirnrunzelnd an. Meinte sie das wirklich ernst?

«Ich habe dich zum Beispiel gerade gefragt, wie dein … dein Freund heißt.»

«Er heißt Rick, und das habe ich dir auch schon gesagt!»

«Warum antwortest du mir dann nicht und –»

Odas schallendes Lachen unterbrach ihn.

«Was gibt es da zu lachen?», fragte er leicht pikiert.

«*Das* ist also deine Strategie, die du dir zurechtgelegt hast? Das ist dein Ansatz, mir die Hochzeit auszureden?» Amüsiert sah sie ihn an. «Indem du nach dem Namen meines Freundes fragst?»

«Es ist immerhin ein Anfang.»

«Dann musst du ein Schild aufstellen, auf dem steht, dass es jetzt um unseren Deal geht.»

«Dir behagt das Thema nicht sonderlich, was?»

«Unsinn.»

«Doch, du machst dich lustig über mich. Das hast du immer schon getan, wenn –»

«Mann, Till! Verstehst du keinen Spaß mehr?», fragte sie, und es schien ihr mit einem Mal bierernst zu sein. «Außerdem hast du doch vorhin gesagt, du willst nicht über dein Boot, dein Haus und dein So-und-So reden.»

«Ich …»

Er brach ab. Schon früher hatten sie sich oft stundenlang darüber gestritten, wer schuld an etwas war, ohne dass Oda je ein Ende gefunden hätte. Er wusste, sie würde nie nachgeben. Till seufzte und winkte ab. Er war plötzlich müde.

«Ist auch egal», sagte er und stützte seine Hände hinter sich im Sand ab. Sein Blick verlor sich über der Elbe.

«Bist du jetzt beleidigt?»

Zu seiner Überraschung schob Oda die Pizza zwischen ihnen weg und setzte sich dicht neben ihn.

«Unsinn», sagte er und merkte, dass er sehr wohl beleidigt war. Und dass er auch so klang.

«Na gut, Sturkopf!» Sie lehnte sich an ihn und folgte seinem Blick. «Also wegen dem Ding … wegen meiner Hochzeit …» Sie räusperte sich. «So viel gibt es da eigentlich nicht zu sagen. Wir wollen im September heiraten. Standesamtlich. Rick hätte gern ein rauschendes Fest mit allem Drum und Dran.»

«Und du?», fragte Till.

«Ich? Ach, ich bin ja nicht so der romantische Typ», sagte sie mit einem Lächeln. «Wie du ja weißt», fügte sie hinzu, dann griff sie nach seiner Hand. «Also, bitte nicht beleidigt sein, okay?»

Ihre Hand fühlte sich warm und weich an.

So blieben sie sitzen. Hand in Hand. Bis Till es nicht mehr aushielt, weil er glaubte, sie müsse spüren können, was er dachte und fühlte. Schließlich ließ er los und griff über sie hinweg nach der Weinflasche. Er spürte, wie Oda ihn musterte.

«Genauso gut könnten wir allerdings auch mal über deine Kunst reden», sagte sie süffisant.

Sie glaubte also immer noch, er sei Künstler.

«Gibt es einen Mäzen? Hört man deswegen in der Szene nichts von dir?» Mit einer Mischung aus Neugier, Schnippigkeit und Trotz sah sie ihn an. «Außerdem hast du mir noch nicht erzählt, was du eigentlich für einen Job in Hamburg zu erledigen hast.»

Einen Moment war er versucht, ihr die Wahrheit zu sagen. Dass er keinerlei Zugang mehr zur Kunst verspürte, seit sie ihn für New York verlassen hatte. Dass er überhaupt nicht in der Kunstszene war, niemals drin war. Er wollte ihr sein Herz ausschütten und merkte gleichzeitig, wie es drohte, überzuquellen. Es ging nicht.

«Meinetwegen sind wir nicht hier. Sondern deinetwegen», sagte er stattdessen. Es sollte amüsiert und forsch klingen, hörte sich aber ungewollt hart an.

Für einen Augenblick sah Oda überrascht aus. Till glaubte sogar eine Spur von Unsicherheit erkennen zu können. Sofort tat ihm sein Vorstoß leid.

«Sorry! Ich wollte nicht, dass unser Treffen so eine Wendung nimmt. Ich … Ich klinge wie ein Geschäftsmann.»

«Schön, dass du es einsiehst», sagte sie wie aus der Pistole geschossen.

Gleichzeitig griffen sie nach der Flasche. Ihre Hände berührten sich, und beide erschraken darüber und zogen ihre Hände zurück. Oda nahm sich noch ein Stück Pizza. Till hüstelte. Ihm war, als läge der gesamte Elbstrand auf seiner Zunge.

«Jetzt lass uns aber wirklich nicht weiter über mich reden. Ich habe schließlich einen Auftrag! Ich muss dich von diesem fürchterlichen Fehler abhalten, den du offensichtlich im Begriff bist, zu tun.»

Oda nickte fast unmerklich und legte die Pizza zurück, die sie sowieso nicht hatte essen wollen. Stattdessen griff sie erneut zur Flasche und setzte sie an.

«Also», fragte Till, «was hat dieser komische Rick, so heißt er doch, das ich nicht habe?»

Zu seiner Überraschung prustete Oda plötzlich los, und im selben Augenblick ergoss sich der Wein aus ihrem Mund über ihn aus. Fassungslos starrte er sie an.

«Scheiße!» Oda sprang auf. «Schnell, du musst Sand drüberschütten, der saugt den Wein auf!» Hektisch begann sie, mit beiden Händen im Sand zu buddeln und ihn damit zu bewerfen.

«Hey, lass das!»

Er lachte, doch als er sah, dass nicht nur sein T-Shirt und seine Jeans voller Rotwein waren, sondern auch Odas Kleid, nahm er ebenfalls eine Handvoll Sand und bewarf sie damit.

Oda schrie laut auf und rannte weg.

Einen Moment zögerte Till, dann lief er hinter ihr her.

Albern, dachte er, während er barfuß über den warmen Sand rannte. Total albern. Trotzdem musste er während des Rennens die ganze Zeit laut lachen.

Schließlich machte er einen Sprung und bekam Odas Knöchel zu fassen. Sie fiel vor ihm in den Sand. Till sprang auf und kniete sich über sie. Zunächst hatte er Sorge, sie vielleicht zu doll angefasst zu haben. Aber sie schien in Ordnung. Im Gegenteil, sie versuchte, ihn zu kitzeln. Er griff nach ihren Händen. Sie lachten wie Kinder. Als Till ihre Arme schließlich vorsichtig neben ihrem Kopf in den Sand presste, waren ihre Köpfe so dicht beieinander, dass er Odas heißen Atem auf seinem Gesicht spüren konnte.

«Ich kann nicht mehr», sagte sie atemlos.

«Ich auch nicht», antwortete er und meinte, etwas Erwartungsvolles in ihrem Blick zu erkennen.

Jetzt, dachte er. Oder nie.

«Dann lass uns das Fahrrad nehmen!», hörte er sie sagen und folgte ihrem Blick zu einem verrosteten, gelben Fahrrad, das an einem windschiefen Zaun am Ende des Strandes stand.

«Oder traust du dich nicht?»

Ihr freches Lächeln holte Till auf den Boden der Tatsachen zurück.

«Von wegen», sagte er, stand auf und marschierte zu dem Fahrrad hin. Als er daran rüttelte, schepperte Blech gegen Blech. Der lederne Sattel war zerrissen und dreckig, aber Till setzte sich trotzdem drauf. Dass der alte Drahtesel nicht abgeschlossen war, wunderte ihn wenig.

«Komm, Puppe!», rief er mit verrauchter Stimme. «Schwing dich schnell hinten drauf, die Bullen sind uns schon auf den Fersen!»

«Okay, Daddy», antwortete Oda mit Piepsstimme, eilte heran und setzte sich auf den Gepäckträger, der bedenklich quietschte.

Till trat in die Pedale, und ächzend setzte sich das Rad in Gang. Das Scheppern wurde lauter, das Quietschen auch. Sie schwankten hin und her, und nach zwei Metern Straucheln gab es ein lautes Krachen. Die Speichen des Vorderrades hielten dem Druck nicht stand und brachen einfach in sich zusammen. Es sah aus wie eine Flunder.

Sofort verloren Till und Oda das Gleichgewicht und fielen mit vergnügtem Schreien auf den Kies des Radweges.

Till spürte einen Schmerz an seinem rechten Knie und hoffte, dass Oda sanfter gelandet war. Er hörte sie lachen. Als er zu ihr rüberblickte, sah er, dass sie Tränen in den Augen hatte. Sie lag auf dem Boden und kriegte sich nicht mehr ein. Ihr Lachen war so ansteckend wie früher, wenn sie kaum noch Luft bekam vor lauter Spaß.

Als dann am Ende des Weges tatsächlich ein Streifenpolizist um die Ecke bog und lässig in ihre Richtung schlenderte, packte Till sie am Arm und rief: «Sie haben uns erwischt! Los, weiter!» Er half ihr hoch und zog sie hinter sich her.

Hand in Hand liefen sie den Elbweg entlang, bis der Polizist und das Fahrrad außer Sichtweite waren. Erst dann ließen sie sich erschöpft auf einer Bank nieder.

Noch nie waren Tills Gefühle für Oda so stark gewesen wie in diesem Moment.

Oda

Hier!» Till warf ihr ein Handtuch zu, das er aus dem Bad geholt hatte. Jedenfalls versuchte er es zu werfen, aber der Wurf misslang gründlich, und das Handtuch landete auf dem Flatscreen-Fernseher.

Einen so erlesenen Geschmack hätte sie Till gar nicht zugetraut, dachte Oda anerkennend, als er durch das noble Hotelzimmer humpelte, um das Handtuch zu holen. Diesmal kam er damit direkt zu ihr, legte es über ihren Kopf und begann sanft die nassen Haare zu trocknen. Oda lehnte sich an und fühlte sich augenblicklich wohl und geborgen.

Das konnte natürlich auch am Alkohol liegen, sinnierte sie grinsend. Nach ihrer Bonnie-und-Clyde-artigen Flucht waren sie irgendwann an den Strand zurückgekehrt, um ihre Sachen zu holen und die Reste ihres improvisierten Picknicks zu beseitigen. Oda hatte die Rotweinflasche geleert und zu spät gemerkt, dass sie vermutlich wegen der OP deutlich weniger vertrug als normalerweise. Zum Glück war Till ihr leichtes Lallen nicht aufgefallen.

Vielleicht war es aber auch Schicksal, dass sich der Himmel über Hamburg noch mal verfinstert und einen weiteren Sommerregen über die Stadt ergossen hatte. Für Odas schwirrenden Kopf kam die nasse Kühle jedenfalls genau richtig.

Hand in Hand waren sie vom Elbradweg das Ufer hoch über den Kiez gegangen. Erst hatte es nur leicht geregnet, als der Regen allerdings heftiger wurde, hatten sie sich auf der Reeperbahn in eine Bar geflüchtet. Doch ihre Klamotten waren bereits zu nass, und Oda war irgendwann kalt geworden. Kurzerhand hatten sie beschlossen, die paar Straßen bis zu Tills Hotel zu laufen, und waren schließlich tropfnass in seinem Zimmer gestrandet.

«Zieh dich aus!», befahl Till, als er mit ihren Haaren fertig war. Irritiert schaute Oda zu ihm hoch.

Till verzog zunächst keine Miene, dann grinste er. «Du darfst zuerst duschen. Es ist eine Regenwalddusche!»

Während Oda sich beeilte, ihr durchnässtes Kleid abzustreifen, achtete sie tunlichst darauf, nichts von sich preiszugeben, und schon gar nicht das Pflaster, das einen Teil ihrer Brust bedeckte. Zügig griff sie nach dem Bademantel, der sorgfältig zusammengefaltet auf dem Kingsize-Bett lag. Till trat derweil ans Fenster.

Aus den Augenwinkeln konnte Oda sehen, wie er sich sein T-Shirt auszog und es zum Trocknen über einen Sessel hing. Oda trat näher, legte ihr Kleid daneben und sah nun ebenfalls aus dem Fenster.

«Da drüben, etwa eine Handbreit neben der Elbphilmonie, äh, Philharmonie …», lallte Oda und deutete mit zugekniffenen Augen in Richtung Hafen.

Till reagierte nicht. Sein Blick schien am Horizont festzuhängen, wo ein schwaches, rosafarbenes Licht vom Ende des dunklen Wolkentunnels kündete.

«Dich interessiert gar nich, wo ich wohn», beschwerte sie sich lachend.

«Doch, klar», murmelte Till und ließ sich mit einem tiefen Seufzer aufs Bett fallen. Zu Odas Überraschung wackelte die Matratze, bis sie verstand, dass es sich um ein Wasserbett handeln musste. Oda konnte nicht anders. Kindliche Neugier überfiel sie. Sie sprang mit Anlauf aufs Bett und sorgte für ordentliche

Wellenbewegungen. Die Oberfläche war zwar härter, als sie gedacht hatte. Aber es gelang ihr nur mit Mühe, die Balance zu halten.

Noch einmal hüpfte sie auf und ab, um Till aus der Reserve zu locken. Dann fasste er sie blitzschnell am Knöchel, sodass sie ins Strucheln geriet und mit einem spitzen Schrei neben ihm landete.

«Oh scheiße, es dreht sich alles.» Ihre Augen waren schwer. Am liebsten würde sie sich einfach hier ins Bett kuscheln und einschlafen.

Till richtete sich auf und brachte dadurch das Bett zum Schwanken. «Nicht!», rief sie. «Mir ist eh schon schlecht.»

«Kein Wunder», lachte Till. «Du hast deinen Drink ja auch runtergestürzt, als sei es Saft.»

«Ich hasse dich dafür, dass du den Heini in der Bar bestoch'n hast, uns 'n Gimlet zu mach'n», nuschelte sie ins Kopfkissen.

Till stupste sie in die Seite. «Doch nur, damit du dich endlich mal locker machst.»

«Was soll 'n das nu' wieder heißen?», fragte Oda. Eigentlich wollte sie heftig protestieren, aber der Alkohol lähmte sie irgendwie.

Till erhob sich und ging zum Sideboard am anderen Ende des stylischen Raumes. «Weißt du, was am besten gegen 'n Filmriss hilft?» Er massierte sein Knie und inspizierte die Minibar. Dann stellte er zwei Gläser und einen Piccolo auf den Nachttisch und setzte sich wieder aufs Bett.

«Du willst mich wohl verführ'n, du Macho», witzelte Oda und kämpfte gegen den Schwindel an, den das neuerliche Wasserbeben verursachte.

Trotzdem nahm sie das gutgefüllte Glas zur Hand, das Till ihr reichte. Dabei fiel ihr auf, dass seine Brust durchaus muskulös und auf jeden Fall breit genug zum Anlehnen war.

«Das würde ich mich gar nich trau'n», sagte er mit einem fast zärtlichen Lächeln auf den Lippen, wie Oda überrascht feststellte. So kannte sie ihn ja gar nicht!

«Tu bloß nicht so schüchtern», erwiderte sie schnell. «Das war doch schon früher deine Masche – ein'n auf Frauenversteher zu mach'n.»

Till verzog keine Miene, sondern erhob nur sein Glas. «Auf uns?»

«Auf uns!», sagte Oda und lächelte verlegen. Sie tranken beide einen großen Schluck. Eine seltsame Stimmung lag in der Luft. Oda konnte nicht sagen, wohin der Abend driftete. Das Designerambiente der Suite verlieh der Atmosphäre jedenfalls etwas Surreales, und es war ungewohnt, ihren alten Freund in einer solch etablierten Lokation zu erleben. Er hatte es also geschafft und seinen Platz im Leben gefunden. Plötzlich kam ihr dieser Mann, der sie mit seinen hellen, grünen Augen jetzt so intensiv ansah, seltsam fremd vor. Und doch spürte Oda wieder diese urvertraute Nähe zu ihm. Und ehe sie es sich versah, berührten ihre Lippen plötzlich die von Till. Sie fühlten sich weich und warm an. Er trug keinen Bart, und es war eine halbe Ewigkeit her, dass sie einen Mann geküsst hatte, der nicht unangenehm pikste. In ihrem Kopf vermischten sich Bilder des gemeinsamen Tages mit denen aus dem Krankenhaus. Oda konnte nicht mit Bestimmtheit sagen, ob dies ein Traum, ein Albtraum oder einfach ein schwacher Moment war, der geradezu einlud, alle Ängste, alle Sorgen zu vergessen und sich frei und gelöst der Verlockung des Moments hinzugeben. Sie spürte, wie ihr das Blut in den Unterleib schoss, als Tills Zunge zärtlich den Weg zu ihrer suchte. Es war magisch.

«Nein, ich kann das nicht», hörte sie plötzlich eine strenge Stimme sagen.

Oda öffnete erschreckt die Augen. Tills müdes Gesicht

schwebte über ihr. Sein Blick war gequält. Als er sich abwandte, spürte Oda, wie Tränen in ihr aufstiegen. Doch sie sagte nichts. Und sie fühlte nichts. Alles drehte sich. Sie hatte keine Kraft, sich zu fangen, und schloss einfach wieder die Augen. So als wäre nie etwas geschehen.

Till

Als Till aufwachte, war Oda weg. Er wusste es, noch bevor er seine Augen geöffnet hatte. Vielleicht war es diese seltsame Ruhe im Zimmer. Vielleicht seine Vorahnung. Schließlich schlug er die Augen auf. Oda lag tatsächlich nicht neben ihm. Mit einem letzten Hoffnungsschimmer rief er ihren Namen. Nichts. Er stand auf und verharrte einen Moment ratlos in seinem rotwein-befleckten T-Shirt und seiner Unterhose im Raum. Er wusste nicht, was er machen sollte. Um irgendwas zu tun, öffnete er die Zimmertür und starrte hinaus in den Flur.

Was soll das bringen?, dachte er und schloss sie wieder.

Erst als er sich zurück auf das Kingsize-Wasserbett setzte und gedankenverloren vor sich hin schaukelte, sah er den Zettel. Er lag auf der geschwungenen Ablage am Kopfende des Bettes und war auf Hotelbriefpapier geschrieben worden.

Ein traumhafter Tag geht zu Ende, alter Freund! Jetzt müssen wir zurück in die Realität. Ich wünsche dir ein schönes Leben! Alles Liebe, O.

Till hielt den Zettel zwischen Daumen und Zeigefinger seiner Rechten. Lange starrte er die Handschrift an, las die Nachricht noch mal und dann noch einmal.

Alles Liebe, O, und dann sogar noch: *Ich wünsche dir ein schönes Leben!* Pathetischer ging es kaum.

Zaghaft stieg Ärger in ihm hoch, gleichzeitig war ihm zum Kotzen zumute. Also legte er den Zettel auf die Ablage, stand auf und ging unter die Regenwalddusche, die Oda nie benutzt hatte. Er war selbst schuld, dass sie weg war. Wahrscheinlich hatte sie gespürt, dass er ihr etwas vorgemacht hatte. Dass er sie in dem Glauben gelassen hatte, er sei immer noch ein freigeistiger Künstler, und nichts von seinem spießigen Leben erwähnt hatte. Warum eigentlich nicht? Wovor hatte er Angst?

Über zwanzig Minuten ließ er das heiße Wasser an sich hinunterlaufen. Besser wurde sein Zustand dadurch nicht. Irgendwann überkam ihn sein ökologisches Gewissen, und er drehte die Dusche aus. Aus seiner Tasche holte er ein frisches T-Shirt und Unterwäsche und stieg in seine alte Jeans. Nachdenklich starrte er den Rotweinfleck an, der durch den Sand natürlich nicht herausgegangen war.

Einen Moment war er versucht, Odas Zettel in die Hosentasche zu stecken. Doch er ließ ihn einfach liegen, nahm nur sein Handy noch aus der Docking-Station und verstaute seine Sachen in der Tasche. Als er die Tür hinter sich schloss, zeigte die Uhr auf seinem Telefon 8:05 Uhr.

Einen Augenblick später, im Hotelfahrstuhl, konnte Till seinen leidenden Gesichtsausdruck im dort angebrachten Spiegel nicht ertragen und drehte sich um. Warum war er eigentlich immer derjenige, der zurückgelassen wurde?, fragte er sich. Er hatte es so satt. So verdammt satt.

Im Erdgeschoss angekommen, entschloss er sich spontan, das Frühstück auszuprobieren, das ihm die freundliche Empfangsdame am Tag vorher so ausgiebig ans Herz gelegt hatte. Irgendwie war er noch nicht bereit, das Hotel zu verlassen.

Der Speisesaal hatte eine außergewöhnlich hohe Decke mit den gleichen geschwungenen Linien wie sein Zimmer. Der Raum war unerwartet leer. Till entschied sich für einen Tisch im hinteren Teil, stellte seine Tasche neben dem Stuhl ab und ging zum Buffet. Dreimal füllte er den Teller mit lauter lecker aussehenden Sachen, auf die er keinen Appetit hatte. Beim letzten Mal bemerkte er, dass er mit gebeugter Haltung ging, und streckte den Rücken durch.

Nach einer halben Stunde sah er den Versuch, seine Stimmung durch ein teures Frühstück zu heben, als gescheitert an. Er nahm seine Sachen, durchquerte die Lobby und checkte aus.

Draußen war die Luft merklich abgekühlt. Ein paar Pfützen erinnerten noch an den gestrigen Regen.

Schnellen Schrittes ging Till den Weg von der Simon-Utrecht-Straße in Richtung Hauptbahnhof. Da er keine Lust auf Gespräche hatte, verzichtete er auf ein Taxi. Stattdessen lief er die vier Kilometer zu Fuß. Am Gänsemarkt kaufte er sich eine Kugel Schoko-Eis bei einem Italiener und schlenderte mit der Waffel zur Alster. Dort blieb er ein paar Minuten beim Ableger der Schiffe für die Rundfahrten stehen und starrte aufs Wasser. Mit jeder Minute, die verging, wurde seine Wut größer.

Zurück in die Realität …, spukte es in seinem Kopf herum. Warum konnte er nicht einmal das Richtige tun? Am Ende war er immer der Dumme. Oda hatte sich einfach mal wieder verdrückt. Ganz so, wie es ihre Art ist, dachte er. Oder hatte er sie gehen lassen? So, wie es *seine* Art war? Hatte er nicht mal wieder geschwiegen? Weil er einfach zu dumm war. Warum hatte er nicht weitergefragt? Nach ihrer OP, ihrer Hochzeit? Warum war er nicht am Ball geblieben?

Till fühlte sich vom Leben betrogen und verspürte das Bedürfnis, irgendwas kaputt zu machen, wusste aber nicht, was. Schließlich holte er sein dreckiges T-Shirt aus der Tasche, das mit dem verräterischen Rotweinfleck, und schmiss es in einen der orangefarbenen Mülleimer. Trotzig starrte er vor sich hin, besser fühlte er sich trotzdem nicht.

Eine Stunde später saß er im Zug zurück nach Berlin. Nachdenklich starrte er aus dem Fenster und versuchte, sich darüber klar zu werden, was der letzte Tag und die letzte Nacht bedeuteten. Er kam sich vor wie die Figur seiner Skulptur, die er vor 13 Jahren geschaffen hatte und auf die er anfangs so stolz gewesen war. Er war ein Nichts. Die gleiche Durchschnittlichkeit, der gleiche leere Blick wie damals. Er fragte sich, ob er dieses Gefühl jemals würde abschütteln können.

Als der Zug in den Berliner Hauptbahnhof einfuhr, dachte Till das erste Mal seit 24 Stunden an sein Zuhause. Er dachte an Paul und daran, dass er ihn einfach hatte sitzenlassen. Das letzte Gespräch mit ihm ging Till noch einmal durch den Kopf. Heute war Montag, und er würde Paul später –

Mist!

Wie von einer Tarantel gestochen, sprang Till von seinem Sitz auf. Er sah auf seine Uhr. Es war 12:13 Uhr! Verdammt!, dachte er und rannte mit seiner Tasche zur Tür. Er hatte Siri vergessen! Der Zug würde zwar noch 14 Minuten brauchen, aber Till musste als Erster aussteigen.

Es waren die längsten 14 Minuten seines Lebens.

Als der Zug endlich im Bahnhof zum Stehen kam, hatte Till schon x-mal auf den Türöffner gedrückt. Er sprang aus dem Zug, rannte zur Rolltreppe, nahm drei Stufen auf einmal und sprintete so schnell es ging zum Ausgang. Dort hechtete er in das nächstbeste Taxi und bellte mit gehetzter Stimme: «Zum Flughafen, bitte.»

«Tegel oder Schönefeld?»

«Tegel!»

Während der Fahrt wippte er unruhig mit den Füßen einen nervösen Takt. Endlich erreichten sie den Flughafen. Noch während des Fahrens drückte er dem Fahrer einen 50-Euro-Schein in die Hand. Die Tür öffnete er schon, als das Taxi noch rollte.

Till rannte in die Ankunftshalle. Der Flieger aus Stockholm war pünktlich um 13:30 Uhr gelandet, Schnaufend drängte sich Till durch die Gruppe der Wartenden und reckte jedes Mal seinen Kopf in die Höhe, wenn die automatische Tür aufging und einen Blick auf die Fluggäste freigab, die auf ihre Koffer warteten.

«Papa!»

Erschrocken drehte Till sich in die Richtung, aus der die glockenhelle Stimme des Mädchens gekommen war. «Lotte!»

Im nächsten Moment ließ Till seine Reisetasche fallen, und schon hing Lotte an seinem Arm. Ihre blonden Haare rochen frisch gewaschen und kitzelten ihn an der Nase. Kurz darauf preschte auch sein fünfjähriger Sohn Lasse auf ihn zu. Till kniete sich auf den Boden des Flughafens und atmete den Duft seiner Kinder ein. Sie erdrückten ihn vor Freude, strahlten ihn an und erzählten gleichzeitig von ihrer Reise. Till löste seine Arme und wollte gerade aufstehen, da tauchten zwei schlanke Füße in eleganten Sandalen in seinem Blickfeld auf und blieben direkt vor ihm stehen.

«Du hast dich ja richtig schick für uns gemacht.» Es klang spöttisch.

Zögerlich hob Till den Blick. «Hallo, Siri.»

Mit ihrem zierlichen Kinn deutete sie auf den Rotweinfleck auf seiner Jeans. Kein Lächeln.

Till überging den Vorwurf und stand auf, um Siri in den Arm zu nehmen.

«Schön, dass ihr wieder da seid», sagte er und drückte ihr einen Kuss auf die Wange, die sie ihm widerwillig hinhielt.

Oda

Oda schreckte hoch. Ihr Herz raste. Erst jetzt bemerkte sie, dass das Klingeln ihres Handys sie aus dem Mittagsschlaf gerissen haben musste. Doch ehe sie es unter dem Sofa entdeckt hatte, war es bereits verstummt. Oda stöhnte, weil ihr das Aufrichten schwerfiel. Ihr Kopf dröhnte. Nachdem sie sich mühsam aufgerichtet und das Handy hervorgefischt hatte, sah sie, dass es Rick gewesen war, der sie geweckt hatte. Er hatte keine Nachricht hinterlassen. Ihr wurde gleichzeitig heiß und kalt.

Oda checkte die Uhrzeit auf dem Handy. Es war fast halb vier. Also musste sie über eine Stunde geschlafen haben. Soweit sie sich erinnern konnte, wollte Rick am Nachmittag zurück sein. Womöglich wollte er die genaue Uhrzeit ankündigen. Oder ihr mitteilen, dass er den Aufenthalt bei seiner Mutter verlängern würde. Und das wäre ihr durchaus recht. Wie gerne würde sie den Moment, in dem sie ihrem Verlobten wieder in die Augen sehen musste, noch so lang es ging hinauszögern. Oda schämte sich für den Gedanken. Eigentlich hatte sie Rick versprochen, sich nach der OP um die Hochzeitsvorbereitungen zu kümmern. Um sich etwas abzulenken. Stattdessen hatte sie sich mit einem anderen Mann getroffen.

Oda stand auf, um etwas zu trinken. Der Nachdurst und die Kopfschmerzen waren nur zwei von vielen Symptomen, die sie an die gestrige Nacht denken ließen. Aber das schlechte Gewissen plagte sie weit mehr als der Kater – mit zunehmendem

Abstand auch Till gegenüber. Es war ihr hochnotpeinlich, wie das Treffen mit ihm geendet war. Aber sie wusste sich selbst nicht anders zu helfen als mit einer überstürzten Flucht nach vorn. Die gemeinsamen Stunden mit Till hatten sie völlig durcheinandergebracht. Sie fühlte sich so verdammt wohl in seiner Gegenwart. Und sie war kurz davor gewesen, sich diesen Gefühlen hinzugeben und einen großen Fehler zu begehen. Dann war Till zurückgewichen.

Oda öffnete den Kühlschrank, griff nach der angefangenen Flasche Mineralwasser in der Tür und trank sie in einem Zug leer. Doch sofort kam der Schwindel zurück, sodass sie wieder zum Sofa wankte und sich hinsetzte. Sie lehnte sich in die Kissen, kuschelte sich in die Decke und schloss für einen Moment die Augen. Vor ihr tauchte Till auf. Immer wieder sah sie ihn direkt vor sich. Er blickte sie an. Mal vorwurfsvoll, mal fordernd, mal spöttisch, immer aber mit dieser Güte, die sein Wesen auszeichnete. Es war seltsam gewesen. Obwohl sie viel über Odas Fotografie geredet hatten, hatte sie sich nicht getraut, auch nur einen einzigen Schnappschuss zu machen. Und Oda fragte sich erneut, warum.

Vielleicht hatte sie Angst davor, dass Rick etwas zu Gesicht bekam. Doch es war weniger Angst als vielmehr bloß Unbehagen. Denn eigentlich war sie sich sicher, dass Rick ihr kaum böse sein würde, wenn sie ihm im Nachhinein von einem Treffen mit einem alten Freund berichtete. Eher würde er sie deswegen aufziehen. Eifersucht passte nicht zu Rick, und Oda konnte sich auch an keine einzige Begebenheit erinnern, bei der das ein Streitthema gewesen wäre.

Vielleicht hatte es also an Till selbst gelegen, dass sie ihre Kamera absichtlich in der Galerie hatte liegen lassen, statt sie mit auf den Spaziergang zu nehmen. Der gemeinsame Strandtag hätte sicher eine ganze Reihe brauchbarer Motive hergegeben, und jetzt hätte sie Till eine Collage zur Erinnerung an das Wiedersehen schicken können. Aber vielleicht war es besser so. Vielleicht sollten sie wirklich zurück in die Realität und zurück in ihre jeweiligen Leben.

Odas Schädel brummte. Sie wusste nicht mehr, was richtig und was falsch war. Irgendwie bereute sie es, ihm einen Abschiedsbrief geschrieben zu haben, der keinen Raum für ein weiteres Treffen ließ. Denn wer wusste schon, ob sie sich jemals wiedersehen würden. Jedenfalls würde sie es Till nicht übelnehmen können, wenn er sich nicht mehr meldete nach ihren wenig charmanten Sätzen. Aber wie sonst hätte sie in Würde gehen sollen? Es war ihre Art, ihm zu zeigen, dass sie besser auf Abstand gehen und den missglückten Kuss abhaken sollten. Nicht erst seit Oda den Film «Harry und Sally» gesehen hatte, war ihr klar, dass sie nur einem Mann wirklich nahe sein konnte.

Odas Blick fiel auf das Handy. Sie sollte Rick zurückrufen. Und wenn es nur dafür gut war, um sich weniger schuldig zu fühlen. Sie atmete einmal tief durch und wählte seine Nummer in der vagen Hoffnung, dass bloß seine Mailbox ranging.

«Hi, Sweety!», hörte sie Ricks gutgelaunte Stimme schon nach dem zweiten Klingeln. «Wo steckst du?»

«Ich?» Was für eine dämliche Gegenfrage, dachte Oda und erwiderte schnell: «Ich bin zu Hause. Wo denn sonst? Ich hatte mich noch mal hingelegt.»

«Ist das Bett denn noch warm?»

Oda konnte hören, dass Rick lächelte. Doch es fiel ihr schwer, darauf einzugehen.

«Wann kommst du?»

Weil keine Antwort kam, fragte Oda noch einmal: «Hörst du mich? Wann kommst du denn nach Hause?»

Und dann erstarrte Oda vor Schreck. Denn plötzlich hörte sie, dass die Wohnungstür aufgeschlossen wurde. Mit einem

Ruck fuhr sie herum und sah mit einer Mischung aus Erleichterung und Panik, wie Rick eintrat und sie anstrahlte. Als sich ihre Blicke trafen, hielt er irritiert inne und steckte sein Handy in die Hosentasche.

«Wo kommst du denn her?», entfuhr es Oda. Sie fühlte sich ertappt. Hektisch erhob sie sich vom Sofa, ordnete die durchwühlten Sofakissen und legte die Wolldecke zusammen.

«Aus Zürich», sagte Rick mit ironischem Unterton. Dann ließ er seine Tasche sinken, ging auf Oda zu und umklammerte sie von hinten.

Obwohl sie sich über diese zärtliche Geste freute, hatte sie Mühe, das auch zu zeigen. Sie drehte sich um und gab ihm einen flüchtigen Kuss zur Begrüßung.

«Warum hast du nichts gesagt? Ich meine, ich hätte dich doch abgeholt vom Flughafen.»

Rick winkte ab und ließ sich mit einem Seufzer aufs Sofa fallen. «Ist schon gut. Außerdem dachte ich, du bist doch mit viel Wichtigerem beschäftigt.»

«Äh … Was denn?», fragte Oda irritiert. Im selben Moment bereute sie ihre Frage.

«Tamtamtada, tamtamtada …» Grinsend begann Rick Wagners Hochzeitsmarsch zu singen. Er streifte sich die Schuhe von den Füßen, griff nach der Programmzeitschrift und stellte den Fernseher an. «Mum ist schon Feuer und Flamme, hat tausend Ideen. Und Onkelchen hat schon signalisiert, dass wir uns wegen der Kosten keine Sorgen zu machen brauchen! Wenn es nach ihm ginge, würde er alle in die Schweiz einfliegen lassen.»

Im Fernsehen lief Formel Eins.

«Komm, Sweety! Wir machen es uns gemütlich!»

Rick klopfte mit einer Hand auf den Platz neben sich. Doch alles in Oda sträubte sich.

«Sei mir nicht böse, aber ich hau mich noch mal hin. Ich hab letzte Nacht nicht viel geschlafen», erklärte sie monoton. Sie beugte sich zu ihm, küsste Rick auf die Stirn und verkroch sich ins Schlafzimmer.

Auch wenn Oda bewusst war, dass man es ihr zurzeit nicht recht machen konnte, ärgerte sie sich über Rick. Er hatte nicht mal nach ihrer OP gefragt! Er schaffte es einfach nicht, ihr im Auf und Ab der Gefühle beizustehen. Verlangte sie zu viel? Wenn er sie in Watte packte, hasste sie ihn dafür, weil er ihr das Gefühl gab, sterbenskrank zu sein. Wenn er ihre Ängste ignorierte oder mit seiner übertriebenen Hochzeitsvorfreude alles zu überspielen versuchte, war es ebenfalls unerträglich. Und noch schlimmer war, dass sie sich momentan selbst nicht mehr mochte. Oda vergrub sich tief unter ihrer Bettdecke.

Sie fühlte sich so einsam wie lange nicht mehr.

Till

Hast du getrunken, als wir weg waren?», fragte Siri, während sie durchs Flughafenterminal gingen, und warf ihm einen vorwurfsvollen Blick zu.

Till schob den Koffertrolley und hielt mit einer Hand seine eigene Reisetasche fest, die oben auf den Koffern von Siri und den Kindern thronte.

«Ein bisschen», antwortete Till und lächelte schief. Was sollte er auch sagen? Wahrscheinlich stank er fünf Meter gegen den Wind nach Alkohol.

«Und die Reisetasche?» Ihre Stimme klang genervt.

Till seufzte. Sein schlechtes Gewissen ließ es nicht zu, etwas zu erwidern, geschweige denn zu erklären. Also starrte er geradeaus und konzentrierte sich stattdessen auf Lotte und Lasse, die ihm fröhlich an der freien Hand hingen und ihn mit Neuigkeiten von Oma und den tollen Bootsausflügen auf dem See vor Omas Häuschen versorgten. Beide redeten gleichzeitig, einer lauter als der andere. Till war froh, Siri nicht näher Auskunft geben zu müssen, sondern stattdessen sporadisch «Echt?», «Wirklich?» und ähnliche Kommentare ablassen zu können. Besser fühlte er sich deswegen allerdings nicht.

«Wo steht denn das Auto?», fragte Siri.

Das Auto! Verdammt. Jetzt würde er doch etwas sagen müssen.

«Wir nehmen ein Taxi.»

«Jippiii!» Die Kinder preschten vor Begeisterung los.

Gedankenverloren sah Till ihnen nach. «Ich war heute in Hamburg», sagte er möglichst beiläufig, aber in seinen Ohren klang es schuldbewusst und verkrampft.

Siri blieb stehen und starrte ihn irritiert an. «Heute? An dem Tag, an dem wir aus dem Urlaub zurückkommen?»

Till nickte und wollte gerade ansetzen, ihr von seinem Besuch bei Oda zu erzählen, als es plötzlich laut aus zwei Kinderkehlen quäkte.

«Mama, Papa. Guckt mal: Opa ist da!», schrie Lasse laut und rannte in Richtung Ausgang.

Erstaunt wanderten Tills Augen hinterher. Tatsächlich, dort stand Siris Vater Paul! Auch Lotte rannte jetzt ihrem Opa entgegen, und kurz darauf hingen zwei blonde Kinder an seinem Hals.

Der hat mir gerade noch gefehlt, dachte Till, wobei ihm das Herz in die Hose rutschte. Dabei hätte er sich denken können, dass Paul seine Tochter und die Enkel vom Flughafen abholen würde. Schließlich musste er damit rechnen, dass Till dazu nicht in der Lage war, nachdem er sich zwei Tage zuvor wortlos verabschiedet hatte.

Till spürte Siris Hand auf seinem Arm. «Wir reden später darüber», zischte sie und ließ ihn stehen.

Dann sah er, wie Siri mit einem aufgesetzten Lächeln ihren Vater begrüßte. Er sah, wie Paul seine Tochter herzte und etwas sagte. Entschuldigend hob er immer wieder die Arme. Er war zu spät, sollte es wohl heißen. Dann redete Siri und deutete in Tills Richtung. Paul folgte ihrem ausgestreckten Finger, und sein Gesicht nahm einen erstaunten Ausdruck an. Offensichtlich hatte er nicht damit gerechnet, seinen Schwiegersohn am Flughafen zu sehen. Ungeduldig winkte Siri ihn heran, aber Till rührte sich nicht. Schließlich gab Paul sich einen Ruck, schickte Siri und die Kinder in die Richtung seines Autos und kam auf Till zu. Kurz vor dem Koffertrolley blieb er stehen. Er musterte Till, und sein Blick blieb auf dem Rotweinfleck an der Hose hängen.

«Ich weiß nicht, was mit dir los ist, mein Junge», sagte Paul kopfschüttelnd, «aber was es auch ist, du solltest jetzt erst mal deinen Hintern bewegen und dich zusammenreißen. Versuch wenigstens, dich normal zu benehmen. Du hast eine tolle Frau und zwei wundervolle Kinder. Kriegst du das auf die Reihe?»

«Tut … mir leid», stotterte Till. «Dass ich dich versetzt habe.»

«Um mich geht es hier nicht.» Er sah ihn durchdringend an. «Es geht um deine Ehe!»

«Unsere Ehe …» Till seufzte. «Es läuft nicht besonders gut, weißt du?»

«Das weiß ich. Aber alles, worum ich dich jetzt bitte, ist: Reiß dich zusammen! Kriegst du das hin?»

Seufzend bewegte Till seinen Kopf zu einer Art schwachem Nicken.

«Was soll das heißen? Ja oder ja?»

Über Pauls Schulter hinweg konnte Till sehen, wie Siri zurückkam und versuchte, herauszufinden, um was es bei ihrem Gespräch ging. Durch seinen Körper ging ein Ruck.

«Es heißt: ja.»

«Dann beweg die Koffer zum Ausgang!»

Paul warf ihm einen letzten, strengen Blick zu, dann drehte er sich zu seiner Tochter um und nickte ihr zu, als wäre nichts gewesen. Kumpelhaft legte er Till den Arm um die Schultern, drückte allerdings wesentlich fester zu, als nötig gewesen wäre.

«Bis heute habe ich gedacht, ich hätte Glück mit dir gehabt», flüsterte Paul, während er Siri lächelnd aus dem Flughafengebäude scheuchte. «Und jetzt sag nicht wieder, es tut dir leid», fügte er schnell hinzu, bevor Till etwas erwidern konnte. Dann nahm er den Koffertrolley und marschierte aus der Tür.

Zehn Minuten später saßen sie in Pauls Wagen, die Kinder mit

Siri hinten, Till neben seinem Schwiegervater vorne am Steuer. Paul hatte darauf bestanden, dass er fuhr. Dankenswerterweise übernahm Paul auch das Reden auf dem ganzen Weg von Tegel bis nach Schmargendorf. Immer wieder drehte er sich zu Siri und den Kindern um, fragte nach Details des dreiwöchigen Sommerurlaubs, wollte wissen, wie es seiner Ex-Frau ging, die nach der Scheidung zurück nach Schweden gezogen war, wo sie geboren und aufgewachsen war. Und wenn das Gespräch auch nur in eine Sackgasse zu geraten drohte, lenkte Paul es sofort wieder in eine andere Richtung.

Zu Hause angekommen, war Siris erster Kommentar: «Hier sieht es ja aus wie auf einem Schlachtfeld.» Sie gab vor, die Koffer auspacken und sich frisch machen zu wollen. «Kümmer du dich ums Abendessen!» Sie hatte ihren üblichen Befehlston wiedergefunden.

Aber Till war froh, sich nützlich machen zu können. Seit seiner überstürzten Flucht vor seinem Schwiegervater schienen Monate vergangen zu sein, so fremd kam ihm das Haus vor.

Er schickte Paul und die Kinder in den Garten, wo die drei Fußball spielen konnten, und begann Spaghetti Bolognese zu kochen. Kaum waren sie draußen, tauchte Siri hinter ihm auf.

«Hier!» Sie hielt ihm eine frische Hose hin. «Du stinkst wie eine Kneipe.»

«Danke.» Till war unsicher, ob er sich gleich hier umziehen sollte. Eigentlich wollte er es ja vermeiden, mit Siri allein zu sein. Aber etwas hielt ihn zurück. «Hast du dich ein bisschen erholt?», fragte er vorsichtig.

Siri rollte mit den Augen und sagte in gequältem Ton: «Ich war drei Wochen bei meiner Mutter, vergessen?»

«Hm.» Das war alles, was er dazu sagen konnte. Er wich ihrem Blick aus und sah durchs Küchenfenster zu Paul und den Kindern in den Garten. Sein Schwiegervater jubelte gerade über ein Tor und wirbelte seinen Enkel herum. Kein Mensch würde vermuten, dass er mit seinen gerade mal 52 Jahren schon zweifacher Opa war. Till wusste, dass er damals auch überhaupt nicht begeistert war, als Siri mit Anfang 20 schwanger wurde.

«Willst du dich nicht umziehen?» Siris Stimme riss ihn aus seinen Gedanken.

«Wie?» Till knetete unwillkürlich den Stoff seiner sauberen Hose. Irgendwann würden sie reden müssen, so viel stand fest. «Wegen Hamburg …», begann er und brach ab.

«Was?»

«Ach, nichts.»

«Du bist komisch.»

Einen Moment war er sprachlos. Sie wussten beide, dass es in ihrer Ehe gewaltig kriselte. Wie hätte er da nicht komisch sein sollen?

Du bist auch komisch, wollte er sagen, schaffte es aber nicht. Stattdessen legte er die Hose zur Seite und öffnete den Kühlschrank.

«Ich bin nur ein bisschen kaputt. Willst du einen Schluck Wein?»

Prüfend sah sie ihn an, dann nickte sie und gähnte. «Gerne.»

Als Siri sich umdrehte, um in den Keller zu gehen, sah er ihr nach. Auch wenn sie es nicht zugeben wollte, sie sah erholt aus. Und abgenommen hatte sie offenbar auch. Ansonsten hätte sie niemals diese enge Jeans angezogen, da war Siri eigen. Sie sah blendend aus mit ihren langen Beinen und den langen Haaren und dem leicht gebräunten Teint auf ihrer ansonsten eher blassen Haut. Er seufzte und konzentrierte sich auf die Bolognese-Soße.

Paul schien keine Eile zu haben, das Haus bald wieder zu verlassen. Er blieb zum Essen und trank noch ein Glas Wein mit seiner Tochter, während Till die Kinder ins Bett brachte. Schon beim Zähneputzen wären Lotte und Lasse fast eingeschlafen. Till strich ihnen sanft über den Kopf und löschte das Licht.

Zu dritt tranken sie den Wein im Garten aus und redeten über belangloses Zeug. Die Stimmung war erstaunlich friedlich. Keiner sprach an, was eigentlich zwischen ihnen stand. Eine Spezialität der Familie. Erst als Siri meinte, sie sei müde von der Reise, erhob sich Paul und verkündete, er würde jetzt nach Hause fahren.

«Bringst du mich noch raus, Till? Ich muss dir noch was wegen der Arbeit sagen.»

Innerlich bereitete sich Till auf eine saftige Abreibung vor und folgte ihm daher mehr schleichend als aufrecht gehend.

«Morgen um 9 Uhr in meinem Büro?»

Till war überrascht. Mehr kam nicht?

«Okay.»

Till erwartete noch einen spöttischen Satz oder eine Nachfrage, aber es kam tatsächlich nichts. Noch nicht mal ein komischer Blick. Stattdessen schwang sich Paul in seinen Wagen und fuhr los. Erstaunt sah Till ihm hinterher. Dann trottete er zum Haus zurück. Dort war alles still. Till räumte die Küche auf, sammelte die Gläser im Garten ein und schlich eine Weile im Haus umher. Er hatte Angst, mit Siri allein zu sein. Dass sie ihn nach Hamburg fragen würde. Was sollte er antworten?

Schließlich räumte er seine Reisetasche aus und fand sein Handy, das er den ganzen Tag nicht mehr beachtet hatte. Automatisch kontrollierte er, ob es Anrufe gegeben hatte. Hatte es nicht. Dafür war eine Nachricht von Oda gekommen. Till zögerte einen Moment, dann öffnete er die SMS und las:

Bitte verzeih mir meinen theatralischen Abgang! Ich hoffe, du bist gut zurückgekommen und bleibst mir und der Kunst verbunden …

Till starrte die Worte an und merkte schlagartig, wie sauer er auf Oda war. Ja, das ist der abscheulichste Brief, den ich je bekommen habe, dachte er. «Wünsch dir ein schönes Leben!» So was schreibt man normalerweise seinen größten Feinden! Fand sie das Treffen wirklich so schlimm?

Seine Daumen wanderten zögernd über die Tasten.

«Außerdem stehen mir noch zwölf Stunden Überredungszeit zu, die du mir geklaut hast, liebe Oda», schrieb er grimmig.

Doch er konnte sich nicht durchringen, die Nachricht abzuschicken. Aus Angst, er könnte alles zerstören.

Oda

O da musste unweigerlich schmunzeln, als sie beim Joggen an der Elbe die Stelle passierte, an der sie vor zwei Tagen mit Till das Fahrrad geklaut hatte. Genau genommen war es ja gar kein Diebstahl, sondern eher eine Entführung gewesen. Denn jetzt stand die Klapperkiste wieder zwischen den Mülltonnen, so als wäre nie etwas geschehen. War tatsächlich gar nichts geschehen? Wie war es Till ergangen? Wie ging es ihm gerade? Ob es richtig gewesen war, ihn einfach so um Mitternacht zu verlassen, ohne sich vernünftig zu verabschieden?

Die Fragen überschlugen sich.

Eigentlich hatte Oda gehofft, den Kopf an der frischen Luft endlich wieder frei zu bekommen. Aber es klappte nicht. Vielleicht lag es daran, dass sie sich noch nicht wieder traute, richtig zu joggen. Es war mehr ein vorsichtiges, langsames Laufen. Zwar taten ihr weder die Brust noch die Wunde weh, aber irgendetwas hemmte Oda, ihr altes Sportprogramm wieder aufzunehmen. Sich zu bewegen war jedenfalls besser, als einfach nur zu Hause zu sitzen und auf den Anruf der Ärzte zu warten.

Vielleicht lag ihre innere Unruhe aber auch daran, dass die Gedanken an Till, den Tumor und die Hochzeit wild durcheinanderpurzelten. Immer wenn Oda versuchte, eines der Themen ganz weit nach hinten zu schieben, ploppte das nächste auf. Wie Gummi-Enten in einer Badewanne, wenn man sie untertauchte.

Vielleicht renne ich auch vor allem davon, dachte Oda, als sie ihr Tempo nun doch etwas beschleunigte, um mit einer gewissen Genugtuung eine sehr viel jüngere Frau zu überholen, die ebenso wie sie mit Laufschuhen und Ohrenstöpseln ausgestattet war.

Vor Odas geistigem Auge spielte sich plötzlich die Filmszene mit Julia Roberts ab, in der sie ihren Bräutigam vor dem Altar stehenlässt und rennt, so schnell sie kann. Doch das würde sie Rick niemals antun. Dafür war ihr eine Hochzeit als solche auch nicht wichtig genug. Das machte die Vorbereitungen aber nicht gerade einfacher. Nach seiner Rückkehr aus Zürich redete Rick nämlich kaum noch über etwas anderes. Überhaupt hatte Oda zunehmend das Gefühl, ihre Meinung war bei den Vorbereitungen nicht besonders gefragt. Dabei zweifelte sie gar nicht daran, ob ein Trauschein nun das Richtige für Rick und sie war. Er war eher die Bestätigung ihrer Angst, dass sich ihre Beziehung und ihre eigene Kreativität schon jetzt nicht mehr so frei entfalten konnten wie früher. Die wenigen gemeinsamen Stunden verschwendeten Rick und sie darauf, über die Menüabfolge und die erweiterte Gästeliste zu diskutieren. Ähnlich groß muss die Gefahr sein, auch in der Ehe unter dem Alltagskram zu ersticken. Ganz so, wie es bei ihren Eltern der Fall war. Oda hatte es schon immer als recht lieblos empfunden, wie die beiden miteinander umgingen und kommunizierten. Jedenfalls konnte sie sich nicht vorstellen, dass die beiden auch mal den Fernseher ausließen und sich mit einem guten Wein auf die Terrasse setzten, um stundenlang über Gott und die Welt zu philosophieren. So wie Rick und sie es unter dem New Yorker Himmel getan hatten. Doch wenn Oda ehrlich war, waren diese Gespräche zuletzt immer seltener geworden. Und seltsamerweise vermisste sie diese Intimität überhaupt nicht.

Die letzten Meter bis zum Teufelsbrücker Fähranleger sprintete Oda einfach drauflos. Es war total unvernünftig, aber es tat gut. Erschöpft ließ sie sich auf einer Parkbank nieder und rang nach Luft. Als sich ihr Puls wieder etwas beruhigt hatte, holte sie ihr iPhone hervor, um Coldplay verstummen zu lassen. Dann klickte sie sich zu ihrem E-Mail-Account durch, um nachzusehen, ob Till sich endlich auf ihre Entschuldigung hin gemeldet hatte. Doch außer den üblichen Newslettern war nichts gekommen.

Oda seufzte und beobachtete ein riesiges Containerschiff, das die Elbe runter in Richtung Nordsee schipperte. Sie fühlte sich einsam wie lange nicht mehr und wusste, sie war irgendwie selbst schuld daran. Mit Rick konnte sie nicht reden, und Till hatte sie vergrault. Jedenfalls fühlte es sich so an, und irgendwie konnte sie Till sogar verstehen. Womöglich dachte er, sie sei eine egozentrische Nymphomanin geworden, die sich in der Rolle der erfolgsverwöhnten Künstlerin, deren Galerist ihr einen Heiratsantrag gemacht hatte, so gut gefiel, dass sie sich einfach alles nahm, was sie wollte. Oda kam sich schäbig vor, weil sie Till so wenig Vertrauen entgegengebracht hatte. Warum hatte sie ihn nicht wenigstens einen winzigen Spalt hinter ihre ach so blendende Fassade blicken lassen? Oder ihm gesagt, wie sehr sie ihn all die Jahre vermisst hatte und wie wohl sie sich mit ihm am Samstag gefühlt hatte. Doch was würde das bringen? Oda schloss für einen Moment die Augen. Sie hatte Angst. Angst vor der Wahrheit, Angst vor der Diagnose und manchmal sogar Angst vor sich selbst. Schon immer war ihr deshalb Flucht als die beste Lösung bei Angst erschienen. Und auch jetzt konnte und wollte sie nichts anderes tun, als einfach nur davonzulaufen.

Till

Obwohl draußen der Tag schon angebrochen war, herrschte im Schlafzimmer immer noch tiefe Dunkelheit. Sie war den immens schweren Vorhängen geschuldet, die Siri vor Jahren besorgt hatte. Till mochte es, wenn die Sonne ins Schlafzimmer schien und einen weckte, aber Siri konnte dann nicht schlafen. Einer der Kompromisse, die man in Ehen einging, dachte er, als er an diesem Morgen die Augen aufschlug. Der Wecker zeigte 6:30 Uhr. Sie würden bald aufstehen und sich und die Kinder fertig machen müssen. Die Ferien waren vorbei. Nun begann wieder der Alltag. *Zurück in die Realität*, dachte Till verächtlich. Er hatte Oda gestern noch eine bitterböse Mail schreiben wollen, war dann aber zu der bereits schlafenden Siri ins Bett gekrochen.

Morgen, hatte er sich fest vorgenommen, morgen reagiere ich auf Odas Nachricht und spreche mit Siri.

Gerade wollte er sich aufrichten und den Wecker ausschalten, bevor er losklingelte, als Siri sich zu ihm umdrehte.

«Warum bist du eigentlich gestern ohne Auto zum Flughafen gekommen? War das mit Paul abgesprochen?»

Verwundert nahm Till die Fragen zur Kenntnis. Im Gegensatz zu ihrem Vater hasste Siri Konflikte. Sie ging ihnen aus dem Weg, wo sie nur konnte. Deshalb hätte sie ihre Ehekrise auch niemals von sich aus thematisiert und war stattdessen lieber fluchtartig zu ihrer Mutter gefahren. Angeblich, damit beide sich in

Ruhe Gedanken machen konnten. Woher kam also jetzt diese offensive Frage?

«Till? Schläfst du noch?»

Um anzudeuten, dass er nicht schlief, räusperte er sich. Gleichzeitig wurmte es ihn, dass Siri das Gespräch mit ihm suchte. Es brachte ihn in eine dumme Position. In eine verdammt dumme Position.

«Warum nennst du deinen Vater eigentlich Paul?», fragte er. Stille.

Das Bett wackelte leicht, Siri raschelte mit der Decke. «Wie soll ich ihn denn sonst nennen?»

«Papa.»

In dem Schweigen, was darauf entstand, versuchte Till die Dunkelheit mit seinen Augen zu durchmessen. Aber er sah nur vage Schatten. Die Vorhänge waren absolut blickdicht, was wohl an dem Molton lag, mit dem der Stoff an der Rückseite zusätzlich ausgekleidet war.

«Wenn du willst, kann ich es ja mal mit Papa versuchen», sagte sie spitz. «Also, war das mit ihm abgesprochen?»

Innerlich seufzte Till. Es wäre auch zu schön gewesen, wenn sein plumper Ablenkungsversuch funktioniert hätte.

Er lag im Dunkeln und wusste nicht, was er sagen sollte. Die Wahrheit? Er hatte Schiss vor dem, was dann kommen würde. Sollte er lügen? Es war kompliziert. Wie lange schon hatte er versucht, mit ihr zu reden. Über ihre Gefühle, über ihre Ehe. Aber immer war Siri den Themen ausgewichen. Hatten die drei Wochen sie etwa verändert? Immerhin war dies ein erster Schritt. Ein Versuch vielleicht, Frieden zu schließen. Und das, nachdem er alkoholisiert und ohne Auto zum Flughafen gekommen war, das Haus nach drei Wochen durchsumpfen nicht aufgeräumt und am Abend zuvor noch neben einer anderen Frau im Bett gelegen hatte.

«Tja, also …», begann er zögerlich. «Es hat sich so ergeben.»

Es war nicht die Wahrheit, es war aber auch keine Lüge. Es war lediglich der klägliche Versuch, von seinem schlechten Gewissen abzulenken.

Schließlich hatte Siri einen mutigen Vorstoß gewagt. Es war ihre Art, ihm zu sagen: Lass es uns noch einmal versuchen. Und nun machte er es ihr so schwer!

Jeder Mann würde über eine Frau wie Siri froh sein. Eine Frau, die klug war, toll aussah und auch nach zwei Kindern noch eine super Figur hatte. Die sich nicht gehen ließ und im Haus nie mit Jogginghosen oder im Schlabberlook herumlief. Und er? Freute sich nicht. Stattdessen fühlte er den Druck, auf ihr Friedensangebot eingehen zu müssen. Ob Siri wohl erwartete, dass er sie küsste? Immerhin hatten sie sich drei Wochen nicht gesehen. Streit hin oder her.

«Ich mache dir einen Vorschlag», brachte er schließlich mühsam hervor. «Du kannst liegen bleiben. Ich bringe die Kinder heute weg.»

Im nächsten Augenblick sprang er auch schon aus dem Bett.

«Schaffst du das denn vor der Arbeit?»

Er glaubte Enttäuschung in der Stimme seiner Frau zu hören.

«Ja.»

«Gut. Danke!»

Seine Hand tastete nach der Türklinke.

«Till?»

Erschrocken verharrte er in der Bewegung. «Ja?»

«Trinken wir heute Abend zusammen ein Glas Wein? Alleine. Nur wir zwei und reden miteinander?»

Es wurde immer unheimlicher. Für Siris Verhältnisse war das ein unglaublicher Vorstoß. Er schluckte. «Äh … sicher. Und jetzt schlaf weiter», sagte er mit brüchiger Stimme.

Leise verließ er das Schlafzimmer. Und obwohl er in der Nacht komatös geschlafen hatte, fühlte er sich an diesem frühen Morgen beschissen wie selten. Was war er doch für ein verdammter Loser!

Wenn Till seine Kinder weckte, dann stets mit dem gleichen Ritual. Er machte eine Feuerwehrsirenenstimme nach und rief: «Achtung, die Matratzen brennen! Schnell raus aus den Betten!» Nach all den Jahren führte das natürlich zu keinerlei Reaktion bei seinen Kindern mehr, außer Gejammer und Gezeter. Daher half er meist nach, indem er sie wachkitzelte. So auch an diesem Morgen. Dann war das Frühstück dran. Für Lotte Müsli mit Milch, für Lasse getoastete Aufbackbrötchen, entweder mit Salami oder Bierwurst. Auf jeden Fall mit Butter und nicht kleingeschnitten. Das war wichtig, sonst gab es Geschrei. An diesem Tag bekam niemand einen Wutanfall. Einvernehmlich frühstückten sie zusammen und fuhren eine halbe Stunde später los. Genau nach Zeitplan! Im Auto schaltete er das Radio an. Um diese Uhrzeit hörten sie immer die Sendung mit einem Moderatoren-Team, über das sie sich jeden Morgen lautstark lustig machten. Was Till heute auch nicht schwerfiel, denn er hasste die aufgesetzt fröhliche Art des Duos, und das Lachen seiner Kinder spornte ihn zusätzlich an. Erst fuhr er die siebenjährige Lotte zur Schule, dann gab er den fünfjährigen Lasse im Kindergarten ab. Wie jedes Mal, wenn er «Morgendienst» hatte, dachte Till mit Wehmut daran, wie lange seine Kinder noch Kinder sein würden und dieses Ritual Bestand haben würde. Und jedes Mal auf dem Weg vom Kindergarten zu seiner Arbeit nahm er sich vor: Till, verdammt noch mal: Genieß den Tag!

Heute war es sogar schlimmer als sonst. Er hatte auch seinen Kindern gegenüber ein schlechtes Gewissen. Und er ahnte, was ihm an diesem Tag alles noch bevorstand.

Pünktlich um Punkt 9 Uhr klopfte er mit mulmigem Gefühl bei seinem Schwiegervater an die Bürotür und öffnete sie, ohne eine Antwort abzuwarten. Paul fand es albern, «Herein!» zu rufen, meistens stand die Tür ohnehin die ganze Zeit offen.

Paul sprach mit einem Kunden und winkte seinen Gast zu sich. Till setzte sich und versuchte, gut gelaunt und locker zu wirken.

Das Büro bestand fast nur aus einem riesigen Schreibtisch, den Paul selbst hergestellt hatte, und einem großen Aktenschrank, der mit seinen geschwungenen Türen und den kleinen Löchern in den Türen aussah wie ein Kunstwerk. Den hatte Paul ebenfalls selbst gezimmert. Er war Schreinermeister mit Hingabe und hatte rechtzeitig den Trend von hochwertiger, individueller Büroausstattung erkannt. Wer in Berlin etwas auf sich hielt, hatte eins von Pauls Einzelstücken bei sich stehen. Aus nachhaltig gewachsenem Holz, mit quasi lebenslanger Garantie. Auf dem Schreibtisch stand ein circa 15 Zentimeter hoher Quader aus Pappelholz, der Till immer schmerzhaft daran erinnerte, dass er mal hatte Bildhauer werden wollen.

«Liebst du deine Kinder eigentlich?»

Till war so in Gedanken versunken gewesen, dass er nicht gemerkt hatte, wie Paul sein Gespräch beendet hatte.

«Sicher», stammelte er.

Paul hatte seine Hände flach auf den großen Schreibtisch gelegt und starrte sie intensiv an. Er spitzte die Lippen, so als wolle er pfeifen. Man wusste bei Paul nie, was kommen würde, aber seine gesamte Körpersprache deutete auf eine Standpauke hin.

Deshalb fühlte sich Till auch bemüßigt, schnell noch hinzuzufügen: «Lotte und Lasse sind mein Ein und Alles!»

Es war die Wahrheit.

Paul atmete tief durch, griff in seine Schublade und holte eine Packung Zigarillos heraus.

«Gehen wir einen Moment ans Wasser», sagte er und stand auf.

Es würde also länger dauern, dachte Till und folgte Paul widerstandslos. Was hätte er auch tun sollen, schließlich war er länger nicht im Büro erschienen und war zu allem Überfluss auch zwei Tage vorher noch sprichwörtlich vor Paul davongelaufen.

Die Möbelfirma lag in den Hallen eines ehemaligen Rudervereins, und Pauls Büro führte direkt auf einen Steg, von dem früher die Boote zu Wasser gelassen wurden. Sie setzten sich an den Rand der alten Bohlen, die grün von Wasser und Algen waren. Paul bot Till einen kubanischen Zigarillo an. Marke: «Romeo & Julieta». Dann steckte er sich selbst einen zwischen die Lippen und strich ein Streichholz über die raue Fläche der Schachtel. Danach rauchten sie zwei, drei langsame Züge still vor sich hin und starrten auf die Havel.

Links konnte man am Horizont die Spandauer Zitadelle erahnen. Als Schüler war Till dort mit seiner Klasse gewesen, und er erinnerte sich an die Warnung des Führers vor den Fledermäusen, die sich in den Haaren der Besucher verfangen könnten. Später hatte die Klasse im Keller Folterwerkzeuge bestaunt. Wie lange war das her?

«Als Siri geboren wurde», begann Paul mit kehliger Stimme, «und dieses kleine, zarte Wesen das erste Mal im Kinderbett bei uns zu Hause im Schlafzimmer lag, habe ich es angesehen und gewusst …» Paul nahm einen Zug von seinem Zigarillo und sah starr aufs Wasser. «Für dich, kleine Frau, würde ich mein Leben geben.»

Er nickte dem Wasser zu und sammelte sich einen Moment, ehe er weitersprach:

«Ich kann mich noch genau an jede Einzelheit erinnern. Ich weiß, was Siri trug, wie ihre Bettdecke aussah, sehe das kleine Gesichtchen genau vor mir. Und ich wusste: Für dieses winzige Wesen, das ich erst seit zwei Tagen kannte, würde ich jederzeit mein eigenes Leben geben. Vorher hatte ich an so etwas nie einen Gedanken verschwendet. Aber in diesem Augenblick erschien es mir ganz selbstverständlich. Verrückt, oder?»

Ohne seinen Blick vom Wasser zu heben, erklärte Till: «Wenn ich müsste, würde ich mein Leben auch für Lotte oder Lasse geben.»

Dann drehte er sich zu Paul. Die stechend blauen Augen seines Schwiegervaters schienen schon auf seinen Blick gewartet zu haben.

«Würdest du dein Leben auch für Siri geben? Für meine Tochter?»

Till fühlte sich ertappt und dachte an den Morgen neben Siri im Bett, ihren Versuch, mit ihm zu sprechen, und sein Ausweichen. Aber ehe er etwas sagen konnte, packte Pauls Hand seinen Unterarm. Es war ein fester Griff, und er tat fast weh.

«Verdammt noch mal, Till! Ich weiß nicht, ob ich mein Leben für Ingrid gegeben hätte. Ich weiß es einfach nicht!», sagte er mit hochemotionaler Stimme und wurde dabei rot im Gesicht.

Till schluckte schwer. Er wusste plötzlich nicht mehr, ob es überhaupt um ihn ging.

Siris Mutter, eine bildschöne Schwedin, lebte seit der Scheidung wieder in ihrer Heimat. Es war einige Zeit her, dass Till sie das letzte Mal gesehen hatte. Beide Eltern waren noch nicht volljährig gewesen, als Siri geboren wurde. Und Paul hatte ihm mal gesagt, dass sie viel zu früh geheiratet und Verantwortung übernommen hätten.

«Ich würde jederzeit mein Leben für Siri geben», fuhr Paul fort. «Aber für Ingrid?» Er nahm einen weiteren tiefen Zug an seinem Zigarillo. «Und genau das schoss mir damals durch den Kopf, als ich vor dem Bettchen meiner Tochter stand: Habe ich vorher überhaupt richtig geliebt? Verstehst du, was ich meine? Habe ich jemals jemanden so dermaßen geliebt, dass ich mich für diese Person opfern würde? Oder bin ich bis zu diesem Zeitpunkt total egoistisch durchs Leben gegangen?»

Pauls Hand schraubte sich noch fester um seinen Arm.

«Warst du jemals so verliebt, Till?»

Plötzlich musste Till an Oda denken. An die Nacht vor 13 Jahren während der Hochzeitsfeier im Bürgerpark, an das Gefühl, das er in jener Nacht spürte. Und er musste daran denken, wie er kurz danach diese Skulptur geschaffen hatte. Das Gefühl war so … groß gewesen, so unsterblich. Damals hatte er erstmals gespürt, was Erfüllung bedeutet. Und dann musste er daran denken, wie er die Skulptur zerstört hatte, als Oda sagte, sie würde nach New York gehen.

«Chef!»

In der offenen Tür des Büros stand Pauls Sekretärin und winkte mit einem Telefonhörer. Sie machte Handzeichen, um die Wichtigkeit des Anrufs anzudeuten. Paul schüttelte den Kopf.

«Ich komme gleich», rief er und fügte nach einer kurzen Pause hinzu: «Ich habe hier was Wichtiges zu besprechen.»

Einen Moment sah die Frau hilflos zu beiden herüber, dann verschwand sie.

Paul wandte sich erneut Till zu und wechselte übergangslos das Thema. «Also, was ist los mit dir, Till?»

Till kratzte sich am Kopf. «Ich weiß es nicht. Ehrlich.»

Als hätte er mit der Antwort gerechnet, nickte Paul.

«Na gut, dann sage ich dir jetzt mal was: Ich liebe meine Tochter immer noch über alle Maßen, und ich möchte, dass sie glücklich ist.»

«Ich auch», erwiderte Till ungefragt. Doch Paul überging den Einwurf.

«Deswegen habe ich mir Gedanken gemacht, Junge. Ich würde dir gerne einen Vorschlag machen. Darf ich?»

Die vorsichtige Frage verwunderte Till. Er nickte.

«Also, du nimmst ein Jahr Auszeit von der Firma, bekommst aber weiter dein volles Gehalt. In der Zeit machst du, was immer du willst. Von mir aus denken wir uns auch was aus, was wir Siri sagen. Und danach fällst du eine Entscheidung. Nach einem Jahr sagst du, wie es weitergehen soll in deinem Leben. Eine echte Entscheidung, zu der du hundertprozentig stehst.» Er sah Till bedrückt an. «Mir wäre natürlich am liebsten, du entscheidest dich für deine Familie. Für Siri, deine Kinder und mich. Aber wenn nicht … Damit werde ich dann leben müssen.»

Till starrte ihn verblüfft an. «Wie? Ich versteh nicht ganz, was du mir da vorschlägst.»

«Hör mal zu, Till! Ich mag dich. Ich mag dich ehrlich und aus vollem Herzen. Und ich will, dass du den Laden hier mal übernimmst. Okay? Und wenn ich dich dafür ein Jahr bezahlen muss, ohne dass du hier bist, dann ist das ein kleiner Preis – im Vergleich zu dem, was ich nicht will.»

Eine Weile schwiegen sie, dann warf Paul seinen Zigarillo ins Wasser.

«Also, was denkst du?»

Gar nichts, dachte Till, aber das konnte er wohl schlecht sagen. Er war zu überrascht von der Ansprache. Zu überrollt von den Gefühlen, die sein Schwiegervater ihm da so unvermittelt entgegenbrachte. Till war das nicht gewohnt. Es war ihm irgendwie unangenehm, und gleichzeitig berührte es ihn.

«Ich will, dass ihr beide glücklich seid», sagte Paul und schüttelte seinen Schwiegersohn mit seiner rechten Hand, als wolle er ihn wachrütteln.

«Das … ist wirklich supernett gemeint, Paul, aber es geht nicht.»

«Natürlich geht es.»

«Ich kann mich nicht ein Jahr von dir bezahlen lassen, nur, um …»

«Nur, um was?»

«Nur, um herauszufinden, was ich will.»

«Warum nicht?

«Ich bin 42 Jahre alt, Paul. Ich sollte wissen, was ich will. Das … das …» Till seufzte. «Das fühlt sich an, als sei ich der totale Versager …» Im gleichen Moment dachte Till, dass er ja auch einer war und sich auch schon länger wie einer fühlte.

«Wenn du kein Versager sein willst, dann akzeptiere deine Gefühle und nimm mein Angebot an! Wenn es dir leichter fällt, dann bilde dir ein, dass ich es für Siri mache. Für meine Tochter.»

Er hatte recht, wie immer. Trotzdem fühlte Till sich nicht wohl bei dem Gedanken. Was war das überhaupt für ein Vorschlag? Er sollte ein Jahr lang einfach nur rumhängen? Und worüber sollte er in der Zeit überhaupt nachdenken? Was sollte er Siri erzählen?

«Ich könnte dir nicht mehr gerade in die Augen blicken. Und Siri auch nicht.»

«Ach, verdammt.» Mit lautem Knall klatschte Paul in die Hände und stand vom Bootssteg auf. «Hör bloß auf mit dieser bescheuerten Weinerlichkeit, hörst du? Ich mache das, um dir zu helfen, Mann! Als dein Freund. Und das Letzte, was ich will, ist, dass du deswegen vor Scham im Boden versinkst. Ich will, dass du über dich nachdenkst und eine Entscheidung fällst. Ich wünschte, mir hätte damals jemand diese Chance gegeben.»

Seine Augen bohrten sich förmlich in die von Till. Plötzlich verspürte Till einen Schmerz an seiner Hand. Er hatte seinen Zigarillo völlig vergessen und sich prompt an der Glut verbrannt. Fluchend schmiss er den Stummel in die Havel. Als er wieder aufblickte, starrte Paul ihn immer noch an. Könnte man von diesem Blick die Energie anzapfen, man hätte Strom für eine ganze Stadt.

Und Paul war noch nicht fertig: «Wenn ich ehrlich bin, und du

weißt, dass ich das immer bin. Dann glaube ich, dass du eine verdammte Midlife-Crisis hast!»

«Das ist nun wirklich Unsinn», sagte Till schnell. Zu schnell.

Paul winkte ab. «Als ich in deinem Alter war, ging es mir ähnlich. Nur dass es offensichtlicher war: Ich hatte mir einen Porsche
zugelegt. Ich war zu diesem Zeitpunkt schon 20 Jahre mit Ingrid
verheiratet, hatte drei Kinder und konnte nur noch ans Älter-
werden denken. Und dass sich die Frauen nicht mehr nach mir
umdrehten. Ich dachte: Verdammt, Paul, niemals in deinem Leben wirst du wieder die glatte Haut einer jungen Frau streicheln.
Niemals mit klopfendem Herzen zu einem ersten Date gehen
und niemals mit deinen Fingern unter den Rock einer –»

«Schon gut, Paul!», unterbrach Till ihn schnell, weil er wusste,
dass sein Schwiegervater in solchen Dingen gerne mal ins Detail
ging.

«Jedenfalls kaufte ich mir damals erst einen Porsche, dann be-
trog ich Ingrid mit meiner 20-jährigen Sekretärin und trieb mich
in Discotheken rum, wo ich der Älteste war. Und weißt du was:
Es fühlte sich verdammt gut an.»

In Erinnerung an diese Zeit spuckte Paul auf den Holzsteg und
schüttelte gramgebeugt den Kopf. «Für genau ein Jahr», fuhr er
fort. «Danach war meine Ehe im Arsch. Ich hatte eine Frau verloren, die mich besser kannte als jeder andere Mensch. Ich hatte
meine Familie aufs Spiel gesetzt, meine Kinder … Ich fühlte mich
so dermaßen …» Er suchte nach Worten, fand aber keine und sah
Till aus tieftraurigen Augen an. «Und weißt du, warum ich das
alles getan habe?»

Till zuckte mit den Achseln.

«Weil ich nicht wusste, was ich wollte. Deswegen.»

Dann beugte sich Paul zu Till hinunter und umarmte ihn. Die
Geste kam sehr überraschend, und bevor Till die Umarmung erwidern konnte, stand Paul schon wieder auf.

«Ich mag dich sehr, Till! Wenn du also einen Rat von mir haben willst: Sei ehrlich zu dir und zu den Leuten, die dich lieben! Mach ein Jahr Pause. Tu das, was immer du willst! Mach von mir aus eine Psychotherapie, eine Weltreise, keine Ahnung. Aber dann entscheide, was du vom Leben willst!»

Er nickte ihm zu, schien zu überlegen, ob er noch etwas hinzufügen sollte, ging dann aber wortlos zurück ins Büro.

Völlig durchgerüttelt blieb Till noch eine Weile sitzen. Er fühlte sich schwer und kraftlos und kam sich schon wieder wie ein Versager vor. Er hatte sich oft gewünscht, dass Paul nicht sein Schwiegervater, sondern sein wahrer Vater sein würde.

Und plötzlich wurde ihm klar, dass Paul recht hatte. Schluss mit dieser Weinerlichkeit. Reiß dich zusammen, Till!

Er musste Ordnung in sein Leben bringen. In sein Gefühlschaos. Er musste zurück in die Realität. Oder wie hatte Oda das formuliert?

Mit einem Ruck stand er auf und holte sein Handy hervor. Oda! Warum nicht gleich bei ihr anfangen?

Ohne länger darüber nachzudenken, was er tat, tippte er die Worte ein, die er schon letzte Nacht hatte schreiben wollen:

Du wünschst mir ein schönes Leben? Sind wir nicht zu alt für diese Spielchen, Oda? Erst bestellst du mich zu dir, dann spielst du die beleidigte Leberwurst. Du hattest keinen Grund, einen auf gekränkte Eitelkeit zu machen. Melde dich, wenn du erwachsen bist!

Diesmal schickte er die SMS ab. Es tat verdammt gut. Er fühlte sich erleichtert und zu seiner Überraschung voller Energie. Er hätte gut Lust gehabt, zu Paul ins Büro zu gehen und aus dem verdammten Holzquader auf seinem Schreibtisch eine Figur zu hauen. Er wusste auch genau, wie sie aussehen würde.

Oda

«Willst du nicht doch ein Stückchen?», fragte Odas Mutter und hielt ihr die Platte mit dem Pflaumenkuchen hin.

Oda lehnte sich demonstrativ zurück, wodurch sie der alten Eckbank in der Küche ihrer Eltern ein lautes Knarren entlockte, und rollte nur mit den Augen, statt ein drittes Mal in Folge zu sagen, dass sie wirklich keinen Appetit hatte.

«Ich hab ihn doch extra für dich gebacken!», hörte Oda ihre Mutter nun nochmals insistieren, während sie Kaffee nachgoss. «Was ist denn los mit dir?»

Was los war mit ihr? Oda hätte am liebsten geschrien: Sie haben mich vergessen! Noch immer hatte sie keine Nachricht aus dem Krankenhaus bekommen. Das Warten zermürbte sie. Was, wenn es wirklich Krebs war? Doch ihre Mutter konnte schließlich nicht hellsehen, und sie wusste ja auch gar nichts von der OP und der noch ausstehenden Diagnose. Aber sie hielt es einfach nicht mehr aus und war furchtbar gereizt. Vielleicht hätte sie das monatliche Kaffeetrinken mit ihrer Mutter absagen sollen, um nicht ihre schlechte Laune an ihr auszulassen.

Nervös kontrollierte Oda ihr Handy, um sicherzugehen, dass sie nicht doch versehentlich auf lautlos gestellt hatte.

Nichts. Kein Anruf. Keine SMS. Auch keine weitere von Till.

Kein Wunder, dass er nichts mehr mit mir zu tun haben will, dachte Oda. Seine letzte SMS war schließlich mehr als deutlich gewesen. Sie solle erst erwachsen werden. Pah! Wer hatte es denn nicht geschafft, sie auf ihre OP anzusprechen? Till hatte ja keine Ahnung, wie es in Oda aussah. Keiner hatte das. Und ihre Mutter schon gar nicht.

Also riss sie sich zusammen und schwindelte: «Nein, alles gut. Ich bin in Gedanken nur bei einem Shooting.» Um dem besorgten Blick ihrer Mutter auszuweichen, ging Oda an den Kühlschrank der dunkelbraunen, in die Jahre gekommenen Einbauküche und suchte nach etwas Milch.

Als sie die Packung auf den Tisch stellte, fragte ihre Mutter: «Seit wann trinkst du denn Milch?»

Oda stöhnte. Denn obwohl ihre Besuche zum Kaffeetrinken seit der Rückkehr nach Deutschland schon einer gewissen Regelmäßigkeit folgten, hatte sich ihre Mutter immer noch nicht daran gewöhnen können, dass junge Leute ihren Kaffee lieber mit Kuhmilch statt mit Kaffeesahne tranken.

Tatsächlich schwenkte die Mutter jetzt demonstrativ mit dem kleinen Milchkännchen des Services, das Oda bereits in Kindertagen peinlich gewesen war, weil es mit rotbraunen Blümchen und einem breiten Goldrand verziert war.

«Ich verstehe dich nicht, Kind.» Renate sah ihre Tochter hilflos an. Und irgendwie hatte Oda das Gefühl, dass es nicht um ihre Trinkgewohnheiten ging.

«Dein Kaffee ist immer so stark, Mum, den muss man mit viel Milch verdünnen», versuchte Oda so versöhnlich wie möglich zu klingen. Sie schenkte ihrer Mutter ein Lächeln, obwohl es ihr schwerfiel. Aber wie konnte sie erwarten, dass ihre Mutter sich richtig verhielt, wenn Oda es nicht einmal schaffte, ihre tiefsten Ängste mit ihr zu teilen?

«Ich meine, du erzählst ja nie, was du gerade machst!», beschwerte sich Renate vollkommen zu Recht. «Was ist das zum Beispiel für ein … *Shooting*, von dem du da sprichst?»

Oda nahm einen Schluck aus der Tasse, die eigentlich viel zu klein war, um daraus einen Milchkaffee genießen zu können. Und plötzlich erschien ihr das unaufhörliche Ticken der Küchenuhr, die seit eh und je über der Eckbank hing, viel lauter als sonst.

Erneut wanderte ihr Blick zum Handy, das vor ihr auf dem mit einem geblümten Wachstuch geschützten Küchentisch lag. Nach einer unangenehmen Pause begann sie so unbedarft wie möglich über den Auftrag in Zürich zu sprechen. Der lag zwar auf Eis, aber auch das sollte ihre Eltern nicht unnötig beunruhigen. Genauso wenig wie der Knoten in ihrer Brust, den man ihr vor ein paar Tagen entfernt hatte. Oda sah einfach keinen Sinn darin, darüber zu sprechen. Also ließ sie ihre Eltern in dem Glauben, die OP würde erst Anfang nächsten Monat stattfinden. So konnte sie sich lästige Fragen vom Hals halten und selbst entscheiden, wem sie was wann sagen würde. Dass Dr. Feldmann sich allerdings noch immer nicht gemeldet hatte, machte es Oda beinahe unmöglich, über banale Dinge zu plaudern. Zum einen hatte sie dafür derzeit einfach keinen Kopf, und zum anderen glaubte sie, ihre Mutter damit nur zu überfordern.

Während sie also lustlos von Zürich erzählte, gab ihre Mutter vor, sich ernsthaft dafür zu interessieren. So lief das seit Jahren zwischen ihnen. Im Grunde hatten beide Eltern nie viel übrig gehabt für Odas Fotokünste. Jedenfalls freuten sie sich mehr über Schnappschüsse fürs Familienalbum als über die Werke, die Oda mit so viel Leidenschaft und intensiver Vor- und Nachbearbeitung schuf. Vielleicht durfte sie auch nicht zu viel erwarten, dachte sie milde. Schon Prof. Kaminski hatte im Studium immer gemahnt, sie sollten sich in ihrem Wirken niemals am persönlichen Geschmack des Umfeldes orientieren. Auch wenn Oda damals nicht richtig verstanden hatte, warum der von allen Seiten geschätzte und anerkannte Dozent stets an die provozierende Individualität seiner Studenten appellierte, wusste sie inzwischen umso mehr, was es bedeutete, anzuecken und zu polarisieren.

Als sie merkte, dass das beflissene Nicken ihrer Mutter nach-ließ, winkte Oda ab und beendete das Thema wahrheitsgemäß, indem sie erklärte: «Aber es ist nur ein Job. Das mache ich vor allem für Ricks Onkel und damit wieder ein bisschen Geld rein-kommt.»

«Dann habt ihr euch also doch mit der Miete übernommen?», entfuhr es Renate. Sie hielt die Luft an und sah ihre Tochter be-sorgt an.

Oda seufzte genervt. «Mum! Rick und ich sind keine Teenager mehr! Wir haben in Städten mit den teuersten Mieten überhaupt gelebt und trotzdem immer noch was zu essen gehabt.»

«Aber ... Also, wenn wir euch mal aushelfen sollen: Ein Wort genügt. Und wenn alle Stricke reißen, können wir immer noch unser Wochenendhaus verkaufen.»

Oda atmete tief durch. Sie hatte keine Lust zu streiten und ließ das Angebot ihrer Mutter einfach unkommentiert so stehen. Stattdessen lenkte sie das Gespräch auf Irene, die Schwester ih-rer Mutter. Bloß nicht mehr über die OP reden! Geschweige denn über ihre Hochzeit! Das hatte Oda gleich zu Beginn des Treffens klargemacht. Sonst würde ihre Mutter nur wieder mit der Gäste-liste anfangen und damit, wen Oda aus der Familie alles einladen sollte. Tante Iri war im Grunde die einzige Verwandte, zu der Oda einen echten Draht hatte.

«Was macht denn Iri? Ist sie immer noch mit diesem Koch zu-sammen?»

«Ach, der ...», winkte Renate ab. «Ich finde, sie braucht je-manden mit einem geregelten Tagesablauf und keinen, der abends und an den Wochenenden am Herd im Restaurant steht und nie da ist. Und verdienen tun die doch auch nichts.»

Oda schüttelte den Kopf über so viel Engstirnigkeit und schob ihre Tasse beiseite, um zu signalisieren, dass sie jetzt aufbrechen wollte.

«Ich muss los, Mum. Grüß Paps schön, ja?», sagte sie und gab ihrer Mutter einen flüchtigen Kuss auf die Wange.

«Du willst schon gehen?», fragte Renate, und es klang ehrlich enttäuscht.

«Ich muss. Ich hab jede Menge zu tun», sagte Oda schnell, was sogar ein bisschen der Wahrheit entsprach, wenn sie an die Arbeit dachte, die sie in letzter Zeit so sträflich vernachlässigt hatte.

Renate nickte nur. «Möchtest du denn nicht wenigstens was von dem Kuchen mitnehmen? Wo du ihn heute so verschmäht hast.»

«Natürlich.» Obwohl Oda am liebsten schreiend davongelaufen wäre, bemühte sie sich, ihre Mutter nicht vor den Kopf zu stoßen. «Rick wird sich freuen.»

Sofort sprang Renate auf und beeilte sich, vier überdimensionierte Stücke des Pflaumenkuchens in einer orangefarbenen Tupperschale zu verstauen, nicht jedoch, ohne sie vorher sorgsam mit Alufolie zu umhüllen.

«Mum, das ist doch nicht …» Oda unterbrach sich matt. Sie griff nach ihrem Handy und ihrer Handtasche. Jahrelang hatte sie versucht, ihren Eltern klarzumachen, dass Themen wie Umweltschutz oder fairer Handel längst nichts mehr mit Randgruppengehabe verwirrter Spinner zu tun hatten.

Als Renate ihr den Kuchen reichte, biss sie sich verlegen auf die Unterlippe. «Du weißt schon, dass wir uns große Sorgen machen?», flüsterte sie und strich Oda etwas ungelenk übers Haar.

«Wegen der Kohle, meinst du?» Oda ging in Richtung Küchentür, um endlich rauszukommen.

«Du weißt, was ich meine. Das mit der OP.» Ihre Mutter sah sie mit betretenem Gesichtsausdruck an. Genau dieser Blick war es, vor dem sich jeder Betroffene fürchtete. Denn er gab einem das Gefühl, bereits halb tot zu sein.

«Das mit der OP ...», zitierte Oda ihre Mutter mit Missfallen. Es war doch kein Wunder, dass sie nicht mit ihr darüber sprechen wollte, wenn sie es nicht einmal schaffte, das Kind beim Namen zu nennen. Sie straffte ihre Schultern. «Mum, *das mit der OP* habe ich im Griff. Mach dir keine Sorgen, es wird schon nichts Schlimmes sein», sagte Oda und marschierte zur Haustür. «Ich melde mich, sobald es was Neues gibt.» Sie öffnete die Tür, verließ das Haus und drehte sich erst wieder um, als sie im Begriff war, in ihren Smart zu steigen.

Sie winkte ihrer Mutter noch einmal zu und startete den Wagen. Kaum war sie um die Ecke gebogen, schossen ihr Tränen in die Augen. Oda hatte einfach keine Kraft mehr.

Ohne nachzudenken, fuhr sie zügig aus dem Wohngebiet zurück auf die Bundesstraße. Doch statt nach rechts, in Richtung Hamburg, bog sie links ab. Nach wenigen Kilometern breitete sich vor ihr die Heidelandschaft aus. Es war eine Ewigkeit her, dass Oda in der Heide gewesen war. Eigentlich konnte sie sich an ihren letzten Ausflug ins Naturschutzgebiet gar nicht mehr erinnern. Sie fuhr und fuhr, bis sie schließlich am Waldrand einen Parkplatz fand, auf dem für gewöhnlich zahlreiche Touristenbusse standen. Doch die Heide hatte noch nicht angefangen zu blühen, und so parkten lediglich zwei weitere PKW auf der großen Freifläche. Glücklicherweise war keine Menschenseele auszumachen. Obwohl Oda sich noch immer schrecklich einsam fühlte, wollte sie niemanden sehen oder sprechen. Das hatte ihr das Treffen mit ihrer Mutter schmerzhaft deutlich gemacht. Einzig Dr. Feldmann sollte endlich anrufen, um mitzuteilen, woran sie war. Doch bis dahin konnte sie nicht anders, als sich einzuigeln und abzukapseln. Und dafür schien ihr diese Gegend genau richtig. Oda kannte sich hier aus, denn ganz in der Nähe lag das

Wochenendhäuschen ihrer Eltern. Obwohl die kleine Holzhütte nur über einen Wohn- und einen kleinen Schlafraum verfügte, hatte sich Oda als Kind dort immer sehr wohlgefühlt. Und auch später als Teenager hatte sie jede Menge tolle Wochenenden mit ihren Schulfreunden am See verbracht. Seit sie nach Deutschland zurückgekehrt war, war sie nur ein einziges Mal mit Rick dort gewesen, um ihm diesen Teil ihrer Vergangenheit zu zeigen. Doch er hatte nicht wirklich viel mit der verwunschenen Hütte anfangen können, und Oda hatte es ihm nicht einmal übel genommen.

Die Tränen liefen Oda übers Gesicht, als sie jetzt einfach drauflosmarschierte, ohne Ziel und ohne Halt. Niemals zuvor hatte sie ihr Leben als so kompliziert empfunden. Die Gedanken und Gefühle rund um die OP und die Hochzeit verursachten ein immer riesiger erscheinendes Chaos, das Oda kaum noch aushalten konnte. Aber wenn sie ganz ehrlich war, war sie vor allem von einem Menschen enttäuscht: von Till.

Till

Auf dem Weg nach Hause hielt Till bei einem Weinladen in Spandau, an dem er die letzten Jahre schon Hunderte Male vorbeigefahren war, ohne etwas zu kaufen. Vor dem Geschäft standen gemütlich aussehende Strandliegen, und Till hatte stets die Menschen bewundert, die dort saßen und ihren Kopf in die Sonne hielten. Er hatte immer dazugehören wollen, zu den entspannten Feierabend-Genießern. Aber irgendwie hatte er es nie geschafft. Jetzt war es so weit. Er kaufte zwei Flaschen von Siris Lieblings-Rosé und setzte sich anschließend mit einem Espresso vor das Geschäft in eine der Strandliegen. Schließlich war es erst Mittag, und Till wollte in Ruhe seine Gedanken sortieren.

Seit dem Gespräch mit Paul fühlte er sich eigenartig. Zu ungewöhnlich und überraschend war das Angebot seines Schwiegervaters gewesen. Ein Jahr einfach mal Nichtstun? Es kam ihm wie ein Traum vor. Gleichzeitig ängstigte ihn der Gedanke. Im Übrigen hatte Till keine Ahnung, wie er damit umgehen sollte. Was sollte er Siri sagen? Und was würde er mit so viel freier Zeit anfangen? Und wie war Pauls Angebot überhaupt gedacht? War es wirklich ohne jeglichen Haken?

Paul hatte mal wieder kein Blatt vor den Mund genommen. Till habe eine Midlife-Crisis! Das Wort schmeckte bitter. So bitter wie der Espresso, an dem Till nippte. Sein Spiegelbild im Schaufenster des Ladens war auch keine Hilfe. Im Gegenteil. Bald würde er 43 werden, und wenn Till ehrlich war, so konnte man es deutlich sehen. Die Falten um die Augen, die dünner werdenden Haare …

Während er sich betrachtete, fragte er sich, was Paul mit dem Angebot eigentlich bezweckte? Was stellte sein Schwiegervater sich vor, was dabei herauskommen würde? Dachte Paul vielleicht, Till solle sich in dem Jahr die Midlife-Crisis-Hörner abstoßen? Das konnte damit ja wohl nicht gemeint sein. Andererseits … bei Paul konnte man nie wissen. Oder sollte er sich auch einen Porsche kaufen und auf Weltreise gehen? Je länger Till in der Sonne saß und über das Angebot grübelte, desto mehr schwirrte ihm der Kopf. Ganz nebenbei fragte er sich, warum er sich nicht einfach über das Angebot freute. Ein Jahr frei, super!

Vielleicht sollte er seine Gedanken schriftlich festhalten. Till ging zurück in den Laden und kaufte ein farbiges Notizbuch, das er bei seinem ersten Besuch neben der Kasse gesehen hatte. Es war rot und etwas größer als ein Taschenbuch. Außerdem besorgte er sich noch einen Bleistift und setzte sich wieder auf die Strandliege. Einige Zeit spielte er mit dem Stift in seiner Hand und wartete, dass ihm die richtigen Worte einfielen. Aber sie kamen nicht. Irgendwann begann er zu zeichnen. Eine männliche Figur entstand, mit gestrecktem Körper und hinter dem Rücken verschränkten Armen. Der Kopf richtete sich in leichtem Winkel nach oben, der Blick ging ins Leere. Immer wieder kam Till zurück zu dieser Haltung. War das tatsächlich er? Und wenn ja, was bedeutete es? Dass er dem Leben nur mit leerem Blick zusah? Egal, was es war, Till fühlte zu diesem Mann auf dem Papier eine wohltuende Nähe. Wie würde diese Figur auf Pauls Angebot reagieren?

Plötzlich stand die Besitzerin des Ladens neben ihm und fragte lächelnd, ob er noch etwas wolle? Till schreckte hoch und schüttelte dankend den Kopf. Das Gedankenkarussell drehte sich schon deutlich langsamer. Beinahe hastig stand er auf und ging zu seinem Wagen. Ihm war jetzt klar, dass der Schlüssel zu seinem Glück in seiner eigenen Hand lag. Paul hatte das vor ihm erkannt und ihm eine Chance geboten, Till musste sie nutzen. Auch wenn er noch nicht wusste, wie das genau gehen sollte. Als Erstes würde er mit Siri sprechen.

Gut eine Stunde später saß Till mit seiner Frau in ihrem kleinen Garten hinterm Haus. Der Garten war ganz Siris Werk und hätte ohne weiteres in «Modern Living» abgebildet sein können. Auf dem Gartentisch, den Paul für sie getischlert hatte, lag eine rotweiße Decke, darauf hatten sie die Flasche Rosé und einen Korkenzieher sowie Fladenbrot, Tomaten, Oliven und Tamaras drapiert, die Till auf der Rückfahrt auch noch besorgt hatte. Zu Tills Überraschung hatte Siri die schlichten, italienischen Trattoria-Gläser herausgesucht, die sie eigentlich wegen genau dieser Einfachheit hasste.

«Hat es einen Grund, dass du meine Lieblingsgläser genommen hast?», fragte er und öffnete mit einem Plop die Flasche.

«Hat es einen Grund, dass du meinen Lieblingswein besorgt hast?» Siri hielt ihm hintergründig lächelnd die Gläser hin.

Till räusperte sich. Er hatte sich vorgenommen, über seine Gefühle zu sprechen, über ihre Ehe, über … Er wollte reinen Tisch machen und Siri auch von seinem Ausflug nach Hamburg erzählen. Gleichzeitig fragte er sich, warum er deswegen eigentlich ein so schlechtes Gewissen hatte. Er hatte sich schließlich nichts vorzuwerfen. Es war ja nicht so, als wäre da was mit Oda gelaufen. Und nach seiner letzten SMS war es ohnehin fraglich, ob sie sich jemals wiedersehen würden.

«Also, die Sache ist die, als du mit den Kindern in … Also, da habe ich … Ich meine, ich hatte was … mit …» Verdammt! Was redete er da für einen Unsinn? Aber zu spät. Siri wurde schlagartig bleich.

«Sag nicht, du hast eine Affäre!», brach es aus ihr heraus, und ehe Till etwas sagen konnte, fuhr sie wütend fort: «Nicht jetzt! Nicht, nachdem Lotte in der Schule ist und ich gehofft hatte, dass wir endlich mal zur Ruhe kommen. Ich kann das nicht, ich … Nicht nach unserer letzten Krise. Ich …» Siris Stimme wurde schneller und schriller.

«Ich habe keine Affäre», unterbrach Till sie schnell.

Stille.

«Nicht?»

Er schüttelte den Kopf, aber Siri sah ihn dennoch skeptisch an.

«Was ist es dann?», fragte sie tonlos. «Was willst du mir dann sagen?»

Till räusperte sich erneut. Wo sollte er anfangen? Wann war das zwischen ihnen losgegangen? Dass sie den anderen nicht mehr wahrnahmen, sich die Gefühle abgekühlt hatten?

Vielleicht sollte ich hinten beginnen, dachte Till und hörte sich plötzlich fragen: «Kannst du dich an Oda erinnern? Oda Florentin?»

«Die Verrückte aus deinem Jahrgang an der Kunstakademie?»

«Die Verrückte?»

«Na, die, mit der du immer rumgehangen hast.»

Till nickte angespannt und nahm einen Schluck Wein, der etwas zu groß ausfiel.

«Skol!», sagte Siri und hielt ihm vorwurfsvoll ihr Glas hin. Sie hasste es, wenn jemand keine Manieren hatte.

«Entschuldige. Prost!» Sie stießen an, und einen Moment lauschten sie den Geräuschen im Garten.

«Also, was ist mit dieser Oda?», fragte Siri.

«Sie hat eine Ausstellung in Hamburg, in einer kleinen Galerie von ihrem … äh, Verlobten», sagte er möglichst nebenbei.

«Ich weiß», sagte Siri, stellte ihr Glas ab und nahm sich eine Olive aus einer Schale vom Tisch.

«Du … Woher weißt du das?»

155

Nach der Olive verschwand auch noch ein Stück Fladenbrot in Siris hübschem Mund. Till sah sie erstaunt an.

«Siri!», sagte er ungeduldig. «Wieso weißt du davon?»

Siri zuckte mit den Achseln. «Da war ein Artikel über die Ausstellung in der *Monochrom*. Sie macht ganz nette Fotos, finde ich.»

Till starrte sie ungläubig an. «Warum hast du mir davon nichts erzählt?»

Zu seiner Überraschung entfuhr ihr ein spontanes Lachen, und ein Stück des Fladenbrotes flog aus ihrem Mund ins Gras.

«Entschuldige», sagte sie peinlich berührt und hob das Stück Fladenbrot auf, um es auf eine Serviette zu legen.

«Was ist daran so lustig?», fragte Till.

«Ach, komm, Till! Ich muss alle Kunstzeitschriften vor dir verstecken, weil du es nicht erträgst, an früher erinnert zu werden, und dann …»

«Du musst was? Das ist doch Unsinn.»

«… und dann soll ich dir ausgerechnet von der Ausstellung deiner alten Freundin Oda erzählen? Mach dich nicht lächerlich.»

Sie warf ihm einen vorwurfsvollen Blick zu. Aber Till war viel zu verblüfft, um darauf zu reagieren.

«Du liest Kunstzeitschriften!?», stellte er stattdessen trocken fest.

«Ich habe ein Abo von *Monochrom* und *Art* und beziehe über das Internet Newsletter mehrerer Museen. Ja.»

«Und wieso sagst du mir das nicht?»

«Weil du am Anfang unser Beziehung jedes Mal einen Anfall bekommen hast, wenn das Wort Ausstellung fiel. Und wenn Gäste da waren und auf Kunst zu sprechen kamen, bist du verstummt und nach spätestens zehn Minuten grußlos auf dein Zimmer verschwunden.»

«Das ist nicht wahr.»

Siri warf sich noch eine Olive in den Mund. «Wann warst du

das letzte Mal in einer Ausstellung, Till?», fragte sie. In Tills Kopf ratterte es. Er hatte keine Ahnung.

«Wenn du es nicht weißt, dann sage ich es dir: Du hast keine besucht, seit du die Akademie verlassen hast.» Sie atmete tief durch. «Als ich dich kennengelernt habe, warst du jede Woche in einer und hast von jedem Museum gewusst, wann was gezeigt wurde. Du warst fast schon ein Freak, was das anging.»

«Du hast dich in einen Freak verliebt?», versuchte er einen Scherz, wurde aber nicht beachtet. Stattdessen kam Siri zum eigentlichen Thema zurück.

«War es also das, was du mir sagen wolltest? Dass Oda eine Ausstellung in Hamburg hatte?»

Till nickte matt. Das Gespräch verlief anders, als er erwartet hatte. Er hatte völlig den Faden verloren. War er wirklich …?

«Hattest du eigentlich damals was mit ihr?», hakte Siri nach, als er nichts sagte. Sie stupste ihn an. «Till?»

«Was? Nein.»

Die Antwort schien sie zu erleichtern. Sie nahm einen weiteren Schluck Wein. «Ihr habt ständig zusammengehangen.»

«Das sagtest du gerade schon.»

«Jeder auf der Akademie dachte, ihr seid ein Paar.»

«Hm», machte Till. Damals hätte er gewünscht, es wäre so gewesen.

«Wolltest du nicht oder sie?»

Aus den Augenwinkeln sah sie ihn neugierig an. Siri war damals ebenfalls auf der Akademie gewesen. Drei Jahrgänge unter ihnen. Sie war ihm aufgefallen, weil sie weniger wie eine Kunststudentin als wie eine Jura-Studentin ausgesehen hatte. Oder wie eine Tochter aus reichem Haus. Oda hatte sich über sie lustig gemacht. Siri und ihre Gruppe Gleichgesinnter …

«Till?»

«Ich … äh … Wir wollten beide nicht», log er.

Sie zuckte mit den Schultern, als wäre es ihr egal. Das ärgerte Till. Er hatte ein ganz anderes Gespräch mit Siri führen wollen.

«Jedenfalls ... als ich dich gestern vom Flughafen abgeholt habe», begann er zögerlich, «war ich vorher in Hamburg bei Oda. Also, in ihrer Ausstellung. Ich bin direkt vom Bahnhof zum Flughafen gekommen», fügte er hinzu, damit es endlich raus war. «Deswegen war ich auch nicht mit unserem Wagen da.»

«Aha», sagte Siri nur. Und dann: «Hast du sie getroffen?»

«Ja.»

Ganz offensichtlich nicht die Antwort, die Siri erwartet hatte. Sie sah ihn an, wie sie ihn oft in den letzten Monaten angesehen hatte: kühl und distanziert.

«Und wie war's?», fragte sie spitz.

«Sie will heiraten!», sagte er schnell und erntete einen stirnrunzelnden Blick.

«Das war nicht meine Frage.»

«Entschuldige. Es war ... nett.»

«Nett?»

Till zuckte mit den Achseln. Ihm wurde klar, dass er doch nicht ganz reinen Tisch machen konnte. Die gemeinsame Nacht im Hotel würde er verschweigen müssen.

«Ja, es war ... nett. Sie hatte eine Operation an der Brust, Verdacht auf ... Du weißt schon.»

«Oh Gott!», stieß Siri aus.

Nun nahm auch Till einen Schluck vom Wein und fragte sich, warum er Siri das erzählt hatte. Wollte er ihr Mitleid wecken? Würde das Treffen zwischen ihm und Oda dadurch weniger kompromittierend wirken? Till schämte sich. Immerhin hatte er es nicht mal fertig gebracht, Oda nach ihrer OP zu fragen. Oder war sie ihm ausgewichen? Plötzlich verspürte Till einen derartigen Durst, dass er das ganze Glas in einem Zug austrank.

158

«Du bist in unser Abwesenheit nicht zum Alkoholiker geworden, oder?», fragte Siri prompt.

«Ich habe einfach nur Durst. Mein Gott, es sind mindestens 200 Grad.» Till schnaubte. Es war doch Siri gewesen, die den Wein unbedingt zum Mittagessen öffnen wollte.

«Dann trink bitte Wasser! Ich möchte nicht, dass du lallst, wenn die Kinder nach Hause kommen.» Sie deutete auf die Wasserflasche, die unter dem Tisch stand.

Ihr Kommando-Ton erinnerte Till an seine Mutter. Auch wenn Siri sicher recht hatte. Es ärgerte ihn vielleicht aber oder gerade, weil sie recht hatte.

«Warum bist du eigentlich schon zu Hause?»

Täuschte er sich, oder war da schon wieder dieser Tonfall? Um Zeit zu gewinnen, schraubte Till die Wasserflasche auf, setzte sie an den Hals und trank. Siri sah ihm ungehalten dabei zu. Als er fertig war, atmete er tief aus.

«Ich bin zu Hause, weil Paul mir angeboten hat, ein Jahr Pause in der Firma zu machen.»

Zu Tills Überraschung schien sie diese Mitteilung mehr zu schockieren als sein Treffen mit Oda. Schlagartig wurde sie bleich. Siris Mund klappte auf, als wolle sie etwas sagen. Eine Weile starrten sie sich an.

«Das … Wow! Warum das denn?», brachte sie schließlich mühsam hervor. «Ich meine, ist er nicht mehr zufrieden mit dir? Mir hat er immer gesagt, du machst deine Arbeit toll.»

Till schraubte die Wasserflasche wieder zu und stellte sie zurück unter den Tisch. Dann richtete er sich auf.

«Ich will wieder Kunst machen», sagte er, ohne auf ihre Fragen einzugehen. Er wusste nicht, woher der Entschluss so plötzlich gekommen war, aber mit einem Mal schien es ihm glasklar. Kaum hatte er den Gedanken ausgesprochen, kam es ihm vor, als fiele eine riesige Last von ihm ab. Kunst machen! Das war seine Chance!

Stolz strahlte er seine Frau an.

Siri schüttelte nur den Kopf.

«Du …», begann sie, dann lachte sie kurz auf, als hätte er einen Witz gemacht. Schließlich stellte sie ihr Weinglas mit lautem Knall auf den Tisch. «Solche Sachen entscheidest du einfach so? Ohne mit mir darüber zu reden?»

«Es … Ich …»

Ihre Reaktion erstaunte Till dermaßen, dass er nicht wusste, was er sagen sollte. «Es ist ein Vorschlag von Paul gewesen», stammelte er verlegen.

«*Er* hat dir vorgeschlagen, wieder Kunst zu machen?»

«Äh … Nein, er hat mir ein Jahr freigegeben, und dann habe ich den Entschluss gefasst … Also, eigentlich habe ich ihn …» Aber Siri ließ ihn gar nicht ausreden.

«Habt ihr euch gestritten?»

«Nein, wie kommst du darauf?»

«Ich verstehe das alles nicht, Till, erkläre es mir bitte», sagte sie und konnte ihre Aufregung nur mühsam unterdrücken. «Heißt das, wir haben dann kein Geld mehr, oder wie?»

«Es ist eine Art bezahlter Urlaub! Paul hat gemerkt, dass wir … dass wir eine Krise haben und –»

Ihre Hände fuchtelten wild vor Tills Augen herum. «Du hast mit meinem Vater über uns geredet?» Ihre Stimme schraubte sich zu einem hysterischen Fiepen hoch.

Till merkte, dass ihm die Sache böse entglitt. Er hatte es total falsch angefangen. Er hätte sich ohrfeigen können, denn Siri hasste es, wenn derartig «intime» Dinge nach außen drangen. Es war ihr peinlich. Auch oder gerade vor ihrem Vater.

«Was hast du ihm genau gesagt?» Sie schrie ihn beinahe an.

«Nichts», versuchte er sie zu beruhigen. «Er … Er hat sich nur gewundert, warum du alleine mit den Kindern in den Urlaub bist. Außerdem ging es mir in den letzten Wochen nicht besonders gut, da hat er vermutlich eins und eins zusammengezählt und mir den Vorschlag mit dem einen Jahr Auszeit gemacht. Das ist alles!»

«Ich fahre drei Wochen weg, damit wir eine Pause haben und jeder sich über unsere Beziehung klar werden kann. Und dann planst du hinter meinem Rücken, dass du ein Jahr Urlaub machst und dich selbst verwirklichst?»

«Ich …»

«Hast du dabei auch nur einmal an mich und die Kinder gedacht?»

«Paul meinte …»

Sie stand auf. «Wenn du es vergessen haben solltest, *ich* habe mich in den letzten Jahren für uns und unsere Kinder aufgeopfert. *Ich* habe meinen Job im Museum aufgegeben und bin seitdem Hausfrau. Ich würde mich auch gerne mal selbst verwirklichen! Hast du daran auch mal einen Gedanken verschwendet? Nein! Ich nehme an, das hast du nicht.»

Er wollte ihr sagen, dass er bereits bei der Geburt von Lotte angeboten hatte, auf die Kinder aufzupassen, damit sie weiter im Museum arbeiten könnte. Damals hatte sie es abgelehnt. Aber er kam nicht dazu, es ihr zu sagen. Ehe er etwas erwidern konnte, rauschte Siri mit hochrotem Kopf an ihm vorbei in Richtung Haus. Er wollte ihr etwas hinterherrufen, wusste aber nicht, was. Er war ja selbst überrascht über die Entwicklung der Dinge. Vielleicht hätte er ihr das sagen sollen.

Nach einer Weile folgte er ihr zur Terrassentür.

«Pauls Vorschlag hat mich selbst überrascht», rief er ins Haus. Doch er kam zu spät. Schon hörte er die Haustür aufgehen und dann mit lautem Knall zuschlagen. Einen Moment später sprang der Motor ihres Wagens an, dann war Siri fort.

Oda

«Was ist denn hier los?», fragte ein überraschter Rick, als er zu Oda auf die Dachterrasse trat. Er stand wie angewurzelt da und ließ staunend seinen Blick über die milchgläserne Brüstung wandern, die Oda mit einem Meer aus Teelichten versehen hatte. Auf dem Tisch standen ein Sektkühler mit einer Flasche Veuve Clicquot und ein großer, bunter Strauß Gerbera.

«Haben wir was zu feiern?», fragte Rick und streifte seine Jacke ab. Er gab Oda einen Kuss zur Begrüßung.

«Ich denke schon», antwortete Oda und lächelte verschmitzt.

Fragend sah Rick sie an.

Oda stand auf, umschlang ihn fest und flüsterte ihm die erlösende Nachricht ins Ohr, die sie am späten Nachmittag von Dr. Feldmann erhalten hatte.

«Was? Du nuschelst so!», beschwerte sich Rick mit einem Lachen und machte sich los.

«Na, der Doc! Ich habe endlich mit ihm gesprochen. Es ist alles in Ordnung!»

Oda strahlte übers ganze Gesicht, während sie das sagte, und amüsierte sich gleichzeitig über Ricks fragenden Ausdruck.

«Er meint, es war bloß so eine Art Zyste. ICH HABE KEINEN KREBS.» Oda betonte jedes Wort langsam und deutlich, als spräche sie mit einem Vollidioten.

Erst nach ein paar Sekunden schien die erlösende Botschaft endlich bei Rick angekommen zu sein. Ohne ein Wort schloss er

Oda in seine Arme, drückte sie fest an sich und hob sie hoch. Ein wunderbar wohliges Gefühl durchströmte Oda. Noch schöner als in dem Moment, in dem sie den Anruf von Dr. Feldmann erhalten hatte. Zwar hatte sie den riesigen Stein, der ihr vom Herzen gefallen war, förmlich spüren können. Doch die Tatsache, dass sie gerade in ihrem Auto gesessen hatte und die Info erst einmal richtig ankommen musste, ließ die Freude und die Erleichterung ungleich überwältigender erscheinen, jetzt, da sie diese endlich mit jemandem teilen konnte.

Als Rick sie wieder absetzte, suchte sie seinen Blick. Sie wollte ihm sagen, dass es ihr leidtat, wie gereizt und griesgrämig sie in den letzten Tagen gewesen war. Doch er ließ sich auf einen der Korbsessel fallen und sagte: «Na, dann können wir das Thema ja endlich abhaken!»

«Abhaken?», fragte Oda. Irgendwie versetzte ihr die Bemerkung einen Stich. Sie atmete tief durch und setzte sich zu Rick, auf die Lehne. «Wie meinst du das?»

«Wie? *Wie meine ich das?* Ist doch super! Die ganze Aufregung war umsonst!», antwortete Rick und fuhr sich mit den Händen durchs Haar. Dann streckte er sie aus, um Oda an sich heranzuziehen. «Und heiraten muss ich dich also jetzt eigentlich auch nicht mehr», ergänzte er und lachte laut auf.

Für einen Moment war Oda versucht, mit einzustimmen. Doch sie war verunsichert.

«Du hast mich nur gefragt, weil ich einen Tumor hatte?», hakte sie vorsichtig nach.

«Quatsch. Das war ein Scherz, Sweety!»

Rick schüttelte den Kopf über diese offenbar vollkommen abwegige Frage und stupste mit seiner Nasenspitze an ihre. Für einen Moment saßen sie schweigend da und hielten ihre Augen geschlossen.

Was, wenn es kein Scherz war?, fragte sich Oda im Stillen und schaffte es irgendwie nicht, die aufkommenden Zweifel beiseite-zuschieben. Dabei sollte die Zeit der Grübeleien und Sorgen doch endlich vorbei sein!

«Hast du Hunger?», fragte sie versöhnlich. «Ich wollte uns etwas Schönes zaubern.»

Rick lächelte sanft. «Das ist lieb, aber ich hatte schon einen Burger auf dem Weg. Außerdem habe ich gleich noch einen Skype-Termin.»

Nachdem er weiter ausgeführt hatte, dass es in der Telefon-konferenz mit einem Galeristen in Amsterdam und einem Ab-nehmer in Boston um ein größeres Geschäft ging, vertröstete er sie auf einen anderen Abend in der Woche. «Dann stoßen wir richtig an, ja? Und dann können wir auch ganz in Ruhe über un-seren großen Tag reden!», ergänzte Rick versöhnlich, während er bereits im Begriff war, nach drinnen zu gehen.

Oda nickte und sah ihm gedankenverloren hinterher. Ach, die Hochzeit … Am liebsten hätte sie ihren großen Tag ja nach wie vor eher klein gehalten. Inzwischen war sie sogar schon so weit, dass sie lieber nur zu zweit geheiratet hätte, ganz ohne Brim-borium.

Eine ganze Zeit lang saß Oda einfach nur da. Irgendwann merkte sie, dass sie fröstelte, und begann, die Teelichte wieder einzusammeln, die eine nach der anderen allmählich erloschen waren.

Till

Nachdem Siri so plötzlich das Haus verlassen hatte, wartete er eine gefühlte Ewigkeit darauf, dass sie zurückkam. Dabei wusste Till, dass das Blödsinn war. Dafür kannte er sie zu lange. Trotzdem hoffte er, dass sie nur eine kurze Spazierfahrt machte, um sich abzureagieren. Also hatte er die Terrasse aufgeräumt und die Lebensmittel in den Kühlschrank gestellt. Die Stunden waren ihm dennoch quälend lang erschienen. Till hatte sich das Gespräch mit Siri jedenfalls anders vorgestellt. Er hatte mit Siri einen Neuanfang versuchen wollen. Nun verfluchte er sich dafür, seine Idee vom Kunstmachen so ungefiltert erzählt zu haben. Eigentlich hatte er alles total verbockt. Aber in dem Moment hatte es einfach rausgemusst. Der Gedanke hatte etwas Befriedigendes, Befreiendes gehabt.

Till seufzte. Was er machte, machte er falsch.

Als Siri am Nachmittag immer noch nicht wieder da gewesen war und auch auf seine Anrufe nicht reagiert hatte, hatte Till seinen Schwiegervater angerufen.

«Hast du schon eine Entscheidung getroffen?», war das Erste, was Paul fragte.

«Was für eine Entscheidung?»

«Ob du mein Angebot annimmst: ein Jahr Pause.»

«Äh ... Ja, ich denke schon.»

«Und was sagen wir Siri?»

«Ist schon geschehen ...»

«Oh, wirklich?» Es war zu hören, wie Paul sich einen Zigarillo anzündete. «Und was hat sie gesagt?»

«Sie hat es irgendwie nicht richtig gut aufgenommen, fürchte ich. Deswegen rufe ich auch an. Ist sie bei dir?»

Rauch wurde ausgeblasen. «Ihr habt euch gestritten.»

Manchmal verfluchte Till seinen Schwiegervater für dessen Direktheit. Und für seinen Spürsinn.

«Na ja, ich habe es vielleicht nicht ganz so elegant vermittelt», sagte Till. «Jedenfalls ist sie wutschnaubend rausgelaufen und mit dem Auto losgefahren.»

«Eine Ahnung, was ihr an dem Vorschlag nicht gefallen hat?»

«Sie hatte wohl das Gefühl, wir hätten da hinter ihrem Rücken was gemauschelt und dabei nur an mich gedacht.»

«Aha», sagte er nur, dann klingelte im Hintergrund ein zweites Telefon, und Paul sagte: «Till, ich muss Schluss machen. Wenn Siri sich meldet, rufe ich dich an. Kopf hoch, Sportsfreund!»

Damit hatte er aufgelegt. Verblüfft starrte Till den Hörer an. Er hatte mit etwas mehr Mitgefühl gerechnet.

Anschließend wusste Till nichts mit sich anzufangen. Von der Energie, die ihn noch am Mittag durchströmt hatte, war jedenfalls nichts mehr zu spüren. Unmotiviert hatte er sich ins Arbeitszimmer gesetzt und in seinem neuen Notizbuch herumgekritzelt. Aber ihm wollte keine Skizze gelingen.

Was für eine schwachsinnige Idee, sich wieder mit Kunst beschäftigen zu wollen!

Am Nachmittag war immerhin eine knappe SMS von Siris Freundin Heidi gekommen: Da Till ja nun freihabe, solle er die Kinder doch abholen, stand dort geschrieben. Da war Till allerdings sowieso schon auf dem Weg zur Kita gewesen, denn insgeheim hatte er gehofft, Siri dort anzutreffen.

Während sein Sohn ihm berichtete, wie er mit den Kindergärtnerinnen einen Igel gebastelt hatte, versuchte Till sich einen

Plan für den Tag zurechtzulegen. So kam es, dass er mit den Kindern schließlich im Zoo gelandet war. Über eine Stunde saßen sie alleine bei den Affen, aßen Eis und tranken Limonade, und Till war dankbar für die Ablenkung.

Am Abend, nachdem er die Kinder ins Bett gebracht hatte, meldete sich sein Smartphone. Endlich eine Nachricht von Siri! Doch zu seiner Überraschung sah Till, dass ihm nicht seine Frau, sondern Oda geschrieben hatte.

Auch auf die Gefahr hin, dich enttäuschen zu müssen: Ich glaube nicht, dass ich jemals erwachsen werde. Und spielen tue ich mit Leidenschaft, aber bestimmt keine beleidigte Leberwurst. Dafür ist das Leben viel zu kurz, und ich bin heute viel zu glücklich! Melde dich, wenn du wieder von deinem hohen Ross runtergekommen bist.

Till ging ins Arbeitszimmer, schob alles auf dem Schreibtisch beiseite, um Platz zu haben und Oda eine gepfefferte Antwort zu schreiben. In seinem Kopf jagten die Worte und Sätze durcheinander. Aber seine Finger fanden nicht die richtigen Tasten. Immer wieder verwarf er Formulierungen. Dass ihm nichts einfiel, schob er auf das Smartphone. Also fuhr er den Computer hoch und versuchte, eine Mail zu formulieren. 20 Minuten später und ohne, dass er auch nur ein Wort verfasst hätte, nahm er seine Finger wieder von der Tastatur und öffnete seine Facebook-Seite. Oda war online! Und plötzlich wusste er, wie er ihr begegnen sollte.

Till Jansen   14.07.2014 21:12
Und? Geht's dir jetzt besser, nachdem du mir wieder einen übergebraten hast?

Oda Flo 14.07.2014 21:13
Schlechte Laune?

Till Jansen 14.07.2014 21:13
Typische Oda-Antwort: ausweichend und unsensibel. Genauso wie dein Abgang in Hamburg.

Zufrieden lehnte Till sich zurück.

Oda Flo 14.07.2014 21:14
Ich wusste gar nicht, dass du so nachtragend bist.

Nachtragend? Oh ja, das war er – schon seit 13 Jahren!

Till Jansen 14.07.2014 21:14
Und ich wusste gar nicht, dass du so schlechte Briefe schreibst.

Oda Flo 14.07.2014 21:15
Was hätte ich sonst deiner Meinung nach tun sollen? Ganz ohne Abschied gehen?

Till Jansen 14.07.2014 21:15
Das wäre immerhin konsequent gewesen.

Oda Flo 14.07.2014 21:16
Wer hat denn hier wen abgewiesen?

Till Jansen 14.07.2014 21:16
Hä? Ich bin doch nach Hamburg gekommen, als du mich gerufen hast.

Oda Flo 14.07.2014 21:16
Wie nennst du es denn, wenn man einen magischen Moment
mit den Worten «Ich kann das nicht» zerstört?

Magischer Moment!? Einen Augenblick starrte Till den Bildschirm an. Was meinte sie damit? Konnte es etwa sein, dass …

Till Jansen 14.07.2014 21:17
Meinst du das ernst?

Oda Flo 14.07.2014 21:17
Was ist schon ernst gemeint nach einer durchzechten Nacht?

Till sank in sich zusammen. Das war so typisch für Oda! Immer
wenn er dachte, sie hätte sich ihm geöffnet, verschloss sie sich
einen Augenblick später.

Till Jansen 14.07.2014 21:20
Dann brauchst du dich also auch nicht zu beschweren.

Oda Flo 14.07.2014 21:22
Was quält dich eigentlich so?

Wie machte sie das bloß? Schwupps waren sie wieder bei ihm
und seinen Problemen.

Till Jansen 14.07.2014 21:22
Was mich quält: warum unser Treffen so schiefgegangen ist.

Oda Flo 14.07.2014 21:23
Wieso ist das Glas bei dir bloß immer halb leer? Wir hatten elf
schöne Stunden, oder etwa nicht?

Till Jansen 14.07.2014 21:24

Vielleicht liegt es daran, dass wir unterschiedliche Erwartungen hatten. Wenn ich ehrlich sein soll, weiß ich nicht, was du eigentlich von mir wolltest.

Oda Flo 14.07.2014 21:25

Wir hatten einen Deal. Schon vergessen?

Jetzt legte sie den Finger genau in die Wunde.

Till Jansen 14.07.2014 21:25

Kein Grund, mich so abzufertigen.

Oda Flo 14.07.2014 21:25

Schon wieder ernsthaft beleidigt? ☺

Till Jansen 14.07.2014 21:26

Den Smiley kannst du dir sparen!

Oda Flo 14.07.2014 21:27

Dir geht es wirklich nicht gut, oder? Was kann ich dafür? Ich bin gern für dich da und höre mir die Gründe dafür an (oder lese darüber, wenn du magst.) Aber Erwartungen erfüllen … Darin war ich noch nie gut. Außerdem war ich in letzter Zeit viel zu sehr mit mir beschäftigt.

Nachdem er die letzten Einträge wie in einem Rausch geschrieben hatte, lehnte sich Till in seinem Stuhl zurück. Er hatte das Gefühl, sie drehten sich im Kreis. Er wollte ihr näherkommen, aber letztlich sprachen sie nur über ihn und seine Fehler. Wie sollte er wissen, was die wahre Oda fühlte?

Till Jansen   14.07.2014 21:27
Hast du eigentlich schon ein Ergebnis?

Oda Flo   14.07.2014 21:27
Wie lieb, dass du endlich fragst!

Lieb? War das ihr Ernst?

Till Jansen   14.07.2014 21:27
Beleidigt?

Oda Flo   14.07.2014 21:28
Ha, ha! Aber im Ernst: Der Tumor war gutartig. Du kannst dir gar nicht vorstellen, wie gigantisch wundervoll sich Erleichterung anfühlen kann ...

Tatsächlich fühlte Till es in diesem Moment ebenfalls.

Till Jansen   14.07.2014 21:29
Wenn das kein Grund ist, das Leben zu feiern!

Oda Flo   14.07.2014 21:30
Das dachte ich eigentlich auch ...

Till Jansen   14.07.2014 21:30
Aber?

Oda Flo   14.07.2014 21:31
Ach, Rick hat mich etwas im Stich gelassen. Aber egal, ich bin trotzdem glücklich!

War da etwa ein Schatten in Odas glanzvollem Leben? Er versuchte es mit einer humorvollen Anspielung. Und setzte zum ersten Mal in seinem Leben einen Smiley.

Till Jansen 14.07.2014 21:31
Da hatte wohl jemand falsche Erwartungen, was? ☺

Oda Flo 14.07.2014 21:32
Deinen zwinkernden Smiley kannst du dir sparen.

Offensichtlich ging es ihr längst nicht so gut, wie sie vorgab.

Till Jansen 14.07.2014 21:33
Vielleicht schreibe ich dir lieber, wenn ich mehr Ruhe habe.
Denn auch ich bin gerade sehr mit mir beschäftigt. Bis bald,
Oda!

Schnell klappte Till den Computer zu. Immerhin hatte er diesmal das Gespräch beendet. Sonst war Oda immer diejenige, die als Erste verschwand. Wie sie überhaupt immer verschwand, wenn es heikel wurde. Am Ende ihres Studiums, genauso wie vor ein paar Tagen in Hamburg. Ständig machte sie sich vom Acker und ließ ihn grübelnd alleine. Till hatte sich schon früher darüber geärgert, dass sie es so geschickt verstand, von ihren eigenen Problemen abzulenken, und stattdessen mit dem Finger immer auf ihn zeigte. Warum gelang es ihm nie, sie irgendwie festzunageln?

Aber diesmal hatte er gesiegt. Gut fühlte es sich allerdings nicht an. Hätte er bei dem Thema Rick nachhaken sollen? Ihr ... Verlobter – was für ein fürchterlich spießiges Wort! – hatte sie im Stich gelassen. Genauer: «etwas» im Stich gelassen. Was sollte das heißen? Till ärgerte sich, dass er nicht weitergebohrt hatte. Verdammt! Je mehr er darüber nachdachte, desto heftiger schlug sein Herz. Hatte sie ihm damit vielleicht einen Wink geben wollen, und er hatte ihn nicht gesehen? Er war kurz davor, den Computer wieder anzuschmeißen, ließ es dann aber bleiben. Vor Spannung schien er förmlich zu platzen. In dem Zustand sollte er ihr besser nicht schreiben.

Er legte seine Hände flach vor sich auf den Tisch und starrte sie an. So saß er eine Weile da und dachte darüber nach, was aus Oda, was aus ihm und seinem Leben geworden war. Er dachte an den Moment vor über 13 Jahren, als er seine letzte Skulptur in den Müllcontainer des Hochschulateliers geworfen hatte. Dachte an die Gefühle von Hoffnungslosigkeit danach und wie er sich nur langsam, sehr langsam, wieder gefangen hatte. Daran, wie all die Jahre ins Land gegangen waren und was dabei aus ihm geworden war. Er dachte an seine Arbeit, seine Frau, seine Kinder, seinen Schwiegervater, sein Haus, seinen alten Freund Jesper, den er aus den Augen verloren hatte. Dachte an seinen Professor und an die Kunstzeitschriften, die er nicht las. Und er dachte daran, dass ihm das alles bis vor kurzem noch gar nicht bewusst gewesen war.

Auch wenn Till äußerlich ganz ruhig wirkte, so tobte in ihm ein Sturm. Ein Sturm, so stark und mächtig, dass er ihn vielleicht fortgetragen hätte, wenn Till seine Hände in diesem Moment vom Schreibtisch genommen hätte. Er stellte sich vor, wie ihn der Wind forttrug, wie er ihn hochhob, ihn die Straße entlangfegte, er fühlte das Kribbeln im Magen, als ihn der Sturm hoch über Berlin hob und dann mit aller Kraft zum Meer trug.

Als er schließlich die Hände wieder vom Tisch löste, war er erschöpft. Ausgiebig betrachtete er seine Handinnenflächen. Er hatte keine Ahnung, wie er auf den Gedanken kam, aber plötzlich fragte er sich, was Oda *wirklich* mit dem «magischen Moment» gemeint hatte?

Oda

M ist!», murmelte Oda leise, als sie vergeblich nach einem Taschentuch in ihrer Hosentasche kramte. Ihre Augen waren so verquollen, dass sie nichts mehr von der YouTube-Seite erkennen konnte, die sie so zu Tränen gerührt hatte.

Es war Mittag, und noch immer lag sie in ihrem Pyjama im Bett. Sie hatte einfach keine Kraft aufzustehen, sondern genoss einen faulen Tag mit reichlich Milchkaffee. Gestern war es spät geworden. Denn Rick und sie hatten es endlich mal wieder ins Kino geschafft mit anschließendem Kneipenbesuch, der erst gegen 2 Uhr endete. Leider war Oda schon um 6 Uhr aufgewacht, ohne wieder einschlafen zu können. So viele Gedanken wirbelten in ihrem Kopf herum, so vieles, was sie endlich angehen wollte. Nach dem überraschenden Ende des Chats mit Till vor nunmehr drei Tagen hatte sie beschlossen, endlich mal wieder einen richtigen Pärchenabend mit Rick zu verbringen. Sie wollte noch einmal richtig mit ihm auf ihre Gesundheit anstoßen. Und diesmal hatte er sie nicht im Stich gelassen.

Seit sie die erlösende Nachricht von Dr. Feldmann erhalten hatte, fühlte sich Oda wie ein neuer Mensch. Und nun saß sie da und konnte nicht anders, als über einen YouTube-Clip Tränen der Erleichterung zu weinen. Zufällig war sie auf dieses ergreifende Video gestoßen: Eine Gruppe Frauen lässt sich den Kopf kahlrasieren, um ihrer an Krebs erkrankten Freundin beizustehen und zu zeigen, dass sie sich mit ihr identifizieren. Es hätte jede von ihnen treffen können. Ihre beeindruckende Aktion hatten sie im Rahmen eines Fotoshootings veranstaltet, mit professionellen Frisören und Stylisten. Die Augen der glatzköpfigen Frauen strahlten auf den Bildern.

Oda schloss den Computer. Tief berührt hatte sie plötzlich eine Vision. Sie würde ihre Kunst mehr in den Dienst sinnvoller Themen stellen. Zwar hatte sie schon mehrfach gesellschaftskritische Kampagnen begleitet, doch diese waren meist kommerzieller Natur gewesen, also Aufträge, bei der sie nicht mehr als eine Dienstleisterin war, deren Arbeit mindestens genauso gut von einem anderen Fotografen hätte erledigt werden können. Bei dem Gedanken an eine eigene Kampagne hingegen kribbelte es ihr bis in die Fingerspitzen. Es gab so viele Themen in der Welt, für die es sinnvoll und wichtig war, durch kunstvolle Fotos ein Forum in der Öffentlichkeit zu schaffen. Wie gern würde sie jetzt mit Till über diesen inspirierenden Gedanken philosophieren! Aber ganz offensichtlich ging es ihm nicht gut, und er wäre womöglich gar nicht in der Lage dazu. Immer wieder spekulierte sie, was ihn wohl belastete. Einer möglichen Nachfrage hatte er sich ja geschickt entzogen. Am liebsten hätte sie ihn wie früher einfach spontan zu einem Bierchen eingeladen oder zu einem Trip an die Ostsee, weil er das Meer doch so liebte. Mit Till würde sie über die Möglichkeiten ihrer Kunst jedenfalls ganz anders reden können als mit Rick.

Plötzlich fiel Oda etwas ein. Sie stieg aus dem Bett und wühlte in den Fotoboxen nach einem ganz bestimmten Polaroid. Fein säuberlich beschriftet hatte sie etliche davon im Regal stehen mit Hunderten von Aufnahmen. Die meisten stammten noch aus ihrer Studienzeit, als Oda es total spannend fand, mit ihrer Sofortbildkamera nach potenziellen Zeichenmotiven zu fahnden. Nun aber suchte sie ein bestimmtes Bild. Eines, das jahrelang über ihrem Schreibtisch gehangen hatte und das sie immer schon als

Vision verstanden hatte, wofür ihre Kunst stehen sollte. Oda konnte es jedoch nicht finden. Immer hektischer durchwühlte sie die Boxen, dann den ganzen Schreibtisch und die Ablagekörbe, die bereits seit Wochen darauf warteten, durchgesehen zu werden. Nirgendwo war das Foto zu entdecken. Oda hielt inne und dachte nach. Für einen Moment schoss ihr das Adrenalin durch die Gefäße, weil sie fürchtete, das Polaroid könnte beim Umzug verlorengegangen sein. Doch dann hatte sie eine Eingebung. Sie hatte es in einen Reiseführer über Usedom gelegt!

Alle Bände über Regionen und Länder, die sie besucht hatte, standen alphabetisch geordnet im Bücherregal. Usedom stand zwischen USA und Vietnam, der letzten Station ihrer Weltreise mit Rick. Aus irgendeinem Grund wollte Oda nicht, dass die Aufnahme Rick in die Hände fiel. Sie wollte das Polaroid für sich behalten, weil es eine Momentaufnahme ihrer Freundschaft zu Till war, die niemanden etwas anging. Auch oder gerade Rick nicht. Und den Usedom-Führer würde er sicher nicht in die Hand nehmen. Die Ostseeinsel erschien ihm einfach nicht attraktiv genug, das wusste Oda. Sie selbst hatte sehr gute Erinnerungen an ein Wochenende, das sie dort mit Till verbracht hatte. Wie lange war das her?

Als Oda das Polaroid mit einem Griff aus dem Reiseführer zog, durchströmte sie ein Glücksgefühl. Wie geborgen hatte sie sich damals gefühlt! Und wie vertraut schien ihr die Vergangenheit, obwohl die Szene schon 15 Jahre her war. Sie zeigte Till und sie an einem späten Sommerabend auf einer Wiese im Pankower Bürgerpark, wo sie mit ein paar Kommilitonen gegrillt hatten. Oda hatte damals einfach ihre Kamera mit ausgestrecktem Arm bedient und ihre Gesichter eingefangen. Als sie nun das inzwischen leicht vergilbte Foto betrachtete, berührte sie etwas tief in sich drin. Till und sie lehnten Rücken an Rücken und schauten beide lachend über die Schulter in die Kamera. Obwohl sie einander nicht in die Augen sahen, schien es trotzdem so, als würden sich ihre Blicke treffen. Diese unsichtbare Schnittstelle wirkte wie ein Prisma, das die freudige Energie, die von ihnen ausging, direkt ins Herz des Betrachters transportierte.

Oda schmunzelte und beschloss, das Foto Till eines Tages noch mal zu zeigen.

Ob er inzwischen seine angekündigte Nachricht geschickt hatte? Oda loggte sich bei Facebook ein und checkte auch ihren normalen E-Mail-Account. Doch auch dort war nichts von Till eingetroffen.

Drei Tage waren seit ihrem Chat inzwischen vergangen. Komisch, da hörte sie jahrelang nichts von ihrem alten Freund, und nun vermisste sie seine manchmal grummeligen, aber meist klugen Beiträge schon nach wenigen Tagen. Oda trank den letzten Schluck ihres inzwischen kalt gewordenen Milchkaffees aus und öffnete, ohne lange nachzudenken, ein neues Fenster, um eine E-Mail zu beginnen:

An: tillb07@gmx.de   Do, 17. Juli 12:01
Von: privat@florentin.de
Betreff: Erwartungen

Hallo, alter Freund!
Ich weiß, du rollst bei der Anrede jetzt mit den Augen ... Aber soll ich lieber «beleidigte Leberwurst» oder einfach nur «Till» schreiben?
Wie auch immer, *alter Freund* trifft es für mich eigentlich am besten, obwohl sich das *alt* natürlich auf die Dauer unserer Freundschaft und nicht auf dein Alter bezieht ...
Und wo wir schon beim Thema sind: Darf man von einem alten Freund nicht erwarten, dass er sich meldet, wenn er es angekündigt hat? Oder anders gefragt: Sind Freundschaften nur

dann wahre Freundschaften, wenn sie von gegenseitigen Erwartungen getragen werden, die mitunter enttäuscht werden können? Du merkst, ich bin heute hochphilosophisch unterwegs. Aber ich habe mir tatsächlich zu Herzen genommen, dass ich deine Erwartung offenbar enttäuscht habe.

Ich glaube, wenn ich etwas von unserem Treffen erhofft hatte, dann, dass es wie früher wäre und eben ganz ohne Erwartungen – im Sinne von Plänen, Themen, Regeln – auskommt. Ist das nicht auch schön, mit dem anderen einfach nur zu sein, als irgendeine Agenda abzuarbeiten? War unsere Freundschaft nicht immer eine gelungene Mischung aus verlässlichen Verbindlichkeiten und persönlicher Freiheit? Ich habe mich bei und mit dir jedenfalls immer frei gefühlt und es genossen, so sein zu dürfen, wie ich bin. Andererseits habe ich da immer auch dieses gegenseitige Verständnis gespürt, eine Nähe, die von Ehrlichkeit, Vertrauen und Neugier auf den anderen geprägt war. (Was hatte ich bloß in meinem Kaffee?) Was ich dir damit eigentlich sagen will: Ja, du darfst gerne etwas von mir und unseren Treffen erwarten. Ebenso wie du erwarten darfst, dass ich dir offen und ehrlich gegenübertrete, wenn sich deine Hoffnung nicht mit meiner deckt oder ich dir etwas zu sagen habe, was dir vielleicht nicht gefällt. Es tut mir in der Seele weh, zu spüren, dass du dich über die Jahre mehr und mehr verloren zu haben scheinst und du deine Kunst, deine Kreativität einfach gekappt hast. (Bitte nicht wieder mit den Augen rollen!) Was ist bloß passiert, dass du dich und deine inneren Werte so verrätst?

Wenn es irgendeinen positiven Sinn hatte, mich in den letzten Wochen mit einer tödlichen Krankheit auseinandergesetzt zu haben, dann vielleicht den, dass ich mal am eigenen Leib zu spüren bekommen habe, wie leer und sinnlos sich der Alltag anfühlt, wenn man seine Identität und seine Schöpferkraft verleugnet. (Achtung: Pathos!) Aber während all dieser quälenden Wochen habe ich mich gefühlt, als hätte ich vieles in meinem Leben falsch gemacht. Als wäre die Krankheit der Beweis oder gar die Strafe dafür, dass ich mir immer etwas vorgemacht habe. Es ergab plötzlich keinen Sinn mehr, an dem festzuhalten, an das ich mich vorher geklammert hatte. Mein Job, ja, auch meine Beziehung und irgendwie sogar mein ganzes Leben kamen mir seltsam wertlos vor. Ich fühlte mich in eine Sackgasse getrieben. Ich hatte falsche Erwartungen.

Natürlich kann ich wiederum nicht erwarten, dass du meine ach so schlauen Sätze verstehen, geschweige denn nachvollziehen kannst. Aber ich bin – nach dieser Lektion – besorgt um dich. Du solltest deine Künstlernatur nicht verkümmern lassen. Ich kenne niemanden, der dich und dein Talent damals nicht bewundert hätte, einschließlich Prof. Kaminski. Also, ganz gleich, was der Grund für deine Schaffenspause auch gewesen sein mag: Es ist Zeit, wieder loszulegen. Bitte!

Herzlich,
Oda – in Erwartung einer Antwort! ☺

Till

Siri war über Nacht verschwunden geblieben. Bei ihrer Freundin Heidi hatte niemand das Telefon abgenommen, und auch Paul war ratlos gewesen. Erst einen Tag später tauchte sie wieder auf. Till kam gerade mit den Kindern nach Hause, da saß Siri auf der Terrasse und hielt ihr Gesicht in die Sonne. Natürlich ignorierte sie ihn, jedenfalls soweit es die Anwesenheit der Kinder zuließ. Er kannte das schon von ihr. Ihre Auseinandersetzungen verliefen meist sehr subtil, danach verfiel Siri in beleidigtes Schweigen. Sie zog sich zurück, spielte das Opfer, und Till bekam regelmäßig ein schlechtes Gewissen. So auch bei Siris plötzlicher Rückkehr.

Er musste sich eingestehen, dass er tatsächlich egoistisch gewesen war. Wie hatte er denken können, es sei eine Lösung für ihre Ehekrise, wenn er sich eine Auszeit nahm? Dabei wusste er doch ganz genau, dass Kindererziehung kaum Platz für Selbstverwirklichung ließ. Siri würde eine Auszeit also mindestens genauso gut, vielleicht sogar noch eher gebrauchen können als er. Er hätte ihr das auch gerne gesagt, aber kaum war sie erschienen, verschwand sie auch schon wieder. Till war kurz im Keller gewesen, um drei Fertigpizzen aus der riesigen Tiefkühltruhe zu holen, als er bei seiner Rückkehr in den Garten nur einen Zettel vorfand: «Sind unterwegs!»

Das war nun schon zwei Tagen her. Seitdem waren weder Siri noch die Kinder wiederaufgetaucht.

180

Wie er es hasste! Dieses Ausweichen, Davonlaufen und Schweigen. Es machte Till wahnsinnig! Und wahrscheinlich war genau das auch der Grund, warum Siri es tat. Im Gegensatz zu ihrem Vater sprach sie Probleme nie an. Häufig wusste Till nicht, was er falsch gemacht hatte, wurde aber trotzdem aufgefordert, sein Verhalten zu überdenken. Er blieb dann mit einem diffusen Schuldgefühl zurück und entschuldigte sich häufig ganz allgemein, nur, damit wieder Frieden herrschte und er einen Zugang zu Siri bekam. Dieses Mal wusste er zwar, was Siri störte, aber darüber reden konnte er trotzdem nicht mit ihr. Es war zum Mäusemelken.

Wovor hatte sie eigentlich Angst? Lag es tatsächlich daran, dass er bei dieser Auszeit nur an sich gedacht hatte, oder steckte etwas anderes dahinter? Warum fragte sie ihn nicht, wie er auf die Idee gekommen war, wieder an seiner Kunst zu arbeiten? Und ob er das Zeichnen und die Bildhauerei all die Jahre nicht vermisst hatte? Oder war das zu viel verlangt? Hätte er das von sich aus erklären sollen? Aber wann? Schließlich war sie sofort abgerauscht.

Wie sonst auch immer in diesen Phasen überkam Till nach mehreren Stunden des Nachdenkens ein tiefes Gefühl von Ohnmacht und das heftige Bedürfnis, alles hinschmeißen zu wollen. Normalerweise wäre er in solchen Momenten nach Spandau zum ehemaligen Ruderclub gefahren und hätte sich in Arbeit gestürzt. Das ging nun aber nicht mehr. Paul hatte es mehr als deutlich gemacht: Seine Auszeit begann sofort.

An diesem Morgen bedauerte Till den Umstand fast, dass er ein Jahr freibekommen hatte. Er wusste nichts mit sich anzufangen, saß lustlos am Schreibtisch und schob beliebig Unterlagen hin und her. Plötzlich fiel sein Blick auf Jespers Sonnenbrille, und er beschloss, ihm einen Besuch abzustatten, auch wenn er Gefahr lief, an einem Samstag niemanden in der Agentur anzutreffen.

Eine Stunde später klopfte Till an die Scheibe von «Meyer & Wächter» und hatte Glück. Jesper saß an seinem neuen Schreibtisch und winkte ihm durch das große Fenster zu.

«Was für eine schöne Überraschung», sagte er, als er zu Till in den Hof trat. «Ich dachte schon, ich sehe dich nicht wieder.» Er lächelte breit.

Die Männer umarmten sich wie selbstverständlich, und Till spürte, es war die richtige Entscheidung gewesen, von zu Hause aufzubrechen. Die Sonne schien ihm auf den Rücken und wärmte seine Beine, die in einer kurzen Leinenhose steckten. «Ich musste dir bei dem guten Wetter doch deine Sonnenbrille zurückbringen», sagte er und holte ein Etui hervor.

«Wenn ich ehrlich bin, gefällt mir deine besser», antwortete Jesper und deutete auf Tills Sonnenbrille, die er sich ins Haar geschoben hatte. Er grinste, als habe er einen Joint geraucht. Vielleicht hatte er.

«Dann tauschen wir einfach?», fragte Till.

«Was tauscht ihr?»

Eine Frau mit raspelkurzen Haaren und einem neonfarbenen Kleid war in den Hof getreten. In der Hand hielt sie eine Tüte vom Bäcker. Sie strahlte.

Till kam das Gesicht irgendwie bekannt vor. Fragend sah er Jesper an.

«Marlies», sagte Jesper knapp, und seine Stimme klang beinahe ein wenig stolz. Er legte den Arm um ihre Hüfte und strahlte ebenfalls.

Till konnte es nicht fassen. Das war Marlies? Marlies Wächter, auf deren Hochzeit im tiefsten Winter Till das erste Mal Oda geküsst hatte? Marlies, die früher nur Schwarz getragen hatte und zum Lachen in den Keller ging, wie Oda immer gesagt hatte?

Sie umarmte ihn so heftig, dass er dachte, sie wolle ihn erdrücken.

«Mensch, wie lange ist das her? Waren wir damals jung!» Sie lachte und löcherte ihn sogleich mit Fragen. «Wie geht's dir? Magst du mit uns frühstücken?» Sie wedelte mit der Papiertüte. «Rosinenbrötchen!»

«Danke, ich … äh … Ich mag keine Rosinenbrötchen.» Mehr fiel ihm nicht ein. Aber Marlies ging gar nicht darauf ein.

«Und was macht die Kunst?», fuhr sie mit ihrer Befragung fort. «An was arbeitest du gerade?»

Till druckste herum. «Ich … Also, gerade mache ich nichts, aber ich will tatsächlich wieder Kunst machen», platzte es plötzlich aus ihm heraus.

Jesper verstand sofort. «Das finde ich gut, Till. Richtig gut.» Er klopfte ihm auf die Schulter. «Wow!»

«Hast du ein Atelier?», fragte Marlies.

Als Till den Kopf schüttelte, sahen sich Marlies und Jesper an, nickten sich kurz zu und nahmen Till dann gleichzeitig an den Händen. Sie führten ihn zum Ende der ehemaligen Garagen, wo ein Garagentor ebenfalls durch ein riesiges Fenster mit Tür ersetzt worden war. Dahinter konnte Till hochwertigen Parkettboden erkennen. Aber statt des teuren Inventars, wie er es aus den Agenturräumen kannte, lag dort nur Gerümpel.

«Wenn du willst, kannst du hier arbeiten», sagte Marlies.

Einen Moment herrschte Schweigen.

«Ernsthaft?»

Marlies und Jesper nickten. Und zu seiner eigenen Überraschung sagte Till: «Sehr gerne. Vielen Dank.»

Oda

W ie schade», flüsterte Oda leise vor sich hin, während sie die Regentropfen beobachtete, die an der riesigen Terrassentür hinabperlten. Eigentlich hatte sie heute mit ihrer Hasselblad auf Motivsuche gehen wollen, um sich für eine neue Fotoserie inspirieren zu lassen. Denn das war es, was sie sich bei ihrem einsamen Spaziergang in der Heide geschworen hatte: Wenn sie tatsächlich gesund war, würde sie alles tun, um das Leben voll auszukosten und ihre Träume wahr zu machen. Endlich spürte sie wieder die nötige Energie und Lust, zu fotografieren, und nun machte ihr das Wetter einen Strich durch die Rechnung.

Beim Frühstück hatte Rick nur skeptisch die Augenbrauen gehoben, als sie versuchte, ihm zu erklären, wie energiegeladen sie sich seit der Diagnose fühlte. Und dass sich diese Energie nur schwer kanalisieren ließ. Wie in einem Kreisverkehr, in dem man so schnell die Runden dreht, dass es einem einfach nicht gelingt, eine Ausfahrt zu erwischen. Aber er hatte ihren Vergleich nur müde belächelt und sie gefragt, ob sie heute nicht in die Galerie kommen und ihm beim Katalogisieren seiner neuesten Errungenschaften helfen könnte.

Vielleicht, dachte Oda und folgte mit dem Zeigefinger einer Tropfenspur, könnte sie ihren Tatendrang besser kanalisieren, wenn sie wüsste, welche Ausfahrt die richtige war. Welche Botschaft die Bilder transportieren sollten. Doch sie hatte einfach noch keine klare Vision von ihrem nächsten Projekt und hätte ihre Gedanken gerne bei einem Spaziergang durch den noch unerschlossenen Teil der Hafencity treiben lassen. Leider erfüllte Hamburg an diesem Sonntag pflichtschuldig das Klischee von der immergrauen Regenstadt, sodass es keinen Sinn ergab, sich mit der Kamera aufzumachen.

Vielleicht sollte sie doch Rick in die Galerie folgen und ihm ein bisschen zur Hand gehen, überlegte Oda. Erfahrungsgemäß kamen an verregneten Sonn- und Feiertagen die meisten Besucher. Doch irgendwie hatte Oda dazu keine rechte Lust, obwohl sie nicht sagen konnte, was sie stattdessen lieber getan hätte. Also schenkte sie sich einen dritten Kaffee ein und nahm den Milchschäumer zur Hand, den sie und Rick zur Einweihung von den Nachbarn bekommen hatten. Silke und Frank waren um die 50 und sehr sympathisch. Sie hatten ihnen das Geschenk überreicht mit den Worten: «Wir können uns jetzt ja öfter mal zu einem Kaffee treffen.» Wobei sie dies in all der Zeit noch nicht ein einziges Mal getan hatten, und Oda fragte sich, warum. Ob sie die beiden einfach zur Hochzeit einladen sollten? Dann würde die Dominanz von Ricks Großfamilie weiter minimiert. Denn noch hatte Oda ihn nicht überzeugen können, den Rahmen der Feier etwas überschaubarer zu gestalten. Jedes Mal, wenn sie einen Versuch in diese Richtung unternahm, entgegnete Rick, sie würden schließlich nur einmal im Leben heiraten, und dies sei eine gute Gelegenheit, alle Freunde und Verwandte, die über den gesamten Globus verstreut lebten, einfliegen zu lassen und einander vorzustellen. Bei dem Gedanken an ein so großes Fest schnürte es Oda die Kehle zu. Sicher, es war höchste Zeit, ihre Eltern mit Ricks Mutter und vielleicht auch deren Bruder, der schließlich Ricks Patenonkel war, miteinander bekannt zu machen. Doch eine solche Zusammenkunft schien Oda nicht der geeignete Rahmen. Außerdem verstand sie etwas anderes unter einer romantischen Feier. Auch der wachsende Zeitdruck ließ nicht gerade vorfreudige Stimmung aufkommen. Es blieben ihnen nur noch gut zwei Monate, bis sie heiraten würden. Es war also längst überfällig, die Einladungen rauszuschicken und sich endlich um eine geeignete Lokation zu kümmern. Oda bezweifelte, ob es so kurzfristig überhaupt noch realistisch war, an einem ihrer Wunschorte zu feiern.

Lustlos ließ sie sich aufs Sofa fallen. Nachdem sie einen großen Schluck aus ihrem überdimensionierten Kaffeebecher genommen und sich den Milchschaum vom Mund gewischt hatte, öffnete sie ihren Laptop und die Exceltabelle «Gäste», die Rick und sie schon vor Wochen angelegt hatten. Oda ging die Namen durch und stellte fest, dass Rick bereits weitere, ihr unbekannte Personen aufgelistet hatte. Sie ärgerte sich und verspürte den Drang, die Datei gleich wieder zu schließen. Vielleicht sollte sie doch lieber einen Spaziergang machen? Ihren Regenmantel überziehen und raus an die frische Luft?

Oda beschloss, noch schnell ihre Mails zu checken und sich dann aufzumachen. Mit einer Nachricht von Till hatte sie nicht gerechnet. Ihr Herz machte einen kleinen Hüpfer vor Freude, als sie sah, dass er geantwortet hatte.

An: privat@florentin.de   So, 20. Juli 04:31
Von: tillb07@gmx.de
Betreff: Ich

Liebe Oda,

danke für deine Mail. Wie du siehst, antworte ich spät beziehungsweise früh: Es ist halb fünf, und ich kann nicht schlafen. Aber bevor du denkst, es habe vielleicht mit dir zu tun, und dir etwas darauf einbildest oder falsche Erwartungen (!) daran knüpfst, hier die Erklärung: Gestern habe ich den Entschluss gefasst, es wieder mit der Kunst zu versuchen. Vielleicht bist

186

du mit ein Grund dafür. Vielleicht habe ich es auch dir zu verdanken, dass ich sogar schon ein Atelier habe. (Mein erstes übrigens!) Vielleicht kann ich mich also glücklich schätzen, dass du wiederaufgetaucht bist.

Vielleicht bist du aber auch schuld daran, dass ich vor 13 Jahren aufgehört habe, etwas Künstlerisches schaffen zu wollen.

Nach deiner Ankündigung, nach New York zu gehen, war ich so leer, dass es mich quasi nicht mehr gab. Alles, an das ich vorher geglaubt hatte, war mit einem Schlag verschwunden.

Seitdem habe ich versucht, mich wieder aufzubauen. Stück für Stück, Tag für Tag. Habe die Leere mit neuen Dingen gefüllt. 13 Jahre lang. So lange, bis du wieder in mein Leben getreten bist. Bis zu diesem Punkt dachte ich, dass mir der Neuaufbau eigentlich ganz gut gelungen war. Ich fühlte mich ... zufrieden.

Und wenn du jetzt vielleicht denkst, es sei unfair, dir die Schuld dafür zu geben, dass ich mich verloren habe, so ist mir das egal. Ich fühle es so und habe keine Lust mehr, meine Gefühle zu verdrängen.

Du gehst und kommst, wie du es willst. Das war schon immer so. Du lässt dich von Berlin nach New York treiben, erlebst Abenteuer und hast Energie für drei Leben.

Ich kann das nicht. Und ich verachte mich dafür, dass ich so bin: wehrlos, ängstlich und feige. Wohl wissend, dass das Leben so kurz ist, und trotzdem unfähig, es anders anzugehen.

Ich weiß nicht, ob das eine Antwort auf deine Mail ist. Oder welche (richtigen oder falschen) Erwartungen du hast. Ich weiß nur, dass ich hier gerade auf dem Boden meines neuen Ateliers sitze und denke, es wäre gut, wenn du es als Erste erfährst: Ich fange wieder an!

Liebe Grüße
Till

Sofort klickte Oda auf den Button «Antworten».

An: tillb07@gmx.de So, 20. Juli 10:23
Von: privat@florentin.de
Betreff: AW: Ich

Wie cool ist das denn? Ein paar Zeilen reichen, und schon kommst du wieder auf Spur?! Ich habe zwar nicht ganz verstanden, warum ausgerechnet ich als Sündenbock für dein Phlegma herhalten muss. Aber ich könnte Luftsprünge machen vor Freude. Oder dich erst einmal ohrfeigen und dann zerdrücken vor Begeisterung.
A new old star is born!
Was wirst du als Erstes angehen? Magst du schon was verraten? Ich bin soooooo gespannt und brenne darauf, mehr zu erfahren! Soll heißen: Ich ERWARTE, dass du mich an deinem kreativen Flow und den Ergebnissen teilhaben lässt. Schick mir Fotos! Oder besser noch, lade mich in dein Atelier ein! Ich hätte ohnehin große Lust, mal wieder in die szenige Keimzelle Berlin zu kommen.
Aber vorher sollte ich wohl besser mal meine Hochzeit über die Bühne bringen. Du glaubst ja gar nicht, wie anstrengend es ist, ein Spießer zu werden. Hast du dich schon mal mit Gästelisten und Menüfolgen herumgeplagt? Und wenn ich schon dabei bin: Könntest du dir vorstellen, mich auf der Feier mit deiner Anwesenheit zu beglücken? Und die Familienbande etwas aufzulockern? Ich glaube, ich könnte an dem großen Tag den Beistand eines Seelenverwandten wirklich gebrauchen. Gerne auch wie damals mit braunem Cordjacket und Jesusbart ...
Da fällt mir ein: Würdest du denn in Begleitung kommen, wenn ich mal so ganz geschickt fragen darf?
So, während du hoffentlich gerade erste Schürfwunden deiner

all die Jahre viel zu wenig strapazierten Künstlerhände ver-
sorgst, surfe ich derweil uninspiriert im Netz auf der sinn-
losen Suche nach brauchbaren Checklisten für Wedding-
planer ...

Deine O.

Nach ihrer Mail wartete Oda etwa eine halbe Stunde lang, ob Till
sofort antworten würde. Dann beschloss sie, doch noch einen
kleinen Spaziergang im Regen zu machen. Bei ihrer Rückkehr
konnte sie es kaum erwarten, ob Till schon reagiert hatte. Und
tatsächlich: Er hatte.

An: privat@florentin.de   So, 20. Juli 15:31
Von: tillb07@gmx.de
Betreff: Informationsaustausch

Liebe Oda,
deine Energie ist mal wieder deutlich spürbar, auch durch eine
Mail. Allerdings hast du diesmal eindeutig falsche Erwartungen: Ich bin gerade mal ein paar Stunden in meinem neuen
Atelier und soll schon Ergebnisse mailen und von meinem Flow
berichten? Was ist das überhaupt: «Flow»? Und in welcher
Frauenzeitschrift hast du davon gelesen? Na gut, du weißt es
selbst nicht, weil du dich in diesem Metier nicht bewegst, aber
du solltest wissen: Ein Künstler ist eine sensible Pflanze, die
Zuwendung und Verständnis braucht und keinen Druck.
Ansonsten so viel: Ich habe ein paar Brocken Pappelholz und
einiges an Werkzeug in mein Atelier geschafft. Die Geräte liegen vor mir auf einem Tapeziertisch, neben meinem Skizzen-
buch, in das ich seit heute früh (mit früh meine ich 5 Uhr!) flei-
ßig zeichne.

Abgesehen davon befinden sich in dem Raum nur noch eine alte Lampe, ein kleiner Kühlschrank und ein schmales Sofa. Das Atelier sowie die spärliche Einrichtung habe ich übrigens einem alten Bekannten zu verdanken. Den kennst du auch und seine Frau ebenfalls. Sie ist früher immer zum Lachen in den Keller gegangen und trug fast nur Schwarz. Auf ihrer Hochzeit spielte Musik von Pink und «A Thousand Miles» von Vanessa ... wie hieß sie gleich? Egal, es war jedenfalls ein großer Zufall, dass ich die beiden vor einigen Wochen wiedergetroffen habe. Tja, irgendwie sind sie also auch mit schuld, dass ich hier in meinem neuen Atelier sitze und arbeite. NICHT NUR DU! Aber okay, hauptsächlich DU.

Das Wort Phlegma höre ich übrigens nicht so gerne. Vielleicht, weil es mich zu gut beschreibt, wer weiß. Aber, hey, vielleicht werde ich mein erstes Kunstwerk in diesem Atelier «Phlegma» nennen. Das passt sogar zu der Skizze, die in meinem Zeichenblock steht.

Damit hast du mir schon wieder in mein Leben gepfuscht. Wie machst du das nur?

Liebe Grüße
Till

P. S. Sehr begeistert hört es sich nicht an, wenn du über deine Hochzeit redest. Habe ich doch noch eine Chance, sie dir auszureden?

An: tillb07@gmx.de So, 20. Juli 16:01

Von: privat@florentin.de

Betreff: AW: Informationsaustausch

Wieso hängst du mit Leuten rum, die du früher schon nicht mochtest? Ich meine, ich finde es ja gut, wenn Marlies und Lorenz etwas zu deiner Rückbesinnung auf die Kunst beigetragen haben. Aber wieso gerade die beiden, von denen wir immer dachten, sie wären besser Schauspieler geworden?
Und noch was: Kann es sein, dass du mir meine Hochzeit madig machen willst? Ich gebe es ja gerne zu, dass ich nicht gerade eine Braut im Glücksrausch bin. Das liegt aber lediglich an den Umständen. Oder meinetwegen auch an der Tatsache, dass ich im Gegensatz zu dir langsam erwachsen werde und eben erwachsene Dinge tue. Ich sehe das aber alles in allem eher als spannende, neue Erfahrung, die bekanntermaßen wichtig ist, um im kreativen Prozess zu bleiben, falls du Neu-Künstler davon noch etwas wissen willst … Früher jedenfalls war es noch möglich, mit dir über solche Dinge zu philosophieren, ohne gleich im Verdacht zu stehen, vom Weg abzukommen.

O.

Nachdem sie die Mail abgeschickt hatte, klappte Oda den Laptop zu und starrte aus dem Fenster. Der Himmel war aufgebrochen, der Regen hatte endlich aufgehört. Trotzdem ärgerte sie sich maßlos über Till. Aber auch über sich selbst. Er hatte ja recht: Wieso konnte sie sich nicht mehr auf ihre bevorstehende Hochzeit freuen?

Am Abend hielt sie es dann nicht mehr aus. Sie wollte lesen, was er geantwortet hatte. Und tatsächlich hatte Till ihr noch am Nachmittag zurückgeschrieben.

An: privat@florentin.de

Von: tillb07@gmx.de

Betreff: Aha!

So, 20. Juli 16:11

Liebe Oda,

oder soll ich dich mit deinem neuen Künstlernamen O. ansprechen?

Freut mich, dass du plötzlich wieder so bissig wirst. Eine Seite, die ich noch gut von früher kenne, wenn Kaminski dir sagte, deine Fotos seien oberflächlich. Oder wenn ich es wagte, deine Eltern zu erwähnen. Offenbar habe ich jetzt wieder in ein Wespennest gestochen und die alte Oda getroffen. Gefällt mir! Aber ich warne dich: Ich bin heute nicht mehr bereit, mich deswegen zurückzuziehen und dich im Stillen grummeln zu lassen. Vergiss es!

Also, was ist los mit dir? Warum diese spießige Hochzeit? Warum glaubst du plötzlich, etwas machen zu müssen, wozu du keine Lust hast? Warum denkst du, du müsstest plötzlich bürgerlich werden? Den Sinn dahinter verstehe ich nicht. Ehrlich gesagt, habe ich dich immer auch deswegen so angehimmelt, weil du genau das nicht gemacht hast. Und wenn ich ganz, ganz ehrlich bin, dann glaube ich sogar, dass dein Erfolg damit zusammenhängt, dass du keine Dinge ausprobiert hast, von denen du denkst, du müsstest sie ausprobieren. Sondern dass du nur das machst, wozu du absolut und 100 % Lust hast.

Das ist etwas, was ich leider nie von dir gelernt habe. Kaminski hat versucht, es mir beizubiegen, aber ich habe es damals nicht begriffen. Und tue es auch heute noch nicht. Damals bekam ich nur ein einziges Mal eine leise Ahnung davon, was er meinte, als ich die Skulptur eines Mannes schuf, die mich selbst unglaublich berührte. Du warst die Erste und Einzige, die sie zu Gesicht bekam. Aber ich fürchte, du hast sie damals gar nicht richtig wahrgenommen. Du warst bereits gedanklich in New York. Du warst so glücklich und frei und ich überhaupt nicht. Im nächsten Moment hast du Berlin verlassen ... und ich hatte nicht mehr die Kraft, meine neue Erkenntnis umzusetzen.

Daher ist meine Frage zwar unbequem, aber gestattet: Was ist mit dir los?

Und noch etwas: Du weißt gar nicht so viel über die Menschen, wie du vielleicht immer denkst. Marlies ist jedenfalls nicht mehr mit Lorenz verheiratet, sondern mit Jesper. Den kennst du auch von früher. Ich sage nur: «Dicke Eier»! Irgendwie habe ich ihn ja immer gemocht. Heimlich allerdings, da ich wusste, dass du ihn nicht leiden konntest, ihn sogar irgendwie verachtest hast. Warum ist mir das eigentlich nie klar geworden, und heute bedauere ich beinahe, dass ich nicht mehr Zeit mit ihm verbracht habe. Wusstest du, dass er damals schon ziemlich gut Gitarre gespielt hat? Jazzgitarre! Weißt du eigentlich, dass ich Jazz immer mochte?

Es stimmt, er ist kein großer Künstler. Das war wohl damals schon abzusehen. Aber trotzdem ist er ein guter Typ. Und sogar Marlies ist schwer in Ordnung. Sie hat ein riesengroßes Herz und drei Jungs großgezogen, von dem einer mich ganz furchtbar an die Marlies von früher erinnert. Er trägt nur Schwarz, ist ein ernster Charakter und saß gestern zwei Stunden in meinem neuen Atelier. Während ich aufgeräumt habe, sprachen wir über Kunst (er ist 12!) und philosophierten über das Leben. Das ist nämlich sehr wohl noch mit mir möglich. Aber natürlich nur, wenn das Gegenüber dazu bereit ist.

Also, was ist los mit dir? Warum machst du Dinge, die du eigentlich nicht machen willst? Oder weißt du schon wieder mehr als ich? Bist du schon auf der nächsten Erkenntnisstufe? Und wenn ja, lässt du mich diesmal dran teilhaben? Oder bist du schon wieder auf dem Sprung?

In Erwartung einer gepfefferten Antwort:
Dein Till

Eine gepfefferte Antwort? Die konnte er haben! Oda schrieb sofort drauflos.

An: tillb07@gmx.de
So, 20. Juli 20:35
Von: privat@florentin.de
Betreff: AW: Aha!

Deine seltsame Mail habe ich nun schon dreimal gelesen, und ich weiß immer noch nicht, was ich dir darauf antworten soll.

Jedenfalls sehe ich nicht viel Sinn darin, dass wir uns angiften. Wenn ich die Wahl habe zwischen einem Till, mit dem ich keinen Kontakt habe, der mir aber immer in guter Erinnerung bleiben wird, oder einem, zu dem ich zwar Kontakt habe, der mir aber schlechte Laune macht, dann wähle ich lieber Variante 1.

Denn in einem Punkt hast du vollkommen recht: Ich mache nie etwas, worauf ich keine Lust habe. Und das gilt auch für meine Hochzeit mit Rick. Nichts und niemand zwingt mich dazu, ihn zu heiraten. Also heißt das doch wohl im Umkehrschluss, dass ich es gerne und aus freien Stücken tue. Oder? Vielleicht reite ich dir gegenüber einfach deshalb nicht so darauf herum, weil ich dir nicht zu nahetreten will. Vielleicht hast du nie wirklich geliebt oder eine echte Beziehung geführt. Wer weiß das schon? Jedenfalls hast du bei unserem Treffen mit keiner Silbe erwähnt, ob es eine Frau (oder einen Mann?) in deinem Leben gibt. Auch auf meine – zugegeben nicht ganz subtile – Frage, ob du zu meiner Hochzeit jemanden mitbringen würdest, bist du nicht eingegangen. Und solange du mich nicht in deine Karten gucken lässt, werde ich dir erst recht nicht mein Herz ausschütten und dir verraten, was an meiner Beziehung schön und was weniger schön ist.

Vorschlag zur Güte: Sollen wir einen neuen Deal vereinbaren? Ich reite nicht mehr auf deinem Phlegma rum, und du opferst dich dafür als Trauzeuge? (Nur bezeugen, ohne große Reden oder so!)

Es würde mir viel bedeuten.

MfG
Oda Florentin

Oda wusste nicht, ob sie Till mit ihren Worten verschreckt hatte oder ob er sie als das lesen würde, was sie waren: ein Friedensangebot. Diesmal ließ sie den Computer aufgeklappt. Und tatsächlich musste sie nicht lange auf eine Antwort warten.

An: privat@florentin.de So, 20. Juli 21:04
Von: tillb07@gmx.de
Betreff: Die eigenartige Frau

Liebe Oda,
du bist eine eigenartige Frau. Das wusste ich schon immer. Und ich mochte genau das ja auch schon immer. Ich mochte deinen Blick, wenn du auf jemanden böse wurdest. Und ich mochte deinen Blick, wenn du erkanntest, dass ich verstand, dass du böse wurdest. Ergibt das Sinn? Jedenfalls zog sich dann immer für einen Moment ein Schleier über deine Iris, und

es schien mir so, als wolltest du mich mit deinem Blick töten. Es war ein Blick, der mir sagte: Wenn du jemandem verrätst, dass ich auch böse sein kann, dann bringe ich dich um. Ich habe nie etwas gesagt, aber deine Augen in diesen Momenten werde ich nie vergessen. Sie waren wie ein Tor, das offen steht, und ich konnte in ihnen mehr sehen, als andere je gesehen haben.

Du wolltest immer das quietschvergnügte Mädchen sein, das macht, was es will, und glücklich dabei ist. Niemand sollte deine dunkle Seite sehen bzw. deine verletzliche Seite, wie ich es nennen würde. Dein unausgesprochenes Motto war: Oda Florentin hat keine Probleme und nie schlechte Laune.

Ist dir dauerfröhlicher Oda eigentlich klar, dass du mir in deiner Mail drohst? Wenn ich nicht aufhöre, negative Dinge anzusprechen, dann willst du nicht mehr meine Freundin sein ... Klingt irgendwie nach Pubertät, meinst du nicht?

Ich nehme dir das aber natürlich sowieso nicht ab, weil ich dich kenne. Andererseits: 100 % sicher bin ich mir nicht, ob du mir nicht doch tatsächlich den Rücken kehren würdest. Ich sage es trotzdem noch mal: Irgendwas stimmt bei dir nicht. Und ich bin mir sicher, sehr sicher, 100 % sicher, dass du dich mit mir getroffen hast, damit ich den Finger in die Wunde lege.

Ich finde es übrigens gar nicht schlimm, dass man Zweifel vor einer Heirat hat. Selbst wenn man es dann doch macht. Man muss nicht jubeln, um zu heiraten. Man kann unsicher sein und schlechte Dinge in dem anderen sehen, und man kann (und sollte) mit seinen Freunden darüber reden.

Aber das tust du nicht. Vielmehr erinnerst du mich an einen alten Deal, den ich schon fast vergessen hatte, und willst mich treffen, damit ich dir deine Hochzeit ausrede (denn so lautete die Abmachung), nur, um dem Thema dann auszuweichen. Das macht dich verdächtig, meine Liebe.

Ich wünsche dir natürlich alles Glück der Welt, aber ich werde bestimmt nicht dein Trauzeuge sein, wenn ich ein komisches Gefühl habe. Dafür bist du mir zu wichtig.

Aber ich werde dir auch ganz bestimmt deinen Verlobten nicht madig machen. Im Gegenteil: Ich bin sicher, Rick ist ein toller Typ, denn sonst wärst du nicht mit ihm zusammen.

Ich mache dir also einen anderen Vorschlag: Du schuldest mir noch 12 Stunden von unserem Deal. Lösen wir sie ein! Reden wir wirklich über dich und deine Hochzeit! Und anschließend hilfst du mir beim Bemalen meiner Skulptur. Ist das ein Deal? Ich werde nämlich deine Hilfe brauchen. Ich plane schließlich mein erstes Werk seit 13 Jahren. Es soll die Skulptur eines durchschnittlichen Mannes werden. Ein Mann, der durchschnittlich groß ist, durchschnittlich aussieht, durchschnittliche Sachen trägt. Der einfach nur dasteht und ins Leere blickt. Irgendwas an dieser Figur hat mit mir zu tun, ganz viel. Ich weiß nicht, was, aber wenn ich mir ausmale, wie es ist, daran zu arbeiten, dann fühle ich mich schon jetzt gut und wie elektrisiert.

Clemens, der Junge von Marlies, hat mich auf die Idee gebracht. Er meinte, ich solle den Mann anmalen. (Er hatte die Skizze gesehen.) Ich wäre nie auf die Idee gekommen, eine meiner Skulpturen anzumalen. Früher hätte ich verächtlich gelacht. Ich male doch bitte schön meine Skulpturen nicht an! Aber weißt du, wie Clemens seinen Vorschlag begründet hat? Clemens, der Junge, der immer nur Schwarz trägt ... Er sagte, dann würde die Skulptur noch normaler aussehen, und das soll sie doch, oder? Da hat es bei mir klick gemacht. Am liebsten wäre ich sofort in das Geschäft für Künstlerbedarf am Ende der Kastanienallee gerannt und hätte mir Farbe und Pinsel (ich habe nie Farbe und Pinsel besessen) besorgt und die Skulptur angemalt. Ich fühle, dass der Effekt gut wäre. Also, was heißt *gut*, dass er das wäre, was noch fehlt. Er ist RICHTIG.

Ich weiß nicht, ob die Kunst, die ich hier erschaffen will, irgendjemandem irgendetwas sagen wird. Oder es überhaupt Kunst ist, denn die Figur könnte ein bisschen aussehen wie eine überdimensionierte Puppe. Aber ich bin sicher, sie sagt mir etwas. Und wenn ich Kaminski und deinem früheren Ich glauben darf, dann bin ich auf dem richtigen Weg. Vielleicht ist das ja der Flow, von dem du redest.
Und damit bin ich wieder bei dir, liebe O. Konntest du nicht früher ganz ordentlich mit Farbe umgehen? Ich könnte nämlich jemanden gebrauchen, der mir zeigt, wie das geht.

Den Vorwurf, dass ich dich nicht in meine Karten schauen lasse, kann ich übrigens nur halb nachvollziehen. Ich habe dir immerhin sehr offen geschrieben, warum ich keine Kunst mehr mache und dass es mit dir zu tun hatte. Leicht ist mir dieses Geständnis nicht gefallen.

Und übrigens: Ja, es gab und gibt Frauen in meinem Leben. Ich bin vielleicht etwas eigenartig, aber kein Eremit.
Also, was sagst du: offen reden? Oder ... es sein lassen?

In Erwartung einer baldigen Antwort
Dein Till

Till hatte ihr Friedensangebot angenommen. Oda war erleichtert und seltsam froh über seinen Vorschlag und beschloss, ihm gleich zu antworten.

An: tillb07@gmx.de   So, 20. Juli 21:22

Von: privat@florentin.de

Betreff: Ein eigenartiger Mann

Du bist ein eigenartiger Mann. Das wusste ich schon immer. Und ich mochte das auch schon immer. Ich mochte, dass du eine Spaßbremse bist, die mich zum Nachdenken zwingt – auch wenn ich darauf keine Lust habe. Wie du das machst? Keine Ahnung, vielleicht reden wir darüber in Berlin. Freitag in der übernächsten Woche zu einem zweiten Frühstück?

Stellst du mir dann auch deinen Harem vor?

Deine Oda

Till

Über eine Woche war es nun her, dass Siri mit Lotte und Lasse aus dem Haus verschwunden war und nur eine kurze Nachricht hinterlassen hatte. Er ahnte, dass sie bei Heidi war; Paul hatte so etwas angedeutet. Und er hatte Till geraten, sich dort nicht zu melden, sondern Siri erst mal in Ruhe zu lassen.

Es fiel ihm schwer. Und auch wieder nicht, denn es war eine Woche, in der er in seinem Atelier abtauchte und wie ein Besessener arbeitete. Eine Woche wie in einer Parallelwelt, an deren Ende er tatsächlich eine Skulptur geschaffen hatte und erneut mit Oda verabredet war.

«Auch eine Zichte?»

Till öffnete die Augen und sah, wie Jesper ihm mit geschlossenen Augen eine Packung Zigaretten hinhielt. Sie saßen auf zwei Gartenstühlen vor dem Atelier und genossen die Abendsonne.

«Danke.» Till schüttelte den Kopf. «*Zichte* habe ich schon lange nicht mehr gehört. Gutes Wort irgendwie.»

«Danke ja oder danke nein?» Jesper hatte die Augen noch immer geschlossen.

«Nein.»

Jesper fingerte sich blind eine Zigarette heraus, steckte die Packung wieder weg und tastete nach dem Feuerzeug in seiner Hosentasche. Er zündete sich eine Zigarette an und blies den Rauch in die noch warme Berliner Sommerluft.

Es waren filterlose Gauloises, die sie auch früher immer geraucht hatten. Der Tabak riecht gut, dachte Till. Nach Freiheit und Abenteuer und Jugend. Oda hatte die Gauloises gehasst und doch immer mitgeraucht. Nie, ohne «So ein scheiß Kraut» zu sagen, gleich nachdem sie den ersten Zug genommen hatte.

Der Gedanke daran machte Till nun Lust auf eine Zigarette. «Oder doch, ich nehme eine!», sagte er.

Jesper stöhnte kurz auf, musste dann aber lachen und tastete erneut nach der Schachtel.

Kurz darauf hielten beide ihre Gesichter in die Sonne und rauchten mit geschlossenen Augen.

Auf einen leichten Druck von Jespers Hand zogen beide gleichzeitig an ihren Zigaretten und hielten die Luft an. Ein altes Ritual aus Studientagen. Nach dreißig Sekunden konnte Till nicht mehr. Hustend gab er auf. Jesper hielt noch fünf Sekunden länger aus, bis er den Rauch auspustete.

«Gewonnen», sagte er lässig und grinste.

Sie schwiegen, und Till wurde bewusst, was für eine schöne Tradition es geworden war, dass sie hier abends zusammensaßen und sich Gedanken machten. Jeder für sich.

«Wann hast du eigentlich gewusst, dass du kein Künstler werden willst?», fragte Till in die Stille hinein.

«Ich wollte immer Künstler werden. Schon mit zwölf … Habe dafür alles getan, wie du weißt.» Jesper zog an seiner Zigarette. «Nach dem Abschluss habe ich zwei Jahre versucht, in irgendwelchen Galerien meine Skulpturen unterzubringen, habe von Kleingeld gelebt und auf meinen Durchbruch gewartet. Scheiß Zeit damals. Echt.»

Seine Augen hielt er nach wie vor geschlossen.

«Eines Tages», fuhr Jesper fort. «Es war wohl etwa 2006, ich sitze in einem Café in Mitte und treffe Marlies. Wir hatten uns seit Urzeiten nicht gesehen. Seit der Abschlussfeier oder so. Wir tranken einen Kaffee, und ich erzählte ihr, dass ich keinen Fuß in die Tür kriege. Und ich meine, in wirklich *keine* Tür. Jammerte richtig rum. Marlies hörte mir aufmerksam zu und meinte dann, sie hätte es schon lange aufgegeben. Damals arbeitete sie bereits in einer kleinen Werbefirma und machte da die Grafik.» Jesper öffnete die Augen und blickte in den Abendhimmel. «Sie wirkte so glücklich und zufrieden. Ich konnte es gar nicht fassen. Und in dem Moment traf es mich wie ein Schlag. Ich werde ebenfalls mit der Kunst aufhören! Ich hab ihr das auch gleich an Ort und Stelle gesagt und bin dann direkt mit Marlies zu ihrem Chef und habe nach einem Job gefragt. Direkt vom Café aus! Kannst du das glauben?» Er sah Till an. «Mann, es war total erleichternd. Ich bekam wenig später sogar tatsächlich einen Job, auch als Grafiker. Es fühlte sich an, als hätte mir jemand einen Wackerstein vom Hals genommen.»

Er drückte seine Zigarette in dem Aschenbecher aus Moreno-Glas aus, der auf dem kleinen Tisch vor ihnen stand.

«Im Nachhinein habe ich den Eindruck: An dem Tag bin ich erwachsen geworden. Verstehst du?»

Till drehte ihm den Kopf zu und hielt sich eine Hand schützend vors Gesicht, weil die Sonne so blendete.

«Weiß nicht.» Er zuckte mit den Schultern. «Irgendwie … Irgendwie scheint jeder irgendwann den Punkt zu erreichen, an dem er genau weiß, was er will.» Er nahm einen letzten Zug von seiner Zigarette und drückte sie anschließend aus.

Jesper betrachtete ihn fragend. «Was ist mit dir?», fragte er. «Bist du nicht gerade an einem Punkt, an dem du dich für etwas Neues entschieden hast?»

«Habe ich das?»

«Ein Atelier ist jedenfalls ein Anfang, meinst du nicht?» Jesper stand auf. «Und trotzdem siehst du irgendwie ziemlich bedröppelt aus.»

«Ich fühle mich auch so.»

«Und warum?»

Einen Moment dachte Till nach. «Ich weiß weder, was ich will, noch, was ich nicht will. Ich fühle mich irgendwie … verloren.»

«Tja», meinte Jesper und warf die Packung mit den Zigaretten vor ihn auf den Tisch. «Dann lass ich dir die Zichten wohl besser hier, was? Kann man besser mit nachdenken.» Er kramte auch noch das Feuerzeug hervor und reichte es Till. «Ich muss los. Marlies und ich kriegen heute Abend Besuch.»

Damit ging er zurück in die Agentur und ließ Till mit seinen Gedanken alleine zurück.

Till nahm sich eine weitere Zigarette und blieb im Hof sitzen. War er wirklich dabei, einen neuen Weg einzuschlagen? Er dachte nach, rauchte und dachte weiter nach. Er rauchte die ganze Packung zu Ende, und als er sich endlich aufrappelte, war es schon fast dunkel. Er hatte nicht mal mitbekommen, wie Jesper und Marlies in den Feierabend aufgebrochen waren.

In seinem Wagen, auf dem Weg nach Hause, hörte Till Musik von Chet Baker. Er fühlte sich wesentlich ruhiger als noch vor ein paar Stunden. Als er in seine Straße kam, sah er, dass Siris Wagen vor der Tür stand.

Die Kinder lagen bereits schlafend in ihren Betten. So, als wäre nichts gewesen.

Till kannte seine Frau, er wusste, dass es eine unausgesprochene Aufforderung an ihn war. Ihre Woche Auszeit war (genau wie der Urlaub vorher) ein Warnschuss gewesen. Er musste sich zusammenreißen, wenn er ihre Ehe retten wollte.

Also wartete Till, bis Siri aus dem Badezimmer kam, legte sich aufs Bett, starrte an die Decke und legte sich einen Schlachtplan zurecht. Er wollte ihr mit demonstrativ guter Laune begegnen und ihr vorschlagen, dass er morgen die Kinder wegbringen würde und sie anschließend in aller Ruhe noch mal über alles reden könnten.

Als Siri schließlich ins Schlafzimmer trat, zuckte sie bei Tills Anblick kurz zusammen. Wortlos ging sie an den Kleiderschrank und tat geschäftig. Ihr Verhalten war sehr durchsichtig: Sie ignorierte ihn.

Till atmete tief durch und beschloss, ruhig, aber hartnäckig zu bleiben.

«Ich würde gerne mit dir reden», sagte er. «Egal, wann.»

«Ich habe aber keine Lust, mit dir zu reden.»

«Siri, das ist doch kein Zustand!» Er richtete sich auf. «Das kannst du doch nicht wollen, dass wir uns –»

«Doch», erklärte sie. «Das will ich.»

«Ich bin jedenfalls froh, dass ihr wieder da seid.» Till bemühte sich um einen versöhnlichen Ton. «Ich nehme an, ihr wart bei Heidi, oder?»

Siri antwortete nicht, sondern verschwand mit dem Kopf im Kleiderschrank.

«Du hättest mir ruhig sagen können, dass du eine Auszeit –»

Ruckartig drehte sie sich zu ihm um. «Du hast mich schließlich auch nicht vorher informiert, dass du ein Jahr nicht arbeiten willst!» Ihre Stimme klang beinahe feindlich.

«Das kann man doch nicht vergleichen. Ich –»

«Natürlich kann man das vergleichen», zischte sie. «Es passt dir nur nicht, wenn ich es tue.»

Till war wie vor den Kopf gestoßen. Wieso war jetzt schon wieder ein Streit ausgebrochen? Es war doch genau das, was Till eigentlich hatte vermeiden wollen.

«Können wir nicht –»

«Nein, können wir nicht.» Sie unterbrach ihn erneut.

«Du weißt doch gar nicht, was ich sagen wollte.» Langsam platzte Till der Kragen. Es war zum Verrücktwerden!

«Ich will jetzt eh nicht mit dir reden.» Sie nahm ihren Pyjama vom Bett und marschierte ins Bad.

«Wenn nicht jetzt, wann dann?», rief Till hinterher. Doch Siri reagierte nicht. Sie schloss die Tür hinter sich ab.

Till wartete ein paar Minuten, dann nahm er sich seine Bettdecke und ging ins Wohnzimmer. Er würde also mal wieder auf dem Sofa schlafen.

Am nächsten Morgen wurde Till von Lotte und Lasse geweckt und freute sich maßlos, die beiden zu sehen. Nach dem Frühstück brachte er die beiden weg, nicht ohne Siri eine kleine Notiz dazulassen, dass er gerne später mit ihr reden würde. Aber als er zurückkehrte, war sie bereits verschwunden. So lief es auch die nächsten Tage: Siri ging ihm aus dem Weg und vermied es, mit ihm allein unter einem Dach zu sein. Sie lebten aneinander vorbei. Till war tagsüber im Atelier und blieb immer häufiger auch nachts dort. Er schlief auf einer schmalen Liege, die Jesper ihm hingestellt hatte. Trotzdem ließ er Siri stets wissen, wo er sich aufhielt, und unterrichtete sie geflissentlich von seinen Arbeiten im Atelier. Antworten erhielt er keine.

Er versuchte es auch bei Paul. Doch der war nie zu erreichen. Stattdessen ließ er über seine Sekretärin ausrichten, dass er viel zu tun hatte, da er die Firma nun ja allein führen müsse. Es klang beleidigt, was Till stutzig machte. Schließlich war es doch Pauls Idee gewesen, ihn freizustellen. Aber er wusste nicht, wie er sich verhalten sollte.

Am Freitag richtete Siri dann das erste Mal das Wort an ihn. Sie rief ihn an und erklärte, dass sie die Kinder abholen und das Wochenende mit ihnen bei Paul verbringen würde. Wenn er Lust hätte, könne er sie ja am Sonntag dort besuchen. «Ich würde auch etwas Schönes kochen», sagte sie und wollte schon wieder auflegen.

Sie will etwas Schönes kochen?, dachte Till und wurde wütend. Sie hatten die schwerste Krise ihrer Ehe, und plötzlich lud sie ihn zum Essen ein, als sei nichts gewesen?

«Äh … Ja, klar. Gerne», stotterte Till und war verwirrt. Einerseits ärgerte er sich über ihr Verhalten, andererseits freute er sich wie ein Schneekönig über das Entgegenkommen. War das ein Friedensangebot?

Am Sonntag überlegte er lang und breit, was er anziehen sollte. Er stand vor dem Kleiderschrank und entschied sich schließlich für eine Jeans und ein rosafarbenes Hemd mit Sternen und Kreisen, das Paul ihm vor Jahren mal geschenkt hatte. Ein echtes Paul-Smith-Shirt, wie Siri betont hatte. Till kam sich albern vor, behielt es aber trotzdem an.

Ohne zu wissen, was ihn erwartete, fuhr er los. Paul wohnte, wie er lebte: ungewöhnlich. Er hatte sich noch in den 90er Jahren mitten in einer normalen Wohnstraße in Pankow ein Grundstück günstig gekauft und dann zwischen zwei vierstöckigen Gebäuden in die zweite Reihe ein kleines Häuschen bauen lassen. Das wirkte im Vergleich zu seinen großen Kollegen seltsam verletzlich, und gleichzeitig strahlte es ein gewisses Selbstbewusstsein aus. Noch dazu war es das einzige allein stehende Haus im näheren Umkreis.

Bevor Till es erstmals betreten hatte, dachte er, Paul würde bestimmt in einer Art riesigem Öko-Bungalow wohnen. In Wahrheit sah sein Domizil aber eher aus wie ein Kinderladen: Kacheln in unterschiedlichen Grüntönen zierten die Außenwände und erinnerten an Fischschuppen. Das Haus hatte lediglich eine Grundfläche von 35 Quadratmetern, verfügte aber über drei Stockwerke plus Keller. Auf jeder Etage gab es ein Zimmer. Unten die Küche mit kleinem angeschlossenen Bad, darüber das «Musikzimmer», wie Paul es nannte, ganz oben das Schlafzimmer mit riesigem Glasdach, auf das bei schlechtem Wetter der Regen prasselte. Von der Küche aus trat man auf eine Terrasse, die auf circa 20 Zentimeter hohen Holzbalken stand. Dort kam man sich vor wie auf einer Theaterbühne. Der Blick ging in einen überraschend aufgeräumten Garten. Ein Haus, in dem sich Pippi Langstrumpf wohlgefühlt hätte.

Es war schon in etlichen Architekturzeitschriften vorgestellt worden, und ständig blieben Leute am Zaun stehen und wollten wissen, wie man zu so einem individuellen Traum käme.

Siri hingegen hasste das Haus. Es war ihr angeblich zu verspielt, und auf der Terrasse konnte man sich nicht unbeobachtet sonnen, denn Paul hatte auf jeglichen Sichtschutz verzichtet.

Nach Tills Meinung verabscheute sie das Haus aber aus einem anderen Grund: weil ihre Mutter dort nie gewohnt hatte. Paul hatte das Grundstück kurz nach der Trennung von Ingrid erstanden. Daher waren Siri und Till selten dort, und immer wenn Till es gewagt hatte, Paul dort allein zu besuchen, musste er mit bösen Blicken und tagelangem Schweigen rechnen. Umso merkwürdiger fand er, dass sie sich übers Wochenende mit den Kindern ausgerechnet hier einquartiert hatte. Sie schien selbst die Enge in Kauf zu nehmen …

«Wann habt ihr euch wieder vertragen?», flüsterte Paul ihm in einer Pause zwischen zwei Gängen zu. Die Männer hockten auf der Terrasse, und die Kinder spielten im Garten, während Siri den Nachtisch in der Küche vorbereitete.

«Vertragen? Ich weiß nicht, ob das das richtige Wort ist.»

Paul sah ihn fragend an.

«Na ja», meinte Till. «Ich habe eigentlich kaum mit ihr gesprochen, seit sie wieder zu Hause ist.»

Paul nickte schweigend.

Einer plötzlichen Eingebung folgend, beugte sich Till zu seinem Schwiegervater. «Hast *du* mit ihr gesprochen?»

«Über die einjährige Auszeit?» Paul wich seinem Blick aus und kramte in seiner Jackentasche.

Till wurde richtiggehend nervös. Irgendwas stimmte da doch nicht. «Sie hat mit dir geredet, oder, Paul?»

Statt zu antworten, starrte Paul in den Garten, wo Lotte verträumt auf einer Schaukel saß und hin und her schaukelte.

«Hey, Paul, habt ihr geredet oder nicht?»

Paul schob seinen Unterkiefer vor, was er immer tat, wenn ihm etwas nicht passte. Sein Schweigen war unheimlich.

Till sah kurz ins Haus, wo Siri verschwunden war. Dann wandte er sich erneut an seinen Schwiegervater. «Jetzt red schon! Hat Siri was gesagt? Was sie über die Auszeit denkt? Mit mir hat sie nämlich noch kein Wort gesprochen. Sie schweigt. Du weißt doch, wie das bei ihr ist. Es ist fürchterlich.»

Paul räusperte sich. «Was hätte sie denn deiner Meinung nach sagen sollen?» Seine Stimme hatte einen eigenartigen, fast metallischen Ton.

«Mensch, Paul, jetzt komm mir bitte nicht mit der Psychologen-Nummer», erwiderte Till scherzhaft. So richtig locker klang er jedoch selbst in seinen eigenen Ohren nicht.

«Hast recht, tut mir leid.»

Dass Paul sich entschuldigte, verunsicherte Till noch mehr. Das war gar nicht seine Art. Till nahm einen Schluck von der Frucht-Bowle, die Siri ihnen eingeschenkt hatte, und starrte auf eine Ritze in der Holzterrasse.

«Du weißt doch etwas, was ich nicht weiß, oder?»

«Siri ist meine Tochter», sagte Paul, als wäre das die Antwort auf alle Fragen. Er sah irgendwie unglücklich aus. Aber vielleicht täuschte der Eindruck auch. «Das Mädchen, für das ich mein Leben geben würde, wenn du dich erinnerst.»

«Ich weiß.» Etwas Besseres fiel Till nicht ein.

Nach einer Weile beugte sich Paul vor und sagte leise: «Ja, ich habe mit ihr geredet. Ihr gesagt, was du mir gesagt hast, und ihr meine Beweggründe für das Angebot der Auszeit erklärt.» Dann wurde seine Stimme plötzlich überraschend scharf. «Das wäre eigentlich deine Aufgabe gewesen.»

«Ich weiß», antwortete Till und fragte sich innerlich, wie er das hätte tun sollen, wenn Siri doch nie zu fassen war.

Er wollte sich gerade rechtfertigen, als Siri aus der Küche kam. Sie balancierte eine Schale mit Fruchtsalat in ihren blassen, schmalen Händen und rief in Richtung Sandkasten: «Kinder, Nachtisch!»

Dann stellte sie das Obst vor ihrem Vater auf den Tisch und warf ihm einen konspirativen Blick zu. «Ist dir eigentlich aufgefallen, dass Till das Hemd trägt, das du ihm mal geschenkt hast?»

«Das erste Mal, soweit ich weiß», lautete Pauls schmallippige Antwort. Siri grinste und richtete sich dann direkt an Till: «Holst du bitte noch die Schälchen aus der Küche, Liebling?»

Liebling!? Till konnte es nicht fassen, aber er spielte ihr Spiel mit. «Natürlich.» Er stand auf, strich etwas verlegen über sein Sternen-Hemd und ging in die Küche. Wahrscheinlich war es ihr so rausgerutscht. Zunehmend fragte er sich, was das alles zu bedeuten hatte. Warum redete Siri mit ihrem Vater, aber nicht mit ihm? Was sollte das mit dem Essen? Wo würde es hinführen? War es ein Angebot? Wenn ja, welches? Würde Siri verlangen, dass er in dem freien Jahr keine Kunst machte? Oder sollte er ganz auf das freie Jahr verzichten?

«Verdammter Mist!», entfuhr es Till, als er in der Küche alle Schränke durchsuchte. Siris ständige Ausweichmanöver, ihr Schweigen, ihre albernen Spielchen, all das begann ihm gehörig auf den Keks zu gehen. Wie lange ging das schon so? Es musste ein Ende haben!

Till war kurz davor, einen Streit vom Zaun zu brechen, egal, ob die Kinder es mitbekamen oder nicht.

Als er wieder an den Tisch trat und die Schälchen abstellte, zischte er Siri ins Ohr: «Ich würde gerne mit dir reden.»

Siri würdigte ihn zunächst keines Blickes, sondern konzentrierte sich auf den Obstsalat. Erst als Till dachte, sie hätte ihn vielleicht gar nicht gehört, beugte sie sich zu ihm. «Morgen.»

«Wie viel Uhr?»

«Nachdem du die Kinder weggebracht hast.»

Sie füllte die Schälchen und reichte sie Paul, Lotte und Lasse. Die Kinder verschlangen ihre jeweilige Portion und sprangen kurz darauf wieder von ihren Plätzen auf. Paul erhob sich ebenfalls. «Ich werde mit den beiden Flöhen mal einen kleinen Spaziergang machen.»

Damit ließ er sie allein.

Nachdem er wochenlang ein Gespräch eingefordert hatte, war Till plötzlich unsicher, was er eigentlich sagen und was er fragen sollte. Er hatte mit einem Mal das Gefühl, dass da etwas kommen könnte, was ihm nicht gefallen würde. Unsicher stocherte er in seinem Obstsalat herum. Es kam ihm vor wie die Ruhe vor dem Sturm. Es kam ihm auch so vor, als hätte er keinerlei Wahl. Schließlich raffte er sich auf.

«Was ist eigentlich los, Siri?» Er lehnte sich in seinem Stuhl zurück. «Worüber streiten wir –»

«Was willst du?», unterbrach sie ihn hastig und wechselte dabei auf seltsame Weise das Thema. «Was hast du nach deinem Jahr Schaffenspause vor?»

«Wie meinst du das?»

«Die Frage ist doch nicht schwer, oder?»

Till zuckte mit den Schultern. «Keine Ahnung.»

«Okay», sagte sie rasch, so als bedaure sie ihre Frage. «Ich bin unter zwei Bedingung einverstanden mit diesem Jahr. Erstens: Du kümmerst dich in dieser Zeit nicht nur um deine … Kunst, sondern auch um die Kinder.» Sie richtete sich auf. «Ich habe jetzt sieben Jahre keine Zeit für mich gehabt, und ich finde es unfair, dass du dich plötzlich selbstverwirklichen willst, während ich weiterhin die ganze Arbeit habe.»

Das klang in seinen Ohren fair. «Okay», sagte er daher leichthin.

«Zweitens: Du schwörst mir, dass du nach dem Jahr wieder bei Paul in der Firma anfängst.»

Er starrte sie an. «Hat Paul das von dir verlangt?»

«Nein. Das kommt von mir. Ich will nicht mit einem arbeitslosen Künstler zusammenleben und meinem Vater auf der Tasche liegen.»

Till war zu überrumpelt, um etwas zu sagen.

«Wenn du nicht vorhast, in die Firma zurückzukehren, dann sage es lieber gleich», forderte sie ihn auf.

«Was sonst?» Drohte sie ihm etwa?

Ihre Augen wurden kalt. «Ansonsten ist unsere Beziehung zu Ende.»

Till traute seinen Ohren nicht. «Das ...» Er war zu überrascht, um den Satz zu Ende zu bringen. «Findest du das nicht etwas ... krass?»

«Ich finde *krass*, dass du Pläne schmiedest, ohne mich einzuweihen.»

«Gut, das verstehe ich. Du bist darüber zu Recht sauer. Aber du kannst doch nicht einfach unsere Beziehung beenden, nur weil ich keinen Job habe. Ist das deine Auffassung von einer Ehe?»

Siri verdrehte die Augen. «Ich weiß nicht mehr, woran ich bei dir bin, Till.» Sie begann die Schälchen einzusammeln und aufeinanderzustapeln. «Das ist mein Weg, es wieder hinzukriegen. Es ist mein Weg, unsere Ehe zu retten. Wenn es dir nicht gefällt, tut mir das leid.»

Wie Siri es sagte, hörte es sich jedoch eher nach einer Geschäftsabwicklung an.

«Ich habe noch nicht darüber nachgedacht, was ich nach dem Jahr mache», sagte er wahrheitsgemäß.

Unvermittelt stand sie auf. Und zwar so ruckartig, dass ihr Stuhl dabei umfiel. «Dann mach das, bitte!» Für einen Moment ging ein Beben durch ihren Körper, und es schien, als würde sie weinen müssen, aber dann fing sie sich wieder. «Till?»

«Ja, ich denke darüber nach», sagte er rasch.

Siri nickte, nahm das Geschirr und machte sich auf den Weg ins Haus.

«Siri!»

Kurz vor der Terrassentür blieb sie stehen und drehte sich fragend zu ihm um.

«Und wie soll's jetzt weitergehen? Ich meine, giften wir uns jetzt das ganze Jahr über an?» Till rutschte unruhig hin und her. «Willst du schon wieder weglaufen, und wir reden gar nicht mehr miteinander? Ich … Ich fände das schrecklich.»

Ihr Gesichtsausdruck war leer. «Das liegt ganz an dir», sagte sie und verschwand im Haus. Eine Weile saß er noch in Pauls Garten und starrte vor sich hin. Dabei kam er sich vor wie eine seiner Skulpturen.

Nein, man konnte wirklich nicht sagen, dass Siri und er sich schon wieder vertragen hätten.

Oda

uf euch!», sagte Silke und quietschte dabei etwas hysterisch. Zumindest kam es Oda so vor, als sei die Freude über die Ankündigung der bevorstehenden Hochzeit von ihr und Rick nicht wirklich authentisch. Doch da nippten die Nachbarin, ihr Mann Frank und Rick bereits an dem Champagner, der für den schwülwarmen Abend leider nicht lange genug im Eisfach gelegen hatte. Dafür war die Verabredung zu spontan gewesen. Normalerweise wäre Oda im Treppenhaus eher zügig an Frank vorbeigegangen und hätte ihm höchstens ein freundliches «Hallo! Alles klar bei euch?» zugeworfen. Doch heute waren beide gleichzeitig nach Hause gekommen und gemeinsam die Treppen ins oberste Stockwerk hinaufgestiegen. Und vielleicht war genau das die willkommene Gelegenheit, ihre Nachbarn endlich ein bisschen besser kennenzulernen. Kurzerhand hatte sie Frank gefragt, ob er und seine Frau nicht am Abend zum Grillen vorbeikommen wollten. In diesem Moment war Oda sich allerdings nicht sicher, ob sie die Einladung nicht eventuell nur ausgesprochen hatte, weil sie ihren Frust runterspülen wollte. Den ganzen Tag über war sie erfolglos mit ihrer Kamera durch die Stadt gestreunt, ohne auch nur einen Hauch von Inspiration zu spüren.

«Wann soll's denn so weit sein?», fragte Frank und folgte Rick, der sich an ihrem neuerworbenen Webergrill mit einer Küchenschürze in Position brachte. Eine Antwort wartete er nicht ab, denn schon ging es um Würstchen und Steak und das richtige Grillbesteck.

«Guck dir die Männer an! Typisch!», sagte Oda lachend und signalisierte Silke, es sich auf dem großen Loungesofa gemütlich zu machen.

Silke ging gar nicht auf ihren Kommentar ein, sondern ließ sich stattdessen mit einem tiefen Seufzer in die Kissen sinken.

«Hattest du einen anstrengenden Tag?», erkundigte sich Oda höflich.

«Den habe ich immer», antwortete Silke und winkte ab.

«Ach, ja?» Oda war ehrlich interessiert und bemühte sich, durch einen mitfühlenden Gesichtsausdruck von der überaus peinlichen Tatsache abzulenken, dass sie für den Moment nicht mehr wusste, was Silke beruflich noch mal machte. Wenn sie ehrlich war, konnte sie sich auch nicht erinnern, ob sie sich überhaupt schon einmal darüber ausgetauscht hatten. Bislang hatte sie mit dem Nachbarpärchen höchstens ein, zwei längere Gespräche geführt.

«Ja, Schichtdienst ist einfach nichts für mich. Und seit ich auf der Intensiv bin, kann ich gar nicht mehr abschalten», sagte Silke, «aber lass uns nicht von meiner Arbeit sprechen. Da kommt man nicht gerade in Hochzeitsstimmung …»

Sie lächelte Oda dabei so entwaffnet warmherzig an, dass diese sich direkt neben sie setzte. Glücklicherweise dämmerte es Oda nun auch wieder: Silke war Ärztin. Schon bei der ersten Begegnung im Treppenhaus hatte Frank einen Witz darüber gemacht, dass seine Frau Ärztin sei und Oda und Rick im Notfall jederzeit klingeln durften, wenn sie sich im Streit Porzellan an den Kopf knallen würden. Komisch, dass Oda sich letztlich aber nur gemerkt hatte, womit Frank sein Geld verdiente. Er arbeitete in einer großen Versicherung für Yachten, die ihren Firmensitz damals gerade vom Chilehaus in die erste Reihe der Hafencity verlegt hatte.

«Wie lange seid ihr eigentlich schon zusammen?», fragte Silke und nahm einen weiteren Schluck Champagner.

Bereitwillig schilderte Oda, wann und unter welchen Umständen sie Rick kennengelernt hatte und wie wundervoll die Zeit in New York gewesen war.

«Und wieso seid ihr dann nach Hamburg gekommen?», fragte Silke, offenbar ehrlich interessiert. Sie wurde nur kurz von Rick abgelenkt, der alle an den gedeckten Tisch bat. Die Lammkoteletts waren fertig, die er mit einer selbstkreierten Gewürzmischung mariniert hatte.

«Eigentlich esse ich ja gar keine Tierbabys», sagte Silke und verzog etwas peinlich berührt ihre Mundwinkel.

«So ein Quatsch!», wiegelte Rick ab und legte ihr gleich das erste Stück auf ihren Teller. «Eigentlich wird es nur Lamm genannt, damit es sich besser verkauft. Das war gar kein Baby-Schaf mehr.»

Ungläubig sah Silke ihn an.

«Du kannst natürlich auch etwas anderes haben», sagte Oda schnell. Es war ihr unangenehm, wie Rick sie zum Fleischessen drängte.

«Stimmt. Wir haben noch Kalbsfilet vom Baby-Rind …», schob Rick laut lachend hinterher. Offenbar hielt er seinen Witz für geglückt.

«Schon gut, ich bin nicht so dogmatisch. Aber mir tun die Viecher einfach leid», murmelte Silke etwas verlegen und warf Oda einen entschuldigenden Blick zu.

«Das ist ein bisschen verrückt», erklärte Frank. «Aber seit klar ist, dass wir keine Kinder haben werden, ist sie zum totalen Tierliebhaber mutiert.» Er griff zur Flasche mit der feurigen Steaksoße, so als hätte er bloß übers Wetter gesprochen.

Oda beobachtete, dass Silke die Luft anhielt und nicht verbergen konnte, wie unpassend sie diese Äußerung fand.

«Wir werden wohl auch keine Kinder haben», versuchte Oda die Situation zu retten und sah hilfesuchend zu Rick. Doch der war inzwischen damit beschäftigt, das Grillgemüse auf die Teller zu verteilen.

«Ach, nein? Wollt ihr keine?», fragte Silke, allerdings etwas leiser, so als wollte sie andeuten, das Thema lieber unter Frauen besprechen zu wollen.

Und tatsächlich fachsimpelten die Männer ungehindert über die besten Grillgerichte und passenden Biersorten, während die Frauen mit gedämpfter Stimme weitersprachen.

Oda erklärte, dass Rick und sie Kinder zwar sehr gern mochten, aber kaum einen Draht zu ihnen hätten. «Die Schwester von Rick hat einen Sohn und eine Tochter. Aber sie leben in Norditalien, sodass wir uns eher selten sehen.» Sie leerte ihren Champagner. «Und wenn ich es mir recht überlege, sind eigentlich auch alle unsere Freunde mehr oder weniger glücklich ohne Kinder. Es ist seltsam, aber irgendwie habe ich nie den Wunsch verspürt, unbedingt eigene Kinder haben zu wollen. Nicht in einer Welt, die ohnehin schon zu viele Menschen verkraften muss.»

Je länger Oda so freimütig redete, desto weniger hatte sie das Gefühl, Silke würde ihren Argumenten folgen. Sie nickte hier und da und stellte weitere Fragen. Ihr Ausdruck um die Augen jedoch wurde immer trauriger.

«Wie ist das bei euch?», fragte Oda vorsichtig, als sie mit ihren Ausführungen fertig war. «Hat es sich einfach nicht ergeben?»

Silke schwieg einen Moment. Dann sagte sie: «Drei Fehlgeburten in fünf Jahren.»

«Oh, ich …» Oda erschrak und wusste nicht, was sie sagen sollte.

Silke winkte ab, als habe sie keine große Lust, weiter darauf einzugehen. Doch dann folgte eine sehr persönliche und ausführliche Unterhaltung über ihre Leidensgeschichte und sogar darüber, wie sehr auch die Ehe mit Frank unter dem unerfüllten Kinderwunsch gelitten hatte. Irgendwann hatte sich Silke entschieden, die unabänderliche Tatsache anzunehmen, dass ihr Körper nun mal kein Kind austragen konnte. Daraufhin hatte sie sich mit Mitte dreißig doch noch dazu durchgerungen, ihr Medizinstudium zu Ende zu bringen. Nach den ersten Semestern hatte sie es nämlich für eine Ausbildung zur medizinisch-technischen Assistentin unterbrochen.

«Tja, inzwischen arbeite ich sogar als Oberärztin in der Anästhesie und bin bis auf die unregelmäßigen Arbeitszeiten recht zufrieden mit meinem Job.» Sie seufzte. «Letztlich bin ich heute froh, dass sich bei mir daher auch nie die Frage nach Kind oder Karriere gestellt hat.»

Oda nickte. «Ich verstehe, was du meinst.»

«Und wieso wollt ihr heiraten? Aus romantischen Gründen?», fragte Silke mit einem schelmischen Grinsen.

Oda hielt inne. Sie wusste so spontan nichts darauf zu antworten und sah hilfesuchend zu Rick.

«Warum wir heiraten?», fragte er. «Aus Liebe, würde ich sagen. Du auch, Sweety?» Ohne ihre Antwort abzuwarten, verteilte er den Rest des Champagners in die vier Gläser.

«Na dann, auf die Liebe!», sagte Silke und erhob ihr Glas.

Sie stießen miteinander an. Es ist ein überraschend schöner Abend, dachte Oda und lehnte sich zufrieden zurück. Es tat gut, das Leben voll auszukosten, und irgendwie fand sie es beruhigend, ein so sympathisches Paar in ihrer Nähe zu wissen, das sein Glück auch ohne Kinder gefunden hatte.

Till

D u musst mit Siri reden, nicht ich!»
Pauls Stimme war eindringlich.

«Das versuche ich ja die ganze Zeit, aber sie spricht nicht mit mir.»

Ein paar Tage nach dem unglücklich verlaufenden Essen bei Paul war Till zu seinem Schwiegervater in die Firma gefahren. Till hatte der Sekretärin gegenüber drauf bestanden, den Chef zu sehen. Er wollte endlich wissen, was überhaupt los war. Was hatte er verdammt noch mal falsch gemacht?

«Du hast doch mit ihr gesprochen, oder? Was hat sie zu dir gesagt?»

Paul seufzte nur und zuckte mit den Schultern, aber Till wollte ihn nicht so einfach davonkommen lassen. Er beugte sich vor und stützte seine Hände auf den Schreibtisch. «Siri behandelt mich wie einen Schwerverbrecher, dabei tue ich nur, was du mir geraten hast. Ich nehme ein Jahr Auszeit. Bezahlte Auszeit!»

«Was ich dir angeboten habe, damit wir wenigstens einen Namen für dein Fehlen hier in der Firma haben.»

«Bitte?»

«Na, ich meine, du bist wochenlang nicht zur Arbeit gekommen und hast mir auch keine Begründung geliefert. Das sieht doch ein Blinder, dass mit dir gerade was nicht stimmt. Du bist wie ausgewechselt, Till. Früher warst du mal lustig und gut gelaunt, jetzt wirkst du ständig deprimiert und traurig.»

Der Haken saß. Till musste ein paarmal trocken schlucken, wollte sich verteidigen, spürte aber, dass es Blödsinn war. «Das war mir nicht bewusst», meinte er schließlich leise und setzte sich auf den Besucherstuhl.

Paul lachte auf. «Weiß Siri das alles eigentlich? Ich meine, hast du mit ihr mal über deine Depressionen gesprochen?»

«Ich habe keine Depressionen!», verteidigte sich Till, doch Paul ließ nicht locker.

«Hast du oder hast du nicht mit meiner Tochter darüber gesprochen?»

Schuldbewusst schüttelte Till den Kopf. Dann fiel ihm etwas ein. «Hast *du* ihr etwa davon erzählt?»

«Ja.»

«Verdammt!» Till schlug mit der flachen Hand auf seine Oberschenkel. «Das ist meine Sache! Das hätte ich ihr erzählen müssen.»

Erneut zuckte Paul mit den Schultern. «Du hast es aber nicht getan.»

«Weil Siri weggerannt ist. Sie rennt immer weg, wenn man mit ihr über Probleme reden will.»

«Wenn du wirklich gewollt hättest, hättest du sie gefunden und zur Rede gestellt. So schwierig war es nicht. Sie war bei ihrer Freundin, Heidi. Und das wusstest du vermutlich auch.»

Es stimmte. Till hatte es gewusst. Er hatte sogar überlegt, ob er nicht einfach zu ihr hinfahren sollte, den Gedanken dann aber verworfen. Warum eigentlich?

«Du beschwerst dich immer, dass Siri nicht mit dir reden will. Aber du willst es selbst nicht, oder?»

Ja, vielleicht, dachte Till.

«Und das wäre auch okay», fuhr Paul fort. «So etwas belastet eine Ehe, das ist schwierig mit seinem Partner zu klären. Aber es ist nicht okay, dass du nicht mit *mir* redest.» Er beugte sich vor.

«Ich weiß nicht, was los ist mit dir, Till. Du willst Verständnis und tust nichts dafür? Ich biete dir eine Lösung an, dann bin ich schuld, wenn es deswegen Ärger gibt. Was ist los mit dir?»

Till konnte nicht anders, als noch tiefer in seinen Sitz zu sinken.

«Und dann behauptest du, dass Siri sich komisch benimmt? *Du* benimmst dich komisch, Till. Du!»

Beim letzten Wort zeigte er mit dem Finger auf Till wie auf einen Aussätzigen. Außerdem war Paul vor lauter Wut rot im Gesicht geworden. So aufgebracht hatte Till seinen Schwiegervater noch nie erlebt.

Die Tür ging auf, und Pauls Sekretärin kam herein. Sie machte ein besorgtes Gesicht. «Kaffee irgendwer?»

Sie schüttelten beide den Kopf. Einen Augenblick stand die Frau unschlüssig in der Tür, dann ging sie kopfschüttelnd wieder hinaus.

Paul nutzte den Moment und zündete sich einen Zigarillo an, diesmal bot er Till keinen an.

«Es ist alles so ... verworren», entschuldigte sich Till und hätte sich danach gleich auf die Zunge beißen können. Es hörte sich so kläglich an.

«Was ist verworren? Rede deutlich, Junge!»

Er seufzte. «Ich habe Siri gesagt, dass ich eine Pause brauche, um wieder zu mir zu finden. Und dass ich in diesem Jahr wieder meine Kunst machen will. Aber das Einzige, was sie dazu zu sagen hat, ist, dass ich nach dem Jahr wieder in deiner Firma arbeiten soll.»

«Frauen wollen jemanden haben, der sie ernährt.»

Till runzelte die Stirn. Die Erklärung schien ihm reichlich unzeitgemäß.

Als wäre sich Paul dessen bewusst geworden, fügte er noch hinzu: «Siri wusste schon immer, was sie wollte.»

«Und warum will sie dann heute keinen Künstler mehr an ihrer Seite? Damals hat sie mich doch immer ermutigt. Das widerspricht sich doch.»

Einen Augenblick wirkte es, als wankte Paul in seinem Sessel.

«Du warst in ihren Augen genau der richtige Mann. Ein feinsinniger, sensibler Künstlertyp. Das ist alles, was ich dazu sagen werde.»

«Ich war ein Künstler ohne Job!»

«Den du dann ja von mir bekommen hast …»

«Aber das war doch nicht abzusehen oder geplant. Die Notwendigkeit ergab sich doch erst, weil Lotte schon unterwegs war. Ich meine, ohne geregeltes Einkommen ein Kind zu bekommen … Wir hatten das ja nicht geplant. Es war ein … Notfall.»

«Hm», sagte Paul und machte Till mit seinem Schweigen stutzig.

«Lotte war ein Unfall, das wusstest du doch, oder?»

Paul schwieg beharrlich. Er sah aus, als würde er am liebsten gar nichts mehr sagen wollen. Nach einer Weile stand er auf und ging zum Fenster. Er starrte hinaus.

«Ich … Ich weiß nur, dass Siri dich damals sehr geliebt hat, und ich glaube, sie liebt dich auch heute noch.»

Till schnaubte verächtlich.

«Ach, komm schon, Till. Mehr weiß ich nicht. Ehrlich nicht. Es geht mich auch nichts an.» Paul drehte sich zu ihm um. «Ich weiß, dass ihr beide an der Kunsthochschule wart. Siri hat von deinen Skulpturen geschwärmt, während sie selbst nur diese komischen Filzsachen entworfen hat. Sie fand dich wahnsinnig talentiert. Und sie wusste, sie will dich. Du warst ihr Traummann, den sie nicht gehen lassen wollte.»

Jetzt erhob sich auch Till und trat zu seinem Schwiegervater. «Du willst sagen, Siri hat das alles … in die Wege geleitet? Sie hat es zugelassen, dass wir ein Kind bekommen, und mir dann einen Job bei dir besorgt? Damit sie versorgt ist?»

Einen Moment herrschte Stille. Paul sog langsam an seinem Zigarillo und starrte dabei aus dem Fenster.

«In meinen Augen hat sie dafür gesorgt, dass du erwachsen geworden bist. Ein richtiger Kerl, der Verantwortung übernimmt und seinen Mann steht.»

«Wow!», sagte Till. Und dann brach die Erkenntnis über ihn herein wie eine Flutwelle. «Indem sie mir ein Kind angedreht hat?!»

Mit einem Ruck drehte Paul sich zu Till um.

«Hey, vorsichtig, junger Mann», sagte er drohend. «Du warst ein unglückliches, hilfloses Jüngelchen, als ich dich kennenlernte. Dünn wie ein Brett. Ehrlich gesagt hatte ich keine Ahnung, was Siri in dir gesehen hat. Deine Kunst habe ich ja nie zu Gesicht bekommen. Aber na gut, ich habe nichts gesagt. Ein Glück, denn kaum hast du hier angefangen, wurdest du ein verantwortungsvoller, liebevoller Ehemann und Vater. Und dafür hat letztlich doch wohl meine Tochter gesorgt, oder?»

«Das ist doch Unsinn!»

«Du selbst warst doch zu nichts in der Lage damals.»

Till starrte ins Leere. Nur langsam drang die Bedeutung von Pauls Worten zu ihm vor. Seine gesamte Weltsicht geriet ins Wanken.

«Ich meine», fuhr Paul fort, «wenn Siri nicht gewesen wäre, säßest du heute noch irgendwo in einer Ecke und würdest von einem glamourösen Künstlerleben träumen.» Tief zog er den Rauch seines Zigarillos ein. Er schien sich besser zu fühlen, jetzt, nachdem er Till seine Wahrheit an den Kopf geknallt hatte.

Till hingegen kam sich schmerzhaft angeschlagen vor. Wie ein alter Boxer, der im Ring taumelt. «Ich … Das ist …»

«Und ich glaube, dass es dir in den letzten Jahren damit auch ziemlich gut gegangen ist. Jedenfalls bist du ein wundervoller Vater, das wollte ich dir sowieso schon lange mal sagen. Lotte und Lasse himmeln dich an.»

«Danke», sagte Till spröde.

Draußen zog Wind auf. Das Wasser kräuselte sich.

«Paul?»

«Ja?»

«Ich …» Till brach ab. Dabei wollte er ihm sagen, dass er sich allein vorkam, dass er sich von Siri missverstanden fühlte, er sich vielleicht noch nie richtig von ihr verstanden gefühlt hatte. Dass sie nicht seine Traumfrau war, dass sie auch nicht seine Seelenverwandte war und dass er seine Kinder abgöttisch liebte. Und dass er wünschte, Paul sei sein und nicht Siris Vater. Dass er wünschte, Paul würde ihn jetzt in den Arm nehmen und ihm sagen, dass alles gut werden würde. Aber stattdessen sagte er gar nichts.

Paul trat natürlich nicht zu ihm und legte ihm auch nicht den Arm um. Stattdessen öffnete er ein Fenster und warf den letzten Rest seines Zigarillos nach draußen. Dann drehte er sich zu Till um und sah ihm fest in die Augen.

«Ich war sieben Jahre alt, als mein Opa starb. Er war ein großer Mann gewesen mit tiefer Stimme, und ich hatte immer ein wenig Angst vor ihm. Er hat nie etwas zu mir gesagt, kein Wort. Manchmal kniff er mich in die Wangen, das war alles. Aber eines Tages packte er mich plötzlich und hielt mich an den Schultern. Wir waren allein, und ich erschreckte mich zu Tode. Er roch nach Tabak und Diesel, und seine grauen, stechenden Augen sahen mich durchdringend an. So, wie ich dich jetzt angucke, Till.»

Paul blickte ihn aus seinen hellen, blauen Augen an.

«Und dann sagte er etwas, das ich nie vergessen habe und das sich als große Wahrheit herausstellen sollte.»

Einen Augenblick hatte Till das Gefühl, er könne neben dem Tabak auch den Geruch von Diesel wahrnehmen.

«Wir alle wollen etwas, das wir nicht haben können. Lass es los, und du wirst glücklich!»

Oda

Es versprach, ein herrlicher Tag zu werden. Wann immer Oda etwas wirklich Spannendes vorhatte, machte es ihr nichts aus, früh aufzustehen. Rick hatte nur skeptisch die Augenbraue gehoben, weil sich Oda schon um 8 Uhr nach Berlin aufmachen wollte.

Gerade fuhr sie am Horner Kreisel auf die Autobahn, als sich ihr schlechtes Gewissen meldete. Dabei hatte sie die neugierigen Fragen ihrer Nachbarn am Mittwoch genauso ehrlich beantwortet wie die des überraschten Rick. Der Grund ihrer Reise war lediglich, einem Freund aus Studientagen etwas unter die Arme zu greifen. Für Rick schien ihr Besuch bei Till tatsächlich kein Problem zu sein. Silke und Frank hatten dagegen alles wissen wollen von ihrer Zeit auf der Kunsthochschule und ob sie von ihrer Kunst wirklich leben konnte. Oda hatte bereitwillig Auskunft gegeben und es sogar ein bisschen genossen, über Aufträge und Ausstellungen zu berichten. Silke und Frank waren so fasziniert gewesen von dem kleinen Einblick in die ach so schillernde Welt der Künstler, dass sie sich gleich für den nächsten Tag mit Rick in der Galerie verabredet hatten. Sie wollten sich Odas Werke ansehen und Ausschau halten nach einem Objekt in Ricks Sammlung, das sich an der großen Wand ihres Wohnzimmers gut machen würde. Ihre Wohnungen waren baugleich, nur spiegelverkehrt. Deshalb war es für beide Seiten interessant zu vergleichen, wie sich die jeweils anderen eingerichtet hatten. Neben dem riesigen, offenen Wohn-Ess-Bereich gab es noch ein großes und ein kleines Zimmer. Sowohl Oda und Rick als auch ihre Nachbarn nutzten den größeren Raum als Schlafzimmer und den kleineren als Büro. Oda konnte sich noch gut an den Klang der unangenehm aufgesetzten Stimme der Maklerin erinnern, die den Raum mit einem Augenzwinkern als prädestiniertes Kinderzimmer angepriesen hatte. Damals hatte sich Oda über diese Bemerkung geärgert und sie geflissentlich ignoriert. Schließlich ging es niemanden etwas an, ob sie Kinder haben würden oder nicht. Aber wenn sie sich nun vorstellte, dass diese unangenehme Person womöglich die gleiche Bemerkung bei Silke und Frank gemacht hatte, bekam sie direkt Mitleid. Die einen wollten Kinder und konnten keine bekommen, die anderen konnten, aber wollten keine bekommen.

Oda mochte Kinder wirklich gern. Zumindest hatte sie keinen Grund, sie nicht zu mögen, und sie fand Menschen seltsam, die Kinder grundsätzlich nicht mochten. Allerdings hatte sie auch so gut wie keinen Kontakt zu Kindern. Eine alte Schulfreundin, die kurz nach dem Abitur schwanger geworden war, hatte sie einmal gebeten, Patentante zu werden. Doch da Oda bereits damals wusste, dass sie eines Tages für längere Zeit ins Ausland gehen wollte, hatte sie den Wunsch abgeschlagen. Im Nachhinein war dies sicher richtig gewesen. Sie kannte nicht einmal mehr den Namen des Kindes und hatte schon längst keinen Kontakt mehr zu der Schulkameradin. Wie sie überhaupt zu kaum jemandem mehr aus ihrer Vergangenheit in Verbindung stand, von ein paar Ausnahmen über Facebook abgesehen. Und eine dieser Ausnahmen war seit neuestem wieder Till.

Wie es wohl sein würde, wenn sie sich nach ihrer letzten Auseinandersetzung gegenüberstanden?, fragte sich Oda. Ob sie an die alte Vertrautheit anknüpfen konnten? Sie freute sich darauf, ihn zu sehen und in seinem Atelier zu besuchen, Till in seinem

Element zu erleben. So wie früher, als sie ihm manches Mal zur Übung Modell gestanden hatte. Stundenlag musste sie dann in einer Position verharren, wo Till doch genauso gut auch ein Foto von ihr an die Wand hätte pinnen können. Und am Ende besaß die Skulptur dann nicht mal im Ansatz Ähnlichkeit mit ihr!

Trotzdem: Das Ergebnis gab ihm meistens recht. Till war ein Ausnahmetalent. Ihr Prof an der Uni hatte damals behauptet, so etwas gäbe es nur einmal in einem Jahrzehnt. Doch davon hatte Till nie etwas wissen wollen. Er vertraute nicht auf gutgemeinte Worte anderer. Und was noch tragischer war: Am wenigsten vertraute er sich selbst. Allerdings hatte Oda damals nicht erkannt, dass seine Bescheidenheit weniger mit Koketterie zu tun hatte als vielmehr mit tiefsitzenden Selbstzweifeln. Und tatsächlich war sein kreatives Schaffen dann ja auch irgendwann jäh abgerissen. Kein Wunder, dass Oda nie Erfolg gehabt hatte bei dem Versuch, im Internet nach seinen Werken zu forschen. Es war zwar nicht so, dass sie in all den Jahren ständig an Till gedacht hatte. Aber dann und wann hatte er sich in ihr Bewusstsein eingeschlichen. Manchmal als Erinnerung an die gefühlte Freiheit der Berliner Zeit, mal als mahnende Stimme, die Oda trotz aller Auseinandersetzungen schon immer sehr geschätzt hatte. Ja, wenn Oda etwas an Till schon immer gemocht hatte, dann war es wohl seine Stimme, die so unvergleichlich männlich und doch so sensibel klang. Und so war es ihr auch bei der Lektüre seiner Mails gegangen. *Oder bist du wieder auf dem Sprung?*, hatte er geschrieben. Diese Worte waren Oda nicht mehr aus dem Kopf gegangen, seit sie sie gelesen hatte.

War sie das?, fragte sie sich, während sie mit der rechten Hand vom Lenkrad abließ, um im Handschuhfach nach dem Mäppchen mit der CD-Sammlung zu suchen. War sie immer nur auf dem Sprung? Und falls ja, was wäre so schlimm daran? Unwillkürlich musste sie an den 11. September 2001 denken, den Tag, der auch ihr Leben schlagartig verändert hatte. Damals war sie nach Monaten des Fremdelns und der Verlorenheit ein Stück weit Amerikanerin geworden. Sie war auch nach den Anschlägen in New York geblieben. Ganz bewusst sogar. Sie konnte nicht verstehen, dass gleich zwei ihrer Bekannten aus Europa die Zelte in New York urplötzlich abbrachen, weil sie weder mit der Angst vor Terroristen noch mit dem angeschlagenen Nationalstolz der Amerikaner zurechtkamen. Damals hatte Oda das Gefühl, ihrer zweiten Heimat, wie sie New York fortan nannte, die Treue halten zu müssen und nicht gleich aufzugeben und der Sehnsucht nach einem Heile-Welt-Leben im beschaulichen Norddeutschland zu erliegen. Wie anders wäre ihr Leben wohl verlaufen, wenn sie zurückgekehrt wäre? Vielleicht wäre sie mit Till in Kontakt geblieben. Vielleicht hätten sie weiterhin jedes Silvester gemeinsam verbracht, sich an ihren Geburtstagen weiter im *Bad-Taste*-Schenken gemessen, sich nach wie vor um die grünen Gummibärchen gestritten, ihre Skizzenbücher ausgetauscht, um sie gegenseitig zu kommentieren, gemeinsam Joints geraucht und stundenlang Musik gehört, ohne ein Wort zu sagen …

Oda versuchte, sich so gut es ging auf den Verkehr zu konzentrieren, während sie das Album von Santana herausfischte, das sie und Till damals rauf- und runtergehört hatten. Gleich bei den ersten Klängen fühlte sie sich ins Jahr 1999 zurückversetzt: Den kompletten Sommer hatten sie am Wannsee verbracht. Es war eine herrlich unbeschwerte Zeit. Und trotzdem wusste Oda schon damals, dass sie es in Berlin nicht mehr lange aushalten würde.

Womöglich hatte Till also doch recht. Sie konnte nicht anders, früher oder später war sie auf dem Sprung, aus Angst, etwas zu verpassen, und aus der noch viel größeren Angst, nicht wieder freikommen zu können.

Till

Wir alle wollen etwas, das wir nicht haben können. Lass es los, und du wirst glücklich! Der Satz seines Schwiegervaters lief wie ein Mantra in Dauerschleife in Tills Kopf ab. Ständig sagte er ihn sich vor, hatte ihn sogar in der letzten schlaflosen Nacht mit Buchstempeln zu Papier gebracht. Er erkannte die Wahrheit darin, aber Till wusste nicht, was es war, das er loslassen sollte. War es seine Vergangenheit? Sein Drang, Kunst zu machen? War es seine Verbindung zu Oda, die er bald wiedersehen sollte? Oder sollte er Siri und seine Kinder loslassen?

Till war den Antworten auf seine Fragen keinen Schritt näher gekommen. Er hatte sich mit Siri auf eine irritierende Art arrangiert. Da beide das Thema Auszeit nicht wieder angesprochen hatten, lebten sie nebeneinanderher, wie sie es auch in den letzten Monaten und Jahren getan hatten. Friedlich, aber ohne jegliches Interesse aneinander. Nicht einmal seinen Dreitagebart hatte Siri bisher kommentiert. Vor den Kindern spielten sie heile Familie, so als sei nichts gewesen. Ansonsten redeten sie nur belangloses Zeug. Till nahm sich jeden Tag vor, Odas anstehenden Besuch in seinem Atelier anzukündigen. Dann wieder war er drauf und dran, das Treffen abzusagen und mit Siri über seine Gefühle zu Oda zu sprechen. Aber er machte nichts von beidem.

An diesem Freitag nun würde Oda ihn in Berlin besuchen. Till wollte gerade die Kinder in die Schule beziehungsweise in die

Kita bringen, als Siri ihn zu seiner großen Überraschung ansprach und einen ungewöhnlichen Vorschlag machte.

«Wollen wir heute Abend mal wieder etwas gemeinsam machen? Kino vielleicht?»

«Heute?», fragte Till verblüfft und kratzte sich am Kinn.

Siri nickte und lächelte beinahe verlegen. Sie trug ihr Haar offen, ihre Augen strahlten. Sie wirkte wie die alte Siri, die süß und warmherzig sein konnte.

Bevor er antworten konnte, zog Lasse an seiner Hand. «Papa!»

Er wollte los, denn sein Freund wartete in der Kita auf ihn. Till drückte ihm den Autoschlüssel in die Hand. «Schließ schon mal auf, ja?», sagte er zu ihm. «Und nimm deine Schwester mit!»

Lasse zuckelte mit Lotte davon, die einen Kopfhörer aufhatte und ihr Hörspiel hörte und um sich herum sonst nichts mitbekam.

«Passt es dir nicht?», fragte Siri und bemühte sich um einen unbeschwerten Ausdruck. «Dann verschieben wir es.»

Bei Siri sah alles leicht und einfach aus, aber Till wusste, dass ihr dieser Schritt nicht leichtgefallen war. Sie ging nie direkt auf ihn zu, die Einladung zum Kino war eine seltene Ausnahme. Ein Zeichen, auf das er so lange gewartet hatte! Bewegte sie sich, weil er es nicht mehr tat? Till war verwirrt. Mit Oda hatte er sich zum Frühstücken verabredet. Vermutlich würde sie sich also schon bald auf den Weg machen. Was sollte er tun?

«Doch, doch. Äh … es passt mir sogar sehr gut. Das machen wir!» Seine Stimme klang einen Tick zu euphorisch. Krampfhaft überlegte er, wie er Oda am besten absagen konnte.

«Dann rufen wir also Paul an, ob er abends auf die Kinder aufpasst?», fragte er.

«Nein», sagte Siri hastig. «Das will ich nicht. Ich meine … Er … Also, ich möchte ihn da erst mal raushalten.»

«Okay», sagte Till. Das schien ihm einleuchtend. Gleichzeitig witterte er seine Chance. «Aber dann müssen wir uns etwas ausdenken, denn Jasmine ist diese Woche nicht da.»

«Oh.» Siri runzelte die Stirn. Sie wusste genauso gut wie Till, dass es keine weitere Alternative zu ihrer Babysitterin gab. «Dann ist es vielleicht doch keine so gute Idee.»

«Doch, doch», beharrte Till. Er hatte plötzlich das Gefühl, ihrem Vorstoß unbedingt nachgehen zu müssen. «Lass uns das machen. Ich habe unheimliche Lust drauf.» Er wunderte sich über seine eigenen Worte. «Wir finden schon einen Weg. *Ich* finde einen», setzte er noch hinzu.

Aber Siri schüttelte den Kopf. «Nein, wir machen es nächste Woche. Du weißt, wie ich es hasse, wenn etwas zu kompliziert wird.»

«Aber …»

«Wir verschieben es, keine Diskussion», sagte Siri und schob ihn förmlich aus dem Haus. Zu Tills Überraschung gab sie ihm noch einen Abschiedskuss auf die Wange.

«Du piekst.»

Er wollte gerade fragen, ob sie der Bart störe, als auf der Straße gehupt wurde. Lasse winkte aus dem geöffneten Fahrerfenster. Zögerlich ging Till auf das Auto zu. Siri blieb an der Tür stehen und winkte. Sie trug einen langen Rock, den Till besonders mochte, dazu Sandalen, die ihre schlanken Füße betonten. Sie sieht gut aus, dachte er. Immer noch.

Till scheuchte Lasse in den Fond des Wagens, stieg ein und fuhr los. Im Rückspiegel sah er, dass Siri ihnen hinterherwinkte, bis sie um die Kurve bogen.

Nachdem er die Kinder abgeliefert hatte, war Till allein mit seinem schlechten Gewissen. Aber er war selbst schuld. Warum hatte er Siri nichts von Odas Besuch erzählt? Immerhin stand Oda kurz vor ihrer Hochzeit, es bestand also keinerlei Grund zur Eifersucht. Und er selbst wollte schließlich seine eigene Familie zurück; den Frieden, den er so liebte. Er hatte seine Gefühle für Oda unter Kontrolle. Vielleicht hätte er den Besuch einfach absagen sollen.

Wir alle wollen etwas, das wir nicht haben können. Lass es los, und du wirst glücklich!

Je länger der Satz in seinem Kopf herumschwirrte, desto mehr ärgerte sich Till darüber. Was hatte Paul damit gemeint? War der Spruch nicht ziemlich anmaßend von ihm? Till fluchte, als vor ihm die Ampel rot wurde. Und wo er schon dabei war, fluchte er gleich weiter. Er verfluchte seinen Schwiegervater, der ihm in letzter Zeit immer fremder geworden war. Er verfluchte seine Frau, die er nicht verstand. Er verfluchte Oda, die noch nie in ihrem Leben richtig aus der Deckung gekommen war. Und er verfluchte den elenden Berufsverkehr, der ihn stresste, weil Till doch noch ein paar Lebensmittel fürs Frühstück kaufen wollte.

Als er seinen Wagen eine Stunde später auf dem Hof der Werbeagentur parkte, ertönte sein Handy. Till kramte es unter der Tüte hervor, in der die Sachen für das zweite Frühstück mit Oda verstaut waren. Die SMS war von ihr.

Bin schon Dreieck Pankow. Bis gleich. O.

Till erschrak. Schon in Pankow? Er wurde hektisch und vergaß beim Aussteigen vor lauter Eile, seinen Gurt abzunehmen. Er blieb hängen und wurde unsanft in den Sitz zurückgeschleudert. Als er dann die Tüte mit dem Fladenbrot, den Tomaten, dem Tarama-Aufstrich und den Oliven zu ruckartig hochhob, fiel ein Teil der Sachen in den Fußraum.

Ganz ruhig, Brauner, sprach Till sich Mut zu. Dann lehnte er sich erst noch einmal zurück und schrieb Oda eine SMS.

Augen bitte auf den Verkehr. Brauche dich unverletzt hier.
Gruß. T.

Till stieg aus, holte die Lebensmittel aus dem Auto und atmete
tief durch. Es war halb 10:30 Uhr. Am Himmel zeigten sich ein
paar Wolken, aber es war trotzdem bereits ziemlich warm. Im
Atelier verstaute er zunächst die Sachen in dem kleinen Kühlschrank, den Jesper ihm irgendwann besorgt hatte und in dem
meist nur eine Flasche Sekt lag, dann blickte er sich um. Der
Raum wirkte sauber und aufgeräumt. Kein Wunder, denn Till
hatte den gesamten Vortag damit verbracht, das Atelier für Besuch herzurichten. Er hatte sogar extra noch ein Regal angebracht, in dem jetzt sein gesamtes Werkzeug lag, die Spatel, die
Hämmer, sogar die Kehrschaufel für die Späne. Auch die Farbdo-
sen, die er letzte Woche besorgt hatte, standen ordentlich in Reih
und Glied im Regal. Darunter lagerten auf dem Boden seine
jüngsten Arbeiten. Das wichtigste Stück war eine Skulptur aus
Holz. Er hatte ihr den Namen Danny gegeben.

Till holte einen kleinen Klapptisch hervor, für den er extra
noch eine rot-weiß-karierte Decke gekauft hatte, und deckte
ihn ein. Sektgläser, Teller, Servietten … Es fehlte nur noch die
Kerze, dann würde das Treffen als Date durchgehen können.
Nein, das ging nicht. Es war alles zu viel.

Hektisch nahm Till Teller, Gläser und Besteck herunter,
knüllte die Decke zusammen und ließ sie in einer Ecke verschwinden. Auf dem nackten Klapptisch würde das Arrange-
ment weniger förmlich wirken. Kaum war er fertig, meldete sich
sein Handy wieder.

Ich bin irgendwie aufgeregt. Muss ich? O.

Till starrte die SMS an und schluckte. Oda war sonst nie aufgeregt. Und warum schrieb sie ihm das? Was wollte sie damit bezwecken? War es nur wieder eine Masche, um ihn nervös zu machen, was ihr früher immer gelungen war? Oder wollte sie ihm damit etwas sagen? Empfand sie vielleicht ähnlich wie er?

In seinem Kopf drehte sich alles. Wusste er überhaupt, was er für Oda empfand? Verdammt, *er* war aufgeregt! Sollte er ihr das jetzt auch schreiben? Dann erklang eine weitere Nachricht.

Wegen Sorge mit Verkehr: Stehe gerade an Ampel. ☺

Till musste grinsen. Nun wusste er, was zum Frühstück noch fehlte. Er ging zu der Mini-Anlage, die er aus seinem Büro in Spandau mitgebracht hatte, und legte eine selbstgebrannte CD ein. Es war eine Zusammenstellung mit Musik, die sie früher öfter zusammen gehört hatten. Darauf waren auch «Get the Party startet» und «A Thousend Miles». Oda würde es für kitschig halten und ihn einen sentimentalen Trottel schimpfen. Aber irgendwie fühlte es sich verdammt gut an, die CD hierzuhaben. Till startete die Musik und besah sich sein Atelier erneut. Schließlich legte er die Tischdecke doch wieder drauf. Es half, dass sie nun ein bisschen verknittert war.

Dann trat er in den Hof und setzte sich auf einen der beiden Gartenstühle, auf denen er abends häufig mit Jesper saß. Neben den Moreno-Aschenbecher legte er eine Packung filterlose Gauloises, die er extra noch in einem Tabakgeschäft in Mitte besorgt hatte. Vielleicht rauchte Oda ja manchmal noch.

Till sah erneut auf sein Handy. Sieben Minuten seit der letzten SMS. Oda würde durch die Stadt noch mindestens eine Viertelstunde brauchen. Er tippte eine Antwort-SMS, ohne auf ihre Frage einzugehen.

Sekt wird warm!

Er seufzte. Ja, er war aufgeregt. Sein Herz schlug so schnell wie bei einem ersten Date. Er wollte es nicht, aber es war so. Als er gerade überlegte, ob es übertrieben wäre, noch ein paar Blumen auf den kleinen Tisch zu stellen, hörte er ihre Stimme:

«Du hättest mir sagen können, dass man hier keinen Parkplatz findet.»

Er sah Oda überrascht an. Mit federndem Gang kam sie auf ihn zu. Sie trug ein weißes Top und einen kurzen Rock und war barfuß. An ihrer Schulter baumelte eine große Kamera, die Oda noch zierlicher aussehen ließ. Die Haare hingen ihr verwegen ins Gesicht. Hatte sie sich einen Pony schneiden lassen? Ihre linke Hand strich ein paar freche Strähnen aus der Stirn. In der anderen Hand hielt sie ihre Sandalen sowie eine rosafarbene Tüte, die aussah wie vom Spätkauf um die Ecke. Till konnte erkennen, dass ein Blumentopf mit einer Primel darin steckte.

Kurz vor dem Tisch blieb sie stehen und grinste ihn breit an.

«Wieso bist du schon hier?», fragte er verdattert und stand auf.

«Weil ich dich reingelegt habe.» Ihr Grinsen wurde noch breiter. «Meine erste SMS habe ich geschrieben, als ich schon um die Ecke war.»

Damit legte sie ihre nackten Arme um seinen Hals und drückte ihn an sich. Sie war warm und ein bisschen verschwitzt von der frühen Sommerhitze. Er fasste sie um ihre Taille.

Till konnte ihr Shampoo riechen und fühlte sich sogleich in die Vergangenheit versetzt. Es fühlte sich an wie beim ersten Engtanz in der sechsten Klasse. «War das mit deiner Aufregung auch nur *fake*?», fragte er sie ins Ohr.

«Nein, das war echt.»

Oda

Es ist schön, Tills vertrauten Duft einzuatmen, dachte Oda, als sie die Umarmung etwas umständlich löste, weil sie noch immer die Blume und ihre Schuhe hielt. Die andere Hand fand seine, und sie hielten sich eine Weile fest. Oda sah ihm tief in die Augen und nahm mit einer gewissen Erleichterung wahr, dass er sich ehrlich über ihr Wiedersehen zu freuen schien. Sein Schweigen machte sie jedoch verlegen.

«So, die Zeit läuft», sagte sie scherzhaft und warf einen Blick auf Tills Armbanduhr. «Zwölf Stunden, bis ich endgültig zum Spießertum konvertiere.»

Es war dieselbe Uhr, die er damals schon getragen hatte. Jedenfalls war das Ziffernblatt genauso blassgolden eingefasst, wie sie es in Erinnerung hatte. Das abgewetzte dunkelbraune Lederarmband harmonierte perfekt mit Tills Gürtel, der seine zerschlissenen Jeans auf seinen schmalen Hüften hielt. Dazu trug er ein Holzfällerhemd und darunter ein verwaschenes Shirt mit der Aufschrift «Primitive Kunst».

Oda lachte laut auf, als sie den Schriftzug unter dem aufgeknöpften Hemd entdeckte.

«Cooles Statement!» Oda ließ seine Hand los und deutete auf das Shirt. «Ich hoffe, das trifft nicht auch auf deine neuesten Werke zu?» Sie setzte sich auf einen der Gartenstühle, den Till ihr einladend zurechtrückte.

«Ich werde das Shirt bei meiner ersten Vernissage tragen», ent-

235

gegnete Till mit einem schelmischen Lächeln, das so typisch für ihn war. Er ließ sich ihr gegenüber auf dem anderen Stuhl nieder.

«Hier ist also dein Atelier …» Oda drehte den Kopf zur offen stehenden Tür.

«Das ist es, ja!», antwortete Till und klang beinahe ein bisschen stolz.

«Und wohnst du auch hier?»

Erschrocken sah Till sie an.

«Was? Darf ich solche Fragen nicht stellen?»

«Doch … äh, klar. Du darfst mich alles fragen.» Er schien ihr dennoch auszuweichen. «Frag mich doch zum Beispiel, was für ein tolles Programm ich mir für uns heute ausgedacht habe.»

Mit diesen Worten verschwand Till ins Haus und kam einen kurzen Moment später mit zwei ausgedienten Senfgläsern und einer Flasche Prosecco zurück.

«Ich würde sagen, wir haben mehr als einen Grund, um anzustoßen, oder, Oda?»

«Ha, ha!»

«Im Ernst.» Er öffnete die Flasche, schenkte beide Gläser voll und reichte ihr eines. «Darauf, dass du deinen Tumor und ich mein Phlegma losgeworden bin!»

Dann stieß Till so heftig mit seinem Glas an Odas, dass ihnen etwas Prosecco über die Hände lief. Sie lachten und tranken einen Schluck.

Der Sekt tut gut, dachte Oda. Vielleicht würde er sie weniger nervös machen.

Auch Till schien unsicher zu sein, was er tun oder sagen sollte. Er setzte sich und holte umständlich etwas aus seiner Hemdtasche hervor.

«Auch eine?»

Erst jetzt, als Till ihr die Packung direkt unter die Nase hielt, konnte Oda erkennen, dass es Gauloises waren, die filterlosen.

236

«Scheiß Kraut», sagte Oda und fischte sich grinsend eine Zigarette heraus.

Ganz Gentleman, gab Till ihr mit einem Zippo Feuer, an dessen Unterkante deutlich zu erkennen war, wie oft es bereits als Flaschenöffner missbraucht worden war.

Oda hustete, nachdem sie den ersten Zug genommen hatte.

«Ich werde … nie verstehen, wie man davon … abhängig werden kann», sagte sie, als der Schwindel verschwand.

«Ich auch nicht», erwiderte Till und steckte sich ebenfalls eine Zigarette an. Er inhalierte lässig und lehnte sich entspannt zurück. «Aber mit dir habe ich immer gern geraucht.»

Oda musterte sein Profil. Bislang war ihr nicht aufgefallen, wie attraktiv ihn seine grauen Schläfen eigentlich machten. Vielleicht lag es an dem Dreitagebart, den er sich hatte wachsen lassen. Der schien an einigen Stellen heller zu sein als Tills eigentliche Naturhaarfarbe und betonte somit das durchaus männliche Grau noch stärker.

«Steht dir gut, deine neue Lässigkeit», sagte Oda.

«Mach dich ruhig lustig über mich!» Sein verschmitztes, nur leicht auszumachendes Lächeln verriet, dass ihm das durchaus ernstgemeinte Kompliment schmeichelte.

«Mache ich doch gar nicht.» Oda verzog leicht die Mundwinkel, dann nahm sie einen weiteren Zug ihrer Gauloises und schaute sich um.

Tills Atelier lag in einem typischen Berliner Hinterhof. Ein Großteil der Garagen schien vor einigen Jahren umgebaut worden zu sein. Oda vermutete, dass die Räume der Agenturen und Ateliers, die hier untergebracht waren, auch von innen ähnlich originell und einladend wirkten wie von außen. Genau das passende kreative Umfeld für jemanden wie Till.

Keiner von beiden sagte etwas, bis Oda die peinliche Stille nicht mehr aushielt.

«Also, schieß los! Was hast du dir für ein tolles Programm ausgedacht?»

«Hast du Hunger?»

Oda zuckte mit den Schultern. Sie verspürte keinen Appetit, obwohl sie heute noch keinen Bissen gegessen hatte, wie ihr erst in diesem Moment bewusst wurde. Dabei hatte sie sich extra ein Brot für die Fahrt geschmiert, bevor sie heute Morgen so leise wie möglich aufgebrochen war.

«Dann schlage ich vor, wir essen erst mal was zur Stärkung und machen danach einen kleinen Spaziergang.»

«Und was ist mit deiner Arbeit? Ich bin ja nicht zum Spaß hier», beschwerte sich Oda mit einem Lachen.

«Darum kümmern wir uns, nachdem du mir verraten hast, wie es um deine bevorstehende Ehe bestellt ist!»

Oda suchte in Tills Gesicht nach einer Regung, die seine Ansage humorvoll abschwächte. Doch da war nichts. Stattdessen sah er sie eindringlich an.

«Okay», sagte sie vorsichtig, «wenn es dich wirklich so doll interessiert. Ich habe nichts zu verbergen.»

«Also schön», er drückte seine nur halb aufgerauchte Zigarette aus und sprang auf. «Bin gleich wieder da.»

Mit einer Geste deutete er unmissverständlich an, dass sie sitzen bleiben sollte.

«Du machst es aber spannend. Darf ich nicht mal einen Blick ins Atelier werfen?», rief Oda ihm kopfschüttelnd hinterher.

«Du darfst erst rein, wenn du mit deinem Bericht fertig bist.»

Nachdem Till im Inneren des flachen Gebäudes verschwunden war, wanderte ihr Blick an der alten Fassade des gegenüberliegenden dunkelrot gemauerten Hauses entlang. Daran rankte sich eine wunderschöne, hellgelbe Kletterrose empor, die in voller Blüte stand und herrlich nach Hochsommer duftete.

Oda drückte ihre Zigarette in dem hübschen Aschenbecher aus.

Ich rauche doch eigentlich gar nicht, dachte sie und wunderte sich über sich selbst.

Dann holte sie die Primel aus der Tüte und stellte sie auf den Tisch. Irgendwie kam ihr das Mitbringsel plötzlich mickrig und albern vor.

Oda überlegte gerade, ob sie die Blume nicht besser heimlich verschwinden lassen sollte, als Till mit einem zum Tablett umfunktionierten Pappkarton zurückkehrte, auf dem er verschiedene Antipasti, Fladenbrot, Teller und eine Küchenrolle balancierte. Ohne aufzusehen oder die Primel zu kommentieren, stellte er alle Köstlichkeiten auf den kleinen Tisch.

Ob es ihm peinlich war, dass er die Sachen ganz offensichtlich mit Fürsorge ausgesucht hatte? Oda musste schmunzeln. Denn dass sich Till Gedanken gemacht hatte, darüber konnten auch das improvisierte Tablett und die Küchenrolle nicht hinwegtäuschen. Zusammen mit der mickrigen Primel wirkte das Ensemble irgendwie schon wieder stimmig.

Sie schlug ihre Beine übereinander und lehnte sich auf dem Gartenstuhl zurück. So langsam entspannte sie sich.

«Du brauchst gar nichts zu sagen», brummte Till. «Ich weiß auch so, was du denkst.» Er reichte ihr einen Teller, Besteck und ein Papier von der Küchenrolle als Serviette.

«Ach ja?» Oda verschränkte die Arme vor der Brust. «Dann leg mal los!»

In aller Seelenruhe griff Till nach dem Fladenbrot, riss zwei etwa gleich große Stücke davon ab und legte eines davon auf ihren Teller. Dann bedeutete er Oda, sich zu bedienen, und dippte sein Brot in den Becher mit der Tarama-Paste. Ganz offensichtlich war er bemüht, einen möglichst entspannten Eindruck zu machen. Denn erst, nachdem er aufgekaut hatte, kam er ihrer

Aufforderung nach: «Ich denke, du hast Angst, dass ich dir diesen Mann ausreden will. Aber das stimmt nicht.»

«Nicht?» Oda nahm eine Olive.

«Nein, wieso sollte ich?»

Oda zuckte mit den Achseln und wusste nicht, was sie darauf sagen sollte. Also schnitt sie wortlos eine Tomate auf. Auch Till schien sich aufs Essen zu konzentrieren.

«Wir haben uns ewig nicht gesehen», sagte er schließlich. «Aber ich glaube, im Kern verändert sich ein Mensch nicht.»

Oda kräuselte missbilligend die Stirn. Doch Till sah sie nicht an, sondern sprach munter weiter: «Du denkst bestimmt, heiraten ist eine gute Idee, weil man das nun mal so macht, bevor es auf die vierzig zugeht. Aber das passt nicht zu dir.»

Oda hörte augenblicklich auf zu kauen. Sie wusste nicht, ob sie soeben beleidigt worden war oder was er ihr damit sagen wollte.

«Ach ja?» Sie schluckte die Tomatenscheibe runter und fragte leicht gereizt: «Und was passt dann zu mir?»

«Es passt zu dir, dass du sofort schnippisch wirst, sobald ich einen wunden Punkt getroffen habe.»

Oda war empört. «Weißt du was? Ich glaube schon, dass ein Mensch sich im Kern ändern kann. Denn sonst hätte aus einem so feinen Kerl wie dir nie so ein arrogantes Arschloch werden können.» Mit diesen Worten griff sie zum Prosecco und trank das Glas in einem Zug leer. Mit leicht erhobener Stimme fuhr sie dann fort: «Niemals würde ich mich so in dein Leben einmischen. Ich weiß nicht einmal, ob du überhaupt eins hast. Und wenn wir schon dabei sind: Es gibt einen sehr guten Grund, warum ich Ricks Antrag angenommen habe. Und der heißt: Liebe!»

Ihre Blicke bohrten sich ineinander. Keiner sprach ein Wort.

«Bist du fertig?», fragte Till schließlich, um das unangenehme Starren zu beenden.

«Womit?»

«Mit dem Essen.»

Oda war wie vor den Kopf gestoßen. Sie verstand gar nicht, wieso Till sie plötzlich so schlecht behandelte. Was hatte sie ihm denn getan? Sie wollte sich gerade Luft machen, als sie bemerkte, dass Till in sich hineingrinste. Er wollte sie provozieren!

Tatsächlich setzte er jetzt sein spitzbübisches Lächeln auf und hielt ihr eine weitere Olive vor den Mund.

Oda seufzte und ließ sich die Olive schmecken. Till sah sie fragend an, als ob er sie ermuntern wollte, ihr Herz zu öffnen.

Auch wenn ihr Vertrauen zu Till sehr groß war, sie konnte sich ihm irgendwie nicht öffnen. Stattdessen nahm Oda ihre Kamera, spielte an den Einstellungen herum und tat, als wollte sie den Hinterhof ablichten.

«Typisch», sagte Till.

«Was?»

«Du versteckst dich hinter deiner Kamera.»

Oda richtete das Objektiv auf ihn und machte ein paar Schnappschüsse.

«Okay», sagte sie schließlich und schloss für einen Moment die Augen, ehe sie für all ihre verwirrenden Gedanken endlich so etwas wie einen Notausgang fand. «Es war vor ungefähr einem Jahr.» Sie sprach einfach drauflos, ungefiltert, fast so, als wäre sie eine andere. «Rick und ich waren von unserer Weltreise zurück, und ich habe es nicht länger in Zürich ausgehalten. Wir sind uns gegenseitig tierisch auf die Nerven gegangen. Wenn ich nicht hier und da meine diversen Jobs gehabt hätte, wäre ich eingegangen. Alles war so schrecklich spießig, kleingeistig irgendwie. Ich meine, ich mag es inzwischen ja auch etwas ruhiger. Aber ich habe mich bei jedem Schritt beobachtet und kontrolliert gefühlt. Von Ricks Mutter, seinen Verwandten und von seinen vermeintlichen Freunden. Leute von der Sorte, die eh kein Mensch braucht, die man halt nur einlädt, weil man nicht jeden verdammten Samstag zu zweit vor dem Fernseher vergammeln will.» Sie blickte auf die Kamera in ihrem Schoß, als könnte sie die nächsten Worte dort ablesen. «Und dann war da diese Nachbarin, oder besser gesagt, die Tochter einer Nachbarin, die ein Praktikum bei Ricks Onkel machen wollte. Total süß, schlau, sympathisch, Anfang 20 … Der typische Albtraum einer Frau, die auf die 40 zugeht. Rick hat es nie zugegeben. Aber ich glaube, er war verknallt in sie. Also habe ich Panik geschoben. Ich habe ihm den Floh mit einer eigenen Galerie in Hamburg ins Ohr gesetzt und von Zürich aus nach geeigneten Räumlichkeiten und einer Wohnung für uns gesucht. Und dann ging alles ganz schnell. Wir sind nach Hamburg gezogen und haben uns voll reingehängt in diesen Lebenstraum von ihm. Aber ich hatte irgendwie schon wieder das Gefühl, auf der Strecke zu bleiben. Ich … Ich wollte –»

«Du wolltest ein Kind.»

«Was?» Oda sah ihn überrascht an. «Nein!»

«Ich meine ja nur. Weil du meintest, dir hätte was gefehlt.»

«Hab ich das?» Oda runzelte die Stirn. «Vor einem Jahr hatte ich einfach das Gefühl, ich laufe Rick immer hinterher. Es ging immer nur um ihn. Um seine Karriere, um seine Zukunft. Nie um mich.»

«Aber du bist eine gefragte Fotografin», unterbrach Till sie. «Du hast doch eine eigene Karriere hingelegt. Und du hast einen Galeristen, der dich ausstellt.»

Oda sah ihn skeptisch an. «Der zufällig mein Freund ist …»

«Verlobter», korrigierte Till.

«Ach, das mit dem Heiratsantrag ist auch so eine Sache …» Ein Stück weit sank Oda in sich zusammen.

Abwartend sah Till sie an. Es ist gut, dass er mich nicht drängt, dachte Oda. In ihrem Kopf drehte sich alles. Sie musste ihre Ge-

242

danken erst mal sortieren. So vieles kam plötzlich hoch, dass sie gar nicht wusste, wo sie anfangen sollte.

«Als Rick mir den Antrag gemacht hat, war ich mit meinen Gedanken ganz woanders.»

«Wie meinst du das?»

«Ich meine, ich war mit anderen Dingen beschäftigt.»

«Was für *Dinge*?»

Sie seufzte. «Ich hatte Angst, dass der Knoten in meiner Brust Krebs ist.»

«Dann war die Sache mit dem Tumor vielleicht kein Zufall.»

«Bitte?», fragte Oda irritiert.

«Na, so eine Diagnose ist ja auch ein Test für eine Beziehung. Genauso wie Eifersucht oder ein Kind.» Als Oda gerade protestieren wollte, hob Till entschuldigend die Arme und fügte sofort hinzu: «Auch wenn sich das natürlich nicht vergleichen lässt. Ich meine ja nur, du hast dich wegen dieser attraktiven Nachbarin zu Recht zurückgewiesen gefühlt. Gerettet hat euch dann der Umzug. Das hat euch einander wieder näher gebracht. Und wenn du schwanger geworden wärst, hättest du vielleicht ewig das Gefühl, er würde nur deswegen bei dir bleiben. Der Tumor war vielleicht so was wie ein Test.»

«Na toll! Du meinst also, dass er mir den Antrag nur aus Mitleid gemacht hat?»

«Das hast du jetzt gesagt.» Till nahm einen großen Schluck Prosecco und schenkte ihnen beiden nach.

Oda schwieg und grübelte lange nach. «Ich dachte immer, ich will niemals Kinder haben», sagte sie schließlich. «Aber inzwischen habe ich Angst, dass ich womöglich nur mit Rick keine haben will.»

Der Satz blieb in der Luft hängen. Oda war selbst überrascht über die Tragweite ihrer Worte. Sie hatte schon zu viel gesagt. Der Alkohol zur Mittagszeit bekam ihr nicht. Ein unangenehmes

243

Gefühl von Reue stieg plötzlich in ihr auf. Über all diese Dinge sollte sie eigentlich mit Rick reden … Der Gedanke an ihn schnürte ihr den Brustkorb zu. Am liebsten wäre sie in ihren Wagen gestiegen und sofort zurückgefahren.

«Ach, ich weiß auch nicht», sagte sie schließlich, als sie sich etwas gefangen hatte. «Ich glaube, ich suche bloß nach einem Grund, meine Beziehung madig zu machen, weil ich ein bisschen kalte Füße habe.»

Till nickt verständnisvoll. «Das ist wohl nichts Ungewöhnliches so kurz vor der eigenen Hochzeit, oder?»

Oda sah ihn amüsiert an. «Sprichst du aus Erfahrung?»

Statt zu antworten, starrte Till betreten zu Boden. Oda irritierte diese Reaktion, ohne genau zu wissen, warum.

«Komm», sagte er plötzlich und erhob sich. «Die Therapiesitzung ist beendet. Ich zeig dir jetzt mein Atelier.»

Till

D as ist ja schrecklich», sagte Oda und schlug die Hände vor
der Brust zusammen.

Im ersten Augenblick konnte Till nicht sagen, ob ihre Gefühle
gespielt oder ernst waren. Sie standen vor seinem neuesten Werk,
das er in den letzten Tagen geschaffen hatte. Es war die Skulptur
eines Mannes, der einfach nur dastand und ins Leere zu blicken
schien.

Oda ließ ihre Hände sinken und schüttelte den Kopf. «Das ist
er also. Das ist Danny.»

Till hatte ihr die Geschichte der Skulptur erzählt. Denn wie
immer, wenn er eine Figur erschuf, dichtete er ihr eine kleine
Story an, um sie mit Leben zu füllen.

Für Till war Danny ein durch und durch durchschnittlicher
Mann, der die Routine liebte. Jeden Morgen verließ er pünktlich
um 7:15 Uhr die Wohnung, in der er noch mit seinen Eltern lebte,
kaufte sich beim Bäcker um die Ecke eine Zimtschnecke und
stellte sich an die Bushaltestelle der Linie 5. Wenn alles glattlief,
und das tat es fast immer, tauchte kurz danach seine Kollegin
Klara auf. Beide grüßten sich freundlich und plauschten über
das Wetter und die Arbeit. Während der Fahrt saßen sie im Bus
ganz hinten, weil Klara es so am liebsten mochte. Die Fahrt zur
Zuckerfabrik dauerte 16 Minuten und umfasste acht Stationen.
Dann waren es noch einmal 7 Minuten Fußweg. Klara hatte eine
klare, helle Stimme, und Danny hörte ihr gerne zu, wenn sie im

Bus erklärte, was sie am Vorabend gemacht hatte, oder ihm haarklein den Inhalt eines Films nacherzählte. Danny selbst sagte eher wenig. Zu seinem Verdruss stießen häufig Kolleginnen zu ihnen, sodass Klaras Erzählung unterbrochen wurde. Am Eingang der Fabrik steckten sie ihre Stechkarten in den Automaten, dann trennten sich ihre Wege. Anfänglich hatten beide in der Produktion gearbeitet, aber seit einem halben Jahr war Klara in die Buchhaltung aufgestiegen. In der Männerumkleide zog Danny einen weißen Kittel an und ging in die Fertigungshalle. Dort lief er stoisch, aber stets mit freundlichem Gesichtsausdruck vier Stunden lang an der Verpackungsanlage auf und ab und kontrollierte, ob alles glattlief. Dabei dachte er an Klara und ihr süßes Lächeln. In der Mittagspause saß sie mit ihren Kolleginnen aus der Buchhaltung zusammen. Danny nickte ihr zu und platzierte sich im Kreis seiner Kollegen immer so, dass er Klara sehen konnte. Abends fuhren sie gemeinsam im Bus zurück. Das ging seit ein paar Jahren so. Und in all dieser Zeit hatte sich Danny nie getraut, Klara zu fragen, ob sie sich mit ihm treffen wollte. Als Danny erfuhr, dass Klara die Fabrik in wenigen Tagen verlassen würde, um einen anderen Job anzunehmen, war er schockiert. Gleichzeitig beschloss er, es nun endlich zu wagen. Er würde sie auf einen Kaffee mit Zimtgeschmack einladen (den mochte sie am liebsten), und zwar in ihrem Lieblingscafé. Auf dem Weg zum Bus fürchtete er, er würde kein Wort herausbekommen. Sein Herz klopfte wie ein Schlaghammer. Aber er würde es versuchen; er musste es versuchen. Doch noch bevor er die Haltestelle erreicht hatte, klingelte sein Telefon: eine unbekannte Nummer. Da ihn sonst nie unbekannte Nummern anriefen, nahm er das Gespräch an. Kurz darauf erzählte ihm ein fremder Mann, dass seine Eltern bei einem Unfall gestorben seien. Es war das Ende seines Lebens, wie er es bisher kannte …

Oda schüttelte erneut den Kopf. Diesmal wirkte sie ehrlich betroffen. «Das heißt, Danny hat Klara an dem Tag nicht gefragt, ob sie sich mit ihm treffen will?»

«Nein. Wegen des Telefonats hat er den Bus verpasst. Er meldete sich in der Fabrik ab, ging nach Hause und kümmerte sich darum, seine verstorbenen Eltern nach Hause zu bekommen.»

Till erzählte es, als wäre es die Geschichte eines Freundes, und so kam sie ihm auch vor. Er beobachtete Oda aus den Augenwinkeln und wünschte, sie hätte schon damals genauso auf seine Skulptur geblickt und wäre nicht nach New York gegangen. Schon immer hatte er an Oda bewundert, wie intensiv sie sich in Dinge und Geschichten hineinversetzten konnte. Selbst bei banalsten Fernsehfilmen hatte sie sich früher fürchterlich aufregen können, wenn die Hauptfigur eine Dummheit beging oder die Chance auf das große Glück verpasste. Offenbar hatte sich das nicht geändert. Till räusperte sich. «Danny hat Klara auch später nie nach einem Date gefragt.»

Erstmals tauchte ein amüsiertes Blitzen in Odas Augen auf. «Warum nicht?»

Till zuckte mit den Schultern. «Außer seinen Eltern und Klara hatte er niemanden. Vermutlich hatte er einfach Angst, dass Klara nein sagen könnte, denn dann hätte er auch sie verloren.»

«Aber er hatte sie doch gar nicht. Ich meine, nicht richtig jedenfalls.»

Till sah ihr fest in die Augen. «Er hatte sie morgens im Bus, in der Mittagspause und am Feierabend auf der Fahrt nach Hause.»

«Aber sie würde die Fabrik doch verlassen und künftig einen anderen Bus nehmen!»

Till zögerte einen Moment. «Daran hat Danny wohl nicht gedacht. Und dann war es zu spät.»

«Wie kann man nur so dämlich sein?» Oda schüttelte empört den Kopf. Und wieder konnte Till nicht sagen, ob es gespielte Empörung war oder ob sie die Botschaft wirklich nicht verstand.

«Typisch Mann.» Sie ging ganz nah an das Holz heran und umarmte Danny förmlich. «Man möchte ihn regelrecht durchschütteln.»

Von draußen zog ein angenehm kühler Wind durch die geöffnete Tür ins Atelier.

Plötzlich kam es Till albern vor, dass sie über einen fiktiven Menschen so redeten, als wäre er real. «Es ist nur eine Geschichte, Oda», sagte er schnell.

Einen Moment verharrte sie in ihrer Bewegung, dann drehte sie sich langsam zu Till um. «Ist es das wirklich?»

So ernst hatte sie ihn früher nie angesehen. Kein ironisches Zwinkern, kein Blitzen in den Augen.

«Nein», sagte er leise. Dann nahm er seinen ganzen Mut zusammen und fügte noch hinzu: «Eigentlich ist es meine Geschichte.»

In der Stille, die daraufhin folgte, hörte man den Straßenlärm der nahe gelegenen Kastanienallee ins Atelier dringen.

Oda nickte, ohne dass er wusste, was es bedeuten sollte. «So, so», sagte sie, drehte sich um und ging nach draußen zum kleinen Tisch, um sich eine Gauloise zu holen. Mit der Zigarette im Mund kam sie zurück ins Atelier und zündete sie an.

«Scheiß Kraut, scheiß Geschichte», sagte sie beim ersten Zug und trat erneut ganz dicht an die Danny-Skulptur heran.

Till ließ sie nicht aus den Augen, er konnte ihr Verhalten nicht deuten. Er stand so dicht neben ihr, dass er ihr Parfüm riechen konnte. Er sah, wie sie die Gauloise zwischen Mittel- und Zeigefinger hielt und zum Mund führte. Ihr Lippenstift hinterließ einen hauchzarten Abdruck, und Till wünschte, er könnte den Moment irgendwie festhalten.

«Diese Figur ...» Sie brach ab, stand einfach nur da und sah mit einem Mal unendlich traurig aus.

«Was?»

Oda nahm einen weiteren tiefen Zug, inhalierte, als wäre es purer Sauerstoff, und blies den Rauch dann zur Seite. Sie wusste, wie man Spannung aufbaute.

Till wurde langsam ungeduldig. «Oda! Was ist los, verdammt? Willst du nicht was sagen?»

«Ich weiß nicht. Es … es stimmt einfach alles. Der Gesichtsausdruck, die Haltung, die Klamotten, alles. Es ist, wie Kaminski schon damals gesagt hat: Du bist einfach verdammt talentiert. Was soll ich dazu noch sagen?»

«Unsinn.»

«Danny wirkt unglaublich lebendig. Sein Gesicht, seine ganze Haltung drücken Sehnsucht, Traurigkeit und Leere aus. Hättest du mir nicht seine Geschichte erzählt, ich hätte sie trotzdem irgendwie gespürt.»

Ihre Worte berührten Till, sodass er kaum zu atmen wagte.

«Und gleichzeitig ist da etwas … Ich weiß auch nicht», fuhr sie fort. «Als ob einem der Boden unter den Füßen weggezogen wird. Es ist …»

Plötzlich verstummte sie.

«Ja?»

Verwirrt starrte sie ihn an. «Verdammt! Deine Eltern sind damals auch bei einem Unfall gestorben, oder?»

Till merkte, wie ihm die Tränen in die Augen schossen. Er konnte nichts dagegen tun, reflexartig drehte er sich um und hob einen Holzspan vom Boden auf. Wie lange hatte er nicht an den Tod seiner Eltern gedacht, hatte den Unfall verdrängt, den Anruf, hatte die Angst vor den Emotionen unterdrückt, die jedes Mal in einem Schwall hochkamen und drohten, ihn zu ertränken. Lieber schluckte er alles runter. Und jetzt kam es durch diese Figur wieder hoch.

Oda starrte ihn an. Am liebsten wäre er zu ihr gegangen und hätte sie umarmt.

«Ich hole dir den Aschenbecher.»

«Ja», sagte Oda nur.

Doch als er an ihr vorbeigehen wollte, hielt sie ihn am Handgelenk fest. Einen Moment hielt sie ihn fest, dann drehte er sich zu ihr, umfasste sie an der Taille und zog sie an sich. Mit weit aufgerissenen Augen erwiderte sie seinen Blick, bis er sie küsste. Ihre Lippen schmeckten nach Wein und Zigaretten. Sie öffneten sich leicht und waren so weich, dass er darin zu versinken schien. Durch den dünnen Stoff ihres Tops konnte er ihren Herzschlag spüren. Auch sein Herz klopfte. Es klopfte so laut, dass er dachte, sie müsste es hören.

Eine gefühlte Ewigkeit standen sie eng umschlungen da und küssten sich. Dann legte sich ihre Hand auf seine Brust und schob ihn ein Stück von sich.

«Das geht nicht», entgegnete sie. Ihr Gesicht war gerötet, und Till konnte sehen, dass die Röte sich über ihren Nacken bis zu den Oberarmen erstreckte.

«Nicht?»

Ihr Blick war verwirrt.

«Nein.»

Sie hatte recht, es ging nicht. Es war Wahnsinn. Gleichzeitig fühlte es sich so richtig an, dass ihm alles andere egal war. Das Verlangen nach ihr war einfach zu stark.

Ihre Hand lag immer noch auf seiner Brust und seine auf ihrer Taille. Till bekam eine Gänsehaut. Vielleicht war es nur die kühle Luft des Ateliers?

Doch der magische Moment war vorbei. Als wäre ein Vorhang heruntergegangen und hätte das Stück beendet. Schade, dachte Till betrübt. Aber wenigstens wusste er jetzt Bescheid. Er konnte sich nun nicht mehr vorwerfen, dass er es nicht versucht hatte. Er hatte Oda gezeigt, was er wollte. Und sie hatte eindeutig geantwortet. Immerhin.

Noch einen Augenblick ließ er seine Hand auf ihrer Taille liegen, ein letztes Mal, dachte er. Dann nahm er seine Hand weg.

«Ich hol dann mal den Aschenbecher», meinte er und wollte sich gerade wegdrehen, da ließ sie ihre Zigarette einfach auf den Boden fallen, nahm sein Gesicht in ihre Hände und küsste ihn. Sie küsste ihn mit offenem Mund und einer drängenden Zunge, die seine suchte und auch fand.

Etwas explodierte in Tills Kopf, und im nächsten Moment zog er Oda noch dichter an sich heran. Er wollte, dass sie seine Lust spürte. Wie zur Antwort rieb sie ihr Becken fest an ihn und stöhnte dabei auf. Es war nur leise, aber es reichte, um alle Barrieren niederzureißen. Till wollte, nein, er musste jetzt ihre Haut spüren. Seine Hände drängten unter ihr Top und streichelten ihre weiche Haut. Er spürte, wie auch Oda ihre Hände unter sein T-Shirt schob. Wie von Sinnen rissen sie an ihren Sachen. Gleichzeitig lenkte Till sie beide rückwärts zum Sofa. Ihr Top landete als Erstes auf dem Boden, dann griff ihre Hand in seinen Schritt. Till stöhnte auf, fuhr zwischen ihre Beine und zog ihren Slip herunter. Im gleichen Moment stießen sie an das Sofa. Till hob sie hinauf und begann zärtlich ihre Brüste zu küssen.

«Warte», sagte sie mit heiserer Stimme und half ihm mit ungeduldigen Händen, seine Hose auszuziehen.

Ihr Atem traf ihn heiß. Sie sahen sich an, als ob sie sichergehen wollten, dass es wirklich passierte. Dann glitt Till sanft und gleichzeitig fordernd in sie hinein. Diesmal stöhnten beide auf, ihre Blicke fest ineinander versenkt. Till packte sie, hob sie hoch und setzte sie vorsichtig aufs Sofa. Während sie sich rhythmisch bewegten, krallte sich Oda an seinem Rücken fest. Für einen Moment hatte Till das Gefühl, sie verschmolzen zu einer einzigen Person. Und dieses Gefühl war so überwältigend, dass er sich mit jeder Faser seines Körpers wünschte, es würde niemals vergehen.

Oda

Oda zitterte am ganzen Körper. Auch nachdem sie auf einem der ersten Rastplätze aus dem Wagen gestiegen war und sich eine Jeans und einen Pulli übergezogen hatte, war ihr immer noch kalt. Sie ahnte, dass es nicht nur daran lag, dass die untergehende Sonne gegen die wachsenden Wolkenberge keine Chance hatte.

Benommen sah sie sich um. Es war kurz nach 22 Uhr, niemand war zu sehen. Die Autos rauschten an ihr vorbei. Sie sollte diesen gruseligen Parkplatz schleunigst verlassen. Oda stieg ein, schaltete das Radio ein und drehte die Musik auf. Vielleicht würde es ihr helfen, die vielen Sätze in ihrem Kopf verstummen zu lassen, die dort herumspukten. Sätze, die ihr ins Gewissen hämmerten und ihr Herz zu zerreißen drohten.

Was hatte sie bloß getan? Sie war fremdgegangen. Das erste Mal in meinem Leben, dachte Oda, als sie den Motor anließ, so schnell wie möglich beschleunigte und sich wieder in den Verkehr einfädelte. Es stimmte nicht ganz. Auch ihren ersten richtigen Freund hatte sie betrogen. Aber nur mit einem Kuss auf einer Party, der für sie vollkommen belanglos gewesen war. Und doch bedeutete jener Kuss den Anfang vom Ende ihrer ersten großen Liebe.

Eigentlich hatte sich bis heute nichts an ihrer Einstellung geändert, überlegte Oda. Wenn eine Beziehung intakt war, konnte sich kein anderer dazwischendrängen.

Oder doch?

Oda schluckte und suchte im Radio nach einem Song, der sie beruhigen konnte. Doch es lief nichts Gescheites. Also schaltete sie einen Infosender ein und versuchte sich darauf zu konzentrieren, was die monotone Stimme von sich gab. Sie hatte offenbar irgendein anspruchsvolles Feature erwischt, das über das Krisengebiet in der Ukraine berichtete. Es half nichts. Das Gerede war unerträglich, genauso wie die Gedanken in ihrem Kopf, die sich immer schneller drehten – bis Oda urplötzlich von einem gigantisch lauten Hupen aus ihrer Versenkung gerissen wurde. Im Rückspiegel dicht hinter sich ihr die Front eines riesigen LKW auf. Sofort schoss Adrenalin durch ihre Glieder. Sie hatte den Laster überhaupt nicht wahrgenommen, obwohl sie ihn überholt haben musste, ehe sie zurück auf die rechte Spur gewechselt war.

«Oda, was machst du für einen Scheiß?», schrie sie aus vollem Hals und wollte am liebsten nur noch heulen. Heulen vor Schreck, vor Wut und vor Scham. Sie war drauf und dran, sich ihr Leben zu ruinieren. Ein Leben, mit dem sie sich sehr glücklich schätzen konnte. Sie war gesund, hatte keine finanziellen Sorgen, war eine anerkannte Fotografin. Sie hatte eine verdammt coole Wohnung, eine halbwegs funktionierende Familie und einen tollen Mann, den sie in wenigen Wochen heiraten würde. Was also war das Problem?

Ihr war klar, dass sie auch während der nächsten 200 Kilometer nach Hamburg keine befriedigende Antwort darauf finden würde. Alles, was sie wusste, war, dass sie jetzt unmöglich nach Hause fahren und sich an Ricks Seite ins Bett legen konnte. Wie sollte sie so tun, als sei nichts geschehen? Denn es war etwas geschehen. Etwas, das Oda zutiefst verunsicherte. Aber es beflügelte sie auch. Denn sie hatte Schmetterlinge im Bauch, wenn sie an Till dachte. Und das war nicht gut. Gar nicht gut! Es durfte einfach nicht sein, dass er sich in ihr Leben drängte und alles in Frage stellte. Dazu hatte er kein Recht! Am liebsten hätte Oda sich irgendwo verkrochen, wäre untergetaucht und erst wieder hervorgekommen, wenn sich dieser diffuse Schmerz in Luft auflösen würde.

Je näher sie ihrer Heimstadt kam, desto verlorener fühlte sie sich. Was sollte sie bloß tun?

Sie kramte ihr Handy hervor und erschrak, als sie aufs Display blickte. Rick hatte versucht, sie zu erreichen, und eine SMS geschickt:

kaum einen tag weg, und schon lässt du deinen verlobten ohne anruf dahinvegetieren? ☺ hab spaß, aber nicht zu viel ohne mich, bis morgen, sweety

Bei der nächsten Ampel, an der sie haltmachen musste, zögerte sie kurz, Rick anzurufen. Doch was sollte sie ihm sagen? Ihm vorgaukeln, dass sie wie geplant in einem Berliner Hotel übernachtete? Dass sie noch mit ihren Studienfreunden von damals um die Häuser zog? Es war nach Mitternacht, Rick würde vielleicht schon schlafen.

Als die Ampel auf Grün sprang, fuhr Oda über die Kreuzung und dann sofort rechts ran. Sie stellte den Motor aus und überlegte, was sie tun konnte, wo sie hinfahren konnte. Ob sie sich irgendein Zimmer am Hafen nehmen sollte? Doch sie hatte Angst, sich dort noch einsamer zu fühlen als ohnehin schon. Sie konnte zum Wochenendhaus ihrer Eltern fahren, das in der Heide am äußersten Rand des Naturschutzgebiets lag. Doch an einem Wochenende im Sommer war die Wahrscheinlichkeit sehr hoch, dass ihre Eltern dort waren. Seit eh und je trafen sie sich mit ihren Freunden zum Kartenspielen in ihrem kleinen Refugium, und für einen Anruf bei den Eltern war es bereits zu spät.

Vielleicht ist es das Beste, zur Galerie zu fahren, dachte Oda.

Es gab dort eine kleine Couch, und im Auto hatte sie immer eine Wolldecke dabei. Das dürfte für eine Nacht genügen. Eine Nacht, in der sie ohnehin kaum ein Auge zumachen würde.

Ohne lange nachzudenken, tippte sie eine Antwort an Rick:

Hab gar nicht mitbekommen, dass du angerufen hast. Dir auch viel Spaß – bis morgen! Kuss, O.

Oda steckte das Handy weg und schloss für einen Moment ihre Augen. Dann atmete sie tief durch und startete den Motor. Sie war froh, dass auch das Radio wieder ansprang. Denn das Gedudel erschien ihr immer noch besser als die unerträgliche Stille, die sie beinahe um den Verstand brachte.

Till

Till konnte es drehen und wenden, wie er wollte. Etwas in ihm fühlte sich gut. Saugut. Nachdem Oda gefahren war, hatte er den Prosecco geleert, noch fünf weitere Gauloises geraucht und jedes Mal lächelnd «Scheiß Kraut!» gemurmelt.

Auch wenn Oda überstürzt aufgebrochen war, hatte Till diesmal nicht den Eindruck, sie sei vor ihm geflohen. Im Gegenteil. Das schlechte Gewissen hatte sie in die Flucht getrieben. Es war eine typische Oda-Flucht gewesen, überhastet und ohne weitere Erklärungen.

Als er sich auf dem – nun magischen – Sofa aufrichtete, hörte er auf dem Hof Geräusche. Es war die Stimme von Marlies, die übers Handy Anweisungen gab. Jesper sollte mit den Kindern ins Schwimmbad gehen. Am Sonntag würde sie dann die Betreuung übernehmen, und Jesper könne arbeiten. Marlies hatte offensichtlich vor, an diesem Samstag zu arbeiten. Die beiden schienen mächtig unter Druck zu sein.

Till zog sich an und schlenderte lässig hinüber. Wenig später betrat er die Räumlichkeiten der Werbeagentur.

«Oh, der Künstler is in the house», sagte Marlies und blickte dabei kaum von ihrem Computer auf. Auf dem Tisch lag eine aufgerissene Tüte, aus der mehrere Rosinenbrötchen hervorguckten.

«Yeah!», sagte Till und grinste breit.

Etwas in seiner Stimme ließ Marlies aufblicken. «So gut gelaunt heute?»

«Der Duft frischer Brötchen hat mich angelockt. Ich liebe Rosinenbrötchen.» Er strahlte sie an und wunderte sich selbst darüber, dass er so eine blendende Laune verbreitete.

Marlies runzelte die Stirn. «Ich denke, du hasst sie?»

«Was schert mich mein Geschwätz von gestern», sagte er und machte eine abfällige Handbewegung.

Neugierig geworden, ließ Marlies von ihrem Computer ab. «Und was ist der Grund für deine gute Laune?»

«Heißhunger auf Rosinenbrötchen.» Till hätte beinahe laut losgelacht.

«Du kannst dir gerne eins nehmen. Aber nur, wenn du dann deine gute Laune mitnimmst und gehst. Ich muss noch arbeiten. Leider.»

Till zwinkerte ihr zu und griff sich ein Brötchen. «Merci!», flötete er, biss hinein und tänzelte aus dem Zimmer. In der Tür drehte er sich doch noch einmal um.

«Marlies?»

«Ja?» Leicht genervt blickte sie hoch.

Till schluckte den Bissen hinunter, den er gerade im Mund hatte. «Hast du schon einmal einen Wunsch gehabt, dessen Erfüllung dir alles im Leben bedeutet hätte und von dem du gleichzeitig wusstest, er würde nie wahr werden?»

«Till, ich ...»

«Und dann eines Tages wird er doch wahr. Und zu deiner Überraschung ist alles genau so, wie du es dir in deinen kühnsten Träumen vorgestellt hast. Weißt du, was ich meine?»

Marlies seufzte und deutete demonstrativ auf ihren Computer.

Doch Till redete einfach weiter: «Aber statt dann eine Leere zu spüren, wie das manchmal so ist mit Wünschen, die in Erfüllung gehen, fühlst du dich einfach nur ...» Er suchte nach Worten.

«... großartig.»

Marlies betrachtete ihn mit einer Mischung aus irritiertem Kopfschütteln und mütterlicher Nachsicht.

«Till?»

«Ja?»

«Kann es sein, dass du ein bisschen auf Droge bist?»

Er starrte sie mit großen Augen an.

«Oder dass du heute Nacht so richtig gut durchgevögelt wurdest?»

Er wollte empört wirken, schaffte es aber nicht. Das Grinsen kehrte zurück.

«Nun …», begann er theatralisch. «Ich würde dafür nicht so eine rüde Sprache wählen, aber … Ja!»

«Gratuliere.» Marlies klang eher genervt als begeistert.

«Danke!» Er grinste nun noch breiter, aber Marlies deutete zur Tür.

«Und jetzt –»

«Okay, ich lasse dich arbeiten.» Er drehte sich um, stoppte dann aber erneut im Türrahmen. «Es ist nämlich so, dass –»

«Till!»

«Schon gut!»

Als er vor die Tür trat, streckte er sich genüsslich und hielt sein Gesicht in die Vormittagssonne, die schon wieder recht kräftig durch die Wolken schien. Er wünschte, es käme noch jemand, mit dem er seine Gefühle teilen konnte. Jesper vielleicht.

Till biss erneut von seinem Rosinenbrötchen ab und ging zurück ins Atelier, wo er immer noch meinte, Odas Geruch in der Luft riechen zu können. Er beschloss, ihr eine Nachricht zu schicken.

Nach kurzem Suchen fand er sein Handy unter dem Sofa. Es musste ihm gestern aus der Hosentasche gefallen sein. Bei dem Gedanken daran grinste er und tippte gut gelaunt auf das Display seines Handys.

In dem Moment hörte er das Klappern von Frauenschuhen auf dem Hof. Sein erster Gedanke war: Oda! Sie war zu ihm zurückgekommen!

Aus einem Impuls heraus warf er das Handy aufs Sofa und rannte mit klopfendem Herzen zur Tür. Ungebremst stieß er mit ihr zusammen. Der Aufprall war für beide schmerzhaft. Till stolperte, sein Oberkörper wurde weit nach vorne geschleudert, zu weit, um die Balance zu halten. Er streckte seine Hände aus, um den Fall zu stoppen, realisierte, dass es nicht Oda war, an der er sich festkrallte, und krachte im nächsten Augenblick auf den Asphalt.

Siri wurde ebenfalls zu Boden gerissen. Ihr entfuhr ein undefinierbarer Laut, dann landete auch sie auf dem Hintern.

Till spürte einen fürchterlichen Schmerz in den Händen. Keuchend blieb er einen Moment auf dem Boden liegen.

«Was ist denn bei euch los?» Es war Marlies, die aus ihrem Büro getreten war und zu ihnen herübergelaufen kam. «Was ist passiert?»

Sie half Siri auf.

«Danke, das ist sehr nett von Ihnen. Er hat mich umgerannt.»

«Ja, Till ist heute voller Energie», sagte Marlies ironisch.

«Ach ja?»

Till wusste, dass er sich nun schleunigst aufrappeln sollte, um weitere Fragen zu unterbinden. Ächzend stand er auf und versuchte dabei, seine Hände so wenig wie möglich zu bewegen.

«Ihr kennt euch», sagte er. «Siri, das ist Marlies. Marlies, das ist Siri.» Bei jeder Bewegung schmerzten seine Handgelenke.

«Ich … hätte dich gar nicht erkannt», sagte Siri etwas steif und klopfte sich den Dreck von ihren Sachen ab. «Aber Till hat schon erzählt, dass du und Jesper … also, dass ihr geheiratet habt.»

Etwas ratlos standen sie voreinander.

Till tat einen Schritt auf Siri zu, um ihr den Dreck vom Rücken abzuklopfen.

«Nicht!» Siri wich einen Schritt zurück und starrte entsetzt auf seine Hand.

Till besah sich die Innenfläche seiner Hände und erschrak ebenfalls. Sie war mit Blut und Kieselsteinen verklebt, und jetzt, wo Till die Wunde sah, tat sie auch höllisch weh.

«Autsch!» Marlies untersuchte die Stellen. «Du bringst ihn besser zum Arzt.»

Siri machte einen leicht angeekelten Gesichtsausdruck und nickte ergeben.

Zwei Stunden später, auf der Fahrt zurück vom Krankenhaus, herrschte zwischen Siri und Till im Auto eisiges Schweigen. Till wusste nicht, was er sagen sollte. Ernüchtert sah er auf seine verbundenen Hände, die er kaum bewegen konnte. Der Arzt hatte ihm eine Spritze gegeben. Siri schien mit ihren Gedanken woanders zu sein.

«Tut es sehr weh?», fragte sie schließlich an einer Ampel auf dem Kurfürstendamm.

«Ein bisschen», sagte er.

Die Ampel schaltete auf Grün. Siri fuhr los.

«Musst du noch mal ins Atelier?» Sie schaltete zügig vom zweiten in den dritten Gang und dann direkt in den fünften, so, wie sie es von ihrem Vater gelernt hatte. Das spart Benzin, pflegte Paul immer zu predigen.

«Till?»

«Äh, nein … ich habe nichts weiter vor heute.»

Er räusperte sich und zwang sich, Siri anzusehen. Sie trug hellblaue Shorts, eine weiße Bluse und Riemchenschuhe. Sie sah gut aus, wenn auch etwas müde. Vermutlich hatte sie kein Auge zugetan. Keiner von ihnen hatte angesprochen, dass Till die Nacht nicht zu Hause verbracht hatte.

260

«Dann könnten wir doch heute Abend ins Kino gehen, oder? Wenn es mit deinen Händen geht, meine ich.» Einen Moment sah sie ihn erwartungsvoll an, mit einem fast anzüglichen Lächeln. Dann hielt sie abrupt an der nächsten roten Ampel. Ihr Fahrstil war sportlich.

«Paul würde die Kinder ausnahmsweise nehmen. Ich habe mit ihm geredet.»

«Ach, ja? Ich dachte, du wolltest nicht, dass er sie nimmt.»

«War dumm von mir», sagte sie und blickte zu Till.

Er wich ihrem Blick aus und starrte auf die Straße, wo eine alte Frau mit Hund auf dem Bürgersteig entlangging. Er sah daher nicht, wie Siri ihre Hand zu seinem Nacken führte. Erschrocken zuckte er zusammen, als sie seine Haut berührte.

«Gott!», entfuhr es ihr. Sie musste sich ebenfalls erschrocken haben. «Was ist denn los mit dir?»

Till schluckte. Er konnte nicht mehr. Die Wahrheit musste raus. «Ich habe mit einer anderen Frau geschlafen.»

Siri lachte auf, als hätte er einen guten Witz gemacht, dann hupte hinter ihr ein Wagen. Die Ampel war auf Grün gesprungen, ohne dass sie es gemerkt hatte.

«Idiot!», rief sie mit Blick in den Rückspiegel, dann gab sie scharf Gas. Till drückte es in den Sitz. Zu seiner Überraschung schaltete Siri nach einer Weile das Radio ein. Es lief ein Song von Elton John. «Blue Eyes». Eine Weile fuhren sie schweigend weiter.

Till kam es vor, als hätte er nichts gesagt. Als hätte er die bittere Wahrheit einfach für sich behalten. Vielleicht hatte er auch nichts gesagt. Alles drehte sich. Einen Moment dachte er darüber nach, die Sache einfach zu vergessen und weiterzumachen wie bisher. Dann schüttelte er den Kopf und stellte Elton John aus.

«Oda war gestern im Atelier. Oda Florentin.» Er betonte jedes

261

Wort und ließ Siri dabei nicht aus den Augen. «Wir haben miteinander geschlafen. Sie ist danach gleich weg. Ich habe im Atelier geschlafen. Heute Morgen, als ich dich umgerannt habe, dachte ich, es sei Oda. Deswegen …» Er brach ab. Das schlechte Gewissen erdrückte ihn. Er wusste, er tat Siri weh. Es fühlte sich schrecklich an.

Plötzlich stieg Siri auf die Bremse. Die Reifen quietschten, und Till wurde nach vorne geschleudert. Der Gurt schnürte ihm die Luft ab.

Stille. Dann erneut ein lautes Hupen von hinten.

Mitten auf dem mehrspurigen Kurfürstendamm war Siri stehen geblieben. Sie löste ihren Gurt und stieg aus. Hupend fuhren die anderen Autos an ihr vorbei. Aus dem Wagen hinter ihr wurde geschimpft.

Siri drehte sich um. «Fahr doch mit deiner scheiß Karre vorbei, du Arsch!» Ihre Stimme war wütend und schrill. Wenn sie einen ihrer cholerischen Anfälle hatte, konnte sie zum Tier werden.

Till drehte sich nun ebenfalls um und konnte sehen, wie Siri auf den anderen Wagen zuging. Eine Furie in adretten Klamotten.

Der Fahrer hinter ihnen bekam es offensichtlich mit der Angst zu tun. Er scherte aus und fuhr hupend an ihnen vorbei.

Siri fluchte ihm hinterher, warf noch einen wütenden Blick in die anderen Wagen und stieg dann wieder ein. Ihr Gesicht war vor Wut rot verzerrt.

«Stimmt das? Ist das wirklich wahr?», fragte sie atemlos.

Till nickte, und im nächsten Augenblick bekam er eine Ohrfeige. Es fühlte sich an, als würde ihm der Kopf abgerissen. Er hatte Siris Hand nicht kommen sehen. Sein Gesicht brannte.

«Wie lange geht das schon?»

«Gestern war das erste Mal. Es war nicht geplant.»

«Liebst du sie?»

Ihre Stimme war unnatürlich hoch und gellend. Sie tat ihm leid.

«Ich weiß es nicht. Wirklich.»

Hinter ihnen hupte es erneut. Sie ignorierten es beide.

«Steig aus!», befahl sie.

Einen Moment zögerte Till, dann versuchte er den Gurt mit seiner verbundenen Hand zu lösen und die Tür zu öffnen. Es war nicht einfach, aber schließlich gelang es ihm. Er stieg aus, beugte sich aber noch einmal in den Wagen.

«Siri, ich –»

«Ich werde heute mit den Kindern zu Paul gehen. Ich möchte, dass du in dieser Zeit deine Sachen aus dem Haus holst. Alle. Wenn wir morgen früh nach Hause kommen, ist alles weg. Verstanden? Was nicht verschwunden ist, schmeiße ich in den Müll.» Aus ihren Augen sprach purer Hass.

Er nickte, dann fuhr sie los. Die Beifahrertür war noch offen, schloss sich aber durch das ruckartig anfahrende Fahrzeug mit einem lauten Klacken automatisch. Siri trat aufs Gas, rammte fast einen vorbeifahrenden LKW, der laut hupend in die Eisen ging. Für einen Moment fürchtete Till, der Laster würde sich drehen und umkippen. Er konnte sehen, wie der fassungslose Fahrer Siri hinterherschimpfte. Als der LKW sich wieder in Fahrt setzte und den Blick auf die Straße frei gab, war Siri verschwunden.

Till dachte an seine Kinder und daran, dass er einen riesigen Fehler gemacht hatte. Einen Moment verspürte er den brennenden Wunsch, alles rückgängig zu machen. Wenn er sich anstrengen würde, könnte er vielleicht alles wieder einrenken. Bestimmt. Gleichzeitig wusste er, dass es nicht richtig war. Mit Siri würde er nicht mehr glücklich werden. Es war vorbei.

Oda

Es war seltsam, in der Galerie aufzuwachen. Oda hatte furchtbar schlecht geschlafen, was weniger an dem zu kleinen Sofa lag als an ihren kreisenden Gedanken.

Seit sie überstürzt in Berlin aufgebrochen war, hörte sie unaufhörlich Ricks leicht vorwurfsvolle Stimme im Kopf, welch riesige Dummheit sie doch begangen habe. Ja, er sprach von Dummheit, nicht von einem Betrug, einem Fehltritt oder einer Unverschämtheit, sondern davon, wie leichtfertig sie sich in dieses flüchtige Abenteuer gestürzt hatte.

Oda war sich sicher, dass Rick ihr keine Szene machen würde, wenn sie ihr Gewissen erleichtern und ihm beichten würde, was sie getan hatte. Das war auch ein Grund, warum sie ihn liebte. Ganz gleich, welche Emotionen ihn beherrschten, stets schien er in seiner Mitte zu ruhen. Er war einer dieser Männer, denen man schon an ihrer Haltung ansah, wie sehr sie sich in ihrem Körper zu Hause fühlten. Das hatte Oda schon bei ihrer ersten Begegnung sehr anziehend an Rick gefunden. Und das machte ihn auch heute noch so attraktiv. Eigentlich gab es keine Erklärung, warum sie nur noch so selten miteinander schliefen. Jedenfalls stand fest, dass Rick viel eher ihr Typ war als Till. Früher hatte sie nicht einmal darüber nachgedacht, ob jemals ein Paar aus ihnen werden könnte. Bis heute hatte sich auch nichts daran geändert.

Oder doch?

Draußen dämmerte es bereits, und Oda fragte sich, wann

Rick an diesem Samstag wohl die Galerie aufschließen würde. Sie holte ihr Smartphone aus der Handtasche, um zu schauen, ob Rick sich heute schon bei ihr gemeldet hatte. Sie ließ das Gerät auf lautlos. Womöglich würde ihr das Herz stehenbleiben, wenn er anrief, dachte sie und legte sich wieder hin. Für ein paar Stunden würde sie dem Konflikt vielleicht noch ausweichen können.

Oda versuchte, in sich hineinzuhorchen, was ihr in diesem Moment guttun würde. Vielleicht sollte sie ihre Sachen zusammenräumen und einen Spaziergang an der frischen Luft machen.

Aber sie konnte nicht aufstehen. Sie war wie gelähmt. Was war nur in sie gefahren, dass sie sich in eine solch erbärmliche Situation gebracht hatte? Wie würde sie einem Mann die ewige Treue schwören können, wenn sie nur wenige Wochen vorher mit einem anderen Mann zusammen gewesen war? War es womöglich diese dämliche Hochzeit gewesen, die ihren Stolz und eine gewisse Trotzhaltung provoziert hatte? Wollte sie sich womöglich beweisen, dass sie nicht abhängig war von einem Mann wie Rick, obwohl er immer eine Schulter zum Anlehnen und ein offenes Ohr anbot, wenn sie es brauchte? Oder hatte sie es Till beweisen wollen? Wie sollte sie den Namen eines anderen annehmen, wenn sie nicht einmal wusste, wer sie selbst eigentlich war?

Irgendwie hatte sie sich das Erwachsensein anders vorgestellt. Als sie noch auf der Kunstakademie gewesen war, hatte sie sich eingebildet, dass das Leben immer einfacher werden würde. Doch gestern Abend hatte sie sich selbst den Beweis geliefert, dass dem ganz und gar nicht so war. Dabei musste sie weder sich noch jemand anderem etwas beweisen. Erst recht nicht Till. Der hatte sich nämlich noch nie von so etwas beeindrucken lassen. Auch damals an der Kunstakademie hatte er schon so eine lässige Unbestechlichkeit gehabt. Er hatte eher zu den weniger Coolen ihres Studienjahrgangs gehört, was angesagte Klamotten oder Trends anging. Es war ihm von jeher ein Graus gewesen, sich dem allgemeinen Mainstream anzupassen und bestehenden Konventionen hinterherzujagen. Eher schon gehörte er zu der Kategorie der Sentimentalisten, die ein und dasselbe Lieblingsstück so lange trugen, bis die Nähte rissen und es auseinanderfiel. Auch in der Kunst hatte er damals schon nur seinen eigenen Instinkten gehorcht. Für diese Unbestechlichkeit hatte Oda ihn immer schon bewundert.

Oda stand auf, traute sich aber kaum, das Licht einzuschalten, weil sie sich vorkam wie ein Einbrecher. Unsicher ließ sie ihren Blick über die Bilder wandern, die sich im Halbdunkel ausmachen ließen. Es waren Fotos, die angeblich von ihr stammten. Sie wirkten beinahe bedrohlich, und Oda kam sich vor, als würde sie von ihnen abschätzig beäugt werden. Ein seltsames Gefühl machte sich in ihr breit. Unangenehm entfremdet fühlte sie sich von den Bildern. Was würde sie dafür geben, eine echte Botschaft mit ihren Fotos transportieren zu können! Vielleicht war ihr Leben aber auch einfach so belanglos, dass sie niemals etwas Wahrhaftiges würde mitteilen können.

Als Till über seine Holzskulptur gesprochen hatte, war er voller Leidenschaft und Sehnsucht gewesen. Sehnsucht nach tiefen Emotionen, Sehnsucht nach menschlicher Nähe, die den anderen wirklich im Herzen erreichte. So banal, wie Dannys Leben auf den ersten Blick zu sein schien, so berührend war doch sein Schicksal. Till hatte es geschafft, all das in der Haltung und dem Gesicht der Figur auszudrücken. Es war ein Meisterwerk.

Seufzend ließ Oda sich auf den kalten Steinfußboden sinken und griff nach ihrer Fototasche. Sie holte die Kamera heraus und hielt sie eine Zeitlang wie ein Kind sein Lieblingskuscheltier ganz dicht vor ihre Brust. Gedankenverloren drehte sie am Objektiv. Dann schaltete Oda die Kamera ein, um die Schnappschüsse vom Vortag durchzusehen. Sie hatte Till im Hof vor seinem Atelier abgelichtet und dabei mehrfach die Serienbildfunktion eingeschaltet. Im Schnelldurchlauf lachte er ihr wie die tragisch-komische Figur eines Kurzfilms. Unweigerlich musste Oda schmunzeln. Bei seinem Anblick wurde ihr ganz warm ums Herz. Doch allmählich wich die Freude über das Wiedersehen und die unerwartete Nähe zwischen ihnen, und Bitterkeit breitete sich in ihr aus.

Ihre Gedanken rotierten unaufhörlich weiter. Sie fürchtete, die Kontrolle über ihr Leben zu verlieren. Ihr schwindelte, als würde sie auf dem Dach eines Wolkenkratzers stehen und den Impuls, einfach einen Schritt nach vorn in den Abgrund zu treten, nicht mehr länger unterdrücken können. Manchmal reichte ein Schritt, um ein Leben zu zerstören.

Aber wieso nur litt sie überhaupt? Es war doch eigentlich alles gut, versuchte sie sich mantramäßig zu überzeugen. Sicher, die Sache mit Till hätte nicht passieren dürfen. Niemals! Oda schämte sich zutiefst, dass sie überhaupt nach Berlin gefahren war. Natürlich hatte sie niemals damit gerechnet, dass sie und Till sich so nahe kommen würden. Wie viele Nächte hatten sie damals gemeinsam in einem Bett geschlafen, ohne dass sich auch nur ihre Zehenspitzen berührt hätten?

Das in Berlin, das war ein One-Night-Stand gewesen, versicherte sich Oda. Und vielleicht hatte dieses Erlebnis auch etwas Gutes. Nun wusste sie mit deutlicher Gewissheit, dass sie einfach nicht für ein Eheversprechen mit lebenslanger Treue gemacht war. Wenn es eine Zukunft mit Rick gab, dann nur ohne Trauschein und ohne falsche Erwartungen. Eine Erkenntnis, die wehtat und die Rick sicher nicht gefallen würde, aber immerhin kam sie nicht zu spät.

Doch wenn Oda ehrlich war, schmerzte ein anderer Stachel weitaus mehr: Sie würde Till verlieren. Zum zweiten Mal. Und dieses Mal endgültig.

Till

Tills Herz klopfte. Es klopfte verdammt schnell. Gleichzeitig war er äußerlich völlig ruhig. Alles um ihn herum war ruhig. Nur sein alter Wecker tickte irgendwo in einer der Umzugskisten, die seit gut einer Stunde im Spielekeller bei Jesper und Marlies standen. Marlies hatte eine Matratze bezogen und ihm ein provisorisches Lager bereitet. In dieser Nacht würde Till dennoch kein Auge zutun, das ahnte er schon jetzt.

Till spürte das Pochen seiner Hände, weil er auf die Verbände keine Rücksicht hatte nehmen können. Er schüttelte den Kopf. In weniger als 24 Stunden hatte sich sein Leben komplett auf den Kopf gedreht. Und jetzt saß er hier, bei Jesper und Marlies im Keller, und horchte in die Stille. Es war verrückt. Immer wieder dachte er an Oda und hatte Lust, ihren Namen zu sagen. Wie würde es aus seinem Mund klingen? Oda.

Mit den verbundenen Händen griff er zu einer Tabakspfeife, die er beim Einpacken seiner persönlichen Sachen gefunden hatte. Sie stammte noch aus Zeiten des Pfeifen-Clubs an der Kunstakademie. Seitdem hatte Till sie nie wieder in der Hand gehabt. Plötzlich waren all diese alten Sachen wiederaufgetaucht. Und mit ihnen die Erinnerungen.

Till steckte die Pfeife in den Mund. Sie schmeckte bitter, nach altem Tabaksaft.

Er fragte sich, wie alles weitergehen sollte und ob ihm die Situation nicht über den Kopf wachsen würde. Den Job bei seinem Schwiegervater konnte er natürlich vergessen. Andererseits: Wollte er ihn überhaupt zurück? Till seufzte. In seinem Zustand war kein klarer Gedanke zu fassen.

«Ich habe sie gefunden!», jubelte Jesper und betrat mit jugendlicher Freude den Spielekeller. «Auf dem Dachboden!» Stolz zeigte er einen alten Schuhkarton vor, in dem zwei alte Pfeifen lagen sowie ein Pfeifenstocher, Pfeifenreiniger, Filter und ein Feuerzeug. Jesper nahm das Mundstück der Pfeife zwischen die Zähne und setzte sich strahlend neben Till auf eine der Umzugskisten.

«Wollen wir?», fragte er.

Till nickte. Und dann fingen sie in an, aller Seelenruhe die Pfeifen zu stopfen. Für Till hatte die Aufgabe etwas Meditatives, und er begann die letzten Stunden zu rekapitulieren.

Nachdem Siri ihn am Straßenstrand hatte stehenlassen, war ihm nur Jesper eingefallen, der ihm beim Auszug hätte helfen können. Paul als Schwiegervater fiel aus. Jesper hatte prompt den Schwimmbadbesuch mit den Kindern abgebrochen und ohne Nachfragen seine Hilfe angeboten. Er hatte einen VW-Bus und leere Kisten organisiert und keine zwei Stunden nach Tills Hilferuf an der Haustür in Schmargendorf geklingelt.

«Langweilige Gegend. Hier kann man ja auch nur wegwollen», hatte er belustigt zur Begrüßung gesagt und Till dann fest umarmt. Die Berührung tat ihm gut.

Jesper war seine Rettung.

«Zehn Umzugskartons und ein paar Müllsäcke für deine Klamotten, das muss reichen», hatte er erklärt. «Mehr war auf die Schnelle nicht zu machen.»

«Danke! Ehrlich.» Noch nie war Till so froh gewesen, einen Freund an seiner Seite zu haben. «Und eure Kinder?»

«Die sind bei den Nachbarn und hängen vermutlich den ganzen Tag vor der Glotze.»

«Marlies wird nicht begeistert sein.»

Jesper winkte ab. «Sie weiß Bescheid und holt sie nachher ab. Dies ist ein Notfall.»

Gemeinsam betraten sie das Haus. Till packte so gut es mit seinen verletzten Händen ging die Kisten, Jesper trug sie hinaus. Zu beider Überraschung kamen nicht viele Sachen zusammen. Tills Klamotten schmissen sie in die Müllbeutel, der Inhalt seines Schreibtisches, ein paar Fotoalben, einige ausgewählte Bücher und seine Kameraausrüstung kamen in die Kartons. Die Verbände an seinen Händen waren Till zwar im Weg, aber ihn quälten ganz andere Probleme. Unentwegt dachte er an seine Kinder und daran, dass er eine Ehe zerstört hatte. Dass er mit Paul nicht nur einen tollen Schwiegervater, sondern auch einen guten Freund verlieren würde.

Kurz vor Mitternacht war Till dann noch einmal von oben nach unten durchs Haus gegangen. Ein letztes Mal, wie es ihm plötzlich durch den Kopf schoss. Die Vorstellung hatte etwas eigenartig Bedrohliches. Vor den Zimmern seiner Kinder hielt er inne, aber er brachte es nicht übers Herz hineinzugehen.

Im Keller hatte er auf einem wackeligen Ikea-Board seine alte Pfeife gefunden. Erst wollte er sie dort liegen lassen, dann hatte er sie aber doch in die verbundenen Hände genommen und die gesamte Fahrt von Schmargendorf nach Pankow über festgehalten.

Unterwegs hatten sie dreimal gehalten. Das erste Mal, um zu tanken. Das zweite Mal, weil Till bei dem Gedanken an seine Kinder plötzlich bitterlich hatte weinen müssen. Jesper war an den Straßenrand gefahren, um ihn in den Arm zu nehmen. Den letzten Halt machten sie vor einem Kiosk in Pankow, ganz in der Nähe von Jespers und Marlies Haus, um Pfeifentabak zu kaufen.

«Pfeifenrauchen ist eine Kunst für sich», dozierte Jesper. «Man muss aufpassen, dass die Glut nicht ausgeht, aber wenn man zu schnell zieht, überhitzt das Holz.»

Es war zwei Uhr morgens, als sie begannen, den Tabak sorgfältig in die Pfeifenköpfe zu stopfen. Jesper öffnete eins der Kellerfenster und holte ein Feuerzeug aus seiner Hosentasche. Zu beider Überraschung klappte es mit dem Rauchen noch ziemlich gut. Die langen Stunden im Pfeifen-Club (einmal hatten sie sogar einen «Fachmann» aus einem älteren Semester dazugebeten) machten sich bezahlt. Der leicht mit einem Pflaumen-Aroma gewürzte Tabak schmeckte gut, und nur selten musste einer von ihnen zum Feuerzeug greifen, um nachzuheizen. Nach den ersten vorsichtigen Zügen holte Jesper auch noch eine Flasche 15 Jahre alten Rum.

«Du kannst so lange hierbleiben, wie du willst», sagte er und schenkte ihnen ein. «Kein Problem. Wir freuen uns über Besuch. Die Kinder garantiert auch. Vor allem Clemens.»

Unwillkürlich musste Till lächeln. «Danke.»

Er zog an seiner Pfeife und sah den dichten Schwaden zu, die aus dem geöffneten Kellerfenster in die Nacht verschwanden. Und plötzlich wurde ihm klar, was passiert war. Seine Ehe war zu Ende, er würde seine Kinder nicht mehr jeden Morgen sehen, alles würde anders sein. Besonders der Gedanke an Lotte und Lasse schnürte Till die Kehle zu. Tränen liefen ihm übers Gesicht.

Jesper legte ihm sanft eine Hand auf die Schulter. «Du musst nichts erklären, Till. Gar nichts. Wirklich. Aber vielleicht ist es ganz hilfreich, drüber zu reden. Ich meine … du hast bisher kaum über dich und Siri erzählt und –»

«Ich bin verliebt», unterbrach ihn Till.

Fragend sah Jesper ihn an. Till leerte in kleinen Schlucken sein Glas und bedeutete Jesper nachzuschenken. Er wusste nicht, was er sagen sollte. Auch nicht, wo er anfangen könnte. Schließlich hatte er bisher mit niemandem über sich und Oda gesprochen.

«Ich bin verliebt», sagte er erneut. Und erst in dem Moment wurde ihm klar, dass es wirklich so war. «Richtig verliebt.»

«Oda?», fragte Jesper vorsichtig.

Till war überrascht. Er hatte Jesper lediglich von seinem Besuch bei Oda in Hamburg erzählt. Mehr nicht. «Woher weißt du …?»

Jesper zuckte mit den Schultern. «Du warst schon auf der Akademie in sie verknallt.»

Das stimmt nicht, wollte Till zuerst sagen, aber dann realisierte er, dass es die Wahrheit war. Also schwieg er. Seine Pfeife war ausgegangen, und die Versuche, sie wieder anzuzünden, misslangen. Schließlich legte er sie weg und starrte vor sich hin.

«Habt ihr euch oft gesehen?», fragte Jesper. «Ich meine, nach deinem Besuch in Hamburg? Du warst doch bei ihr, oder?»

Till senkte leicht den Kopf und deutete ein Nicken an.

«Nur ein Mal. Aber gestern war Oda im Atelier.»

Plötzlich musste Jesper lachen und wegen des eingeatmeten Rauchs auch kräftig husten, sodass Till ihm auf den Rücken klopfte.

«Was gibt's da zu lachen?»

«Ach …» Er räusperte sich ein letztes Mal. «Marlies meinte heute am Telefon zu mir, dass du offensichtlich jemanden zum Vögeln dahattest. Wir wussten nicht, ob es Siri war oder … Na ja.»

«Marlies ist wirklich eine fürchterliche Klatschtante.»

Jesper grinste und schenkte ihnen nach.

«Hat Oda endlich eingesehen, dass du der Richtige bist?»

«Was soll das nun schon wieder heißen?»

«Nichts.» Jesper schüttelte den Kopf. «Ihr habt also miteinander geschlafen. Hat sich das angekündigt?»

«Überhaupt nicht.»

Draußen flatterte immer wieder eine Fledermaus ganz dicht

am Fenster vorbei. Jesper und Till betrachteten die wilden Manöver des Tiers und tranken schweigend ihren Rum.

«Und jetzt?», fragte Jesper schließlich. «Wie soll's weitergehen?»

«Sie will heiraten.»

Jesper verschluckte sich fast an seinem Rum. «Oda?»

«Ja.»

«Mensch, das sieht ihr ja überhaupt nicht ähnlich. Aber … gratuliere dir, also euch.»

Einen Moment starrte Till seinen Freund verdattert an, dann wurde ihm klar, was dieser dachte.

«Sie will heiraten, aber nicht mich.»

«Oh.»

Plötzlich begann Tills Herz heftig zu schlagen, und ein fürchterlicher Gedanke breitete sich erstmals in seinem Kopf aus. Er legte Pfeife und Glas aus der Hand, fingerte ungelenk mit den bandagierten Händen nach seinem Handy und starrte auf das Display. Keine Anrufe. Keine SMS.

«Scheiße», sagte er und legte das Handy weg. Stattdessen nahm er seine Pfeife wieder in die verbundene Hand und versuchte sie erneut in Gang zu bringen. Als er merkte, wie er dabei zitterte, ließ er es endgültig bleiben.

Jesper lehnte sich zurück. «Jetzt erzähl mal der Reihe nach!»

Till räusperte sich. «Also … Oda und ich hatten uns bei Marlies' und Lorenz' Hochzeit so eine Art Versprechen gegeben.» Er zögerte. «Einen Schwur … Sollte einer von uns mal auf die dämliche Idee kommen, heiraten zu wollen, dann müsste er vorher den anderen anrufen. Und der hätte dann 24 Stunden Zeit, dem Heiratswilligen die Sache auszureden.»

«Das ist so typisch für euch beide», sagte Jesper kopfschüttelnd.

«Deswegen bin ich nach Hamburg gefahren.»

«Um ihr die Heirat auszureden?»

Till nickte.

«Mit vollem Körpereinsatz, sozusagen», meinte Jesper spöttisch und unterdrückte nur mühsam ein Lachen, als er sah, dass Till nicht zum Spaßen zumute war. «Aber du hast es offensichtlich nicht geschafft», fügte er trocken hinzu.

Till dachte nach. «Nein, vermutlich nicht.»

«Und wie seid ihr verblieben?»

«Gar nicht.» Er seufzte. «Oda ist einfach weg.»

«Habt ihr wenigstens telefoniert?»

Ohne Jesper anzusehen, schüttelte Till den Kopf. «Ich wollte ihr gerade simsen, da bin ich über Siri gestolpert und hab mir die Hände aufgeschürft.» Wie zum Beweis hob er die verbundenen Hände hoch. «Danach habe ich Siri von Oda erzählt, und sie hat mich rausgeschmissen. Den Rest kennst du.»

Mit einer Kopfbewegung deutete Jesper auf Tills Handy. «Oda hat sich auch nicht mehr gemeldet?»

«Nein.»

«Aha.»

«Aha?» Till sah ihn herausfordernd an. «Was meinst du mit Aha?» Langsam wurde Till richtig nervös.

Doch Jesper wich seinem Blick aus. «Was meinst du denn, was das zu bedeuten hat?»

Till musste sich zusammenreißen, um einen klaren Gedanken fassen zu können. Er versuchte, Odas Reaktion nach dem Sex durchzugehen. Ihre ausweichenden Blicke, die plötzliche Hast. Er hatte das im ersten Moment als ganz natürlich angesehen. Sie war genauso verlegen wie er. Aber er hatte es nicht richtig gedeutet. Er wollte es nicht sehen. Wie idiotisch war das denn?

«Du meinst, das war nur ein … One-Night-Stand für Oda?» Gänsehaut breitete sich über seinem Körper aus. Sollte Oda den Tag mit ihm bereut haben? War der Sex nur Panik vor der Hochzeit?

«Ich weiß es doch auch nicht, Mensch!» Jespers Stimme klang beinahe vorwurfsvoll. «Ich meine … Hast du Oda denn damals angerufen, bevor du Siri geheiratet hast? Also, wegen eures Deals?»

Till fiel die Antwort unendlich schwer. «Nein», sagte er leise.

«Und warum nicht?»

«Weiß nicht. Ich dachte … Ach, keine Ahnung.» Er griff nach der Rum-Flasche, als ihm mit leisem Klirren das leere Glas aus der Hand fiel. Der Alkohol forderte seinen Tribut. Zum Glück blieb das Glas heil. Beim Bücken stieß sich Till den Kopf an einer der Kisten, taumelte zurück und setzte sich ungewollt auf den Hintern.

«Mist, verdammt. Ich glaube, ich bin ein bisschen angeschossen.»

Während er sich den Kopf rieb, hockte sich Jesper zu ihm auf den Boden.

«Was hat Oda denn gesagt, als sie von Siri erfahren hat? Ich meine, dass gerade du und Siri … Also, dass ausgerechnet ihr geheiratet habt … Die beiden haben sich doch ziemlich gehasst damals, oder?»

Da Till beharrlich schwieg, stieß Jesper ihn irgendwann von der Seite an.

«Hey, Till. Oda weiß doch, dass du Siri geheiratet hast, oder?»

Nur langsam löste sich Till aus seiner Starre. «Nein.»

Jesper riss die Augen auf. «Sie hat keine Ahnung, dass –»

«Nein, verdammt», unterbrach ihn Till. «Sie weiß es nicht.»

«Warum hast du es ihr nicht gesagt?»

«Ich weiß es nicht. Es war … Ich kam mir so blöd vor. Du sagst ja selbst, die beiden haben sich gehasst. Ich dachte, wenn ich Oda das erzähle, dann …» Er spuckte die Worte fast aus. Sie waren ihm peinlich.

«Dann … was?»

275

«Dann will sie nichts mehr mit mir zu tun haben. Und ich hatte sie doch gerade erst zurückgewonnen.»

«Du hast gar nichts gewonnen, mein Lieber! Irgendwann wird sie es erfahren. So oder so.»

Wie vom Blitz getroffen, stand Till auf. Ihm schwindelte. «Du hast recht, ich muss es ihr erzählen. Ich muss ihr alles erzählen. Sie muss es wissen, es darf zwischen uns keine Geheimnisse geben. Ich …» Er nahm sein Handy und tippte wie wild auf dem Display herum.

Jesper riss es ihm förmlich aus der Hand. «Was hast du vor? Du kannst sie jetzt nicht anrufen. Es ist drei Uhr morgens!»

Till wandte sich ab und begann in einer der Umzugskisten etwas zu suchen.

«Was machst du jetzt?»

«Mein Notebook rausholen.»

«Wozu?»

«Ich will Oda schreiben.» Schon hatte er den Laptop entdeckt.

«Warte mal!» Sichtlich besorgt legte Jesper ihm eine Hand auf die Schulter. «Ich halte das für keine gute Idee, Alter.»

«Zwischen Oda und mir darf es keine Geheimnisse mehr geben! Das ist mir jetzt klar», sagte Till eindringlich.

«Das stimmt, aber das mit Siri würde ich ihr trotzdem nicht sofort erzählen, schon gar nicht per Mail.»

«Warum nicht?»

«Warum nicht? Denk doch mal nach! Oda ist jetzt wahrscheinlich total durcheinander, Mann. Sie wollte heiraten, dann kommst du mit deinem Charme und deiner Kunst, und ihr vögelt. Ich meine, bei ihr wird sich jetzt alles drehen. Genau wie bei dir.» Jesper sah ihm fest in die Augen. «Kein guter Zeitpunkt für eine panische Beicht-Mail!»

Till dachte über die Worte seines Freundes nach. Sie klangen logisch.

«Vielleicht hast du recht», murmelte er. «So was sage ich ihr besser persönlich.»

«Absolut, Mann. Schreib ihr eine SMS oder eine kurze Mail, wie schön es mit ihr war und so. Aber mehr nicht.» Nach einer kurzen Pause fügte er noch hinzu: «Aber mach das morgen, wenn du wieder nüchtern bist! Wir sollten jetzt schlafen.»

Erschöpft ließ sich Till auf die Matratze fallen, die Marlies schon für ihn bezogen hatte. «Danke», sagte er zu Jesper.

Jesper nickte und ging zur Tür. «Also, schlaf gut!»

Till bedankte sich erneut für die Hilfe, zog sich die Schuhe aus und streckte sich auf dem Bett aus. Dann war er allein und lauschte in die Nacht. Immer wieder kreisten seine Gedanken um Oda. Was sie wohl gerade machte? Das dringende Bedürfnis, sich bei ihr zu melden, ließ ihn nicht los. Kurzerhand nahm er seinen Laptop zur Hand und öffnete das Mailprogramm.

An: privat@florentin.de　　　　　　　So, 4. August 03:11
Von: tillb07@gmx.de
Betreff: Ein heißer Tag

Liebe Oda,
ich kann nicht schlafen. Ich denke an dich. Viel. Dauernd. Ich würde dir gerne was schreiben, aber alle Worte scheinen mir falsch. Ich würde gerne was hören, aber du bist stumm.

Ich umarme dich. Vielleicht kann ich dann schlafen.
Dein Till

Danach fühlte er sich ein bisschen besser. Wäre er nicht angetrunken gewesen, hätte sich Till sofort ins Auto gesetzt, um nach Hamburg zu fahren. Alles schien ihm besser, als mit dieser Unsicherheit zu leben, die Jesper in seinen Kopf gepflanzt hatte.

Till traute seinen Ohren nicht, als der Computer plötzlich den Eingang einer neuen Mail ankündigte. Oda war online!

An: tillb07@gmx.de So, 4. August 03:13
Von: privat@florentin.de
Betreff: AW: Ein heißer Tag

Meine Nacht ist auch nicht besser …
Wie hast du das nur geschafft? War unser Versprechen damals eine selbsterfüllende Prophezeiung? Ich werde das einzig Richtige tun und die Hochzeit abblasen. Danke, dass du mir die Augen geöffnet hast!

Umarmung,
O.

Ein lauter Jubel durchfuhr Tills Körper. Oda war nicht nur online, sondern auch entschlossen, nicht zu heiraten! Er setzte sich auf. Einen Moment war ihm schwindlig vor Aufregung. Jetzt wurde doch noch alles gut. Nach all den Jahren! Mit zitternden Händen schrieb er zurück.

An: privat@florentin.de So, 4. August 03:15
Von: tillb07@gmx.de
Betreff: Noch ein heißer Tag?

Guten Morgen,
brauchst du Hilfe? Ich könnte mich sofort in den Wagen setzen und losfahren. Was sagst du? Ja oder Ja?

Umarmung zurück,
T.

Während er wartete, schmunzelte Till und hoffte, Oda würde ja sagen. Im Geiste sah er sich schon in Jespers und Marlies Küche stehen und sich einen starken Kaffee brühen. Er könnte auch mit einem Taxi zum Bahnhof fahren.

An: tillb07@gmx.de   So, 4. August 03:20
Von: privat@florentin.de
Betreff: AW: Noch ein heißer Tag?

Danke, alter Freund! Ich weiß dein Angebot wirklich zu schätzen, aber es kommt zu spät. Außerdem glaube ich nicht, dass Rick begeistert gewesen wäre, wenn du mir bei diesem fürchterlichen Gespräch heute auch noch die Hand gehalten hättest. Ich muss mich jetzt erst mal neu sortieren ...

O.

Die Vorfreude blieb Till im Hals stecken. *Alter Freund?* War das ironisch gemeint? Wieder und wieder las er die Mail und versuchte sich vorzustellen, was Oda damit gemeint hatte.

An: privat@florentin.de   So, 4. August 03:27
Von: tillb07@gmx.de
Betreff: Angebot

Liebste Oda,
ich hatte eigentlich auch nicht vorgehabt, dich zu Rick zu begleiten. Ich meinte eher eine seelische Unterstützung. Oder moralische. Oder ich wäre eben einfach bei dir. Und by the way: Wäre es nicht für uns BEIDE leichter, wenn wir jetzt beisammen wären? Ich meine, es ist nicht so, dass mein Leben gerade seinen gewohnten Gang geht. Ehrlich gesagt sitze ich

seit meiner letzten Mail auf glühenden Kohlen und warte, dass du antwortest. Kein Vorwurf, aber vielleicht doch ein bisschen.

Was hältst du davon, wenn ich jetzt komme? Einfach so? Sammeln kann man sich auch zu zweit.

Nur so ein Angebot.

Umarmung.
Till

Als er die Mail weggeschickt hatte, schmerzten seine Finger. Er hatte den Händen an diesem Tag zu viel zugemutet.

An: tillb07@gmx.de   So, 4. August 03:31
Von: privat@florentin.de
Betreff: AW: Angebot

Till, ich weiß wirklich nicht, was du von mir willst. Außer dass ich dir noch einmal antworte. Und das tue ich hiermit.

Was willst du hören? Dass ich glücklich bin über meinen Seitensprung? Dass es sich super anfühlt, seinem Verlobten einen Tritt in den Arsch zu verpassen? Dass ich seitdem freier atme?

Die Wahrheit ist, ich fühle mich mies. Sehr mies. Diese Art von mies, die man nur mit sich allein ausmachen kann.

Ja, es war schön, sich der Magie des Augenblicks hinzugeben. Aber es war auch ein Fehler, auf den ich weiß Gott nicht stolz bin.

O.

Wie beim Schlittenfahren jagte Tills Verstand auf steilen Kufen hinab in die Tiefe. Sein Magen drehte sich aufs übelste von innen nach außen. Es konnte doch nicht sein, dass alles in seinem Leben so dermaßen schiefging. Es konnte nicht sein, es durfte nicht sein.

An: privat@florentin.de   So, 4. August 03:40
Von: tillb07@gmx.de
Betreff: Schluck.

Liebe Oda,
schon mal überlegt, dass es kein Fehler war?
Ja, der Gedanke mag im ersten Moment hart erscheinen. Vielleicht gefällt er dir nicht.
Ich weiß, wie es sich anfühlt, wenn alles einstürzt und man keinen Schimmer hat, wie es weitergehen soll. Wenn alles düster ist und sich vor jeden positiven Gedanken sofort eine schwarze Wolke schiebt.
Aber es geht weiter. Und vielleicht geht es sogar besser weiter. Richtig. Gut. Intensiv. Weiter.
Und da du offenbar nicht daran glaubst, wäre es wichtig, mit jemandem darüber zu sprechen. Am besten mit einem, der weiß, wer du bist.
Ich glaube, ich weiß es.
Aber wenn du nicht sprechen willst, dann schreibe darüber, denn es wird augenblicklich besser werden. Glaube mir, bitte!
Du hast eine Tür zugemacht, jetzt ist es wichtig, nicht stehenzubleiben. Du musst den nächsten Schritt machen, dann den zweiten, dann den dritten. Es wird hart, ich weiß das. Aber bitte, mache ihn!
Wenn ich innerhalb der nächsten drei Stunden nichts von dir höre, dann setze ich mich ins Auto und komme zu dir. (Hätte ich sowieso schon längst machen sollen, ich Idiot!) Was auch

deine Frage so ganz nebenbei beantwortet. Die, was ich will.
Ich will dich sehen!

Viel Kraft.
Dein Till

Gefühlt brauchte er eine Stunde für diese Mail. Seine Finger krochen über die Tastatur, und langsam merkte er trotz des Adrenalins in seinem Körper auch die Müdigkeit und den Alkohol.

An: tillb07@gmx.de   So, 4. August 03:44
Von: privat@florentin.de
Betreff: AW: Schluck.

Woher nimmst du nur all deine Weisheiten?
Wenn du mich wirklich kennen würdest, würdest du mir Raum lassen, damit ich meine Wunden lecken kann. Allein und ohne Hilfe. Also bitte, steig nicht ins Auto!

Innerlich fluchte Till über ihre Distanziertheit. Was musste zwischen ihnen noch passieren, damit Oda merkte, was er fühlte und was sie ihm bedeutete? Er war kurz davor, ihr doch in einer Mail von Siri zu erzählen. Seine Finger lagen schon auf der Tastatur, als eine weitere Mail von Oda kam.

An: tillb07@gmx.de   So, 4. August 03:52
Von: privat@florentin.de
Betreff: Lebensbeichte

Entschuldige bitte, vielleicht hast du recht. Vielleicht sollte ich dein Angebot annehmen und mir von dir eine Portion Mitleid abholen. Mitleid, das ich eigentlich gar nicht verdient habe.

Die Wahrheit ist doch, ich bin ein furchtbar hässlicher Mensch. Nach außen die strahlende Künstlerin, im Inneren eine böse Furie. Ich habe weder deine Freundschaft noch Ricks Liebe verdient.

Das Gespräch mit Rick heute war jedenfalls schrecklich. Keine Ahnung, was ich erwartet hatte. Vielleicht Erleichterung darüber, dass wir die Hochzeit absagen? Stattdessen komme ich mir jetzt noch erbärmlicher vor. Ich weiß nichts von dir und deinen Problemen und habe nicht einmal einen Kopf dafür, weil ich so sehr mit mir und meinen Problemen beschäftigt bin. Und weißt du, was das Schlimmste ist? Ich verstehe nicht einmal, warum ich überhaupt Probleme habe. Auch jetzt nicht. Ich meine, ich habe die Hochzeit also abgesagt – und wie reagiert Rick? Verletzt, aber warmherzig. Ich habe ihn kalt betrogen und ihn vor den Kopf gestoßen, und er nimmt mich in den Arm und tröstet mich. Er sagt, wir können auch ohne Trauschein glücklich bleiben. Aber ich weiß, dass das nicht stimmt, weil ich mit mir selbst nicht glücklich bin. Ich hasse mich dafür, aber ich glaube, ich habe einfach kein Talent zum Glücklichsein.

Ich meine das ganz ehrlich: Wenn ich etwas bekomme, kleine oder große Geschenke, dann kann ich mich nicht freuen. Andere würden alles dafür tun, ihr Hobby zum Beruf machen zu können. Ich habe es getan, aber es erfüllt mich nicht. Jede zehnte Frau erkrankt an Brustkrebs. Ich komme mit einem Schrecken davon. Ich bin gesund. Ein größeres Geschenk gibt es wohl kaum. Ich aber kann meine Dankbarkeit nicht in Lebensfreude verwandeln. Ich habe gute, liebende Eltern. Aber ich kann nicht mit ihnen reden oder ihnen verzeihen, dass ich mich so wertlos fühle. Ich habe die halbe Welt gesehen und kann es kaum aushalten, nun in Hamburg in einem schicken Käfig gefangen zu sein, der für andere ein Traum wäre. Bin ich aber wieder auf Reisen, sehne ich mich nur noch mehr nach einem Ort, an dem ich endlich ankomme. Doch leider kann ich auch das nicht. Selbst die Fotografie erfüllt mich nicht hundertprozentig, und ich habe es all die Jahre nicht fertiggebracht, etwas Sinnvolles mit meiner Leidenschaft anzustellen. Ich fürchte, ich werde niemals ankommen und tatsächlich immer auf der Flucht bleiben. (Du kennst mich gut!) Dabei sehne ich mich nach einem Platz im Leben, nach der Geborgenheit einer eigenen Familie, doch gleichzeitig fühle ich mich absolut unfähig, Mutter zu sein und für ein Kind zu sorgen. Wie soll ich Verantwortung für einen kleinen Menschen übernehmen, wenn ich das nicht einmal für mich schaffe? Ich habe einen tollen Mann an meiner Seite, der alles für mich tut. Aber ich tue nichts für ihn, außer ihn zu betrügen und zu verletzen. Und ich habe einen tollen Freund, den einzigen Menschen weit und breit, der mich gut genug kennt, um zu wissen, dass man sich besser von mir fernhält. Ein Mensch, den ich benutze, um mich sexy, erfolgreich, verwegen zu fühlen. Doch die schlichte Wahrheit, die du nach all den Jahren endlich aufgedeckt hast, ist: Das ist bloß die Verpackung einer großen Leere, die hässlich und wertlos ist.

Danke, dass ich all das bei dir abladen durfte! Das hat tatsächlich gutgetan. Ich versuche jetzt endlich zu schlafen und hoffe ein kleines bisschen, dass ich nie mehr aufwache.

O.

Je länger Till im Keller von Jesper und Marlies hockte, desto mehr hatte er den Eindruck, seine Welt würde in Scherben liegen. Er wünschte, er hätte in dieser Nacht die erste Mail an Oda nie geschrieben. Konnte es sein, dass sie betrunken war und nicht wusste, was sie schrieb? Warum war er nicht einfach zu ihr gefahren? Er hätte sie rütteln können, sie festhalten können. Aber nichts war schlimmer, als mit so harten Worten allein gelassen zu werden.

An: privat@florentin.de   So, 4. August 03:58
Von: tillb07@gmx.de
Betreff: Re: Lebensbeichte

Liebe Oda,

nach deiner Mail möchte ich noch dringender zu dir rennen und dich in den Arm nehmen. So schnell wirst du mich jedenfalls nicht mehr los! Denn deine Worte zeigen mir, dass ich mich nicht in dir getäuscht habe. Du bist ein tiefgründiger, wunderbarer Mensch. Und deine Mail sollte dir selbst am allermeisten zeigen, dass du menschlich gesehen eben nicht fürchterlich hässlich bist. Du bist einfach ein ... tja, du bist eben ein Mensch wie andere auch, und du hast, wie alle anderen auch, manchmal am Leben zu knabbern.

Es ist vielleicht nicht passend, das jetzt zu schreiben, aber diese Einsicht erleichtert mich auch ein wenig. Denn auf eine gewisse Art und Weise war es mir manchmal fast schon unheimlich, wie alle Probleme an dir abzuperlen schienen. Wie selbstsicher und fröhlich du selbst dann immer warst, wenn andere (wie ich) bei ganz ähnlichen Sorgen zusammengebrochen sind. Gleichzeitig wusste ich immer schon, dass hinter dieser selbstbewussten Fassade eine sensible Persönlichkeit steckt, die eben doch nicht alles so leichtnimmt.

Und wo wir schon bei mir sind: Für mich war unser Treffen in Berlin auch ein Einschnitt. Er hat mich ordentlich durchgerüttelt, und ich habe das DRINGENDE Bedürfnis, mit dir darüber zu sprechen, dir dabei in deine wunderschönen Augen zu sehen und dir zu sagen, was ich fühle. WAS ICH FÜR DICH

285

FÜHLE. Aber ich kann das nur, wenn du mir in Person gegen-
übersitzt, -stehst oder -liegst.

Ich bin sicher nicht für mein besonders großes Selbstbewusstsein bekannt, aber in diesem Fall möchte ich behaupten, dass
ich dir gerade sicher mehr helfen kann als diese Rick-Person.

Lass uns also bitte uns treffen und diese halbgaren Mails
sein lassen. Bitte!

Dein Till (schon wieder auf dem Sprung ins Auto)

Nachdem er die Mail abgeschickt hatte, stand er auf und schlich
die Treppe hinauf. Er wollte sich in der Küche endlich den Kaffee
kochen, den er gleich hätte aufbrühen sollen, als Odas erste Ant-
wortmail kam. Die roten Leuchtziffern einer Digitaluhr auf
dem Kühlschrank zeigten, dass es fast 4 Uhr morgens war. Till
gähnte, konnte aber die Geduld nicht aufbringen, auf den Kaffee
zu warten. Als er zurück in seine Kellerhöhle kam, hatte Oda ihm
schon geantwortet.

An: tillb07@gmx.de   So, 4. August 03:59
Von: privat@florentin.de
Betreff: AW: Re: Lebensbeichte

Till, bitte! Sei kein sentimentaler Narr und lass mich und
auch diese «Rick-Person» einfach in Frieden. Das geht dich
nichts an.
Ich möchte einen klaren Schnitt machen und mich auf meine
Zukunft konzentrieren. Ich weiß noch nicht, wie, aber ich weiß,
dass du mir am allerwenigsten dabei helfen kannst. Sorry!

Till sackte in sich zusammen. Sie möchte sich auf *ihre* Zukunft konzentrieren? Gab es gar kein Wir? Plötzlich war ihm alles egal. Er hatte es satt, um Oda zu kämpfen. Warum sollte er auch immer derjenige sein, der bettelte und auf Knien herumrutschte. Ihm fiel Pauls Spruch ein: *Wir alle wollen etwas, das wir nicht haben können. Lass es los, und du wirst glücklich.*

Till beschloss, loszulassen.

An: privat@florentin.de   So, 4. August 04:05
Von: tillb07@gmx.de
Betreff: Vergiss es einfach!

Liebe Oda,
und ich dachte tatsächlich, da wäre etwas, das uns verbindet. Etwas Besonderes, etwas Magisches. Dann habe ich mich wohl getäuscht. Was soll's? Jetzt weiß ich wenigstens, woran ich bin und wie du die Dinge siehst. Du bist wieder auf dem Sprung, und zwar weg von Rick. Aber auch weg von mir. Daher sollte wohl auch ich neu starten, ohne dich ständig im Hinterkopf zu haben. Denn dort warst du all die Jahre über. Ich sollte also einen klaren Schnitt machen, wie du das nennst. Alles klar, ein guter Plan. Dann mache ich das jetzt auch. Obwohl es mir das Herz brechen wird, eine Frau wie dich ein zweites Mal zu verlieren. Nach all den Jahren!
Aber eines möchte ich noch loswerden. Ob du es nun wissen willst oder nicht, Oda Florentin: Du bist die narzisstischste, eigenwilligste Frau, die ich kenne. Aber auch die anziehendste und am meisten verletzbare – und die einzige, die ich liebe. Und das werden die letzten, netten Worte sein, die ich dir schreibe. Denn es hat keinen Sinn mehr zu hoffen. Es ist aus. So viel ist mir jetzt klar.
Aber ich glaube, ich bin jetzt erwachsen geworden. Erwachsen

genug jedenfalls, um nicht länger zu warten. Wir machen einen klaren Cut. Also: Verschwinde ein für alle Mal aus meinem Leben und meinem Hinterkopf!

T.

Mit einer entschiedenen Bewegung klappte Till seinen Computer zu, schob ihn auf den Boden und legte sich in voller Montur unter die Bettdecke. Kaum hatte er den Kopf aufs Kissen gelegt und die Augen geschlossen, war er auch schon erschöpft eingeschlafen.

Oda

«Was hast du jetzt vor? Nach Berlin gehen?», fragte Rick beinahe tonlos. Und die Tatsache, dass nicht einmal jetzt Groll oder Bitterkeit in seiner Stimme mitschwang, machte es Oda nur noch schwerer.

Weil sie Angst hatte, ihm in die Augen zu sehen, starrte sie weiter durch die riesige Fensterfront nach draußen und suchte mit ihrem Blick irgendwo Halt an der Skyline des Hafens.

«Ich weiß es nicht», antwortete sie schließlich mit einem Schulterzucken.

Sie wusste es wirklich nicht. Das Einzige, was ihr schlagartig klar geworden war, als sie Tills letzte Worte gelesen hatte, war, dass sie sich von Rick trennen musste. Endgültig. Alles andere wäre ihm gegenüber nicht fair gewesen. Und seine verhaltene Reaktion bestärkte sie in ihrem Entschluss, auch wenn sie beides bedeuten konnte: Entweder empfand Rick nicht mehr genug für sie, um für seine Liebe zu kämpfen. Oder aber er wusste schon lange, dass er sie verloren hatte, und wollte in Würde und mit Anstand gehen.

Tills Sätze in der letzten Nacht hatten sie jedenfalls bis ins Mark getroffen. Oda hatte sich nicht mehr getraut, zurückzuschreiben. Sie hatte den Computer ausgeschaltet und sich so leer und einsam gefühlt wie noch nie in ihrem Leben.

«Warum hast du mir eigentlich den Antrag gemacht?» Schon lange hatte sie diese Frage stellen wollen, aber erst jetzt traute sich Oda endlich. Sie wollte die Frage so behutsam wie möglich stellen. Und doch klang sie beinahe wie ein Vorwurf.

Mit einem Seufzer ließ sich Rick aufs Sofa fallen. Er wirkte niedergeschmettert und verletzt. Und schon bereute Oda, dass sie ihren Mut zusammengenommen hatte. Sie hielt die Luft an und setzte sich zu ihm auf die Kante des Sofas.

Erst nach ein paar quälend langen Augenblicken antwortete Rick:

«Ich wollte, dass du meine Frau wirst.»

Normalerweise hätte Oda mit den Augen gerollt angesichts dieser nichtssagenden Worte. Aber er hatte sie in einer solch sanften Weise ausgesprochen, dass Oda verstand, was alles in diesem einen Satz mitschwang. Sie reichte ihm die Hand. Rick nahm sie und hielt sie eine ganze Zeit lang gedrückt. Auch er kämpfte mit den Tränen.

«Ich dachte, es bringt uns ein Stück weiter», flüsterte er.

Früher hätte Oda eine Riesendiskussion angezettelt, weil ihr die Antwort nicht gereicht hätte. Sie hätte so lange gestichelt, bis Rick mit dem Rücken zur Wand gestanden und eine tiefere Wahrheit preisgegeben hätte. Doch jetzt gab es keinen Grund mehr, ihn unnötig zu quälen. Alles, worauf es Oda in diesem Moment ankam, war, dass er sie nicht hasste. Nicht jetzt. Vielleicht später.

«Liebst du ihn denn?», fragte Rick, noch immer ohne Unterton. Aber er korrigierte sich sogleich: «Du liebst ihn! Und er liebt dich! Das konnte man schon auf dem Foto sehen.»

Odas Herz schien für ein paar Sekunden stillzustehen. Alles, was sie bislang preisgegeben hatte, war der alberne Schwur, den sie mit Till ausgemacht hatte, zu einer Zeit, als sie noch voller Naivität und jugendlicher Träume durchs Leben geirrt waren. Den Rest hatte Rick sich nach ihrer Rückkehr aus Berlin selbst zusammengereimt. Jedenfalls hatte Oda nicht aussprechen müssen, wie nahe sie und Till sich dort gekommen waren. Und es war typisch für Rick, keine Details über ihr Treffen einzufordern.

«Welches Foto?», fragte Oda, obwohl sie ziemlich genau wusste, was Rick meinte.

«Na, dieses Selfie von euch, das in Brooklyn an deine Wand gepinnt war.»

Oda durchfuhr ein gewaltiger Schauer. War sie etwa schon all die Jahre nicht ganz ehrlich zu Rick, zu sich selbst gewesen?

«Er ist ein sehr wichtiger Mensch in meinem Leben. Das ja», antwortete sie wahrheitsgemäß.

«Wichtiger als ich jedenfalls», entgegnete Rick so beiläufig, als hätte er es nur zu sich selbst gesagt. Er ließ ihre Hand los, erhob sich und trat auf die Terrasse. Oda sah ihm hinterher und wusste nicht recht, ob er wollte, dass sie ihm folgte.

Er stellte sich ans Geländer und drehte ihr den Rücken zu. Kurz war Oda versucht, still und heimlich zu gehen und ihm nicht noch mehr wehzutun. Doch ihr Gewissen drängte sie zu ihm nach draußen. Sie stand auf und ging zu ihm. Als sie ganz nah an Rick herangetreten war und ihm gerade wie zum Trost die Hand auf seine breite Schulter legen wollte, konnte sie ihn riechen, diesen vertrauten Duft. Sie wusste, es würde Monate, wenn nicht Jahre dauern, bis es nicht mehr wehtat. Es war ein ebenso erschütternder wie unwiederbringlicher Moment.

Rick regte sich nicht und sagte kein Wort. Unsicher zog Oda ihre Hand zurück und stellte sich schweigend neben ihn. Sie sahen beide stumm auf die Dächer der Stadt, bis sie sich nach einer gefühlten Ewigkeit aus der Starre lösten und einander anblickten.

«Ich packe ein paar Sachen, bin aber jederzeit erreichbar, wenn du mich brauchst, ja?», sagte sie leise.

Ihre flehenden Augen sehnten eine Antwort herbei, eine Antwort, die sie erlösen würde von der schweren Schuld, die auf ihr lastete. Doch Rick sah sie einfach nur an. Wie ein Vater, der sein Kind ziehen lassen muss, wenn es endlich in die Welt hinauswill.

Oda schenkte ihm ein letztes kleines Lächeln. Dann drehte sie sich um, sodass Rick nicht mehr sehen konnte, wie sich die Tränen, die sich so lange angestaut hatten, endlich einen Weg in die Freiheit bahnten.

Till

Till stand vor der Espressomühle der Werbeagentur «Meyer & Wächter» und sah zu, wie die dunkel gerösteten Bohnen vom Behälter durch das Mahlwerk in den Siebträger fielen und dort einen kleinen Haufen bildeten.

Genauso zerstoßen und versehrt fühle ich mich auch, dachte er. Gleichzeitig stieg ihm der betörende Duft des frischgemahlenen Kaffees in die Nase und versöhnte ihn mit diesem Morgen. Überhaupt versprach es ein guter Tag zu werden, am Nachmittag würde er Lotte und Lasse sehen.

Mit geübter Hand nahm er den Siebträger vorsichtig aus der Ablage der Mühle, griff nach dem bereitliegenden Tamper und drückte den Espresso fest, aber nicht zu fest. Seine Bewegungen waren mittlerweile geübt, Jesper hatte ihn schon vor ein paar Tagen in die Kunst der Maschine eingeweiht.

Eine Woche war seit seinem Auszug vergangen. Eine Woche, seitdem der Mail-Kontakt mit Oda abgebrochen war. Im Gegensatz zu den inneren Wunden waren die äußeren beinahe verheilt. Der Verband war einer Art leichtem Handschuh gewichen, an dem man die Fingerkuppen abgeschnitten hatte.

Er versuchte, die Tage irgendwie hinter sich zu bringen. Die Zeit heilt alle Wunden, hieß es doch. Allerdings hatte er nicht den Eindruck, etwas Sinnvolles tun zu können. Was sollte er auch machen? Nach Hamburg fahren und Oda auflauern? Den richtigen Zeitpunkt dafür hatte er verpasst.

Mechanisch nahm er eine Espressotasse von der Ablage über der Maschine, stellte sie unter den Auslauf und betätigte den Kippschalter. Mit leisem Brummen setzte sich die Kaffeemaschine in Gang. Wenn er Mahlgrad und Andruck richtig hinbekommen hatte, sollte in ca. 25 Sekunden das 92 Grad heiße Wasser durch den Siebträger in die Tasse fließen.

Jesper hatte ihm einiges über Kaffeebohnen und den richtigen Druck der Pumpe erklärt. Und Till hatte den Eindruck gehabt, Jesper wollte ihn mit diesen Details vor allem ablenken. Tatsächlich war Till froh über jegliche Form von Ablenkung und klaren Arbeitsanweisungen.

Die Maschine stoppte, der Espresso war fertig.

Till starrte die Tasse mit dem schokoladenbraunen Extrakt und dem feinen Schaum an und merkte, dass ihm die Lust auf Espresso vergangen war. Ihm war zum Heulen zumute. Schnell schüttete er zwei Löffel Zucker in den Espresso und kippte ihn, Geschmack hin oder her, hinunter.

«Wie … ausgekotzt», murmelte er, als ihm endlich das Wort einfiel, das er die ganzen Tage gesucht hatte. Er fühlte sich wie ausgekotzt. Ausgekotzt, benutzt und leer. Um genauer zu sein: Er fühlte sich genauso wie vor 13 Jahren, als Oda ihm gesagt hatte, dass sie nach New York gehen würde. Dass sie ihn verlassen würde. Ohne an ihn zu denken und daran, wie er sich dabei fühlen würde. Warum auch? Er war für sie nichts anderes als ein guter Freund. Und wenn man ihre letzte Mail als Maßstab nahm, dann noch nicht einmal das.

13 Jahre hatte er sich gegrämt und gelitten und gleichzeitig alle Gefühle für Oda in einer Schublade in seinem Herzen versteckt. Und jetzt? Hatte er nichts gelernt? Gar nichts?

Till schüttelte über so viel Dummheit den Kopf und seufzte schwer.

Der Espresso hinterließ einen bitteren Geschmack in seinem

Mund. Till blickte auf seine Uhr. Es war sieben Uhr morgens. In einer halben Stunde war mit den ersten Werbern in der Agentur zu rechnen. Till hatte die Beobachtung gemacht, dass sie zwar unter der Woche erst gegen 10 Uhr anfingen, am Samstag aber manchmal schon jemand um 8 Uhr auftauchte. Bis dahin sollte er sich im Bad der Agentur geduscht und angezogen haben. Vor zwei Tagen war er in sein Atelier umgezogen, da ihm Jespers Patchwork-Familie definitiv zu lebendig und zu fröhlich gewesen war. Selbst ihr clevererer Sohn Clemens war ihm mit seinen neunmalklugen Bemerkungen auf den Geist gegangen. Till hatte auch keine Lust, von Jesper auf Oda angesprochen zu werden. Ohnehin schienen Jesper und Marlies zunehmend angespannt, weil sie einen wichtigen Auftrag zu Ende bringen mussten. Vermutlich würden die beiden auch an diesem Wochenende in der Agentur aufkreuzen. Es war zwar wirklich nett von ihnen, ihm einen Schlüssel für die Agentur zu geben, damit er hier duschen und sich einen Kaffee kochen konnte. Aber Till zog es im Moment vor, ihnen aus dem Weg zu gehen.

Till seufzte erneut und nahm sich im gleichen Augenblick vor, in nächster Zeit weniger zu seufzen. In wenigen Stunden würde er seine Kinder sehen. Endlich. Das hatte er mit Siri in einem knappen, sehr förmlichen Gespräch so ausgemacht. Zum Wohl der Kinder, wie sie sich ausdrückte, würde sie dafür sorgen, dass Till sie zu sehen bekam. Immer zum Wohl der Kinder. Darauf konnte er sich bei ihr verlassen. Er wusste auch, dass sie vor Lasse und Lotte nichts Gehässiges über ihn sagen würde. Sie hatten beide kein Wort über seinen Auszug verloren. Oder darüber, was sie alles von seinen Sachen weggeworfen hatte.

Nachdem er die Modalitäten des Treffens mit Siri geklärt hatte, war Till mit dem Sprinter zu seinem Schwiegervater in die Firma gefahren. Er war es Paul schuldig, außerdem musste er den Wagen ja irgendwann zurückbringen. Gleichzeitig hatte Till gehofft, vielleicht ein wenig Trost bei Paul zu finden. Aber das Treffen verlief anders als erwartet. Paul hatte ihn mit abweisendem Gesichtsausdruck begrüßt und ihm in knappen Worten deutlich gemacht, dass Till die geplante Auszeit natürlich vergessen konnte. Er hatte seine geliebte Tochter betrogen! Stattdessen hatte er ihm die fristlose Kündigung ausgehändigt und ihm zu verstehen gegeben, dass er ihn so bald nicht mehr sehen wollte. Das letzte Gehalt würde er noch bekommen, ein Zeugnis würde er einklagen müssen, falls er denn überhaupt eins haben wollte. Das Gespräch hatte vielleicht zwei Minuten gedauert. Till hatte die ganze Zeit stocksteif vor dem wuchtigen Schreibtisch gestanden, hinter dem Paul sich verschanzt hatte. Nach dem Gespräch war Till mit hängendem Kopf am Ufer der Havel entlanggegangen und in Tränen ausgebrochen. Dass sein Schwiegervater enttäuscht war, konnte er verstehen. Aber dass er kein persönliches Wort an ihn gerichtet hatte, keine Spur von Verständnis für seine Lage aufbrachte, machte Till erst richtig deutlich, wie allein er plötzlich war.

Später konnte er sich nicht mehr erinnern, wie er zurück ins Atelier gekommen war oder wie er überhaupt seine Zeit verbracht hatte. Als hätte jemand mit einem Radiergummi alles ausgelöscht.

Oda

Noch nie hatte Oda eine Reise angetreten, deren Ausgang so ungewiss war. Ja, sie war direkt zum Bahnhof gelaufen und in den nächsten ICE nach Berlin gesprungen. Und ja, sie hoffte inständig, dass Till ihr verzeihen würde. Dennoch hatte sie keinen Schimmer, wohin sie dieser Tag führen würde.

Sie wusste nur, dass sie Till sehen musste. Sie wollte ihm berichten, was geschehen war. Sie wollte ihm sagen, was sie für ihn empfand. Denn Rick hatte recht: Sie liebte Till.

Oda war sich sicher. Auch wenn ihre Gefühle gerade Achterbahn fuhren: Der Schmerz über die Trennung von Rick nach so vielen guten Jahren war unerträglich. Gleichzeitig spürte sie bei dem Gedanken an Till eine Leichtigkeit, die man nur hatte, wenn man wie im Rausch war. Dass ihre Gefühle zu ihm sie in eine Art Flow brachten, den sie sonst nur bei kreativer Arbeit erlebte, gefiel Oda. Und sie wusste, Till würde dieser Vergleich ebenso gefallen. Das war das Besondere an ihrer sonderbaren Verbindung. Obwohl sie kaum etwas von Tills Alltagsleben wusste, kannte sie ihn und seine Sicht auf die Welt ganz genau. Zumindest fühlte es sich so an. Und umgekehrt war es genauso, das hatte Till ihr mehrfach signalisiert.

Im Bahnabteil fand Oda endlich ein wenig Ruhe, um nachzudenken. Warum war aus ihnen damals eigentlich kein Paar geworden, obwohl sie doch so viel verband? Oda wurde mutiger und fragte sich, ob es für sie eine gemeinsame Zukunft geben könnte.

Aufgeregt griff sie nach ihrer Handtasche, um das Polaroid herauszufischen, das sie Till als eine Art Wiedergutmachung überreichen wollte. Es hatte eine solch immense Bedeutung für ihre Verbindung und sogar auch Odas Karriere betreffend. Schließlich hatte diese Aufnahme den Ausschlag gegeben, warum sie sich überhaupt der Fotografie gewidmet und sich letztlich auf Porträts spezialisiert hatte. Und das, obwohl oder gerade weil sie darauf nicht aussahen wie Models, sondern wie zwei Seelenverwandte, die einander völlig genügten.

Oda ließ ihren Finger über das Bild streifen und musste plötzlich an ihr erstes, einsames Weihnachtsfest in New York denken. Damals hatte Till ihr besonders gefehlt. Während sie im Central Park voller Neid die lachenden Pärchen beim Schlittschuhlaufen beobachte, hatte sie sich so sehr danach gesehnt, ihm dort in die Arme zu fallen wie beim Happy End eines zu Herzen gehenden Kitschfilms. Nie hatte sie sich einsamer gefühlt bis zu diesen Wochen, in denen sie drauf und dran war, die Segel zu streichen und nach Berlin zurückzukehren.

Vielleicht ist Till der einzige Mensch auf diesem Planeten, der es schafft, mich festzuhalten, dachte Oda. Ohne dass es sich anfühlt, als würden mir die Flügel gestutzt.

Oder stürzte sie jetzt von einem Extrem ins andere? Gerade noch war sie im Begriff gewesen, zu heiraten, dann hatte sie sich unwiderruflich getrennt. Jede Zelle ihres Gehirns warnte sie davor, nicht von einer Beziehung in die nächste zu wechseln. Jedenfalls nicht, solange sie ihre Gefühle nicht bereinigt hatte und wieder bei sich selbst angekommen war. Womöglich passten Till und sie auch gar nicht zueinander, sinnierte Oda weiter, während der Zug im Eiltempo an den grünen Wiesen zwischen den beiden Welten Hamburg und Berlin vorbeiraste. Vielleicht waren sie aber auch das perfekte Paar, eines, das nicht unbedingt immer harmonisch miteinander, aber auf keinen Fall ohne einander auskam. Wer wusste das schon? Jedenfalls, so beschloss Oda in dieser Sekunde, galt es, genau das herauszufinden.

Ihr Herz machte einen riesigen Freudensprung bei dem Gedanken daran, wie sie nach der gut eineinhalbstündigen Zugfahrt Till leibhaftig gegenüberstehen würde. Sie dachte daran, wie sich die Lachfältchen rund um seine grünen, lebenshungrigen Augen stets ausbreiteten, wenn er etwas lustig fand. Wie er sich über seine eigenen idiotischen Sprüche amüsierte, wie er lauthals loslachen und im nächsten Moment wieder total ernst wirken konnte, wie er sich durch seine wuscheligen Haare fuhr, wenn er nachdachte. Und vor allem dachte sie daran, wie ungeniert er sie bisweilen beobachtete, in der irren Annahme, sie würde es nicht merken.

Oda schloss die Augen. Sie fühlte sich wie nach einer langen, schweren Krankheit, wenn diese zwar ausgestanden, die Symptome aber immer noch spürbar waren. Es war wie die Rückkehr ins Leben. Tief in sich spürte sie den wachsenden Wunsch nach Leben. Und nach Liebe.

Als Oda endlich aus dem Zug stieg, hatte sie Glück. Vor dem Bahnhofsgebäude stand noch genau ein Taxi in der ansonsten immer so langen Reihe von wartenden Wagen. Ein waschechter Berliner mit Hosenträgern über seinem Cordhemd hielt ihr die Tür auf und erzählte irgendwas über Touristenströme. Doch Oda hatte gar kein Ohr für den munteren Fahrer, so aufgeregt, wie sie war. Er war es auch, der wenig später vorschlug, noch kurz im Hof zu warten, bis Oda sicher war, dass Till in seinem Atelier war. Denn tatsächlich klopfte sie vergeblich.

Es war 13:30 Uhr. Vielleicht war Till zum Mittagessen rausgegangen? Sollte sie ihn auf dem Handy anrufen?

Gerade als Oda wieder ins Taxi steigen wollte, um zu bezahlen, hörte sie hinter sich eine weibliche Stimme, die ihr seltsam bekannt vorkam.

«Kann ich helfen?»

Oda drehte sich um und erkannte, dass es Marlies war. Die Marlies aus dem Studium, von der sie wusste, dass sie mittlerweile mit Jesper verheiratet war.

«Marlies!», rief Oda ehrlich erfreut und lief zu ihr.

Marlies stutzte und brauchte einen Moment, ehe sie Oda erkannte.

«Du bist es wirklich?!», sagte Marlies schließlich und drückte Oda etwas steif links und rechts einen Kuss auf die Wange. «Till ist nicht da.»

Offensichtlich ahnte sie, wie dringend Oda zu ihm wollte. Er musste ihr von sich und Oda berichtet haben.

«Nicht?» Oda konnte ihre Ungeduld nicht verbergen. «Kannst du mir sagen, wo er wohnt?»

Marlies blickte kurz zu dem wartenden Taxi und sagte dann knapp: «Am besten, du fragst ihn selbst.»

«Ich muss zu ihm, jetzt!», insistierte Oda. Sie biss sich auf die Lippen und versuchte in Marlies' Gesicht abzulesen, ob diese die Adresse rausrücken würde.

Doch Marlies zuckte nur mit den Schultern.

Erst als Oda schon ein paar Schritte auf das Taxi zu gemacht hatte, hörte sie erleichtert, wie Marlies ihr einen Straßennamen und eine Hausnummer zurief.

«Aber du wirst dort sicher kein Glück haben», fügte sie noch hinzu. «Till ist …»

Aber Oda hörte nur noch mit halbem Ohr hin. Sie winkte ab und rief beim Einsteigen: «Danke. Ich hoffe, wir haben demnächst Gelegenheit, mal in Ruhe zu sprechen.»

Oda winkte ihr noch einmal zu. Sie sah, wie Marlies die Stirn runzelte. Dann fuhr das Taxi vom Hof.

Es war ein seltsames Gefühl, nach so langer Zeit wie ein Tourist durch die Stadt zu fahren, in der sie viele prägende Jahre verbracht hatte. Tatsächlich fuhr sie an Plätzen und Gebäuden vorbei, die sie kaum wiedererkannte. Die Atmosphäre erschien ihr viel quirliger als früher. Vielleicht lag es aber auch an dem warmen Sommerwetter oder an Oda selbst. In jedem Fall war es merkwürdig, eine Fremde in dieser eigentlich vertrauten Umgebung zu sein. Vielleicht würde es sich anders anfühlen, wenn sie mit Till durch die Straßen schlenderte. Vielleicht konnten sie später sogar an der Kunsthochschule vorbeischauen. Aber nun galt es erst einmal, die Wogen zu glätten und Till um Verzeihung zu bitten. Um Verzeihung zu bitten dafür, wie sie mit ihm umgesprungen war. Heute und damals.

Die Fahrt bis nach Wilmersdorf dauerte eine gefühlte Ewigkeit. 13 Jahre hatte sie Till nicht gesehen, und nun waren schon 13 Minuten die reinste Qual. Sie konnte es kaum noch abwarten, ihm wieder in die Augen zu sehen und sich endlich in seine Arme zu stürzen. Sie wusste, jetzt würde doch noch alles gut werden. Irgendwie.

Als der Fahrer den Wagen endlich stoppte und fragte, ob er wieder warten solle, verneinte Oda vehement und bedankte sich mit einem großzügigen Trinkgeld. Sie steckte das Portemonnaie zurück in die Handtasche und erhaschte dabei einen flüchtigen Blick auf das Polaroid von ihr und Till.

Beim Aussteigen blickte Oda schmunzelnd zum Haus. Vielleicht sollte sie das Foto mit dem Wörtchen «Sorry» beschriften, klingeln und es einfach vor die Tür legen.

Mit klopfendem Herzen ging sie auf den Eingang des eher unscheinbaren Mehrparteienhauses zu. Ein Altbau aus der Gründerzeit. Oda stutzte, als sie sah, dass es nur ein einziges Klingelschild gab: Jansen. Ob Till das ganze Haus für sich allein bewohnte?

Gerade als sie noch darüber nachdachte, ob es wirklich eine so gute Idee war, unangemeldet bei ihm aufzutauchen, drückte ihr

Finger auch schon den Klingelknopf. Oda hielt den Atem an. Dann ertönte der Summer. Sie drückte die Haustür auf und trat in das einladende kühle Treppenhaus. Ihr Blick schweifte durch die wunderschön gefliese Diele. Auch das feingedrechselte Treppengeländer in die oberen Stockwerke ließ darauf schließen, dass hier Leute wohnten, die solche Schätze aus der Vergangenheit zu würdigen wussten. Das hatte Oda schon immer an Till gemocht: diesen Sinn für gutes, altes Handwerk und antikes Inventar. Wie oft war sie früher mit ihm über Flohmärkte geschlendert und hatte nach Schätzen Ausschau gehalten! Oda konnte sich noch gut an eine Brotmaschine aus den 60er Jahren erinnern, die sie gemeinsam auf einem Trödelmarkt entdeckt hatten. Erst später erschloss sich Oda der Reiz dieser simplen Maschine, die ohne Strom auskam, weil das Sägerad per Handkurbel bedient werden konnte.

Ob er sie noch hatte?, fragte sich Oda und wagte sich zur Treppe vor. Sie bekam kaum noch Luft vor lauter Aufregung.

Im ersten Stock stand eine von zwei gegenüberliegenden Wohnungstüren offen. Hier musste Tills Zuhause sein.

Gerade als Oda die Stufen hochgehen wollte, tauchte zu ihrer Überraschung ein kleiner Junge in der Wohnungstür auf. Ich muss wohl noch ein Stockwerk höher, dachte Oda und lächelte unsicher. Kinder brachten sie immer in Verlegenheit.

«Wer bist du?», fragte der Junge.

«Ich ... ich bin Oda. Ich möchte zu Till Jansen. Weißt du, wo der wohnt?»

Die Stirn des Jungen kräuselte sich. «Der wohnt hier. Wieso?»

Oda lachte kurz auf. Vielleicht lag auch ein wenig Hysterie in ihrer Stimme, als sie erklärte: «Das ist ein alter Freund von mir. Und wer bist du?»

Plötzlich war eine Frauenstimme aus dem hinteren Teil der Wohnung zu hören. «Wer ist da, Lasse?»

Mit schnellen Schritten näherte sich die Person über den auffallend langen Flur.

Oda traute ihren Augen kaum. Vor ihr stand Siri. Siri Lamprecht! Nach Marlies war sie heute schon die zweite Person, die sie aus dem Studium kannte.

«Was machst du hier?» Siri schien genauso erstaunt zu sein wie Oda. Aber ihr Ton klang unmissverständlich feindlich.

Oda begriff nicht, was hier vor sich ging. Früher hatten sie so gut wie nichts miteinander zu tun gehabt. Weshalb war Siri so unfreundlich? Hatte sie Oda womöglich doch nicht erkannt?

«Hallo, Siri! Ich bin's, Oda! Ich kann gar nicht glauben, dass wir uns hier begegnen. Ist das lange her! Ich bin eigentlich auf der Suche nach Till. Till Jansen!?»

Siris Augen funkelten sie böse an.

«Lass meinen Mann in Ruhe!», schrie sie und zog den Jungen in die Wohnung. «Verschwinde aus unserem Leben!» Damit knallte sie ihr die Tür vor der Nase zu.

Die Erkenntnis traf Oda wie ein Schlag. Till und Siri … Ehe sich ihre Augen mit Tränen füllen konnten, fiel ihr Blick auf das Schuhregal, das rechts neben der Tür stand. Darin fanden sich unter anderem zwei Paar Kindergummistiefel, eines in Blau mit einem grünen Drachen drauf und ein etwas größeres in Rot mit weißen Punkten.

Augenblicklich wurde Oda übel vor Scham und Schmerz.

Till

Kurz vor 15 Uhr war Till bereits wahnsinnig aufgeregt. Er hatte den ganzen Samstag nichts mit sich anfangen können und war vor lauter Nervosität lange spazieren und dann ins Museum gegangen. Die Aufgeregtheit war geblieben. Selbst die Aufnahmeprüfung an der Kunstakademie schien ihm ein Klacks dagegen.

Zu seiner großen Überraschung hatte Siri zugestimmt, Lotte und Lasse zu ihm in die Kastanienallee zu fahren. Er wollte den Kindern sein Atelier zeigen und dann mit ihnen auf einen der Spielplätze in der Nähe gehen.

Ein paar Stunden, bis 18 Uhr und keine Minute länger, hatte Siri ihm zugestanden. Am nächsten Wochenende würde er sie dann einen ganzen Tag sehen können.

Am Ende seines Spaziergangs hatte Till noch Zimtschnecken und Rosinenbrötchen besorgt. Jetzt stand er an der Ecke Kastanienallee mit Oderberger Straße und wartete auf das Auftauchen von Siris Wagen. Nervös trippelte er von einem Fuß auf den anderen. Er hatte eine hellblaue Shorts an und sein froschgrünes Kermit-T-Shirt, das die Kinder so liebten. Da ihm seine Flip-Flops abhandengekommen waren, hatte er ein paar uralte Birkenstocks angezogen, die er früher immer im Atelier der Kunsthochschule getragen hatte, weil sie so bequem waren. Erneut sah er auf die Uhr. Siri kam eigentlich nie zu spät.

Als der Wagen endlich um die Ecke bog und er Lottes Kopf auf der Rückbank erkennen konnte, spürte Till einen dicken Kloß im Hals.

Jetzt bloß keine Tränen!, ermahnte er sich.

Siri fand – wie immer – sofort einen Parkplatz. Die Räder standen noch nicht richtig still, da sprangen Lasse und Lotte schon aus dem Auto und rannten auf ihn zu. Wie lange sie sich dann im Arm hielten, konnte Till nicht sagen. Irgendwann stand jedenfalls Siri neben ihnen und erklärte mit aufgesetzter Höflichkeit: «Ich hole die Kinder dann um 18 Uhr ab.» Sie lächelte auf eine seltsam nüchterne Weise, als wäre das alles ganz normal, und setzte sich dann wieder in den Wagen.

«Siri …», sagte Till, aber sie tat, als hörte sie ihn nicht. Stattdessen schloss sie die Tür und fuhr los. Irgendwie wirkte sie sehr professionell in ihrem Vorgehen. Professionell und kalt. Aber natürlich war das kein Wunder. Außerdem war es viel besser für die Kinder, wie sie die Situation meisterte. Till war dazu nicht in der Lage, viel zu emotional erschien ihm das Wiedersehen.

Statt erst mal zu ihm ins Atelier zu gehen, wollten die Kinder lieber gleich auf den Spielplatz. Sie nahmen Till in ihre Mitte und klammerten sich ungewöhnlich fest an seine Hand.

Für sie ist es sicher auch nicht leicht, dachte Till. Sie verstehen nicht, was gerade los ist.

Till ging mit ihnen auf den Spielplatz in der Oderberger Straße. Dort gab es schiefgebaute Holzhäuser, eine große Liege-schaukel und vieles mehr. Einen konkreten Plan, wie er den Nachmittag mit seinen Kindern verbringen wollte, hatte Till sich nicht zurechtgelegt. Das war aber auch nicht nötig. Es entwickelte sich alles ganz natürlich. Zunächst turnten sie auf den Spielgeräten herum, spielten fangen und anschließend eine Runde Fußball mit einem schlaffen Ball, den ein anderes Kind auf dem Spielplatz vergessen hatte. Dann machten sie eine Pause bei den Schaukeln, und Till verteilte Zimtschnecken und Rosinenbrötchen.

Lotte schaukelte versonnen vor sich hin, während Lasse und Till an das Schaukelgerüst gelehnt miteinander kuschelten.

«Wann ziehst du wieder bei uns ein, Papa?»

Es war die Frage, die Till die ganze Zeit schon befürchtet hatte.

«Ich weiß nicht, Lasse. Mama und ich haben uns gestritten, und sie ist sauer auf mich.»

«Dann musst du hingehen und dich entschuldigen!»

Er nickte. «Ja, ich weiß. Das werde ich auch tun.»

«Gleich, wenn sie kommt?»

«Nein, nicht gleich.» Er räusperte sich. «Ich werde vermutlich eine ganze Weile nicht bei euch wohnen.»

«Hm.»

Die Tatsache, dass Lasse nicht weiter nachhakte, war fast schlimmer, als sich seinen Fragen zu stellen. Offenbar hatte Siri den Kindern schon das Ausmaß des Streits erklärt. Till drückte seinen Sohn fest an sich und wünschte, es wäre anders gelaufen. Was genau anders hätte verlaufen sollen, wusste er allerdings auch nicht.

«Hat das mit der Frau zu tun?», fragte Lasse unvermittelt.

Till verstand nicht, was er meinte. «Welche Frau?»

«Die heute da war.»

«Lasse!» Lotte sprang von der Schaukel und zog ihren Bruder an den Haaren. «Das sollst du doch nicht erzählen.»

«Aua!»

«Hey, Lotte, spinnst du?» Till versuchte die beiden Streithähne auseinanderzuziehen. «Lass deinen Bruder los!»

«Aber die Frau hat Mama traurig gemacht», rief Lotte und zog noch fester.

Es dauerte eine Weile, bis Till ihre Hände von Lasses Haaren losbekam. Dann lief Lasse erst einmal weinend weg. Till blieb bei Lotte.

«Was war denn mit dieser Frau?», fragte er. «Was wollte sie von euch?»

«Keine Ahnung. Mama hat aber ganz doll geweint.»

«Und warum soll Lasse nicht über sie sprechen?»

Lotte zuckte mit den Schultern.

«Wer war die Frau, Lotte? Hat sie ihren Namen genannt?»

Aber seine Tochter war schon ganz woanders. «Können wir jetzt Eis essen gehen?»

Da aus Lotte nichts mehr herauszubekommen war, beschloss Till, seinen Sohn einzufangen und den beiden tatsächlich ein Eis zu spendieren. Er lief zu Lasse, der sich hinter einem Baum versteckt hatte und immer noch Rotz und Wasser heulte. Als er sich vor ihn hinkniete, begann der Kleine stockend zu reden. Aber Till verstand kein Wort.

«Lotte hat … Mama … Nicht meine Schuld!» Erneut liefen ihm die Tränen übers Gesicht.

Till nahm ihn in den Arm. «Es ist alles okay, hörst du?» Aber selbst in seinen eigenen Ohren klang es nicht sehr tröstlich. Was hatte es bloß mit dieser Frau auf sich, dass beide Kinder so verstört reagierten?

Vorsichtig putzte er Lasse mit einem Taschentuch die Rotznase. «Deine Mama hat bestimmt –»

«Kommst du jetzt nie mehr nach Hause?», unterbrach ihn Lasse zwischen herzerweichendem Schluchzen.

Das ist es also, dachte Till. Aber ehe er etwas sagen konnte, klingelte sein Handy. Es war Siri. Verunsichert guckte Till auf seine Uhr und stellt fest, dass die Zeit mit seinen Kindern schon fast wieder vorbei war.

«Das ist eure Mutter. Ich spreche kurz mit ihr, okay?», erklärte er, dann nahm er das Gespräch an. Doch Lasse schien das nun endgültig aus der Fassung zu bringen. Er heulte lautstark los.

«Hi, Siri, tut mir leid, wenn ich die Zeit –»

«Wer weint da?», unterbrach Siri ihn. «Was ist da los?»

«Es gab ... ein kleines Drama», sagte Till ausweichend.

«Wo seid ihr? Warum bist du nicht am Treffpunkt?»

«Wir sind auf dem Spielplatz in der Oderberger Straße. Er ist gleich neben der Feuer –»

«Ich weiß, wo der Spielplatz ist», unterbrach sie ihn erneut. «Ich stehe fast davor.»

«Aber ...»

«Was machst du bloß mit den Kindern?», fragte sie vorwurfsvoll. «Du mutest ihnen einfach zu viel zu. Uns allen.»

«Ich?»

Till hörte Straßengeräusche durchs Telefon. Dann wurde eine Tür zugeschlagen.

«Und jetzt hetzt du uns auch noch diese ... diese Person auf den Hals!»

Ihre Stimme klang abfällig. Und plötzlich dämmerte es Till. Er hatte es schon geahnt, als seine Kinder von einer fremden Frau geredet hatten, deren Besuch Siri so verstört haben musste. Aber jetzt wusste er es.

«Oda! Sie ist bei euch gewesen!»

Er hatte es nicht gewollt, aber in seiner Stimme musste wohl so etwas wie Hoffnung oder Freude mitgeklungen haben. Jedenfalls hörte er, wie Siri schnaubte:

«Wenn sie noch einmal vor unserem Haus auftaucht und mich und die Kinder belästigt, dann siehst du die beiden nicht wieder. Hörst du? Das ist mein Ernst!»

Damit beendete sie das Gespräch.

Till war unfähig, sich zu bewegen. Oda war in Berlin gewesen? Sie hatte ihn sehen wollen? Er konnte es nicht fassen, schöpfte neue Hoffnung und wurde doch im gleichen Moment von der bitteren Wahrheit erschüttert. Sie wusste von Siri und den Kindern ...

Aus einem Impuls heraus zog er Lasse zu sich und schlang seine Arme um den kleinen Körper. Dann rief er nach Lotte.

Als sie kam, nahm er auch seine Tochter in den Arm.

«Ihr dürft nicht streiten», sagte er sanft. «Ihr müsst doch zusammenhalten!» Tränen stiegen ihm in die Augen. «Euer Papa hat euch wahnsinnig doll lieb! Das wisst ihr doch, oder?»

Lotte nickte. Lasses Schluchzen hörte auf.

Liebevoll strich Till ihnen über den Kopf. «Das dürft ihr nie vergessen, verstanden? Egal, was passiert! Ich –»

«Da ist Mama!», rief Lotte und machte sich los. Sie lief Siri entgegen, und sofort rannte Lasse seiner Schwester hinterher.

«Warte auf mich!», rief er.

Till konnte seinen Kindern nur noch so etwas wie «Es wird alles wieder gut!» hinterherrufen. Dann waren sie schon bei Siri.

«Kommt!», hörte Till sie sagen. «Wir gehen noch ein Eis essen, dann fahren wir nach Hause. Papa seht ihr am Wochenende wieder.»

Damit schob sie die beiden vor sich her. Einmal drehten sich Lotte und Lasse noch nach ihm um und winkten, dann waren sie verschwunden.

Till stand noch eine Weile unschlüssig an dem Platz, wo sie sich verabschiedet hatten. Es brach ihm das Herz, sie ziehen zu lassen. Andererseits konnte er gerade nur an eins denken: Oda war da gewesen. Ihre letzte Mail hatte ihr vielleicht leidgetan. Und vielleicht hatte sie tatsächlich mit ihrem Verlobten Schluss gemacht. Vielleicht … Doch wenn Oda bei Siri war, dann wusste sie jetzt auch, dass er verheiratet war und sie angelogen hatte. Ihr zumindest nicht die volle Wahrheit über sein Leben erzählt hatte.

Scheiße, Scheiße, Scheiße!, dachte Till. Dann ging ein Ruck durch seinen Körper, und er begann zu rennen. So schnell, wie er noch nie in seinem Leben gerannt war.

Oda

«Was machst du denn noch hier?», fragte Oda, als sie die Haustür öffnete. Rick hatte nach ihrer Trennung zu seinem Onkel nach Zürich fliegen wollen, um dort ein wenig Abstand zu gewinnen, wie er es ausgedrückt hatte. Nun stand er vor ihr im Flur, als hätte er auf sie gewartet.

«Ich hab zig mal versucht, dich zu erreichen!», beschwerte er sich. Sein Blick war trotzdem milde.

«Ich habe mein Handy ausgeschaltet», sagte Oda tonlos. Und am liebsten hätte sie auch erklärt, warum. Sie hatte schlichtweg Angst, Till könne sich melden und ihr mit seinen Worten deutlich machen, dass alles ein Hirngespinst war. Nie wieder wollte sie mit ihm konfrontiert werden, nicht seine Ausreden anhören, nicht die bittere Wahrheit über sein Familienleben hören. Mit diesem Feigling wollte sie nichts mehr zu tun haben, diesem Augenwischer, der es nicht mal im Ansatz für nötig befunden hatte, offen und ehrlich zu ihr zu sein. Und nun stand sie wie eine verachtenswerte Vollidiotin vor dem Mann, der es eigentlich wert war, geliebt zu werden. Oda blickte beschämt zu Boden.

«Ich bin froh, dass du da bist», hörte sie Rick sagen. Er fasste sie sanft an den Armen.

Unsicher machte Oda sich los. Sie wusste nicht, was ihre Reaktion zu bedeuten hatte. Denn selbst wenn es ein Zurück gäbe, würde sie ihren letzten Funken Selbstachtung verlieren, wenn sie jetzt, obwohl sie in den Falschen verliebt war, wieder zu

Rick zurückkehren würde. Er hatte wirklich etwas Besseres verdient. Er hatte eine Frau verdient, die seine Loyalität, seine Fürsorge, all seine Liebe zu würdigen wusste.

Rick sah sie ernst an. «Ich muss dir was Wichtiges sagen», erklärte er. Sein Ton klang liebevoll, aber bestimmt.

«Rick ...», entgegnete Oda und hob abwehrend die Hände. «Glaub mir, die Vorstellung, ohne dich weiterleben zu müssen, reißt mir das Herz in Stücke. Aber es ist besser so. Du hast wirklich –»

«Oda, setz dich bitte!» Er zog sie ins Wohnzimmer.

Oda schauderte. Entweder würde Rick sich jetzt devot vor ihr auf den Boden werfen, um sie zurückzuerobern, oder er würde eine Hasstirade auf sie loslassen. Am liebsten wäre sie davongerannt. Aber sie blieb. Ihm zuliebe. Vielleicht würden sich beide besser fühlen, wenn Rick endlich alle Vorwürfe rauslassen und bei ihr abladen würde. Also ließ Oda ihre Tasche auf den Fußboden sinken und setzte sich aufs Sofa.

Dann blickte sie Rick fest an. Er setzte sich ganz nah zu ihr, sodass Oda schon befürchtete, er würde einfach so tun, als sei gar nichts geschehen. Als hätte sie weder die Hochzeit abgesagt, noch ihrer Liebe nach einem langen, stummen Leiden den Todesstoß versetzt. Doch Ricks Gesicht verriet, dass er tatsächlich reden wollte. Er nahm Odas Hand und sah sie ernst an. «Dr. Feldmann hat angerufen. Er durfte mir eigentlich nichts sagen, aber ...»

Oda spürte, wie ihr augenblicklich übel wurde. Ihr Herz pochte so stark, dass sie kaum Luft bekam. Sie suchte in Ricks Augen nach einer Erklärung, die sie beruhigen könnte. Aber da war nichts. Es ging hier nicht um ihre Trennung oder darum, ob Rick sie akzeptieren oder ob er um Oda kämpfen würde. Und auch nicht darum, ob Oda richtig oder falsch gehandelt hatte, ungeachtet der Ereignisse in Berlin.

«Er hat mir auch nichts Genaues gesagt», fuhr Rick fort. «Er durfte eigentlich gar nichts sagen. Erst nachdem ich erklärt habe, dass ich dein … na ja, dein Verlobter bin, hat er was angedeutet.»

«Was hat er angedeutet?», hörte sie sich fragen. Sie hatte eine solch große Angst vor der Antwort, dass ihr beinahe alle Sinne schwanden.

«Es gab wohl einen Irrtum in der Klinik. Dr. Feldmann hat sich deine Untersuchungsergebnisse noch mal angesehen und … Du sollst so schnell wie möglich in die Klinik kommen. Er ist bis zum späten Abend im Dienst.»

Oda schluckte. Sie konnte keinen Ton herausbringen und wäre am liebsten in Ricks Arme gesunken, die er vorsichtig nach ihr ausstreckte. Doch ihre Umarmung war unbeholfen und steif, und nach einem kurzen Moment löste sich Oda aus der so vertrauten Nähe und griff nach ihrer Tasche. Sie stand auf, warf einen letzten, stummen Blick in Ricks warme Augen und lief wie ferngesteuert durch den langen Flur zur Tür.

«Oda!», hörte sie Rick rufen. «Oda, warte!»

Doch sie drehte sich nicht mehr um.

Ihre Bewegungen und Handgriffe waren mechanisch. Sie stieg ins Auto und fuhr durch die halbe Stadt, ohne zu wissen, ob dies der kürzeste Weg in die Klinik war. Dort angekommen, überließ sie alles Weitere den Krankenschwestern und Ärzten. Oda konnte nicht mehr klar denken, nicht mehr klar reden. Man führte mit ihr ein Vorgespräch, dann erfolgte eine Untersuchung, die den schlimmsten Verdacht nicht entkräften konnte.

Irgendwann fand sich Oda am Schreibtisch von Dr. Feldmann wieder. Wie versteinert blickte sie ihn an und vermochte sich nicht auf seine Worte zu konzentrieren. Stattdessen fiel ihr Blick auf seinen goldenen Ehering. Dr. Feldmann war Mitte, Ende vierzig und durchaus attraktiv. Sicher hatte er eine bildhübsche Frau, zwei tolle Kinder, einen Hund und ein prächtiges Haus zum Vorzeigen. Er hat alles, ich habe nichts, schoss es Oda durch den Kopf.

«Frau Florentin?» Seine Stimme holte Oda aus ihrer Versenkung. Dr. Feldmann musste aufgestanden sein, denn er hatte sich über sie gebeugt und ihr den Arm auf die Schulter gelegt. «Es tut mir sehr leid, Frau Florentin.» Dann ging er wieder um den Tisch herum, setzte sich und sprach von den nächsten notwendigen Schritten. «In der Theorie hatten wir das vorsorglich ja alles schon einmal durchgesprochen.»

Er sah sie fragend an, als müsse sie sich erinnern. Aber Odas Kopf war leer. Nun schien die Theorie bittere Realität.

«Wir haben zwar keine Zeit zu verlieren», sagte Dr. Feldmann so freundlich wie möglich, «aber ein paar Nächte sollten Sie schon darüber schlafen. Schließlich gibt es verschiedene Möglichkeiten.»

Oda versuchte, sich auf seine Worte zu konzentrieren. Er legte ihr eine brusterhaltende OP und eine Chemotherapie nahe, die heutzutage nicht mehr so schlimm sei wie ihr Ruf. Als Dr. Feldmann ihr den Rat gab, die Sache gründlich mit ihrem Verlobten zu besprechen, machte Oda endgültig dicht. Die Erwähnung von Ricks Namen überforderte sie vollkommen, und Oda flüchtete sich gedanklich in eine andere Welt. Sie nickte zaghaft, wann immer sie das Gefühl hatte, es sei angebracht. Erst als Dr. Feldmann sich nach einer gefühlten Ewigkeit erhob und ihr die Hand schüttelte, bohrte sich ein Loch in ihre schützende Hülle.

«Wartet draußen jemand auf Sie?», fragte er.

Fassungslos starrte Oda den Arzt an.

«Frau Florentin? Ich will nur sichergehen, dass Sie Ihre Angehörigen ins Vertrauen ziehen. In so einer Situation sollte man wirklich nicht allein sein.»

Oda blickte zu Boden. Ihre Mundwinkel bebten. Sie war unfähig, auch nur eine Silbe herauszubekommen. Sie nickte, murmelte ein Dankeschön und verließ so schnell es ging das Sprechzimmer. Dann eilte sie durch die Krankenhausflure, am Empfang vorbei und stieß vor dem Ausgang mit einer älteren Dame zusammen, die sich sogleich lauthals empörte. Doch Oda drehte sich nicht mehr um, sondern stürmte raus auf den Parkplatz zu ihrem Wagen. Sie startete den Motor und fuhr los, ohne sich anzuschnallen. Sie fuhr und fuhr, so schnell es ging. Ohne Hoffnung. Und ohne Ziel.

Till

Nachdem Till wie ein Wahnsinniger zurück ins Atelier gerannt war, wusste er nicht, was er zuerst tun sollte. Ratlos stand er mitten im Raum und versuchte seine Gedanken zu ordnen. Oda war in Berlin gewesen, sie hatte mit Siri geredet. Warum? Und woher hatte sie überhaupt seine Adresse? Was sollte er nun tun? Oda anrufen? Siri anrufen? Paul anrufen? Nach Hamburg fahren? Er konnte keinen klaren Entschluss fassen.

Plötzlich klopfte es an der noch offen stehenden Tür.

Es war Jesper, der ihn fragend ansah. «Und?»

«Was – und?»

«Hat Oda dir den Laufpass gegeben, oder warum bist du eben so schnell über den Hof gerannt?» Er grinste. Doch als Till auf seinen Scherz nicht einging, fügte er schnell hinzu: «Marlies hat mir erzählt, dass Oda hier war und nach dir gefragt hat.»

«Ach, daher hatte sie meine Adresse …» Till ließ sich aufs Sofa fallen.

«Ich mache mir Sorgen, dass sie Oda etwas erzählt hat, was sie nicht sagen durfte.» Jesper trat ein und setzte sich neben ihn. «Zu spät?»

«Ja.»

«Scheiße.»

«Ja.» Till seufzte. «Oda war in Schmargendorf und ist dort auf Siri und die Kinder gestoßen.»

«Wusste sie immer noch nichts von Siri?»

Beschämt schüttelte Till den Kopf.

«Oh, Mann», sagte Jesper und drückte sich hoch. «Du musst sie sofort anrufen.»

«Wen?»

«Den Papst.» Jesper wartete auf eine Reaktion von Till. Dann schob er schnell hinterher: «Oda natürlich!»

«Das letzte Mal hast du gesagt, ich darf sie auf keinen Fall anrufen.»

«Da war es mitten in der Nacht, und du warst besoffen.»

Regungslos verharrte Till in seiner Position. Die Aussicht, Oda anzurufen, überforderte ihn. Dann schluckte er, nahm sein Handy in die Hand und wählte. Während es auf der anderen Seite klingelte, starrte er Jesper an.

«Soll ich rausgehen?»

Till schüttelte den Kopf. «Ich habe keine Ahnung, was ich sagen soll.»

«Dir wird schon was einfallen», meinte Jesper zuversichtlich und legte Till freundschaftlich eine Hand auf die Schulter. Dann stand er doch auf, um Till in Ruhe telefonieren zu lassen.

«Mailbox», sagte Till. Er war fast ein wenig erleichtert.

Einen Moment wusste keiner von beiden, was nun zu tun sei. Jesper war der Erste, der sich fing.

«Was hat Oda denn gesagt?»

«Ich habe sie gar nicht gesehen.»

«Wie? Woher weißt du denn, dass sie bei euch in Schmargendorf war?»

«Die Kinder haben es mir erzählt. Sie wussten natürlich nicht, wer sie ist. Aber es hat offenbar ein großes Drama und viele Tränen gegeben. Mehr habe ich nicht aus ihnen rausbekommen.»

«Du weißt gar nicht, was Oda wollte, weshalb sie gekommen war?»

Till schüttelte den Kopf.

«Till?»

«Ja?»

Jesper trat wieder ans Sofa, beugte sich hinunter und sah Till verschwörerisch in die Augen. «Jetzt mal unter uns Betschwestern: Du hast mir bei deinem Auszug aus unserem Keller gesagt, es sei aus mit Oda. Endgültig. Du hättest dazugelernt, hast du gesagt, und würdest dich nicht mehr manipulieren lassen von Oda. Das sind deine Worte gewesen. Weißt du das noch?»

«Ich weiß.»

Wieder legte Jesper eine Hand auf Tills Schulter und drückte ihn sanft. «Wenn das wirklich so ist, dann müsste dir doch eigentlich egal sein, was sie wollte. Oder?»

Damit hatte er natürlich recht, das war Till völlig klar. «Ich weiß. Aber …»

«Was aber?»

«Vielleicht hat Oda eingesehen, dass sie …»

Fragend sah Jesper ihn an. «Ja?»

«Dass sie … Also, dass wir …» Er zuckte mit den Schultern. «Ach, scheiße, ich weiß es doch auch nicht. Vielleicht wollte sie noch mal mit mir reden. Vielleicht tat ihr die letzte Mail leid. Vielleicht …»

«Vielleicht, vielleicht, vielleicht», sagte Jesper und drückte Tills Schulter fester. «Vielleicht hatte sie auch nur Ärger mit ihrem Verlobten und wollte sich von dir trösten lassen.»

Für einen Moment wich alle Kraft aus Till. Schwach nickte er. Konnte sein, dass Jesper damit nicht so falschlag. Es schmerzte, ihm weiter zuzuhören.

«Vielleicht wollte sie einfach noch mal mit dir schlafen und dich dann fallen lassen wie eine heiße Kartoffel. Mal wieder.»

«Das glaube ich nicht.» Es war Marlies, die plötzlich im Türrahmen stand. Sie musste die letzten Worte mit angehört haben.

Mit leiser Hoffnung drehte Till sich zu ihr um. «Warum nicht?», fragte er.

«Das passt nicht zu Oda», sagte Marlies mit Nachdruck.

Jesper sah sie verblüfft an. «Hast du nicht mal gesagt, du hältst Oda für ein kaltes Miststück?»

«Da sieht man mal wieder, wie du mir zuhörst», verteidigte sich Marlies und fasste Jesper spielerisch an die Nase.

«Hey, lass das!», protestierte er und schob ihre Hand weg.

«Ich habe gesagt, Oda wirkte immer wahnsinnig kühl und distanziert, aber ich bin mir sicher, dass sie in ihrem tiefsten Inneren sehr verletzlich ist. Genau das waren meine Worte.» Sie wandte sich wieder an Till. «Außerdem würde so ein Verhalten nicht zu der Oda passen, der ich heute begegnet bin. Die Oda von heute hatte ein Strahlen in den Augen, als dein Name fiel.»

«Warum hast du ihr dann die Adresse gegeben, wenn du wusstest, dass ich dort nicht mehr wohne?», fragte Till vorwurfsvoll.

«Ich wollte es ihr sagen, aber sie ist schneller verschwunden, als ich gucken konnte. Sie hat mich nicht mal richtig ausreden lassen.»

Till runzelte argwöhnisch die Stirn.

Bevor er etwas erwidern konnte, ergriff Jesper für sie Partei. «Marlies kann nichts dafür, dass du Oda nicht die Wahrheit gesagt hast, Till.» Er sprach leise, aber gleichzeitig sehr bestimmt.

«Ich weiß», seufzte Till und sah Marlies entschuldigend an. «Tut mir leid.»

Mit einer Handbewegung wischte sie seine Bedenken weg. «Schon gut.»

«Was glaubst du denn, warum Oda da war?», fragte Jesper seine Frau.

Doch Marlies beachtete ihn gar nicht, sondern lächelte Till stattdessen warm an. «Ich bin sicher, dass Oda etwas mit dir klären wollte. Entweder wollte sie sich entschuldigen oder ...»

«Oder was?», fragten Jesper und Till nun gleichzeitig.

«Oder … Ich weiß auch nicht.»

Till konnte sehen, dass sie nicht alles sagte, was sie dachte. «Was soll ich denn eurer Meinung nach jetzt machen?» Till kam sich wie ein kleiner Junge vor. «Alles fühlt sich falsch an.»

«Was würde sich denn richtig anfühlen?», fragte Marlies ihn mit hochgezogenen Augenbrauen.

Einen Moment sah Till zwischen ihr und Jesper hin und her. Dann blickte er nach draußen in den Innenhof, dachte nach, horchte in sich hinein.

«Was sich richtig anfühlen würde?» Er räusperte sich. «Mich ins Auto zu setzen und sofort zu ihr zu fahren … Ich will endlich alles klären. Ihr alles sagen. Und zwar von Angesicht zu Angesicht und nicht in einer Mail oder am Telefon.»

Kaum hatte er die Worte ausgesprochen, schien ihm glasklar, dass er genau das machen musste. Es war die einzige Möglichkeit, Oda von seinen wahren Gefühlen zu überzeugen.

Marlies nickte ihm lächelnd zu. «Und genau das machst du jetzt auch.» Sie stieß Jesper in die Seite.

«Was?»

«Till hat keinen Wagen.»

Sofort nestelte Jesper an seiner rechten Hosentasche herum. «Hier», sagte er schließlich und hielt Till einen Schlüssel hin.

«Was ist das?»

«Der Schlüssel zu meinem Volvo. Oder willst du nach Hamburg laufen?»

Eingeschüchtert von so viel Freundlichkeit, wusste Till nicht, wen von beiden er zuerst umarmen sollte.

«Danke!», sagte er und umarmte erst Marlies, dann Jesper.

Er griff nach dem Schlüssel. Doch Jesper war schneller und zog seine Hand im gleichen Moment wieder zurück.

«Eine Bedingung!»

«Was?» Ungeduldig sah Till ihn an.

«Du verkaufst mir dafür die Skulptur.» Er deutete mit dem Kopf auf die Holzfigur, die Till geschaffen hatte.

Verblüfft sah Till ihn an. «Danny? Er gefällt dir?»

«Gefallen? Willst du mich verarschen?! Das Ding ist grandios.» Erwartungsvoll blickte Jesper ihn an und wedelte mit dem Autoschlüssel vor seinem Gesicht herum. «Also, was ist? Abgemacht?»

«Ich habe eine bessere Idee», sagte Till, und eine Flut von freudigem Stolz durchströmte ihn. «Ich schenke sie dir. Euch beiden», sagte er entschlossen.

Marlies machte Jesper ein Zeichen. «Gib ihm schnell den Schlüssel, sonst überlegt er es sich noch anders!»

Grinsend legte Jesper Till den Schlüssel in die Hand. «Übers Schenken oder Kaufen reden wir noch. Jetzt düs endlich ab!»

«Danke», sagte Till mit heiserer Stimme. «Danke für alles!»

«Viel Glück!», rief Marlies ihm hinterher.

Doch Till hatte sich schon seine Tasche geschnappt und lief zu Jespers Volvo auf dem Parkplatz vor der Agentur. Erstmals seit gefühlten Jahren hatte er den Eindruck, er wisse genau, was zu tun sei. Er wollte so schnell wie möglich nach Hamburg kommen. Zu Oda.

Dann startete er den Wagen und fuhr los.

Oda

Den Weg zur Küchenecke fand Oda mühelos, auch ohne das Licht einschalten zu müssen. Selbst bei geöffneten Blendläden war es hier immer recht dunkel. Aber auch wenn sie eine halbe Ewigkeit nicht mehr im Wochenendhäuschen ihrer Eltern übernachtet hatte, kannte sie alles in- und auswendig, die Anordnung der Möbel, die Position sämtlicher Tür- und Fenstergriffe. Wenig war hier über die Jahre verändert worden. Sie hätte den Weg im Schlaf gefunden.

Stundenlang war Oda mit dem Auto umhergefahren, außer sich vor Verzweiflung. Bis die Erschöpfung und eine bleierne Müdigkeit sie irgendwann eingeholt hatten. Schließlich war sie in die Heide gefahren und hatte auf dem vorgelagerten Parkplatz, der etwa fünf Gehminuten von der Hütte entfernt lag, erleichtert festgestellt, dass der Wagen ihrer Eltern nirgends zu sehen war.

Sie legte ihre Tasche auf der Küchenbank ab, um die Hände frei zu haben, und öffnete die Fenster und Blendläden. Schon als Kind hatte sie den muffigen Geruch des Kiefernholzes nicht ausstehen können, den die Schränke, Tische, Stühle und Betten sowie die Holzverkleidungen ausströmten. Wenn ihre Mutter nicht sämtliche Gardinen, Kissen und Tischdecken aus rot-weiß kariertem Stoff genäht hätte, wäre das Haus ein einziger brauner Bunker. Mit den Jahren hatte auch die sonstige Dekoration, angefangen von der Armee großer und kleiner Gartenzwerge auf der Fensterbank bis hin zu den unzähligen Trockenblumensträußen, dafür gesorgt, dass die Hütte ein wenig bunter wirkte.

Oda ging zum Kühlschrank, um nachzusehen, ob er gefüllt war. Weniger, weil sie Hunger hatte, als vielmehr, um sich zu vergewissern, dass ihre Eltern nicht da waren. Tatsächlich fanden sich bloß ein paar Grillsoßen, Senf, Eier und Margarine darin. Also, schloss Oda, würde sie ein paar Tage, mindestens bis zum Freitag der nächsten Woche, hier untertauchen können, ohne einer Menschenseele begegnen zu müssen. Erleichtert setzte sie sich auf die Bank und starrte hinaus. Nichts war zu hören. Gar nichts. Es war irritierend still. Weder rauschten die Kiefern im Wind, noch waren Musik oder Stimmen irgendwelcher Nachbarn zu hören, deren Häuschen ein paar hundert Meter entfernt standen. Oda kannte keinen anderen Ort auf der Welt, an dem die Zeit so langsam verstrich, ja beinahe stillzustehen schien wie hier. Und Zeit war etwas, was Oda nicht hatte. Jedenfalls nicht mehr. Als Teenager hatten sich die Tage manchmal endlos angefühlt. Und auch während des Studiums hatte Oda kaum einen ernsthaften Gedanken daran verschwendet, dass die Jahre immer weniger werden würden und dass das Leben jeden Moment vorbei sein konnte. Im Gegenteil: Die Welt stand ihr offen. Nichts und niemand stellte sich ihr in den Weg. Sie war immer in Bewegung gewesen und hatte stets das getan, wozu sie Lust verspürte.

War diese unbegreifliche Diagnose jetzt die gerechte Strafe dafür?

Oda fühlte nichts. Die Frage berührte sie nicht einmal. Sie entsprang einfach ihren wirren Gedanken, die unaufhörlich zwischen Till und dem Termin bei Dr. Feldmann hin- und herschnellten. Sie konnte nicht einmal sagen, was erschütternder war. Die Krankheit und die Tatsache, dass sie sich in Sicherheit gewogen hatte und doch vom Schicksal verarscht worden war. Oder aber die Täuschung, oder vielmehr Enttäuschung, darüber, von Till, einem vermeintlich wahren Freund und Seelenverwandten, belogen und betrogen worden zu sein. Er war weder frei, noch war er aufrichtig mit ihr gewesen. Und das hatte Oda zu einem Zeitpunkt realisiert, an dem sie endlich ihre Liebe gestehen konnte und wollte. Beides war ein Schock. Ein Schock, der so tief saß, dass Oda sich kaum rühren konnte. Nicht einmal weinen konnte sie. Auch Wut war keine da. Nicht auf Till und auch nicht auf ihren Arzt. Der aufkommende Groll richtete sich allein gegen sie selbst. Wie hatte sie nur so naiv sein können, dass Till kein Liebesleben hatte? Sie hatte nicht einmal daran gedacht, ihn geradeheraus zu fragen, ob er gebunden war. Sie war einfach davon ausgegangen, dass er nie etwas Ernsthaftes mit einer anderen Frau angefangen hatte. Geschweige denn, dass er eine Familie gegründet hatte. Schlimmer noch: In stiller Anmaßung hatte sie geglaubt, sich seiner Zuneigung stets sicher sein zu können, ganz gleich, wie vielen Frauen er jemals begegnet war. Und dann ausgerechnet Siri! Wie hatte Oda damals immer über sie hergezogen! Und warum überhaupt? Im Grunde war Siri damals eine sehr anständige Person gewesen, geradlinig, offen, durchaus beliebt – eine gute Seele eben.

Genau das, was ich nicht bin, dachte Oda beschämt und legte ihren müden Kopf auf den Tisch. Das Tischtuch kühlte ihre Wange. Eine ganze Zeit saß sie reglos so da, nach vorne gebeugt, die Hände unter dem Kopf verschränkt. Irgendwann spürte Oda, wie sich eine Träne langsam ihren Weg über ihre Hände auf die Tischdecke bahnte. Ihr Kreuz schmerzte, und ihre nackten Arme fröstelten.

Oda vermochte nicht zu sagen, wie lange sie so dagesessen hatte. Schließlich erhob sie sich langsam, schloss die Fenster und ging ins kleine Schlafzimmer nebenan. Sie knipste die Nachttischlampe auf der Bettseite ihres Vaters an. Sie sah sich um.

Auch in diesem Raum waren die meisten Dinge in Rot-Weiß gehalten. Sogar die Bettwäsche kannte Oda noch von früher, wie sie mit einem tiefen Seufzer zur Kenntnis nahm. Ihr Blick blieb an den Fotos über dem Kopfende des Bettes hängen, die allesamt aus der Zeit stammten, als ihre kleine Welt noch in Ordnung gewesen war. Das größte Bild an der Wand war eine Collage, die den Bau der Holzhütte dokumentierte. Oda konnte sich noch gut an die aufregende Zeit erinnern, als sie im Kindergartenalter jede freie Stunde mit ihren Eltern auf der Baustelle verbracht hatte. Immer gab es irgendwo einen Sandhaufen zum Spielen und jede Menge zu entdecken. Oda schaute auf den Fotos in glückliche Gesichter. Auch sie selbst, so hatte es den Anschein, schien ein fröhliches Kind gewesen zu sein. Wann war diese lebendige Lebensfreude bloß aus ihrem Wesenskern gewichen? Hatten die Nachbarn sie damals nicht sogar «Grinsi» genannt, weil sie immerzu lächelte? Aber dann musste sich irgendetwas Unheilvolles in ihr eingenistet haben, was sie auf den falschen Weg gebracht hat, weiter von sich selbst weg. Wieso nur hatte sie nichts bemerkt? War das Leben im Ausland so laut, so bunt gewesen, dass sie sich selbst nicht mehr gehört und gesehen hatte? Oder war es im Gegenteil zu Hause im Norden zu trostlos gewesen, um unbeschwert erwachsen zu werden?

Oda ließ sich auf das Bett ihrer Eltern sinken. Sie streifte die Schuhe von den Füßen und legte sich in die Mitte, gerade auf den Rücken, die Hände gefaltet, die Augen geschlossen. So friedlich würde es aussehen, sinnierte Oda, wenn sie auf der Stelle sterben würde und man sie irgendwann hier fände. Scheinbar friedlich aus dem Leben geschieden. Niemand würde wissen, welcher Sturm der Gefühle in ihr getobt, welche Dimension ihre Verzweiflung gehabt hätte. Der Tod wäre ihre letzte Flucht gewesen. Auch wenn Rick als Einziger ahnen würde, welcher Abgrund sich vor ihr aufgetan hatte, wäre er klug genug, ihre Eltern zu schonen. Sie sollten sich keine Vorwürfe machen, dass ihre einzige Tochter sich nie wirklich geliebt fühlte. Dabei war das wohl kaum die Schuld ihrer überfürsorglichen Mutter oder ihres ängstlichen Vaters. Oda hätte sich im Grunde keine besseren Eltern wünschen können. Vielleicht war es auch das, was Oda am meisten erschütterte: Sie hatte alles vom Leben haben können und war doch zu oft undankbar und unzufrieden gewesen. Vielmehr hatte sie stets versucht, das Glück an einem anderen Ort zu finden.

Diese Wahrheit lastete schwer auf ihrem Herzen. Die Wahrheit, dass sie selbst es war, die ihr Leben verwirkte, weil sie nie wirklich Verantwortung übernahm. Weder in der Beziehung zu ihren Eltern noch zu ihren Liebhabern und Freunden und auch nicht für ihren Körper und die Warnsignale, die er aussendete. Selbst in ihrer größten Leidenschaft, der Fotografie, war sie letztlich vor der Verantwortung geflohen, etwas Sinnvolles mit ihrem Talent anzufangen. Fast war es eine Erleichterung gewesen, Till dieses Geständnis zu machen. Nur er verstand, was der Tod einer Künstlerseele bedeutete. Und nun war auch er nicht mehr für sie da. Oda konnte sich die Leere in ihrem Leben nicht mehr schönreden. Sie hatte alles verloren – ihre Leidenschaft, ihre Gesundheit und ihre Liebe. Am allermeisten aber sich selbst.

Till

Auf der Autobahn hielt Till fünfmal an. Zweimal, weil er dachte, die spontane Fahrt nach Hamburg sei eine schlechte Idee. Er spielte jedes Mal mit dem Gedanken umzukehren, gab dem Impuls dann aber doch nicht nach. Einmal hielt er an, weil er versuchte, Oda anzurufen (und doch nur ihre Mailbox erreichte). Er hinterließ keine Nachricht, aber sie würde sehen, dass er versucht hatte, sie zu erreichen. Einmal musste er tanken, und einmal klingelte sein Telefon, und er dachte, es wäre Oda. Vor lauter Aufregung entglitt ihm das Handy und fiel in den Bodenraum des Beifahrersitzes, weshalb Till fluchend sofort den nächsten Rastplatz ansteuerte. Es war jedoch Siri. Diese hinterließ eine Nachricht auf der Mailbox (im Gegensatz zu Till hinterließ Siri grundsätzlich Nachrichten). Zu seiner großen Überraschung klang ihre Stimme freundlich. Vom Ärger wegen Odas Besuch keine Spur. Im Gegenteil. Sie wollte ihn fragen, ob er Lasse und Lotte unter der Woche noch einmal sehen wollte. Wenn ja, wann? Ihr würde es am Mittwochnachmittag passen. Gleiche Zeit, gleicher Ort? Kein Wort von ihrem Streit auf dem Spielplatz, so als hätte es diesen nie gegeben. Typisch Siri. Er beschloss, sie später zurückzurufen, und startete den Wagen.

Zurück auf der Autobahn, dachte Till über Siris Nachricht nach. Konnte es sein, dass sie einfach nur ein netter Mensch sein wollte? Dass sie ihn gar nicht verabscheute, wie Till seit längerer Zeit vermutete? Der Gedanke kam so überraschend, dass es

326

ihm das Herz zuschnürte. Sollte er umkehren? Zurück zu dieser Frau und seinen Kindern? Aber an der nächsten Ausfahrt fuhr er vorbei.

Gegen 20 Uhr, kurz vor Hamburg, hielt Till ein letztes Mal. Er hatte keine Ahnung, wo Oda wohnte, kannte nur den Weg zu ihrer Galerie. Was, wenn sie nicht dort war und er sie telefonisch nicht erreichen konnte? Rief sie ihn absichtlich nicht zurück?

Till merkte, wie ihn bei diesen Fragen der Mut verließ. Alles schien ihm auf einmal unsinnig. Ein Gedanke, der ihm mittlerweile nicht ganz fremd war.

Eine halbe Stunde später parkte er Jespers Volvo vor der Galerie. Er erinnerte sich daran, wie er dort das erste Mal aufgetaucht war. Es schien ihm unendlich lange her und gleichzeitig wie gestern.

Auf dem Weg durch die Stadt hatte er sich fest vorgenommen, nach dem Parken direkt auszusteigen und ohne nachzudenken in die Galerie zu gehen. Es gab keinen anderen Weg. Selbst wenn er dabei Rick begegnen musste.

Mit klopfendem Herzen blickte er durch die großen Scheiben ins Innere der Galerie. Oda war nicht zu sehen, niemand war zu sehen. Als Till mit festem Griff die Tür öffnen wollte, erblickte er sein Spiegelbild in der Scheibe – und erschrak. Noch immer trug er das grüne Kermit-T-Shirt, die hellblaue Shorts und die alten Birkenstocks. Er sah aus wie ein … ein Freak. Wie angewurzelt stand er da. So konnte er Oda unmöglich gegenübertreten, nicht in dieser Situation.

Till wollte sich gerade umdrehen, als ein Mann von einem der hinteren Räume in die Galerie trat. Mit freundlichem Lächeln nickte er Till durch die Scheibe zu.

Scheiß drauf, dachte Till und trat ein.

«Hi!», begrüßte ihn der Mann. «Wollen Sie nur mal schauen, oder darf ich Sie rumführen? Wir schließen nämlich gleich.»

Im Gegensatz zu Till war er ordentlich gekleidet. Er trug ein hellblaues, gebügeltes Hemd, beige Chinos und an den Füßen Seglerschuhe ohne Strümpfe. Schon an seiner Haltung konnte Till sehen, dass er sich in seinem Körper wohlfühlte. Er war ungefähr in Tills Alter, hatte eine Locke in die Stirn gekämmt, wie es Popper gerne machten, und strahlte eine Nettigkeit aus, die Till gleichzeitig faszinierte und befremdete. Ihm war sofort klar, wer das sein musste.

«Sie sind Rick, nicht wahr?»

Der Mann stutzte kurz, behielt aber sein unverbindliches Lächeln. «Ja. Und Sie?»

«Till. Till Jansen.»

Einen Moment dachte Till, dass er gleich eine Faust im Gesicht haben würde. Aber sein Gegenüber streckte ihm lediglich eine Hand zum Gruß entgegen. «Wir können uns doch duzen, oder?»

… *oder?*, *Oda* …, dachte Till. Nach kurzem Zögern ergriff er die Hand und schüttelte sie. Ricks Griff war energisch und fest. Genau so hatte er ihn sich vorgestellt.

«Oda hat schon viel über dich erzählt», sagte Rick tonlos, aber nicht unfreundlich. Der Geruch von Weichspüler zog Till in die Nase.

«Ist sie da?»

Ein wenig überrascht von Tills schnellem Vorstoß, fuhr Rick sich durch die Locken. «Nein. Ist sie nicht.» Er redete langsam, so als müsse er von jetzt an jedes Wort auf die Goldwaage legen. Till wollte ihn schütteln.

«Weißt du, wo sie ist? Ich muss dringend mit ihr sprechen.» Er war selbst irritiert über seine Zielstrebigkeit. Aber mit jedem Wort, das er aussprach, wurde er bestärkt in seinem Gefühl, dass es richtig war, was er tat.

«Ich habe schon mehrfach versucht, sie anzurufen. Aber sie geht nicht an ihr Handy.»

Rick sah an ihm vorbei nach draußen, so als würde dort jemand stehen. Als Till sich umdrehte, war jedoch niemand zu sehen. Er wandte sich wieder zurück und musste überrascht feststellen, dass Rick verschwunden war. Wie vom Erdboden verschluckt. Wollte er Oda holen? War sie doch da?

Till sah sich um. Sein Blick blieb an dem Foto von der alten Dame hängen, dessen Anblick ihn bei seinem ersten Besuch so fasziniert hatte. Jetzt wusste er, dass es weniger das Foto selbst als vielmehr die Aufgeregtheit über das Wiedersehen mit Oda gewesen war, das ihn damals übermannt hatte. Trotzdem schien die Aufnahme ihm auch symbolisch für Odas Stärke zu stehen, in jeder Person das Positive hervorzubringen. Man wollte ein besserer Mensch sein für sie. Till trat näher an das Bild heran und studierte es noch einmal aufmerksam, bis er aus einem der hinteren Räume das Brodeln einer Kaffeemaschine hörte.

Er folgte dem Geräusch und fand Rick in einer kleinen Küche. Es war ein winziger Raum mit einer Spüle und einem Kühlschrank sowie einer L-förmigen Arbeitsplatte, auf der ein Kaffee-Vollautomat stand, den der Kaffee-Fan Jesper mit Nichtachtung gestraft hätte.

«Auch einen Latte macchiato?», fragte Rick beiläufig, als wäre er eben nicht einfach wortlos verschwunden.

Die Aktion könnte von Siri stammen, dachte Till. An der Oberfläche immer schön freundlich tun und alle Probleme weglächeln.

«Nein, danke.» Plötzlich hatte er das Versteckspiel satt. «Scheiß drauf», fügte er noch hinzu, um Ricks ungeteilte Aufmerksamkeit zu bekommen. Er sah ihm fest in die Augen und erklärte: «Ich bin in Oda verliebt. War es wohl schon immer. Ich finde, das solltest du wissen.»

Er schluckte und wartete auf eine Reaktion. Aber von Rick kam nichts. Also redete er weiter.

«Deswegen bin ich hier. Ich muss das mit ihr klären, sonst werde ich verrückt.»

Aus einem Grund, den er nicht benennen konnte, schien ihm die Wahrheit in diesem Fall das beste Mittel zu sein. Rick schien sich mehr für den Kaffee zu interessieren und tat so, als gäbe es Till nicht. Auch das kannte Till von Siri. Bei schlechten Nachrichten rastete sie entweder aus oder ignorierte die Welt um sie herum einfach.

«Deswegen muss ich sie sehen», wiederholte Till. «Verstehst du das?»

Endlich drehte sich Rick zu ihm um. Keine Spur von Unsicherheit oder Wut war in seinem Blick zu erkennen. Er betrachtete intensiv Tills T-Shirt und schien einen Augenblick zu überlegen.

«Wir haben uns getrennt», sagte er schließlich, und es kam Till so vor, als hätte er zu dem Kermit auf seinem Shirt gesprochen. Erstmals war eine Gefühlsregung in Ricks Stimme zu vernehmen. Ein leichtes Zittern. Aber Till konnte sich auch täuschen.

«Das … tut mir leid», hörte er sich sagen.

Rick hob seinen Blick. «Komisch», meinte er trocken.

«Was ist komisch?», fragte Till. «Dass es mir leidtut?»

Rick schüttelte den Kopf. «Nein. Komisch ist, dass ich dir glaube, dass es dir leidtut.» Er lächelte gequält.

Eine Weile standen sie einfach nur da.

«Vielleicht nehme ich doch einen Kaffee», sagte Till schließlich, nur, um etwas gegen die Stille zu tun.

Wie auf Knopfdruck kam wieder Leben in Ricks Körper. Er stellte eine weiße Tasse vor die Maschine, drückte die entsprechende Taste und wartete. Das Mahlen von Kaffee war zu hören, dann ein lautes Zischen, und schon floss unten der schwarze Kaffee raus.

Einen Augenblick wünschte sich Till, er wäre in Jespers und

Marlies' Werbeagentur und könnte sich selbst intensiv um die Zubereitung des Kaffees kümmern.

«Milch? Zucker?» Rick drehte sich mit der Tasse zu ihm um.

Till schüttelte den Kopf. Er wollte die Sache nicht komplizierter machen, als sie schon war.

«Was hältst du von Odas Fotos?», fragte Rick unvermittelt und lehnte sich neben Till an die Arbeitsplatte.

Der Kaffee schmeckte erbärmlich. Till nahm trotzdem einen zweiten Schluck und dachte nach.

«Sie berühren mich, obwohl sie eigentlich technisch zu perfekt sind. Man ahnt, Oda hält beim Fotografieren etwas zurück. Trotzdem dringt dieses Etwas zum Betrachter durch. Die Bilder haben etwas Magisches, obwohl die Szenen beinahe künstlich wirken. Merkwürdig, aber ich glaube, dass genau dieser Widerspruch den Reiz ihrer Fotos ausmacht.»

Nachdenklich nickte Rick. «Das bringt es ziemlich gut auf den Punkt.» In seinen rehbraunen Augen lag ein seltsamer Glanz. Till fürchtete, er würde gleich in Tränen ausbrechen. Aber Rick zuckte lediglich mit den Schultern.

«Ich weiß nicht, wo Oda ist. Ich dachte eigentlich, sie sei bei dir. Jedenfalls geht sie auch bei mir nicht ans Telefon.»

Langsam gewöhnte sich Till an die hektischen Sprünge in dem Gespräch.

«Hast du sie gesucht?»

«Sollte ich?», fragte Rick.

«Weiß nicht. Willst du sie nicht zurückhaben?»

Als habe sich Rick darüber bisher keine Gedanken gemacht, schwankte er mit dem Oberkörper leicht hin und her. «Schon», sagte er schließlich. «Aber wenn sie nicht will … Man kann Oda nicht festhalten.»

Till räusperte sich, er würde sich von diesem Kerl nicht ins Bockshorn jagen lassen. Schließlich kannte er Oda schon viel länger und wusste, dass es nicht einfach war mit ihr. Ungeduldig wandte er sich an Rick. «Ich will nicht aufdringlich erscheinen … Ist ja eine beschissene Situation für dich. Aber … Ich meine, Oda hat mir geschrieben, dass sie eure Hochzeit abgesagt hat. Könnte sein, dass das irgendwie auch mit mir zu tun hat. Also, vielleicht.» Wieso druckste er bloß so rum? Entschlossener fuhr Till fort: «Trotzdem. Ich muss wissen, wo sie ist. Und wenn du es mir nicht sagen willst, dann –»

«Oda hat Krebs», unterbrach Rick ihn plötzlich. Er spuckte die Worte fast aus.

«Bitte?»

Schweigen.

«Wie, sie hat Krebs?» Till schüttelte den Kopf. «Versteh ich nicht. Ich dachte, sie hat keinen. Sie hat doch –»

«Das Krankenhaus hat noch mal angerufen. Es gab da wohl einen Irrtum.»

«Einen Irrtum? Wie? Was?» Tills Stimme überschlug sich. «Das ist ja furchtbar! Was sagen die Ärzte denn?»

Rick deutete seine Ratlosigkeit an, indem er die Wangen aufblies und gleichzeitig seine Augenbrauen hochzog. «Mehr weiß ich auch nicht.»

«Mehr weißt du auch nicht … Hm.» Der Typ machte ihn wahnsinnig mit seiner vermeintlichen Gelassenheit. «Dann ist sie also im Krankenhaus?»

«Nein, da bin ich gewesen. Dort ist sie nicht.» Rick nippte an seinem Kaffee.

Till verstand nicht, wie der Mann so ruhig bleiben konnte. «Und du hast wirklich keine Ahnung, wo sie sonst sein könnte? Ich meine, du kannst sie doch nicht einfach so gehen lassen!», sagte er anklagend.

«Sie war es, die gehen wollte.» Erstmals klang Ricks Stimme eine Spur verärgert.

«Verdammte Scheiße!» Till donnerte seine Tasse auf die Ablage. Er war wütend. Auf Rick, auf Oda, auf sich selbst, dass er so spät nach Hamburg gekommen war. Er hätte gleich zu Oda fahren und sich für seine letzte Mail entschuldigen sollen. Und jetzt war es vielleicht zu spät. «Scheiße!»

Er hatte nicht das Gefühl, hier noch viel erreichen zu können.

«Danke für den Kaffee», sagte er daher knapp und verließ die Küche. Im Ausstellungsraum der Galerie blieb er kurz vor dem Foto mit der alten Dame stehen, dann nahm er es ab. Kein Alarm oder irgendwelche Sicherungsschnüre hinderten ihn daran.

«Ich kaufe es dir ab», sagte Till, als er merkte, dass Rick ihm gefolgt war.

Rick starrte auf das Foto, als sähe er es das erste Mal.

«Was kostet es?»

Erstaunlich geschäftsmäßig zog Rick eine Visitenkarte seiner Galerie aus der Hose und überreichte sie Till. «Mail mir deine Adresse, dann schicke ich dir die Rechnung zu», sagte er nüchtern.

Till nahm die Karte und sah Rick an. Er hoffte, dass er nicht auch so emotionslos wirkte wie sein Gegenüber. Er nickte Rick lächelnd zu und drehte sich um.

Mit dem Foto unterm Arm ging Till nach draußen, wo es bereits dämmerte, und verstaute seinen neuen Besitz auf dem Rücksitz. Er wollte gerade vorne einsteigen, da öffnete sich die Tür zur Galerie und Rick trat auf die Straße. Mit festem Schritt kam er auf ihn zu. Den Rücken gerade durchgedrückt.

«Ich weiß vielleicht doch, wo Oda sein könnte.»

Überrascht sah Till hoch.

«Es gibt da ein kleines Häuschen von ihren Eltern.»

«Das in der Heide?» Dunkel erinnerte sich Till, dass Oda öfter mal von einem Wochenendhaus am Rand des Naturschutzgebiets gesprochen hatte. Er selbst war nie dort gewesen.

«Könnte sein, dass sie da hingefahren ist. Hier ist die Adresse», sagte Rick und gab ihm eine weitere Visitenkarte der Galerie, auf deren Rückseite er etwas geschrieben hatte. «Aber es ist nicht ganz leicht zu finden, weil man mit dem Auto nicht ranfahren kann.»

Till nahm die Karte und stieg ein. «Danke!», sagte er und startete den Wagen.

Die beiden Männer nickten sich zu, dann gab Till die Adresse in Jespers Navi ein und fuhr los.

Oda

*S*teh auf! Die Stimme flüsterte leise, aber deutlich. *Steh endlich auf!*

Oda schlug ihre Augen auf und sah sich erschrocken um. Da war niemand. Sie lag im vollkommen zerwühlten Bett ihrer Eltern, eng zusammengekauert wie ein Embryo im Mutterleib. Sie konnte nicht sagen, ob sie geträumt hatte oder woher die Stimme gekommen war.

Oda richtete sich auf. Die Fensterläden der Hütte ließen nur spärliches Licht durch, sodass sie keine Ahnung hatte, wie spät es war.

Oda, steh auf!

Mit einem Satz sprang sie aus dem Bett und sah sich panisch um. Aber es war niemand zu entdecken.

Ob sie immer noch träumte? War sie womöglich verrückt geworden?

Wie eine Betrunkene taumelte Oda aus der kleinen Schlafstube in die Küchenecke, wo sie am Vorabend ihre Tasche abgelegt hatte. Sie kramte ihr Handy hervor, um nach der Uhrzeit zu sehen. Es war 5:31 Uhr. Die frühe Stunde überraschte sie nicht, wohl aber die andere Information auf dem Display: Sie hatte zwölf verpasste Anrufe! Ein Schauer durchfuhr sie. Oda vermochte nicht zu sagen, ob er sich schön oder schrecklich anfühlte. Denn nicht nur Rick hatte mehrfach versucht, sie zu erreichen. Auch Till hatte sich gemeldet und per SMS angekündigt, sie in Hamburg treffen zu wollen. Und mit einem Mal wurde ihr Bewusstsein mit aller Wucht von der brutalen Realität gerammt. Wie schön war doch der Dämmerzustand zuvor gewesen!

Oda nahm ein Glas aus dem Regal über der Spüle und füllte es mit kaltem Leitungswasser. Dann trank sie es in einem Schluck leer und löschte ungehört und ungelesen alle neuen Nachrichten. Sie wollte niemanden sehen oder sprechen. Auch Till nicht. Warum sollte sie ihn auch treffen? Damit sie sich wieder gegenseitig Vorwürfe machen konnten? Dafür hatte sie keine Kraft mehr. Jeder von ihnen hatte für sich beschlossen, seinen eigenen Weg zu gehen. Das hatte Oda inzwischen begriffen. Deshalb gab es auch keinen Grund, ihn mit der Krebsdiagnose zu belästigen. Er hatte sein eigenes Leben, ein gutes Leben offenbar, mit einer tollen Frau und zwei entzückenden Kindern und mit der Aussicht auf einen erfolgreichen Neustart als Künstler. Sicher gab es in der Szene genügend Menschen mit Geschmack und Sachverstand und Geld, die ihm gute Preise für seine Skulpturen zahlen würden.

Oda reckte sich. Sie würde die frühe Stunde für einen Spaziergang nutzen. Die Morgendämmerung hatte hier seit jeher einen besonderen Reiz auf sie ausgeübt.

Nach dem Toilettengang wusch sie sich die Hände und griff nach einer der unbenutzten Zahnbürsten, die ihre Mutter stets im Schränkchen unter dem Waschbecken für Gäste bereithielt. Nach der notdürftigen Katzenwäsche betrachtete sie ihr müdes Spiegelbild. Sie war alt geworden, fand Oda. Zumindest fielen ihr auf einmal die vielen Fältchen um die Augen auf. Vielleicht lag es auch an dem grellen Licht, das oberhalb des Spiegels angebracht war. Aber sie ging auf die vierzig zu, und dafür gab es untrügliche Zeichen. Ob sie ihren runden Geburtstag überhaupt noch erleben würde? Wer wusste das schon? Niemand konnte ihr sagen, ob es sich lohnen würde, den harten Kampf durchzustehen, um am Ende womöglich doch zu verlieren. Wie hoch war die Chance auf eine erfolgreiche Chemotherapie überhaupt? Oda hatte Dr. Feldmann einfach nicht wirklich zuhören können.

Als sie versuchte, ihre vollen Haare in einem Pferdeschwanz zu bändigen, stiegen Tränen in ihr auf. Ermattet ließ sie sich auf den Toilettendeckel sinken.

Verdammt! Sie sollte die Zeit, die sie noch hatte, besser in vollen Zügen genießen, ermahnte sie sich. Aber sogleich setzte der ihr eigene Zynismus noch einen obendrauf: Denn für wen oder für was lohnte es sich noch, das Leben auszukosten?

Steh auf!

Schon wieder vernahm Oda diese seltsam streng und zugleich sanft klingende Stimme. Sie war eindeutig dabei, den Verstand zu verlieren. So viel war klar. Kein Wunder, denn in ihrem Kopf herrschte ein düsterer Nebel, der immer dichter zu werden schien.

Wie bei einer drohenden Rauchvergiftung drängte es Oda plötzlich fluchtartig nach draußen. Sie zog sich an, schlüpfte in ihre Chucks, schnappte sich ihre Tasche und verriegelte von außen die Tür.

Es war bereits so hell, dass sie die Umrisse der einzelnen Kiefern ausmachen konnte. Als Oda sich vom Haus abwenden wollte, fiel ihr Blick auf zwei Paddel, die unterhalb der Gartenbank vor dem Häuschen deponiert waren. Sie gehörten zu dem kleinen Ruderboot, das seit eh und je am nahe gelegenen See lag.

Auf dem Wasser wäre es jetzt vollkommen ruhig, dachte Oda. Und allein bei dem Gedanken an diese Ruhe spürte sie, wie ihr Körper sich entspannte.

Sie kramte die Ruder hervor und inspizierte, ob sie noch seetauglich waren. Spinnweben und Dreck zeugten davon, dass das Boot offenbar nur noch selten von ihren Eltern genutzt wurde.

Oda schulterte die Paddel und machte sich auf den Weg.

Till

Rick hatte recht gehabt. Das Haus war tatsächlich schwer zu finden. Es lag am Rand eines Naturschutzgebietes, wo selbst Jespers Navi nicht weiterhalf. Till konnte sich erinnern, dass Oda früher öfter von der Heide erzählt hatte. Die Gegend um das Ferienhaus ihrer Eltern sei ihr als Kind immer wie ein Märchenwald vorgekommen. Während Till durch die morgendliche Dämmerung stapfte und versuchte, sich zu orientieren, ahnte er, was Oda gemeint haben musste. Till vergaß bei dem Anblick der nebeldurchtränkten Landschaft sogar kurzzeitig seine schmerzenden Knochen. Er hatte die Nacht auf einem kleinen Parkplatz im Auto verbracht und so gut wie gar nicht geschlafen. Als es langsam hell geworden war, hatte er beschlossen, loszumarschieren.

Nach einer über einstündigen Odyssee signalisierte das Navi endlich, dass er «Am Waldrand 3» erreicht habe. Nach einer kleinen Biegung stand er dann tatsächlich vor einem winzigen Holzhaus, das im wahrsten Sinne des Wortes am Waldrand lag. Es war klein und hutzelig, und es schien der magische Eingang zu einem riesigen Waldstück zu sein. Till war unschlüssig, was er tun sollte. Schließlich gab er sich einen Ruck und ging zum Eingang.

Die Tür war verschlossen, niemand zu sehen. Till fragte sich, ob alle Besucher zu Fuß kamen oder ob es noch einen versteckten Weg gab, der breit genug für ein Auto gewesen wäre. Er versuchte, einen Blick ins Innere zu erhaschen, aber die Fenster waren mit dichten Holzläden verriegelt. Till ging um das Haus herum und rief mehrfach Odas Namen. Bei der wackeligen Gartenbank fand er schließlich ein paar frische Fußspuren. Ha! Es war also doch ein Indianer an ihm verlorengegangen.

Plötzlich ergriff ihn eine freudige Unruhe. Er war bereit für das Treffen mit Oda. Schnell holte er sein Handy aus der Hosentasche und tippte eine Nachricht für sie ein:

Liebe Oda. Habe alles von Rick gehört. Wo bist du?

Dann wartete er eine halbe Stunde, bis er schließlich die nächste Nachricht schrieb:

Brauche dich. Dringend.

Und dann, weitere zehn Minuten später, formulierte er schon mutiger:

Ich weiß, dass du am Häuschen deiner Eltern bist. Mache mich jetzt auf die Suche nach dir.

Ein billiger Trick, mit dem er eigentlich mehr sich selbst Mut machen wollte. Denn natürlich war er sich gar nicht sicher, ob die Spuren wirklich von Oda stammten. Und selbst wenn, hieß das noch lange nicht, dass sie auch irgendwo in der Nähe war. Warum sollte sie das Häuschen auch so früh verlassen haben?

Till wollte schon aufgeben und zurück zum Auto gehen, als plötzlich sein Handy einen vielversprechenden Ton von sich gab:

Lass mich.

Fassungslos starrte Till die SMS an. Jetzt war er sich jedenfalls sicher, dass Oda hier sein musste. Sofort begann sein Herz schneller zu schlagen, dabei sah er sich verstohlen um. Konnte es sein, dass sie ihn beobachtete? Schnell schrieb er eine weitere SMS:

Ich muss mit dir reden. Denk an den traurigen Danny und seine Klara aus der Zuckerfabrik … Bitte!

Diesmal musste er nur kurz auf eine Antwort warten. Ein gutes Zeichen, wie er fand, auch wenn die Nachricht selbst nicht gut klang.

Es hat keinen Sinn.

Sofort schrieb er zurück:

Dann rede nur ICH. Bitte.

Kaum hatte er die SMS abgeschickt, überkam ihn das Gefühl, dass sie zu kurz war. Zu wenig emotional. Er begann eine Fortsetzung zu schreiben, als bereits eine Antwort von Oda kam:

Du bist mir keinerlei Rechenschaft schuldig. Auch darüber nicht, wie man mit der Wahrheit umgeht.

Er nickte dem Handy nachdenklich zu. Mit dieser Anklage hatte er gerechnet, sogar mit dem Vorwurf, er sei ein Lügner. Und das war er auch. Obwohl er streng genommen ja gar nicht gelogen hatte. Er hatte nie behauptet, er sei Single oder hätte keine Kinder. Aber das war natürlich nur eine theoretische Ausrede. Im Grunde hatte er Oda natürlich belogen.

Bis zu diesem Zeitpunkt hatte er es nicht gewagt, sich den Moment auszumalen, als Oda vor Siri stand und erfahren musste,

340

dass er verheiratet war. Und zwei Kinder hatte! Als er daran dachte, überkam ihn eine tiefe Scham. Oda war bei ihm gewesen, weil sie etwas von ihm wollte. Und dieses *Etwas*, nach dem er sich all die Jahre gesehnt hatte, schien nun für immer verloren. Niedergeschlagen und mit gesenkten Schultern tippte er eine weitere Nachricht:

> Dass ich dir nicht alles von mir erzählt habe, war ein riesiger Fehler, den ich zutiefst bedauere. Aber ich hatte Angst. Angst, dich ein zweites Mal zu verlieren.

Kaum hatte er die SMS abgeschickt, bereute er seine Worte. Was meinte er damit, er könne sie ein zweites Mal verlieren? Er hatte sie ja nie besessen. Und er wusste doch eigentlich, wie allergisch Oda auf derartige Besitzansprüche reagierte. Auch, dass er zweimal das Wort Angst benutzt hatte, störte ihn. Es ging hier schließlich nicht mehr um ihn, sondern um Oda. Und sicher war die Angst, die Oda angesichts der neuerlichen Diagnose spüren musste, mit seiner nicht im Ansatz zu vergleichen. Wenn nur dieser verdammte Krebs nicht wäre!

Aus einem Impuls heraus schrieb Till eine weitere SMS und ignorierte alle Bedenken, die er gerade noch gehabt hatte:

> Nun will ich dich nicht ein drittes Mal verlieren!

Die Nachricht hinterließ dennoch ein bitteres Gefühl. Hoffnungslosigkeit sickerte wie Honig schwer und langsam durch seinen gesamten Körper. Und je länger Till auf eine Antwort wartete, desto größer wurde seine Verzweiflung. Was sollte er tun? Zurück nach Berlin fahren? Nein, er wusste, dass er das nicht konnte. Er konnte nicht wieder weg. Jetzt nicht. Er musste mit Oda sprechen, ihr in die Augen sehen. Er musste sie finden.

Lass los und sei glücklich!
Oda lag rücklings in dem kleinen Boot und starrte in den wolkenverhangenen Himmel. Wie kurios die Worte der seltsamen Stimme in ihr doch waren.

Loslassen ... Oda wusste nicht, wie das ging. Ihr ganzes Leben lang wollte sie immer die Kontrolle behalten, hatte nicht gelernt, das Schicksal zu akzeptieren, sondern immer gekämpft. Jetzt, mit der Diagnose, wusste sie, dass ihr gar nichts anderes übrig bleiben würde, als loszulassen. Sie würde lernen müssen, sich treiben zu lassen. Und wenn es das Letzte war, was sie im Leben lernen würde.

Vielleicht sollte sie hier und jetzt damit anfangen und einfach die Paddel loslassen. Vielleicht wäre das die Erlösung, dachte sie und lächelte gequält. Sie konnte nämlich nicht gut schwimmen. Oda erinnerte sich an den denkwürdigen Tag im Spätsommer, als sie im Alter von elf Jahren beinahe an genau derselben Stelle ertrunken wäre. Ihr Vater behauptete stets, dass sich Odas Fuß bloß an einer Wasserpflanze verfangen hatte. Doch seitdem war sie nie wieder freiwillig ins Wasser gegangen. Bis zu diesem Tag. War der See hier tief genug, um still und heimlich zu gehen?

Lass los und sei glücklich! War das ihre innere Stimme? Hätte sie weniger warm geklungen, hätte Oda die Worte als pure Provokation empfunden. Aber die Angst vor der Zukunft schmerzte zu sehr, um noch etwas zu fühlen.

Oda beobachtete, wie die Wolken weiterzogen. Nichts und niemand konnte sie aufhalten, während sie hier einsam und versehrt gefangen war. War das ihr Schicksal? Ein beklemmendes Dauerbad in Selbstmitleid? Ewig auf dem Sprung und das vermeintlich rettende Ufer doch so fern? Denn wo immer sie auch hinflüchtete, war ihre dunkle Seite schon da. Sie war nicht abzuschütteln. Welchen Grund also gab es, zurückzurudern?

Odas Handy holte sie schlagartig ins Hier und Jetzt zurück. Nach Tills letzter SMS hatte sie es eigentlich über Bord werfen wollen. Und es dann doch nur auf lautlos gestellt. Das Vibrieren der eingehenden SMS schien durch sämtliche Planken des wankenden Bootes zu dringen. Wie in Trance griff sie nach dem Telefon und starrte aufs Display, das schon den Text der eingegangenen Nachricht preisgab:

Oda, ich bin bei dir!

Sie stöhnte auf. Die Sehnsucht schmerzte. Es war unerträglich.

Die Hand, die das Handy hielt, sank auf den Rand des Bootes. Alle Anspannung wich aus Odas Körper. Dann sah sie, wie das Handy ins Wasser glitt. In gleichmäßigen, kreisenden Bewegungen tänzelte es von der Oberfläche in den Abgrund und war nach wenigen Sekunden nicht mehr zu sehen. So als hätte es das abgespeicherte Leben darin niemals gegeben. Eine seltsame Ruhe machte sich in Oda breit.

Du bist verrückt!

Diesmal glaubte Oda, die Stimme eines Mannes gehört zu haben. Eine, die sie aus Hunderten hätte heraushören können, weil sie ihr vertrauter war als die eigene.

«Du bist verrückt!»

Odas Herz schlug bis zum Hals, als sie sich umdrehte und sah, dass Till am Ufer stand.

«Was machst du hier?», hörte sie sich rufen.

«Ich will zu dir!» Till betrat den Steg, an dem das Boot befestigt gewesen war.

Oda biss sich so sehr auf die Lippe, bis sie blutete. Sie fühlte nur noch Schmerz, und ihr war plötzlich mächtig kalt.

«Ich will dich!», rief Till. Er ging bis ans Ende vom Steg und hielt seine Hand an die Stirn, um sie besser fixieren zu können.

Intuitiv griff Oda nach den Rudern. Aber sie hatte keine Kraft, weiter hinauszupaddeln.

«Ich liebe meine Familie, meine Kinder, ja. Aber dich liebe ich auch. Schon immer. Und ich will, dass du das endlich weißt. Ich will es dir sagen. Dir in die Augen sehen und es dir sagen. Und ich will mir dir zusammen sein! Ich will dich glücklich machen. So, wie du mich glücklich machst.»

Diese Sätze waren wie eine warme Dusche nach einem furchterregenden Unwetter in nasser Kälte. Doch die wohlige Freude, die in Oda hochstieg, flackerte nur für einen sehr kurzen Moment auf. Dann brach sich die Erinnerung ihren Weg zurück in die Realität.

«Du hast ja keine Ahnung ... Ich bin nicht gut für dich», hörte sie sich sagen.

«Doch, das bist du. Und für dich möchte auch ich ein besserer Mensch sein. Du gibst mir Kraft, inspirierst mich. Wenn ich die Welt durch deine Augen sehe, erscheint mir alles viel bunter, lebenswerter. Ich will den Rest meines Lebens an deiner Seite verbringen.»

«Aber ich ...» Oda spürte, wie ihre Verzweiflung größer und größer wurde. Sie konnte keinen klaren Gedanken mehr fassen. Dann schrie sie: «Ich habe nicht mehr lange zu leben.»

«Kann sein», rief Till. «Aber ich will, dass du lebst. Mit mir. Wir stehen das durch. Ich liebe dich!»

Oda war alles zu viel. Die Angst, die Verantwortung schienen ihr übermenschlich. Hektisch paddelte sie drauflos. Weiter weg vom Ufer. Weg aus Tills Sichtweite. Auf den See hinaus.

«Oda, warte!»

Plötzlich hörte sie ein Platschen. Sie drehte sich um und hielt inne. Till war verschwunden. Nur ein paar Wellen und Bläschen verrieten, dass er ins Wasser gesprungen sein musste.

Oda stockte der Atem. Sofort kamen die Bilder von damals zurück: das wackelnde Boot … wie sie das Gleichgewicht verlor … dann der Schrecken über das kalte, dunkle Nass … die Schlingpflanze, die sich um ihre Beine legte … ihre hektischen Armbewegungen … Panisch suchte Oda die graue Wasseroberfläche ab. Doch Till war nirgends zu entdecken.

«Till! Till!», schrie sie voller Verzweiflung.

Er blieb verschwunden.

Gerade als Oda all ihren Mut zusammennehmen und ins Wasser springen wollte, tauchte er wie aus dem Nichts vor ihr auf. Keine zehn Meter vom Boot entfernt. Er nahm einen kräftigen Atemzug, kraulte zu ihr. Dann streckte Oda die Hand aus. Gemeinsam schafften sie es, ihn ins Boot zu hieven.

«Ich habe 13 Jahre auf dich gewartet», erklärte Till atemlos. «Ich lasse dich nicht gehen. Nie wieder!» Er breitete seine triefnassen Arme aus und zog sie zu sich heran. Er drückte sie fest an sich.

Oda ließ es geschehen, vergrub den Kopf an seiner Brust und spürte sein wie wild pochendes Herz.

Epilog

Berlin, Spätsommer 2016

Till?»

«Hm?»

«Versprichst du mir was?»

Till drehte ihr den Kopf zu. Verträumt sah Oda den beiden spielenden Kindern zu, die auf der großen Wiese mit einem Ball tobten.

«Was soll ich dir versprechen?»

Sie saßen auf einem kleinen Mauervorsprung vor dem Kaffeehaus Rosenstein im Pankower Bürgerpark. Es war ein warmer Septemberabend. Oda trug ein weißes Kleid und war wunderschön.

«Wenn es ein –»

«Das gibt's doch nicht!», unterbrach er sie.

«Bitte?» Oda drehte Till den Kopf zu und sah, wie er grinsend zum Kaffeehaus deutete.

«Der Song, der da gerade gespielt wird …»

Oda lauschte der Musik, die aus dem Rosenstein kam. Dann lächelte auch sie.

«A *Thousand Miles* von Vanessa Carlton», sagte sie und fügte mit gespieltem Ernst hinzu: «Wie kann man auf seiner eigenen Hochzeit nur so oberflächlichen Mist spielen? *I would walk a thousand miles just to be with youuuu!*» Sie äffte den Tonfall der Sängerin

346

ziemlich gut nach. Till legte ihr einen Arm um die Schultern. «Falls du es noch nicht bemerkt haben solltest: Das ist romantisch», sagte er und konnte seinen Blick nicht mehr von ihr nehmen.

Die untergehende Sonne zauberte einen schimmernden Glanz auf ihr halblanges Haar, das mit einem Kranz aus hellblauen Blumen geschmückt war. Ähnlich blau wie ihre Augen. Die schmutzig blauesten Augen, die es überhaupt geben konnte.

Sie nickte. «Große Kunst ist immer einfach und …»

«… und direkt, ich weiß.» Till nahm ihre Hand.

Einen Moment lang sahen sie sich schweigend an. Dann stimmten sie leise in den Refrain ein und sangen gemeinsam mit: … *and now I wonder, if I could fall into the sky. Do you think, that time would pass me by. Cause you know I would walk a 1000 miles. If I could just see you … If I can just hold you … tonight.*

Während der Song langsam ausklang und schließlich von einem anderen Stück überlagert wurde, saßen sie einfach nur da und hielten sich an den Händen. So lange, bis Oda ihre Hand an Tills Nacken legte, ihn zu sich heranzog und ihn küsste.

«Ist es eigentlich okay», fragte sie schmunzelnd, «wenn die Braut ihre eigene Hochzeit verlässt, um draußen mit einem Typen zu knutschen?»

«Ich denke, wenn es der Bräutigam ist, lässt es sich verkraften.» Till sah sie verliebt an. «Habe ich dir heute eigentlich schon gesagt, dass du wundervoll aussiehst?»

Till war richtig stolz darauf, dass er recht behalten hatte. Er hatte Oda versprochen, dass sie trotz all der Medikamente, die sie über Monate hatte schlucken müssen, die hübscheste Braut sein würde, die Berlin je gesehen hatte.

«Ja!» Oda lachte. «Das hast du. Mehrfach!»

«Entschuldige …» Till räusperte sich. «Ich habe dich eben unterbrochen. Was soll ich dir versprechen?»

Etwas verlegen druckste Oda herum: «Wenn ich … Also, falls ich jemals …» Sie nahm seine Hand und schaute zu Boden. «Wenn ich jemals wieder Fernweh bekommen sollte, hältst du mich dann fest?»

Statt einer Antwort nahm er Odas Gesicht in seine Hände und küsste sie. Ihre Lippen waren weich und warm wie damals bei Marlies' und Lorenz' Hochzeit im Winter 2001. Und Till wurde bewusst, dass er niemals zuvor in seinem Leben so glücklich gewesen war wie jetzt.

Vielleicht, dachte er, bin ich in diesem Moment sogar der glücklichste Mensch auf der Welt.

«Was macht ihr da?» Till spürte, wie jemand an seinem hellblauen Anzug zupfte. Lasse sah ihn mit großen Augen an. Er und Lotte hatten ihr Spiel im Park beendet und waren zu ihnen gekommen.

«Wir küssen uns», sagte Oda.

«Warum?», fragte Lasse und bekam einen Stüber von seiner Schwester.

«Weil sie sich lieben, du Dummkopf.»

«Ja, weil wir uns lieben», sagten Oda und Till gleichzeitig.

Sofie Cramer und Sven Ulrich bei rororo

Ein Tag und eine Nacht
Herz an Herz

Sofie Cramer bei rororo

All deine Zeilen
Der Himmel über der Heide
SMS für dich
Was ich dir noch sagen will

Sven Ulrich bei rororo

Krokofantenküsse

Flaschenpost für dich.

Eine romantische Hochzeit an der Ostsee?
Für Sara eine Strafe. Frisch geschieden sitzt
sie zwischen lauter glücklichen Paaren.
Sara schreibt sich ihren ganzen Frust von der
Seele und schmeißt eine Flaschenpost ins Meer.
Mit einer Antwort rechnet sie nicht. Doch wenige
Wochen später erhält Sara einen Brief der ihr Herz berührt.

**«Eine richtig feine Mischung aus Herz, Humor und
etwas Wehmut von einem sympathischen Autorenduo.»
(Petra)**

rororo 25665

Das für dieses Buch verwendete FSC®-zertifizierte Papier
Creamy liefert Stora Enso, Finnland.